A Faint Cold Fear Thrills Through My Veins
William Shakespeare

Zu diesem Buch

Die Kriminalgeschichte spricht seit 1891 von dem «Struwwelpeter-Fall». Der erste Tote in dieser Mordkette ähnelt der Darstellung des Struwwelpeter – mit wirren Haaren und überlangen Fingernägeln. Dann wird der böse Friederich von seiner Jagdmeute zerbissen, der fliegende Robert stürzt als Aeronautiker ab, Paulinchen war allein zu Haus, raucht Zigaretten und verbrennt.
Jeder Mord ist ein perfekter Mord und verdächtig sind viele. Inspector Lestrade von Scotland Yard erkennt als einziger das System.
Dem englischen Schriftsteller M. J. Trow lag die Rehabilitierung von Inspector Lestrade am Herzen, dem ewigen Zweiten im Vergleich zu Sherlock Holmes. Trow will entkräften, was Dr. Watson einmal sagte: «Es gab da einen kleinen blassen Burschen mit einem Rattengesicht und dunklen Augen, der mir als Mr. Lestrade vorgestellt wurde.»
Inspector Sholto Lestrade arbeitet gründlich und effektiv: er verhört Oscar Wilde ebenso wie Conan Doyle; Sherlock Holmes gibt im Kokainrausch unpassende Ratschläge; Lestrade verliebt sich in eine Witwe und erlebt mit ihr eine erotische Nacht in viktorianischer Atmosphäre; er duelliert sich mit dem Sohn des Thronfolgers, der ebenfalls zu den Verdächtigen zählt. Selbstverständlich ist Lestrade in der Lage, die Taten des Struwwelpeter-Mörders aufzuklären.
Nach dem Erscheinen des ersten Bandes um Inspector Lestrade urteilte die *Times* knapp und euphorisch: «Ein intelligentes, literarisches Lesevergnügen.»

M. J. Trow, geboren in Rhondda Valley, behauptet von sich, daß er der einzige Waliser sei, der weder singen noch Rugby spielen könne. Er lebt mit seiner Familie in Havenstreet auf der Isle of Wight.
Weitere Romane um Inspector Sholto Lestrade werden in der Reihe rororo thriller folgen.

M. J. Trow

Lestrade und die Struwwelpeter-Morde

Deutsch von
Hans J. Schütz

rororo

Rowohlt

rororo thriller
Herausgegeben von Bernd Jost

Diese Ausgabe wurde
editorisch betreut und mit einem Nachwort
versehen von Thomas Schreiber

Deutsche Erstausgabe
Veröffentlicht im Rowohlt Taschenbuch Verlag GmbH,
Reinbek bei Hamburg, Januar 1990
Die Originalausgabe erschien 1985 unter dem Titel
«The Adventures of Inspector Lestrade» bei Macmillan, London
Redaktion Peter M. Hetzel
Umschlagfoto Fred Dott
Umschlagtypographie Peter Wippermann

Satz Sabon (Linotronic 500)
Gesamtherstellung Clausen & Bosse, Leck
Printed in Germany
980-ISBN 3 499 42952 7

Inhalt

Der Mann in der Schlucht

Melville McNaghten schob das Hauptbuch weg. Er drückte die Knöchel in seine Augenhöhlen und fuhr sich mit den Fingern über seine Wangen, wobei er weniger als sonst darauf achtete, seinen schwachgefetteten Schnurrbart nicht in Unordnung zu bringen.

Drei Jahre Arbeit, sinnierte er. Viele tüchtige Leute, eine Menge Panik und das Resultat – nichts. Was hatte Ihre Majestät gesagt? «Wir müssen die Arbeit unserer Kriminalpolizei verbessern.» Fünf Frauen waren gestorben – oder waren es mehr? Über zweihundert Männer verhaftet, Hunderte andere verhört. Ihn schauderte bei dem Gedanken an das Fiasko mit Barnaby und Burgho, den Bluthunden, denen nicht nur der Mörder durch die Lappen gegangen war, sondern die im Nebel ihre Führer verloren hatten. Und dieser Schwachkopf Charles Warren, der die antisemitischen Parolen von der Mauer abgewischt hatte. Er war inzwischen wieder bei der Armee – dort war er am besten aufgehoben. Und wer war der Tölpel gewesen, der darauf verfallen war, die toten Augen von Catherine Eddowes zu fotografieren, in der Hoffnung, ein Abbild des Mörders werde auf der Platte erscheinen?

Zumindest, dachte er, konnte er von Glück sagen, daß er nicht in dieses Possenspiel verwickelt gewesen war. Er war der erste Polizist, der sich mit dem Fall befaßte – jedenfalls der erste richtige. Abermals stachen ihm die vier Namen ins Auge – *seine* Verdächtigen, *seine* Schlußfolgerungen. Natürlich hatte er keine handfesten Beweise, überhaupt nichts Greifbares. Aber ihm genügte es. Es war so viel, daß er nur einen dieser Namen auf der Straße zu flüstern brauchte und die Vigilanten von Whitechapel würden mit Henkersseil und Feuereifer aus ihren Rattenlöchern ausschwärmen. Er glaubte geradezu hören zu können, wie Mr. Lusk, ihr Präsident, sich voller Vorfreude die Hände rieb.

Ein Klopfen an der Tür versetzte ihn wieder in die Gegenwart. Er ließ das Hauptbuch zuknallen.

«Herein.»
Im flackernden Lampenlicht erblickte er die Hosenbeine eines Constables, der den Raum betrat.
«Inspector Lestrade, Sir.»
McNaghten zupfte seine Krawatte gerade. «Führen Sie ihn herein.» Im Lichtschein verschwanden jetzt die Hosenbeine des Constables und die des Inspectors traten an ihre Stelle. Hastig ließ McNaghten das Buch in einer seitlichen Schublade seines geräumigen Schreibtisches verschwinden. Lestrade blieb an der Tür stehen und verfolgte jede Bewegung mit einem sarkastischen Lächeln.
«Die Ripper-Akte, Sir?»
«Wie?» Die Schnelligkeit und die Lautstärke, mit der McNaghten antwortete, ließen darauf schließen, daß er nur zu gut verstanden hatte.
«Das Hauptbuch, Sir.» Lestrade trat ein wenig näher ins Licht und deutete auf die Schublade, die McNaghten gerade verschloß. «Äh... ja.» McNaghten fühlte sich wohler, als er wieder bequem in seinem Sessel saß. Er strich mit der Hand über seinen Schnurrbart und richtete abermals seine Krawatte. Lestrade rührte sich nicht, die Hände in den Taschen seines voluminösen Donegal vergraben. McNaghten seufzte und fand sich mit der unausgesprochenen Frage ab...
«Lestrade...» Zu formell, er brauchte Vertraulichkeit. «Sholto...» Lestrade glaubte zu spüren, wie der Arm sich onkelhaft um seine Schultern legte. «Sie wissen, daß ich über den Inhalt kein Wort verlauten lassen darf...»
Es genügte nicht. Lestrade hatte sich nicht gerührt. McNaghten las seine Gedanken. «Ja, ich weiß, daß Sie sich damit beschäftigt haben, aber es war Abberlines Fall.» Es war noch immer nicht genug. McNaghten erhob sich abrupt, und die beiden Männer sahen sich an, im dämmrigen Raum, die Gesichter von unten beleuchtet, wie die Wachsfiguren in Madame Tussauds Kabinett. «Verdammt noch mal, Lestrade. Die Sache ist geheim.» McNaghten haßte es, sich mit Untergebenen auseinanderzusetzen, besonders wenn sie so scharfsinnig waren wie Lestrade. Er war ein Dorn in seinem Fleisch, ein Juckreiz, gegen den kein Kratzen half. Der Chef der Obersten Kriminalpolizeibehörde wandte sich zum Fenster. Draußen trieb der Regen träge über den Fluß und die Bogenlampen am Ufer. «Eines

Tages», sagte er zum trüben Londoner Himmel, «eines Tages werden sie darüber schreiben. Eines Tages werden sie meine Akten lesen und alles erfahren.»
«Dann werde ich hundertachtunddreißig Jahre alt sein», sagte Lestrade.
«Zum Teufel, Lestrade.» McNaghten fuhr herum. Das hatte er bereits gesagt, und seine Argumente wurden nicht besser, wenn er sich wiederholte.
Lestrade lächelte. Er hob die Hände und gab zu erkennen, daß er sich geschlagen gab.
«Ich verstehe, Sir», sagte er. Er stellte seinen Kragen hoch und schickte sich an zu gehen. An der Tür blieb er stehen.
«Gute Nacht, Sir.» Das Lächeln war frostig.
Die Tür schloß sich und McNaghten knallte einen Briefbeschwerer auf seinen Tisch. Typisch Lestrade, daß er Einblick verlangte. Aber er durfte es nicht erfahren. Niemand durfte es. In hundert Jahren, wenn sie die Akte, die er dem Archiv anvertrauen wollte, offiziell einsahen, würde das keine Rolle mehr spielen. Er selbst, Lestrade und alle anderen würden tot sein.
Lestrades Hosenbeine im Lichtschein wurden durch einen stahlblauen rauschenden Rock ersetzt.
«Vater?» McNaghtens Tochter stürmte ins Zimmer.
«Oh, meine Liebe.» McNaghtens amtlicher Gesichtsausdruck verschwand. Am Busen seiner Tochter war er wieder Familienvater. Miss McNaghten war schrecklich groß. Und sie war darüber hinaus auch schrecklich energisch.
«Komm, Vater. Zeit, nach Hause zu gehen.»
McNaghten warf einen kurzen Blick auf seine Taschenuhr, ehe ihm seine Tochter seinen Donegal um die Schultern legte.
Drei Minuten nach halb. «Ruf den Wagen, Vater.» McNaghten gehorchte willenlos. Er hatte seit langem aufgehört, es sonderbar zu finden, daß er, der als Amtsperson so unbedenklich Befehle erteilte, als Familienoberhaupt so willenlos Befehle entgegennahm. Der Constable war nicht auf dem Korridor. Verflucht. Er machte sich auf, ihn im Vorzimmer aufzustöbern.
Kaum war er fort, huschte Miss McNaghten um den Schreibtisch herum, zog einen Schlüssel hervor, der mit dem ihres Vaters identisch war, und schloß die Schreibtischschublade auf. Eine weitere

flinke Bewegung, das Hauptbuch war unter ihrem Mantel verschwunden und die Schublade wieder verschlossen.
McNaghten kehrte zurück. «Unten», sagte er. «Constable Dew wird uns heimfahren. Oh...» Ihm fiel das Buch ein. Es mußte in den Safe. Miss McNaghten erriet seine Gedanken und versperrte ihm den Weg. Ihr Tonfall und ihre Überzeugungskraft täuschten über die Panik in ihrem Herzen hinweg, das unter Mantel, Akte und mütterlichem Busen bis zum Hals schlug.
«Der Polizeichef, Vater.»
«Gütiger Gott», murmelte McNaghten, als habe man ihm die Pension gestrichen. «Es ist heute abend, oder?»
«Ja, und Cook hat Bouillabaisse.»
«Ach, ich wunderte mich schon, warum sie so herumlief.»
Der sanfte Stoß seiner Tochter ließ ihn fast durch die Tür taumeln. Sie tappten durch den dunklen Gang. Lampenlicht huschte über die grüngrauen Wände des Gebäudes. Der verschnörkelte Lift quietschte und surrte hinunter ins Erdgeschoß. Sie traten in die feuchte, fröstelige Nacht. Constable Dew, der nicht mehr wiederzuerkennen war, seit er die Leiche von Mary Kelly gesehen hatte, hielt den McNaghtens die Tür auf. Die Polizeidroschke schwankte, als die Tochter des stellvertretenden Polizeipräsidenten einstieg. Der Gaul wich ein paar Schritte zurück und machte einen Buckel. Während der alte McNaghten die Tür schloß, warf seine Tochter das Buch aus dem gegenüberliegenden Fenster. Eine behandschuhte Hand fing es auf, und die Droschke rasselte über das Kopfsteinpflaster des Hofes hinaus auf die Uferstraße, die jetzt in grünem Flußnebel lag.
Aus den Schatten tauchte eine Gestalt auf: Inspector Lestrade, mit durchnäßtem Donegal und regentriefender Melone. Er blickte lächelnd auf die Akte und den kleinen silbernen Schlüssel. Er trat aus dem Tropfenfall unter das nächste Licht und öffnete die Akte. Rasch durchflog er die Beweisaufnahmen, Zeugenaussagen, Protokolle und Theorien Seite für Seite. Sein Blick fiel auf die Briefe – *ich bin nach wie vor hinter den Huren her, und ich werde nicht aufhören, sie aufzuschlitzen, bis ich hinter Schloß und Riegel bin.* Er kannte das alles. Nichts Neues, nichts Besonderes. Es war die letzte Seite, auf die er scharf war. Da war sie, die Liste mit vier Namen, klar und deutlich in McNaghtens gestochener Handschrift. Lestrade lä-

chelte, und sein Lächeln wurde zu einem Glucksen und schließlich zu schallendem Gelächter. Er schlug die Akte zu. Also hat Abberline meinen Rat befolgt, dachte er. Und McNaghten. Alle vier waren aufgelistet. Er war zufrieden. Er wußte, daß sein Name nirgendwo in der Akte auftauchte. Er wußte, daß man sich seiner nicht erinnern würde, wenn man die Akten in hundert Jahren öffnete. Doch das spielte keine Rolle. Für Lestrade genügte es zu wissen, daß er recht gehabt hatte. Das war es, was ihm das Leben immer wieder der Mühe wert erscheinen ließ. Er hatte gern recht.

«Sergeant», Lestrade befand sich wieder im Gebäude, das Buch in den Falten seines Donegal verborgen.

Der Sergeant, der vor sich hin gedöst hatte, nahm hinter seinem Schalter Haltung an.

«Ich gehe hinauf in Sir Melvilles Büro – er möchte, daß ich ein paar Papiere durchsehe.» Er bewegte sich zum Lift. «Oh, verschaffen Sie sich ein wenig Abwechslung und gehen Sie zu Sir Melvilles Haus. Überbringen Sie Miss Naghten eine Botschaft – Dienstboteneingang. Sagen Sie ihr... überbringen Sie ihr meinen Dank und meine Entschuldigung. Ich werde ihr heute abend nicht wie geplant Gesellschaft leisten können. Habe zuviel zu tun.» Lestrade spürte, wie sich hinter seinem Rücken die Augenbrauen des Sergeanten wieder senkten und ein Grinsen sich auf seinem Gesicht breitmachte.

«Oh, Sergeant, da ist noch etwas.» Lestrade marschierte weiter und wandte dem Mann noch immer seinen Rücken zu. Er blieb stehen und drehte sich lächelnd um. «Lassen Sie sich nicht noch einmal von mir beim Schlafen erwischen.» Der Sergeant erstarrte und nahm Haltung an. Man darf sich keine Blöße geben, dachte Lestrade.

«Zu Befehl, Sir», murmelte der Sergeant. «Ich weiß, wie es Ihnen geht.»

Lestrade war im Aufzug und hob angesichts dieser abgedroschenen Redensart die Augen zum Himmel. «Gute Nacht, Dixon.»

Als der rechtschaffene Doktor dem Zug der Southern Railway Company entstieg, befand er sich nicht gerade in bester Stimmung. Zuerst waren seine morgendlichen Eier nicht nach seinem Geschmack gewesen, und dann war seine Post zu spät gekommen – drei Rechnungen. Während der Reise war es im Abteil zugig und feucht gewesen; der *Telegraph* wimmelte von Druckfehlern. Doch was ihn wirklich verdroß, als er auf dem Bahnhofsvorplatz in seinen Hansom stieg, war der Anlaß für seinen Besuch in der Hauptstadt – er mußte seinen Verleger aufsuchen. Seine Briefe waren nicht beantwortet worden – das bedeutete nichts Gutes.

Er schenkte weder den regennassen Straßen noch dem peitschenden Wind Aufmerksamkeit. Das Holpern der Kutsche ärgerte ihn von Zeit zu Zeit, doch es dauerte nicht lange und sie waren vor dem Verlagsgebäude von Blackett angekommen.

Er war auf die Drehtür vorbereitet, nachdem er beim letztenmal mit seiner Gladstone-Reisetasche darin hängengeblieben war. «Sind Sie sicher, daß Ihre Tasche genügend Platz in der Tür hat?» hatte der Portier ihn gefragt. Der Doktor hatte mit zusammengebissenen Zähnen geantwortet: «Inzwischen ist die Tasche groß genug; sie muß auf sich selber aufpassen.» Diesmal war es ein anderer Portier, was der Doktor überaus dankbar begrüßte.

«Dr. Conan Doyle … das ist aber nett …»

«Mr. Blackett, Sie haben meine letzten vier Briefe nicht beantwortet.»

«Dr. Conan Doyle … es ist …» Blackett war peinlich berührt, er trat von einem Bein aufs andere und zerknüllte sein Taschentuch zwischen seinen Händen.

«Gefällt Ihnen *Die Weiße Gesellschaft* nicht?» Conan Doyle war ganz und gar entspannt.

«Ja doch, Sir, wirklich. Ein schönes Buch – überquellend von historischen Einzelheiten. Aber …»

«Aber *Die Flüchtlinge* gefallen Ihnen nicht?»

«Nicht, daß sie mir nicht gefielen, Doktor …»

Conan Doyle saß bewegungslos da und fixierte seinen Verleger mit kaltem Blick.

«Es ist nicht … zu Ende geschrieben», fuhr Blackett fort.

«Es wird zu Ende geschrieben werden.»

«Gewiß. Gewiß. Aber die Leser mögen neue Sachen. Verbrechen, Spannung.»

«Wie *Das Zeichen der Vier*?»

«Ja.» Blackett erinnerte sich mit Freude, doch dann kamen ihm

Zweifel. «Aber … äh … Mr. Sherlock Holmes in der Baker Street?»
«Was ist mit ihm?»
«Nun …» Mr. Blackett war auf dem Gipfel der Servilität. «… hat er etwas dagegen? Schließlich gibt es Gesetze gegen Verleumdung.»
«Oh, kommen Sie, Mr. Blackett. Meine Detektivgeschichten haben nicht die geringste Beziehung zur tatsächlichen Arbeit von Mr. Holmes. Das wäre mehr als meine Schriftstellerkarriere oder meine Arztpraxis wert sind.»
«Gut, solange Sie dessen sicher sind. Das sind die Sachen, die die Leute wollen. Verwicklungen, internationale Affären.»
«Blödsinn. Belanglose Brotarbeiten.»
Conan Doyle stand entschlossen auf.
«Ich wäre Ihnen dankbar, wenn Sie mir meine Manuskripte wieder aushändigen würden. Ich werde das Geschäft anderswo machen. Es ist sonnenklar, daß die Firma Blackett von guter Literatur keinen Schimmer hat. Sie will billigen Ramsch, über den sogar das … *Strand Magazine* die Nase rümpfen würde.»
Conan Doyle hatte die Tür erreicht.
«Übrigens … diese Hand da.» Er deutete gebieterisch auf Blackett. Der Verleger starrte auf seinen Arm, als sei dieser gerade abgetrennt worden.
«Nicht der Arm, Mann … die Finger.»
«Die Finger … was ist mit ihnen?» Blackett war verblüfft.
«Wenn ich mich nicht irre – die Grockel'sche Krankheit. In Southsea haben wir eine Menge Fälle. Armer Kerl – wahrscheinlich unheilbar. Guten Morgen.»

Durch die Meerenge Solent von Southsea getrennt, liegt das römische Vectis, die Insel Wight. Niemand winkte Lestrade von der Mole nach, als er in See stach. Bloß eine steife Brise blies aus Südwesten. Der Postdampfer trug ihn zuverlässig nach Ryde, und an der Pier nahm er den Zug nach Shanklin. Wie es sich für den Anlaß geziemte, war er seemännisch ausstaffiert und trug ein Matrosenjackett und eine Schirmmütze. Indes war es kein Tag für einen Ausflug. McNaghten hatte das Ersuchen um Amtshilfe erhalten. Das Telegramm, das widerwillig um Hilfe bat. Eine Leiche, hieß es da. Vor zwei Tagen gefunden. Sie biete keinen hübschen Anblick.

Was die Polizei von Hampshire natürlich ärgerte, war die Jahreszeit. Es war jetzt Ende März; gegen Ende April würden die Touristen mit Wagen und Droschken auf die Insel kommen. Sie brachten Geld, den Lebenssaft der Insel. Es durfte keine Verluste geben, keine Panik. McNaghten hatte das klar erkannt. Er hatte gesehen, was Panik aus dem East End gemacht hatte.
Angesichts der notwendigen Geheimhaltung überraschte es Lestrade um so mehr, daß das gesamte Gebiet um die Schlucht nicht nur von Polizisten, sondern auch von Kavalleristen der Hampshire-Miliz abgesperrt war. Sobald sich die Gelegenheit ergab, sprach er seinen Kontaktmann, einen Sergeanten Bush, darauf an.
«Nun ja, Sir», gab der Sergeant zur Antwort, «es ist wegen Ihrer Majestät. Sie ist über Ostern in Osborne – und wir können nicht vorsichtig genug sein, nicht wahr?»
«Ganz recht», antwortete Lestrade, doch er konnte um alles in der Welt nicht einsehen, wie die Versammlung der Hampshire-Dragoner rings um die Schlucht, in voller Montur mit Helmen und Federbüschen, Ihre Majestät schützen konnte, die sich ein paar Meilen entfernt in Osborne befand. Nach allem, was McNaghten ihm erzählt hatte, hörte es sich nicht gerade nach einem Terroranschlag der Republikaner an. Aber schließlich hatte ihm McNaghten auch nicht viel erzählt. Wie Lestrade vermutete, wußte McNaghten nicht viel.
Er folgte Bush und den zwei Constables den gewundenen Pfad hinunter, der in die Wand der Schlucht gehauen worden war. Als sie um eine Ecke bogen, packte sie die Brise vom Meer. Der Sergeant tauchte unter einem Absperrseil durch und schien durch eine Spalte im Felsen zu verschwinden. Die Constables bezogen auf dem Pfad Posten.
«Sie werden aufpassen müssen, wo Sie hintreten», widerhallte die Stimme des Sergeanten. Lestrade fand sich in einer Welt völliger Finsternis wieder. Der Gestank war gräßlich.
«Können wir Licht machen, Sergeant?» fragte er.
Er spürte, wie eine Hand seinen Arm ergriff.
«Inspector, was Sie erwartet, ist nicht gerade hübsch», sagte der Sergeant grimmig.
«Ich habe fünfzehn Dienstjahre auf dem Buckel, Sergeant. Man gewöhnt sich an diese Anblicke.»

Aber Lestrade war nicht gewappnet. Nicht für diesen Anblick. Bushs Arm fuhr hoch, um das Streichholz anzuzünden, und noch höher, um den «Anblick» zu erleuchten. Der Kopf war etwa einen Fuß von Lestrades Gesicht entfernt. Ein Auge war verschwunden, der Mund war weit aufgerissen, eine klaffende Wunde im bleichen Schädel. Die Haare standen aufrecht wie ein gespenstisches Gestrüpp, vom Seewind zerwühlt. Das Gesicht flackerte im unwirklichen Schein des Streichholzes. Lestrade drückte Bushs Arm herunter und es erlosch. Stille trat ein. Keiner der drei Männer in der Nische atmete. Lestrade wandte sich zum Eingang und atmete wieder frische Luft ein. Die Helme der Constables beruhigten ihn. Sehe ich so elend aus wie ich mich fühle? fragte er sich. Komm schon, Mann, reiß dich zusammen. Du bist fünfzehn Jahre dabei. Und diese Provinzler brauchen deine Hilfe.

Nachdem er sich erholt und seine Beherrschung zurückgewonnen hatte, sah er Bush wieder ins Gesicht. Jetzt war es der Sergeant, der elend aussah.

«Tut mir leid, Sir», krächzte er. «Ich kann mich nicht dran gewöhnen. Ich hab schon ein paar Leichen gesehen. Ertrunkene. Selbstmörder in der Schlucht, wissen Sie. Bei Culver Point. Aber dies hier...» Dem Sergeanten versagte die Stimme.

«... macht Sie froh über den Sonnenschein», bemerkte Lestrade. «Kommen wir hier zum Strand runter?» Er deutete nach vorn. Bush nickte. «Seien Sie so nett und bitten Sie Ihre Männer, hierzubleiben. Wir wollen uns ein wenig die Beine vertreten.»

Am Strand, während sie im Sonnenschein des späten Morgens trockneten und für eine oder zwei Stunden vor dem Angriff der nächsten Flut sicher waren, hatten beide Männer Gelegenheit, ihre Gedanken zu ordnen. Jedem stand der gräßliche Kopf vor Augen. Lestrade hatte nicht einmal Zeit gehabt, das übrige in Augenschein zu nehmen. «Erzählen Sie mir's noch mal», sagte Lestrade.

«Nun, Sir. Arbeiter fanden... äh... ihn. Vor zwei Tagen war's. Warten Sie, ja, am Dienstag war's. Die Schlucht mußte ausgebessert werden. Erosion, wissen Sie. Das Land rutscht weg, und im Winter kriegen wir stürmische Winde. Nun, die Touristen werden bald hier sein. Nun ja, diese Sandflächen sind knietief, seit einer Ewigkeit...»

«Verschonen Sie mich mit den Sprüchen aus den Urlaubsprospekten, Sergeant.»
«Ja, Sir. Also, diese Burschen schaufelten oben auf der Klippe in der unmittelbaren Nähe der Schlucht, als sie diesen Riß entdeckten.»
«Spalt.»
«Wie Sie meinen, Sir. Da diese Burschen von Natur aus neugierig sind, räumten sie das Geröll weg und stiegen rein. Ja, zuerst konnten sie nichts erkennen. Dann, als sie Streichhölzer anzündeten... ja, und dann sahen sie es. Sie holten auf der Stelle den alten Tom Moseley – er ist der Ortspolizist. Der alte Tom ist nicht der Hellste, jedoch hatte er genug Grips, die Stelle absperren zu lassen und mich zu informieren; und ich schickte sofort ein Telegramm nach Portsmouth. Trotzdem hatte ich nicht damit gerechnet, daß sie London benachrichtigen würden, Sir. Ich meine, Scotland Yard selbst – das war's!»
Lestrade saß auf einem Wellenbrecher und folgte mit den Augen der Linie der Sandsteinklippen. Darüber kreiste eine einsame Möwe, stieß herab und suchte die See nach einer Beute ab.
«Aus Portsmouth schickten sie den Coroner rüber, aber sie sagten ihm, er solle... ihn... dort lassen, wo er sei.»
«Todesursache?» fragte Lestrade und schnippte hastig den Guano von seinem Ärmelaufschlag.
«Der Coroner wußte es nicht genau, Sir. Er sagte, der Tod sei schon vor langer Zeit eingetreten.»
Lestrade stand auf. «Besorgen Sie mir eine Laterne, Sergeant. Wir müssen noch mal hin.»
Diesmal ging Lestrade allein. Ohne Bush meinte er seine Gefühle besser unter Kontrolle zu haben. Der Gestank war noch immer ekelerregend, doch das gleichbleibende Licht der Laterne gab dem Leichnam ein weniger abstoßendes und substanzloses Aussehen. Diesmal ging Lestrade mit voller Konzentration und mit seiner ganzen Routine an die Arbeit. Der Leichnam war männlich. Alter – nicht sicher. Er schätzte den Mann auf etwa vierzig. Die Haut hatte die Färbung alten Pergaments, doch an einigen Stellen waren die Schädelknochen zu sehen, von schmutzig-bläßlichem Weiß. Ein Augapfel, oder was davon übrig war, hing an ein paar Muskelfasern auf die Wange hinab. Das andere Auge, blicklos und erloschen, starrte steil nach oben. Die Kleidung, grau und verschmutzt, war

möglicherweise die eines Seemannes – oder eines Landarbeiters. Der Staub des Sandsteins hatte sie grau überpudert, und über Brust und Arme, wo Regenwasser eingesickert war, zogen sich Rinnsale. Die Knochen traten vor. Abermals erregte das Haar Lestrades Aufmerksamkeit – verfilzt, lang und grau – doch, höchst sonderbar, es stand aufrecht. Er kniete nieder und leuchtete mit der Laterne den Boden ab. Gamaschen. Der Mann war Landarbeiter gewesen. Was er als nächstes sah, brachte ihn ein wenig aus der Fassung. Die Hände. Rauh, zerschunden, fast ohne Fleisch, jedoch die Fingernägel waren lang – jeder war etwa drei oder vier Zoll lang, schwarz, gekrümmt und spitz zulaufend. Kein Arbeiter ließ seine Nägel so lang wachsen – er hatte weder die Muße noch die Zeit dazu. Er hatte Fotografien der Kaiserin gesehen und sogar ein paar der Chinesen in London hatten solche Nägel. Doch im nächsten Augenblick ließ er den Gedanken fallen. Worin sollte der Zusammenhang bestehen? Opium? Geheimgesellschaften? Er ermahnte sich, alle Möglichkeiten offenzuhalten und sich nicht festzulegen. Schließlich passierte es nicht jeden Tag, daß in einem wunderschönen Tal eines englischen Badeortes ein gräßlicher Leichnam auftauchte.
Also zurück zu den Fakten. Für Theorien war später Zeit genug. Der Leichnam war in eine stehende Position gebracht worden, die Beine waren unter dem Gewicht des Körpers eingeknickt, doch es war unübersehbar, daß Fuß- und Handgelenke und das Genick vorher gefesselt worden waren. Stranguliert? Das war möglich, doch vom Genick war nicht mehr genug übrig, um das festzustellen. Im Augenblick konnte er nicht mehr tun. In der Enge der Nische war es für weitere Untersuchungen zu dunkel und zu stickig. Älter und klüger kehrte er ins Sonnenlicht zurück. Er gab Anweisung, den Leichnam wegzuschaffen; den Transport wollte er selbst beaufsichtigen. Er mußte mit dem Coroner sprechen, die Nische ausmessen und nach Spuren suchen. Er mußte mit den Arbeitern sprechen, die den Toten gefunden hatten, und mit der Chine Company in Shanklin.
Doch zuerst sah er sich Mrs. Bush gegenüber, die, rundlich und freundlich, geschäftig in ihrer Küche umherwieselte. Lestrade saß in sich gekehrt in einem Winkel, vor sich das tote Gesicht. Dann wurde das Tischgebet gesprochen.
«Ein bißchen Shepherd's Pie, Inspector Lestrade?»

Die Arbeiter waren keine Hilfe. Seit siebzehn Jahren hatten sie von Jugend auf für die Chine Company gearbeitet. Wegen eines Erdrutsches war die Schlucht im vorigen Jahr früher als gewöhnlich geschlossen worden. Anfang September hatte man die Seile und Ketten hochgezogen und die Gatter geschlossen. War es möglich, sich Zutritt zu verschaffen? Ja, wenn man einen Schlüssel hatte. Aber am hellen Tag, mit einem Leichnam? Unwahrscheinlich. Dann also bei Nacht? Möglich, doch der Pfad war tückisch und abschüssig, mit scharfen Kehren und vorspringenden Simsen. Es mußte eine Person gewesen sein, die den Ort kannte – und zwar sehr gut. Ein falscher Tritt, beladen mit dem Gewicht eines ausgewachsenen Mannes, und man hätte vermutlich zwei Leichen in der Schlucht gefunden.

Lestrade brauchte eine Woche, um alle Personen zu befragen, die regelmäßig in der Gegend zu tun hatten. Als er fertig war, hatte er die Gewißheit, daß niemand etwas wußte. Der Werkmeister bemerkte, alles deute darauf hin, daß in der Nische mit Meißeln gearbeitet worden sei und man Spuren frischen Mörtels gefunden habe; ihre Höhe sei vergrößert und der Tote praktisch eingemauert worden.

«Sind Sie mit den Werken des verstorbenen Mr. Allan Poe vertraut?» fragte er Lestrade.

«Flüchtig, Sir.» Lestrade hatte diese Ähnlichkeit bereits in Betracht gezogen, während er sich des achten Shepherd's Pie in Folge gegenübersah, der ihm mit überschwenglichem Stolz von Mrs. Bush vorgesetzt wurde. Jedoch die Übereinstimmung half ihm nicht weiter. Oder etwa doch? Er hatte ein unbehagliches Gefühl, als er nach Portsmouth übersetzte, um den Coroner in dessen Büro aufzusuchen; und dieses Gefühl rührte nicht nur vom Rollen und Schlingern des Postdampfers her.

«Der Mann war bereits einige Monate tot, würde ich sagen.» Der Coroner war in das Studium eines abgetrennten Gliedes vertieft, das geschmackvoll auf einem Operationstisch angeordnet war.

«Ja», wiederholte er, seinen Kneifer zurechtrückend, «einige Monate.»

«Todesursache?»

Der Coroner beendete die routinierte Untersuchung seines Objektes und richtete sich auf. «Ich bin nicht sicher.» Er pellte seine Hände

aus den Gummihandschuhen und spülte sie sorgfältig unter fließendem Wasser. «Sind Sie mit den Werken von Edgar Allan Poe vertraut?» Sogleich erlebte Lestrade ein déjà-vu – oder der Coroner war der Bruder des Werkmeisters. «Flüchtig.» In der Tat hatte er diese Unterhaltung schon einmal geführt.
«Erinnern Sie sich an die Kurzgeschichte *Die Schwarze Katze*?»
«Die Katze wird zusammen mit dem Verstorbenen im Keller eingemauert?»
«Genau. In der Nische in der Schlucht war keine Katze, wie?»
Lestrade schüttelte den Kopf. «Wollen Sie mir sagen», fragte er, «daß wir als Todesursache...»
«Ersticken annehmen müssen, ja», lautete das Urteil des Coroners. «Es läuft darauf hinaus, daß er erstickte, bevor er verhungern oder verrückt werden konnte.»
«Und die Fingernägel? Das Haar?»
Der Coroner wischte sich die Hände an der Weste ab. Er war verlegen. «Eine gräßliche Sache. Entsetzlich. Wenn Sie mich fragen, ich kann es nicht erklären. Etwas Ähnliches habe ich noch nie gesehen, nicht in zwölf Jahren. Bizarr. Das ist das richtige Wort: bizarr.»
«Welchen Beruf hatte der Mann nach Ihrer Meinung?»
«Der Kleidung nach war er ein Arbeiter, würde ich sagen. Die Brust des Kittels mit Smokarbeit. Jedenfalls nicht aus dieser Gegend stammend. Nicht das richtige Muster. Ach, aber dies hier war merkwürdig.» Der Coroner kramte in einer vollgestopften Schublade. «Wofür halten Sie das?» Er reichte Lestrade ein schmutziges Stück Stoff, metallisch glänzend und zerfetzt.
«Litze von einer Uniform?»
«Ich bin beeindruckt, Inspector. Heer, Kavallerie vermutlich. Aber mit Sicherheit von einem Offizier. Wie viele Kavallerieoffiziere kennen Sie, die Landarbeiter werden?»
«Ich teile Ihre Ansicht, Sir.» Lestrade runzelte die Stirn; der Fall entwickelte sich so rasant, daß ihn ein wenig schwindelte. Doch es war ein Hinweis, ein greifbares Beweisstück.
«Und das hier ist noch interessanter.»
Lestrade sah, daß im Gewebe des Halstuches, Reste, die man unter den Hemdkragen des Toten gestopft hatte, von einer kindlichen, ungeschickten Hand der Name *Peter* eingestickt war.
«Was halten Sie davon?»

«Bis jetzt, genaugenommen, noch nichts, Sir. Aber es ist noch früh am Tage.»
Der Coroner geleitete Lestrade in das Vorzimmer. «Der Bursche wird Ihnen den Weg zeigen. Spilsbury?»
Ein kurzsichtiger, pickliger Bengel schlurfte aus einem angrenzenden Zimmer herbei. «Sehen Sie ihn an», murmelte der Coroner. «Der Sprößling meines Vetters aus Leamington. Will mal Gerichtsmediziner werden.» Unter vorgehaltener Hand fügte er hinzu: «Aussichtslos, völlig aussichtslos. Ich halte ihn für einen Selbstmordkandidaten, wissen Sie.»

Da er Sergeant Bush nicht länger zur Last fallen wollte und sich gänzlich außerstande sah, es zum zehntenmal mit einem Shepherd's Pie aufzunehmen, zog Inspector Lestrade ins *Daish's Hotel* um. Jeden Tag spazierte er auf dem Pier und atmete die salzige Luft. Jeden Tag kehrte er zur Schlucht zurück, um sich immer wieder zu fragen: Wer? Warum? Was hatte er denn überhaupt? Eine Leiche. Den Leichnam eines Mannes in mittlerem Alter, eingemauert in einer improvisierten Höhle in einem beliebten Ferienort. Der Mann war ein Arbeiter, hieß Peter und hatte unter Umständen etwas mit der Armee zu tun gehabt. Das war wenig, sehr wenig.
Doch es gab noch einen letzten Zeugen, den er aufsuchen mußte. Einen wild dreinschauenden, schwermütigen alten Mann mit einem dichten Bart, in dessen Stacheldraht sich Morgenei und Tabakfasern verfingen. Mit der Hilfe eines zufällig vorbeifahrenden Heuwagens gelangte Lestrade über die schlechtesten Straßen, die er je benutzt hatte, zu dem riesengroßen überwucherten Landhaus in Farringford.
Sein Eigentümer, der Poet Laureate, humpelte an seinem Stock durch den Garten und beäugte mit nachlassender Sehkraft die Narzissen auf den sanft geschwungenen Rasenflächen.
«Wer ist da?»
«Inspector Lestrade, Sir, von Scotland Yard.»
«Lestraad vom Yaad?» Für einen Reim würde Tennyson alles tun.
«Sehr gut, Sir, sehr witzig.»
«Gewöhnlich empfange ich keine Besucher, Inspector.»

«Ganz recht, Mylord.»
«Tee?»
Lestrade verbeugte sich. Von irgendwoher brachte ein Butler die silberne Teekanne und die Tassen.
«Sahne und Zucker, Sir?» Der Butler war herablassend – er hatte eine Abneigung gegen Polizisten.
In der Gegenwart des Genies fühlte Lestrade sich unbehaglich. Er selber war nun mal keines, und ihm war deutlich bewußt, daß der Laureate Besucher nicht mit Freuden ertrug. Es ging sogar das Gerücht, er hüpfe lieber aus rückwärtigen Fenstern und fliehe durch die Obstgärten, als sich vom Butler zudringliche Besucher melden zu lassen. Er tat besser daran, diesen Besuch hinter sich zu bringen. Er würde vermutlich ohnehin von nur geringem Wert sein.
«Verzeihen Sie die Störung, Mylord. Wie man mir sagte, sind Sie ein häufiger Besucher von Shanklin Chine – außerhalb der Saison.»
«Wenn ich in Farrington weile, streife ich dort des öfteren umher, ja.»
«Haben Sie einen Schlüssel?»
«Nein. Mein Diener sucht den Torwächter auf, wenn ich Einlaß wünsche.»
«Sind Sie in der letzten Zeit dort gewesen?»
Tennysons Aufmerksamkeit begann nachzulassen. Lestrade mühte sich ab, in der zierlichen Tasse einen Schluck Tee zu entdecken. Wie er die Marotte haßte, eine Tasse nur zur Hälfte zu füllen. Den vom Butler offerierten Hauch Sahne wies er zurück – nicht zuletzt, weil der Mann seinen Daumen im Kännchen hatte.

«Menschen kommen und Menschen vergehn,
doch ich werde ewig bestehn.»

Lestrade warf einen raschen Blick auf den Butler, der unbeweglich und hochmütig blieb.
«Ähemm...» Versuche es mal anders, dachte er. Kitzle seinen Sinn für das Exzentrische. «Haben Sie während Ihrer letzten Besuche etwas Ungewöhnliches bemerkt?» Er verfluchte sich ob der Verschwommenheit dieser Frage. Sie öffnete der Senilität Tür und Tor.

«Brecht, brecht, brecht euch nur
am kalten, grauen Fels, o Wellen!
Flögen mir doch die Worte zu
Für die Gedanken, die in mir quellen.»

Amen, fügte Lestrade stumm hinzu.

«Haben Sie irgendwelche Anzeichen von Grabearbeiten entdeckt, Mylord?» Er bemerkte, daß er laut sprach, als führe er eine Unterhaltung mit einem Schwerhörigen oder einem Ausländer. «Ist in der letzten Zeit an der Wand der Schlucht gearbeitet worden? Eine frische Spalte im Sandstein?» Es war ein hartes Stück Arbeit.

«Ach, faßte mich doch eine verschwundene Hand,
Und der Klang einer Stimme, die stumm!»

Das kam der Sache schon näher. Also wußte Tennyson etwas. Ihm war bekannt, daß ein Mord dort stattgefunden hatte. Die Zeitungen hatten die Geschichte noch nicht gebracht. Der edle Poet verschwieg etwas.

«Was sagten Sie gerade, Mylord?»

Tennyson starrte ungerührt unter dem breiten Rand seines Schlapphutes hervor. «Verzeihen Sie mir, Inspector.» Sein Tonfall war anders geworden. «Zuweilen vergesse ich mich. Ist es nicht eitel von mir, aus meinen eigenen Werken zu zitieren?»

Lestrade versuchte, sich nicht anmerken zu lassen, daß er in den letzten paar Minuten dem Gespräch nicht hatte folgen können.

«Kennen Sie jemanden namens Peter?» fragte er.

Tennyson erhob sich mit Hilfe seines Stockes und des Butlers. Lestrade folgte ihm zum großen Haus.

«Warum fragen Sie mich diese Dinge?»

«Wir haben Beweise, daß in der Schlucht ein Verbrechen begangen worden ist, Mylord. Wir fanden den Leichnam eines Mannes, dessen Name möglicherweise Peter war.»

Tennyson blieb stehen und blickte den Inspector an. Er machte dem Butler ein Zeichen, voranzugehen.

«Inspector, ich werde nicht mehr lange auf dieser Erde weilen. Ich habe im Laufe meiner Erdentage viel gesehen… viel Leid… viel Leid. Mein Geist ist nicht mehr klar. Ich zweifle, ob ich es bemerkte,

wenn mir ein Leichnam vor die Füße fiele. Die Schatten werden dichter. Es gibt Tage, an denen ich nicht unterscheiden kann, ob ich zu Menschen oder zu Geistern spreche.»
Lestrade, gewöhnlich kein mitleidiger Mann, tätschelte den Arm des Laureaten. «Danke für den Tee, Mylord», erschien ihm herzlich genug.
Tennyson zitierte abermals:

«Solltest du mein Antlitz nie mehr sehen,
Bete für meine Seele. Mehr Dinge werden durchs Gebet bewirkt,
Als die Welt sich träumen läßt.»

Er winkte den Butler zu sich und humpelte weiter über den Rasen. Lestrade schwenkte seinen Hut, zum Zeichen, daß er den Rückweg allein finden werde.
«Zwielicht und Abendglocke...» hörte er den Dichter deklamieren:

«Und bald danach die Dunkelheit, die Neige!
Und möge keine Traurigkeit das Lebewohl begleiten,
Wenn ich das Boot besteige.»

Ein wenig später an diesem Nachmittag bestieg Lestrade das Postschiff. Er hatte seine Vorgesetzten davon in Kenntnis gesetzt, daß er weiteren Spuren nachgehen werde und der Fall alles andere als hoffnungslos sei, er indessen nicht viel vorangekommen sei. Es hatte sich nicht vermeiden lassen, daß Informationen zur Lokalzeitung durchgesickert waren. Und der Name *Peter* wurde ebenso erwähnt wie der Kittel des Arbeiters und die traurige Berühmtheit der Schlucht. Immerhin hatte der Redakteur soviel Zartgefühl besessen, die grauslichen Details wegzulassen – oder der Coroner war ungewöhnlich wortkarg gewesen.
Lestrade blieb keine Zeit, nach London zurückzukehren. Statt dessen nahm er den Zug und fuhr in bequemen Etappen über Swindon und auf den breiten Gleisen der Great Western nach Haverfordwest. Er war verärgert, daß er, da er seinen Dampfer verpaßte, eine feuchte, kalte Nacht in der Stadt zubringen mußte, die nichts anderes zu sein schien als eine einzige Straße. Falls morgen weitere Ver-

zögerungen eintraten, sah er sich einer Gefahr ausgesetzt, die alle reinblütigen Engländer in einer walisischen Stadt fürchten – einem trockenen Sonntag. Das Wiedererstarken der Methodisten und Mr. Gladstones Ausschankgesetze sorgten im Verein dafür, aus Haverfordwest eine tote Stadt zu machen. Wie sich herausstellte, hätte Lestrade einen trockenen Sonntag jenem feuchten Sonnabend vorgezogen, der ihm beschert wurde. Das Schiff schlingerte und rollte in der unwirtlichen irischen See. Lestrade, alles andere als ein guter Seemann, erlebte, daß sich sein Kopf vor lauter Spekulationen und sein Magen gleichzeitig vor Übelkeit drehte. Die irische Erde gab ihm ein Gefühl der Festigkeit und Sicherheit. Die Kutsche rasselte über Sackville Street in die Vorstadt. Dublin war immer noch eine hübsche Stadt, elegant, wohlhabend, englisch. Und wenn ein Hauch von Feindseligkeit in der Luft lag und die Männer und Frauen einem nicht offen ins Gesicht blickten, brauchte man sich darüber nicht zu wundern. War es nicht dieser charakterlose Wahnsinnige Gladstone, der mit Home Rule spielte? Arbeitete er nicht geradewegs den Feniern in die Hände? Und Salisbury konnte sich nicht lange halten – dafür würden schon die irischen Abgeordneten in Westminster sorgen. Zumindest war es so in der *Times* zu lesen, und Lestrade hatte vor diesem Blatt großen Respekt. Nicht daß er ein politisch interessierter Polizist gewesen wäre, doch er glaubte, daß man sich auf dem laufenden halten müsse.

Als Lestrade an den Kasernen der 13. Husaren ausstieg, fuhr ihm, ehe er sich's versah, deren neue Maschinengewehr-Abteilung über die Füße. Da er vor diesen prächtigen Burschen, die sich mitten in einer Gefechtsübung befanden, nicht als Memme erscheinen wollte, grub er seine Zähne in die Krempe seines Bowlers und trieb seinen Kopf ein paarmal gegen die nächstbeste Mauer.

«Hatten Sie eine angenehme Fahrt, Sir?» grinste der Kutscher auf seinem Bock.

Lestrade bedachte ihn mit einem fuchsteufelswilden Blick und keinem Trinkgeld und humpelte unter Schmerzen in die Regimentskanzlei. Der Sanitätsoffizier versorgte ihn vorschriftsmäßig, verband ihm beide Füße und ließ ihn im Krankenrevier allein. Das geschah ein paar Stunden vorher, , bevor der Mann eintraf, dem der Besuch des Inspectors galt. Zwei stämmige Soldaten erschienen und schleppten Lestrade zwischen sich über den Gang, den Hof und in

das Dienstzimmer des Colonels. Die Wände waren mit Regimentstrophäen und Fotografien bepflastert, und der ganze Raum roch durchdringend nach Zigarrenrauch und Lederfett.
«Diese Jungens», bellte eine scharfe Stimme hinter ihm. Lestrade sprang einen oder zwei Zoll in die Höhe und bedauerte es umgehend, denn er landete voll auf seinen verletzten Zehen. Colonel Templeton-Smyth marschierte an ihm vorbei zu seinem Schreibtisch. Er war ein Mann mittlerer Größe, energisch und von kerzengerader Haltung, mit dem unvermeidlichen militärischen Schnauzbart versehen, der ein wenig stärker gestutzt war als der von Lestrade. Er hatte das Gesicht eines Falken, klare blaue Augen, ein ausgeprägtes Kinn und gebräunte Pergamenthaut – wahrlich ein recht sonderbarer Kauz. Er warf seine Feldmütze auf den Tisch, hakte seine pelzbesetzte kurze Jacke auf, bevor er sich in seinen Sessel fallen ließ.
«Jungens», wiederholte er und schnippte ein Zigarrenkästchen zu Lestrade hinüber. «Was halten Sie von ihnen, Sergeant-Major?»
«Inspector, Sir, Polizei-Inspector.»
«Ach ja, natürlich. Verzeihung. Ist ein bißchen verwirrend mit diesen Rangbezeichnungen, nicht wahr?»
«Ich glaube, daß Jungen ihren Platz in der Gesellschaft haben. Sie werden wenigstens Jungen sein.»
«O ja, aber Sie sind Polizist, oder?»
Lestrade nickte.
«Sie müßten ein paar von diesen Burschen kennen. Verstehen Sie, ein paar von denen, die der alte Barnado nicht kriegt. Ich habe da eine Idee...»
«Verzeihung, Sir.» Lestrade versuchte trotz seiner pochenden Zehen offiziell zu werden. «Ich bin in einer wichtigen polizeilichen Angelegenheit hier.»
«O ja, natürlich. Feuer?»
Mühsam beugte Lestrade sich vor und brannte dankbar seinen Stumpen an. Die Standuhr schlug vier Uhr.
«Ah, Gabelfrühstück.» Der Oberst betätigte einen Klingelknopf neben seinem Schreibtisch.
«Aber die Verhütung von Verbrechen, Mann. Dieser Ripper-Bursche – er war mal ein Junge. Wir dürfen nicht warten, bis sie zu verklemmten und verbitterten Burschen heranwachsen. Wir müs-

sen sie schulen, sie zu nützlichen Bürgern machen. Ich stelle mir nun vor...»
«Bei allem Respekt, Sir...» unterbrach Lestrade.
«O ja, natürlich. Schießen Sie los. Ha, ha! Guter Spruch, was? Kennen Sie wohl nicht, diesen kleinen Soldatenscherz: Schießen Sie los!» Templeton-Smyth sah, daß Lestrade nicht amüsiert war. «Nun, dann kommen Sie zur Sache.» Sein Gesicht straffte sich.
«Ich ermittle in einem mutmaßlichen Mordfall, der sich vor kurzem in Shanklin auf der Insel Wight ereignet hat, Sir.»
«Ach ja? Wie kann ich helfen?»
Lestrade kramte in seiner Brieftasche und warf das Stückchen Stoff auf den Schreibtisch des Obersten. «Wofür halten Sie das, Sir?»
Templeton-Smyth untersuchte es eingehend. Er trat damit an das Fenster, wo es heller war. Etwas auf dem Exerzierplatz erweckte seine Aufmerksamkeit, und er schob das Fenster hoch.
«So geht das nicht, Corporal», rief er. «Es wird niemals besser, wenn Sie stocksteif dastehen!»
Hinter seinen Schreibtisch zurückgekehrt, beantwortete der Colonel die Frage des Inspectors. «Litze eines Offiziers. 13. Husaren. Schulterriemen.» Eine Pause, dann – «Könnten natürlich auch die 14. Husaren sein.»
«13. Husaren», sagte Lestrade mit Nachdruck. «Dieser Gegenstand wurde im Futter der Kleidung des Toten gefunden, Sir. Ich habe mir die Mühe gemacht, ihn zu säubern. Ich verschaffte mir auch ein Exemplar der Uniformdienstvorschrift für Offiziere Ihrer Majestät von Gieves & Company, Portsmouth. Ein kurzer Blick in das Werk verriet mir, daß die Litze, wie Sie sagen, zum Schulterriemen eines Offiziers der dreizehnten oder vierzehnten Husaren gehört. Wenn Sie indessen den Gegenstand noch einmal betrachten» – der Colonel tat's – «wird Ihnen auffallen, daß eine Ecke heller und weniger ausgebleicht ist als der übrige Stoff.»
«Ich kann Ihnen nicht folgen, Inspector.»
«Ihr Bursche würde es verstehen, Sir. Jeder Mann, der mit dem Putzen von Regimentslitzen beauftragt ist, würde wissen, daß die Litze dort sauber ist, wo sie von einer Metallverzierung bedeckt ist. Die saubere Fläche auf dem Stoff, den Sie vor sich haben, entspricht in Größe und Form einem Metallschnörkel, auf dem eine Tapferkeitsmedaille blasoniert ist. Ich brauche Ihnen kaum zu sagen, Sir, daß

die Dreizehner das einzige Kavallerieregiment sind, das Kriegsauszeichnungen am Schulterriemen trägt.»
Templeton-Smyths Kinn klappte herunter. «Ich bewundere euch Burschen von der Polizei. Ein Musterbeispiel für eine Deduktion, Lieutenant.»
«Inspector, bitte, Sir.»
«Ach ja, natürlich.» Templeton-Smyth gab die Litze zurück. Die Bedeutung begann ihm zu dämmern. «Also war dieser Bursche ... äh ... Ihr ... Toter ... ein Offizier der Dreizehnten?» Seine Schnurrbartenden fingen vor Ekel zu vibrieren an.
«Um das herauszufinden, bin ich hier, Sir.»
«Nun hören Sie mal zu, Lestrade. Das ist nicht denkbar, wissen Sie. Ich meine, bei Offizieren und Gentlemen und so weiter. Bißchen ungehörig, wie? Daß ein Bursche aus dem eigenen Stall endet, indem man ihn umbringt.» Doch die Neugier besiegte die Entrüstung. «Sagen Sie mir, wie es passierte? Säbel? Karabiner? Maschinengewehr?»
Lestrade ignorierte diese phantasievollen Ausflüge ins Reich der Illusionen. Der Mann hatte offensichtlich keine Ahnung vom Handwerk des Mordens. «Haben – oder hatten – Sie unter Ihren Offizieren, Oberst, einen Mann mit Namen Peter? Mit Vornamen, würde ich annehmen.»
Templeton-Smyth durchmaß das Zimmer. «Peter, Peter», sprach er sinnend vor sich hin, sein langes, hagres Kinn streichend. «Nun, seit meiner Zeit als Fähnrich bin ich mittlerweile fünfzehn Jahre bei den Dreizehnern. Es gibt unter den Offizieren nur einen Peter, den ich gekannt habe.»
Lestrade richtete sich auf. War er am Ziel? Hatte sich sein Hasardspiel, sein kostspieliger, unaufgeforderter Ausflug nach Dublin ausgezahlt? Würde er auf eine Verbindung zu diesem vornehmen Kavallerieregiment stoßen? Was würde Templeton-Smyth enthüllen?
«Peter Endercott. Er ist da draußen.» Er deutete zum Fenster.
Lestrade hievte sich mit schmerzverzerrtem Gesicht in die Höhe. Diese verdammten Räder von der Maschinengewehr-Protze mußten ihm die Zehen gebrochen haben.
Er gelangte zum Fenster. Unten wurde eine Schwadron der 13. Husaren im Säbelfechten gedrillt, obgleich der Nachmittag sich unter einem bedrohlichen Himmel dem Ende zuneigte. Das Klirren der

Säbel war durchsetzt von den scharfen Kommandos der Ausbilder. Lestrade erinnerte sich an die Zeit, da er als Constable bei der berittenen Polizei selbst solche Übungen gemacht hatte. Er konnte vier Offiziere erkennen, die lässig dabeistanden und die Männer bei ihren Manövern beobachteten.

«Welcher davon ist er, Sir?»

Templeton-Smyth blickte ihn befremdet an und dann begriff er. «Oh, nein, mein lieber Junge. Dort drüben.» Er zeigte auf eine Gruppe von Ulmen, die in einiger Entfernung vom Exerzierplatz stand. «Drittes Grab von links. Tuberkulose, der arme Kerl. Familie bestand darauf, daß er hier beerdigt wurde. Mit allen militärischen Ehren, versteht sich.»

«Wann?» Lestrades Optimismus war bereits auf dem Tiefpunkt.

«Oh, vor drei – nein, vor vier Jahren. Es war im Juni. Ein Jammer. Er war ein guter vierter Mann.»

«Vierter Mann?»

«Whist, Captain. Spielen Sie?»

«Äh … nein, Sir.»

«Schade. Ist nämlich ein gutes Spiel für Jungens.»

Die Tür öffnete sich und eine große knochige Frau in einem unscheinbaren weißen Kleid erschien.

«Mein Lieber, tut mir leid, daß es mit dem Gabelfrühstück spät geworden ist. Sollen wir es im … Oh, Verzeihung, ich wußte nicht, daß du Besuch hast.»

Lestrade erhob sich schwankend. «Oh, nein, bitte stehen Sie nicht auf. Die Gicht kann einem ganz schön zusetzen, nicht wahr?»

«Dies ist Major Lestrade von der Metropolitan Police, meine Liebe», stellte Templeton-Smyth vor. «Major, meine Schwester.»

«Inspector, Madame», ächzte Lestrade, als Miss Templeton-Smyth ihm herzlich die Hand schüttelte.

«Wir erörtern eine delikate Angelegenheit, meine Liebe …» sagte der Colonel.

«Oh, Robert, mein Lieber, kann das nicht warten? Dieser arme Mann hat eine Tasse Tee verdient.» Sie half Lestrade auf seine bandagierten Füße und stützte ihn mit sehnigem Arm.

«Mädchen», sagte sie, während sie aus dem Zimmer des Colonels humpelten. «Als Polizist haben Sie gewiß mit einigen zu tun, die vom rechten Weg abgekommen sind.»

Lestrade hatte das schon einmal gehört.
«Nun, wir müssen sie schulen, etwas aus ihnen machen, Inspector. Ich habe mit einem der Offiziere meines Bruders, Captain Baden-Powell, darüber gesprochen, bevor er nach Malta ging. Er zog das Ganze freilich ins Lächerliche.» Der Colonel faßte hinter seiner Schwester Tritt. «Wir werden Tee trinken und ich werde Ihnen meine Vorstellungen darlegen...»

So hatte denn Lestrade, nach dem Gespräch mit Tennyson, mit den 13. Husaren eine weitere Niete gezogen. Er hatte sich die Zehen gequetscht, war auf der Rückfahrt von Dublin entsetzlich seekrank geworden und dem endlosen Geschwätz Templeton-Smyths ausgesetzt gewesen, der die Jugend Britanniens in irgendeinem scheußlichen Regiment von Tugendbolden organisieren wollte, die alten Damen über die Straße halfen und sinnlos im Gelände herummarschierten. Welch eine alberne Idee – dieser Baden-Powell-Knabe hatte das ganz richtig gesehen. Und wie lächerlich Colonel Templeton-Smyth in kurzen Hosen aussehen würde!
Während der folgenden achtzehn Tage arbeitete eine Gruppe von Constables vom Kriegsministerium aus, spürte die vierundzwanzig Männer namens Peter auf, die in den Reihen der 13. Husaren dienten oder gedient hatten, und befragte sie. Solange seine Zehen heilten, war Lestrade an den Schreibtisch gefesselt, doch er war einigermaßen überrascht, daß es so viele waren – Männer, natürlich, nicht Zehen. Immerhin war Peter doch kein so häufiger Name. Er war enttäuscht, daß die Nachforschungen nichts Greifbares ergaben. Acht der Männer waren tot, drei von ihnen saßen im Gefängnis. Zwei waren im Ausland und würden wahrscheinlich dort bleiben, und von den verbliebenen elf ließ sich keinerlei Verbindung zu Shanklin, der Insel Wight oder dem Verschwinden eines mittelalten Mannes in einem Arbeiterkittel herstellen. Zumindest wußte Lestrade jetzt, daß der Kittel auf Norfolk hinwies, doch Nachfragen, die per Telegramm oder telefonisch an den Chief Constable dieser Grafschaft gerichtet wurden, ergaben nichts – teilweise deshalb, weil der Chief Constable über kein Telefon verfügte. Doch es gab keine Meldung einer vermißten Person, auf welche die Beschreibung dessen, was einmal der Mann in der Schlucht gewesen war,

zutraf. Natürlich wurden ein paar Katzen vermißt und ein ziemlich bösartiger Salamander, jedoch keine Landarbeiter; um genau zu sein, überhaupt kein menschliches Wesen. Lestrade war gerade im Begriff, das Fazit zu ziehen, daß ein unidentifizierter Mann, dessen Name möglicherweise Peter gewesen war und der möglicherweise in Verbindung mit den 13. Husaren gestanden hatte, durch ein Gewaltverbrechen, verübt von einer oder mehreren Personen, zu Tode gekommen war, als mit der zweiten Post ein Brief eintraf. Es war ein Brief mit Trauerrand und die Botschaft war mit einer Schreibmaschine geschrieben. Lestrade brauchte sie nur einmal zu lesen, um ihre Wichtigkeit zu erkennen:

Seht ihn an! Wie er dort steht,
Die Hände schmutzig, das Haar verdreht.
Seht! Die Nägel schnitt er nie, auf Ehr,
Und sie sind so schwarz wie Teer;
Und der Bösewicht, fürwahr,
Hat noch nie gekämmt sein Haar.

Der Poststempel war London, und der Brief war adressiert an «Inspector Lestrade, Scotland Yard». Der Inspector warf einen zweiten Blick auf die holprigen Verse. Selbstverfaßt? Ja, vermutete er. Er wünschte, er verstünde mehr von Poesie, aber der Einpauker, bei dem er gewesen war, hatte sie für überflüssig gehalten, und die meisten seiner Kollegen beim Yard – Gregson, Athelney Jones, sogar McNaghten – hielten Poesie und Poeten für ermüdend und unmännlich. Der Schreibmaschinentext war sonderbar – ziemlich ungleichmäßig mit einem deutlichen Ausschlag nach oben beim Buchstaben «n», so daß er ein wenig unterhalb der Zeile stand. Er hatte immer geglaubt, es müsse eine Möglichkeit geben, eine fehlerhafte Schreibmaschine aufzuspüren, doch er hatte keine Ahnung, wie man das anstellen sollte.

Wieder fielen ihm die Ripper-Briefe ein. Zwei davon, die er kannte, waren echt. Etwa zweihundert stammten von Verrückten, von Spinnern, die jedesmal, wenn Morde sich häuften, aus ihren Löchern krochen. Diese beiden Briefe jedoch enthielten Informationen, die nur der Mörder kennen konnte. Und so war es auch mit dieser Strophe: einzig das Haar war in der örtlichen Zeitung erwähnt worden,

und der Fall – denn dazu war er mittlerweile geworden – drang nicht bis zu allen Tageszeitungen vor. Lediglich der Bericht des Coroners, der von Sergeant Bush von der Hampshire Polizei und Lestrades eigener enthielten sämtliche Fakten. Es gab die Möglichkeit einer undichten Stelle, überlegte Lestrade, während er schmerzerfüllt den Lift ins Erdgeschoß betrat. Vielleicht jemand im Büro des Coroners – dieser pickelige Spilsbury, zum Beispiel – vielleicht einer von Bushs Männern. Doch das glaubte er nicht. Ganz tief im Herzen wußte er, daß der Mörder es gewesen war, der diesen Brief geschrieben und die Strophe verfaßt hatte.
So weit, so gut. Man schrieb das Jahr 1891, und dies war Scotland Yard – das hervorragendste Polizeipräsidium der Welt. Dies war Britannien, die Werkstatt der Welt. Die Forensische Wissenschaft stand ihm zur Verfügung. Hier, in dem düsteren Erdgeschoß, umgeben von Rohrleitungen für Gas und Wasser, hier waren die brillantesten Wissenschaftler versammelt, derer Europa sich rühmen konnte. Wenn sie in dem Brief keine Hinweise entdecken konnten, wer dann?
«Fingerabdrücke?» wiederholte der Gelehrte, als er auf den entfalteten Brief zwischen Lestrades sorgsam gespreizten Fingerspitzen starrte. «Nie gehört?»

Ein Tod am Morgen

Lord Frederick Hurstmonceux lag auf dem Billardtisch im Spielzimmer. Sein gewöhnlich fleckenloser Jagdrock war nur noch in Fetzen vorhanden, sein Hemd zerrissen und ebenso wie Hände und Gesicht mit geronnenem Blut beschmiert. Er war bereits seit etwa sechs Stunden tot, als Lestrade auf McNaghtens persönliche Anordnung eintraf. Das Haus, eine extravagante Scheußlichkeit im Stil Palladios, einer Biegung der Hügellande angeschmiegt, war still und stumm. Nach dem Schütteln und Rattern der pferdelosen Daimler Wagonette war diese Stille ein Segen. Ein grimmiger Butler empfing ihn an der Tür und führte ihn in die geflieste Eingangshalle. Sein Polizistenblick schweifte über die Aspidistrae, den eleganten Schwung der Treppe und die Porträts der Herren von Hurstmonceux, Väter und Söhne, in ihren roten Jagdröcken. Eine Reihe schüchterner, erschreckter Dienstmädchen, steif in ihren gestärkten weißen Schürzen, säumte den Durchgang. Sie waren unsicher, wie sie sich Lestrade gegenüber verhalten sollten. Sie wußten, daß er Polizeibeamter und warum er hier war, doch viele von ihnen hatten nie einen Beamten von Scotland Yard gesehen, einen Mann in Zivil. Einige knicksten, andere folgten ihm mit den Augen.

Der Butler öffnete die doppelten Türen. Lestrade blinzelte in das helle elektrische Licht, das den Tisch überflutete. Er blickte auf die Leiche. «Hat den Tischüberzug ruiniert», murmelte er.

«Ist das alles, Sir?»

«Ja. Würden Sie Sir Henry bitten, mich hier aufzusuchen?»

Der Butler verschwand. Lestrade unterzog die Leiche einer flüchtigen Untersuchung. Als Todesursache nahm er schwere Rißwunden und Schock an. Oder Blutverlust, dachte er, als er den blutverkrusteten Kopf drehte, um die zerrissene Jugularvene zu finden. Von seinen Kleidungsstücken waren bloß die schlammbedeckten Jagdstiefel unversehrt geblieben. Das war ein schmutziges, ein böses Ende, selbst für einen Landadeligen von Hurstmonceux's Reputation.

«McNagthen?»
Die Stimme ließ ihn jäh herumfahren.
«Oh, ich erwartete den Stellvertretenden Polizeipräsidenten McNaghten», sagte die Stimme.
«Inspector Lestrade, Sir.» Lestrade dachte, «Zu Ihren Diensten» hätte zu respektvoll geklungen. «Sir Henry Cattermole?»
Die Stimme streifte an Lestrade vorbei und Cattermole blickte auf die Leiche auf dem Billardtisch. «Ja, ich bin Cattermole.»
«Der Stellvertretende Polizeipräsident McNaghten war leider unabkömmlich. Er hat mich gebeten, Ihnen seine Empfehlungen zu übermitteln. Ich werde Ihnen ein paar Fragen stellen müssen, Sir.»
Cattermole hatte die Leiche nicht aus den Augen gelassen. «Kommen Sie in die Bibliothek», sagte er. «Ich kann ihn nicht länger ansehen.» Lestrade folgte ihm durch die Halle. Dienstmädchen und Butler waren verschwunden. Die Bibliothek war typisch für diese Landhäuser, jede Wand mit ledergebundenen Büchern bedeckt, die niemand gelesen hatte.
«Cognac?»
Lestrade nahm das angebotene Glas. «Wenn es denn sein muß, Sir.»
Cattermole stürzte den Cognac hinunter und füllte nach. «Freddie Hurstmonceux war ein Bastard, Inspector. Ein Bastard von Beruf. Oh, nicht im Sinne seiner Abstammung, verstehen Sie mich recht. Es gibt kaum blaueres Blut als das seine.»
«Mir kam es ziemlich rot vor, Sir.» Lestrade hätte sich wegen der Taktlosigkeit seiner Bemerkung einen Tritt versetzen mögen.
«Nein, Freddie hat diesen Tod verdient. Oder zumindest hat mich sein Tod nicht überrascht.»
«Können Sie mir erzählen, was geschah, Sir?»
«Er war auf der Jagd. Wir alle. Freddie liebte ein offenes Haus. Er liebte es, mit seinen Hunden und Kumpanen auf die Jagd zu reiten. Sie haßten ihn alle, doch er hatte eine Art von ordinärem Charme. Wie auch immer, wir hatten etwas erspäht und die Hunde losgelassen. Das war auf den Unteren Wiesen und Freddie war wie immer in wilder Jagd auf und davon. Er peitschte sein Pferd unbarmherzig.»
«Er behandelte Pferde nicht gut?»

«Pferde, Hunde, Leute. Er behandelte sie alle gleich schlecht. Ich habe gesehen, wie er ein Pferd zu Tode peitschte.»
«Sie haben ihn nicht daran gehindert?»
«Verdammt, Lestrade. Was geht das Sie an?» Cattermole hielt inne. Dann fuhr er, ruhiger geworden, fort. «Einem Mann wie Freddie kommt man nicht in die Quere.» Eine lange Pause. «Er kam also vor mir linker Hand durch das Dickicht. Bertie Cairns und Rosebery waren bei ihm, doch als er die Anhöhe genommen hat, muß er sie hinter sich gelassen haben. Da oben sind natürlich gepflügte Felder, schweres Geläuf. Freddie war ein besserer Reiter als jeder von ihnen. Als ich auf der Anhöhe ankam, war die Hölle los. Die Hunde machten jenseits der Mauer einen Spektakel wie eine Herde Teufel, so daß ich dachte, sie hätten den Fuchs gestellt. Heulend und jaulend rissen sie etwas in Stücke. Doch Bertie und Rosebery galoppierten hinunter, setzten über die Mauer und hieben mit ihren Reitpeitschen auf sie ein. Es war klar, daß etwas nicht in Ordnung war. Als ich hinkam, war alles vorbei. Die Hunde waren angeleint und ich konnte sehen, daß es kein Fuchs gewesen war. Es war Freddie.»
Kurze Zeit vergrub Cattermole das Gesicht in den Händen. Lestrade kam wieder auf die Leiche zu sprechen.
«Das haben Fuchshunde getan?» fragte er ungläubig.
Cattermole lehnte sich in seinen Sessel zurück. «Halten Sie das für unmöglich? Ich hab's gesehen, Lestrade. Sie gingen ihm an die Kehle. Er hatte überhaupt keine Chance.»
«Verzeihen Sie mir, Sir, es ist nicht meine Absicht, irgendwie lästig zu fallen. Aber das ist ein Tod durch Unfall. Ein Aufflammen der Naturinstinkte in bissigen Tieren.» Er gratulierte sich selbst, daß er diesen Satz in einem Atemzug über die Lippen gebracht hatte. Und dann, vielleicht ein wenig bombastisch, setzte er hinzu: «Ich bin vom C.I.D., Sir, der Kriminalpolizei.»
Cattermole erhob sich abrupt. «Inspector …» – sein Gesicht war finster – «ich hätte den Dorfpolizisten rufen können, aber ich wollte nicht, daß Plattfüße auf den letzten Überresten dessen herumtrampeln, was einmal eine große Familie war. Darum habe ich mich an McNaghten gewandt. Gott weiß, ich hätte für Freddie keine Zeit verschwendet. Er ist tot und verdammt in alle Ewigkeit. Aber dort …» – er deutete dramatisch auf das wuchtige Porträt über dem leeren Kamin – «… ist der vierte Pair Hurstmonceux – und einen

besseren Mann hat die Welt nie gesehen.» Henry Cattermole war einer aus der alten Schule, ehrlich und treu. «Freundschaft, die in Eton und Quetta geschmiedet wurde, stirbt nicht, Inspector.» Der Inspector zweifelte nicht an diesen Worten. «Um seinetwillen habe ich den Yard informiert. Keinen Wirbel, keinen Skandal, verstehen Sie?»
«Vollkommen, Sir.»
«Armer Georgie. Freddie war sein einziger Sohn. Der Bastard hat ihn umgebracht.»
«Soll das in die Akten, Sir?»
«Oh, nicht wörtlich, Lestrade. In Wirklichkeit hat er ihm keinen Revolver an die Schläfe gesetzt. Aber durch seine... Art... hätte er ihn ebensogut umbringen können.» Cattermole betrachtete lange das Porträt. Dann sagte er: «Kommen Sie mit, Inspector.»
Die beiden Männer verließen das Haus durch den mit Weinlaub überwucherten Südflügel und schritten quer über den samtweichen Rasen zu den Stallungen. Hinter den Hauptgebäuden, wo die dampfenden Jagdpferde und Vollblüter bewegt wurden, kamen sie zu den Hundezwingern. Lestrade hegte keine sonderliche Vorliebe für Hunde. Einer oder zwei seiner Vorgesetzten waren versessen darauf, Bluthunde einzusetzen, doch ihn schienen die Tiere immer anzupinkeln, wann immer er mit ihnen zu tun hatte. Er fragte sich oft, ob es an ihm persönlich oder an dem Ort lag, an dem er sich befunden hatte. In einem Gehege befanden sich dreißig oder vierzig Fuchshunde, prächtige schwarze, braune und weiße Tiere, die sich leckten und schnüffelten. Lestrade war froh, daß sie nicht knurrten oder heulten. Da er nicht wollte, Sir Cattermole könne glauben, er habe Angst vor diesen Kötern, streckte er eine sichere Hand aus, wobei er betete, sie möge nicht zittern. Ein Hund mit massigen Unterkiefern, vielleicht älter, sicherlich dunkler als die übrigen, bohrte seine Nase in Lestrades hohle Hand. Er rubbelte ihm die Ohren.
«Guter Junge, guter Junge.»
«Fällt Ihnen an diesen Hunden etwas auf?» fragte ihn Cattermole. Lestrade haßte es, wenn man ihn auf diese Weise in Verlegenheit brachte. Hatte er es mit einem Einbruch in ein Wohnhaus, einer überfallenen Bank oder auch nur mit einem gefälschten Fünfer zu tun, bewegte er sich auf vertrautem Gelände. Doch Wochenenden mit Geschieße und Gejage und Landhäuser waren nicht sein Revier.

Er prüfte das Nächstliegende – seine beiden Beine. Bis jetzt hatte noch keiner der Hunde versucht, ihn anzupinkeln.
«Sie meinen...» Lange Jahre im Dienst hatten ihn das gemächliche Hinauszögern gelehrt, das er bis zu dem Punkt trieb, der seinem Fragesteller Gelegenheit gab, sich einzumischen.
«Von dem Blut abgesehen.»
Lestrade zuckte mit seiner Hand zurück und hoffte, daß die Bewegung nicht zu plötzlich gewesen war. Er hatte das Blut in der Tat nicht gesehen – bis jetzt. Aber es war da, dunkel und verkrustet um viele Mäuler. Menschliches Blut. Hurstmonceux's Blut.
«Sie sind so fügsam», fuhr Cattermole fort, «oder würden Sie glauben, daß sie vor ungefähr sechs Stunden einen Mann in Stücke gerissen haben?»
Soweit der Anstand es ihm zu erlauben schien, bewegte Lestrade sich rückwärts.
«Dieser da neben Ihnen», sagte Cattermole auf den Hund deutend, den Lestrade getätschelt hatte, «das ist Tray, der Leithund. Er dürfte als erster auf Freddie losgegangen sein. Rosebery sagte, er habe ihn an der Kehle gehabt.»
Lestrade war für die frische Luft dankbar. Quer über den Hof schritt, noch immer im Jagdanzug, Archibald Philip Primrose, V. Earl von Rosebery. Er war ein ängstlich blickender Mittvierziger.
«Ah, Rosebery. Dies ist Inspector Lestrade – von Scotland Yard.»
«O Gott.» Rosebery ergriff die ausgestreckte Hand.
«Mylord.» Lestrade verbeugte sich steif. «Können Sie ein wenig Licht in diese unglückselige Affäre bringen?»
Rosebery blickte sich um wie ein in die Enge getriebener Hirsch, seine wässrigen Augen spähten in jeden Winkel des Hofes. Er nahm Lestrades Arm und führte ihn abseits über den Rasen.
Cattermole spürte die Heimlichkeit und den Argwohn seines Gebarens und ging zum Haus zurück.
«Ich werde mich um Ihr Zimmer kümmern, Lestrade», rief er.
«Ich danke Ihnen, Sir Henry.»
«Hören Sie, Balustrade, es zeichnet sich ab, daß ich den Hosenbandorden kriegen werde.»
«Mylord?» Lestrade hätte alles geglaubt, was ihm Aristokraten erzählten, doch Rosebery hielt er nicht gerade für glaubwürdig.

«Keinen Skandal, verstehen Sie. Ich kann mir keinen Skandal leisten. Jedenfalls nicht im Augenblick, meine ich. Home Rule ist das eine. Und dann die G. G.'s, aber dies hier... Gott, armer Freddie.»
«Was war er für ein Mann, Sir?»
«Wer?»
«Lord Hurstmonceux.»
«Oh, ein Bastard. Ein absoluter Bastard. Er hatte seine Auftritte, zugegeben.» Rosebery stieß ein kaltes, distanziertes Lachen aus. «Nein, ich glaube nicht, daß er über das verfügte, was man einen anständigen Charakter nennen könnte. Hören Sie mal ... äh ... Kavalkade... dies wird doch nicht an die Öffentlichkeit kommen, oder?»
Schon früher war in dieser Weise Druck auf Lestrade ausgeübt worden, doch es war verwirrend, daß es diesmal durch einen Mann wie Rosebery geschah, Gladstones rechte Hand, führender Politiker und Peer of the Realm. Er würde Lestrade selbst von seiner Meinung nicht abbringen, doch einem Inspector konnten leicht die Hände gebunden werden, und er war überhaupt nicht sicher, wie McNaghten sich verhalten würde. Gemeinsame Interessen und die Bindung an das alte College, das sie einst alle besucht hatten, trotz der Ausweitung der Bürgerrechte.
«Sie können den Tod eines Mitgliedes des Oberhauses nicht geheimhalten, Mylord.»
«Tod?» Roseberys Ton verriet, daß er Lestrade falsch eingeschätzt hatte. Dann fuhr er, ruhiger, fort: «Oh, ganz recht, ganz recht.»
Aber Lestrade war schneller gewesen. Er hatte den Wink verstanden. Rosebery verbarg etwas.
«Glauben Sie, daß es mehr war, Mylord?»
«Mehr?» Roseberys Anstrengungen, unbeteiligt zu wirken, waren kläglich.
«Mord, Mylord.» Lestrade drehte sich um und fixierte Rosebery, so daß ihr Spaziergang jäh unterbrochen wurde. Rosebery starrte ihn an, den Mund sperrangelweit geöffnet.
«Wie?» war alles, was er hervorbringen konnte.
«Das genau ist es, was mir zu schaffen macht», bekannte Lestrade. «Ich weiß es nicht. Bis jetzt.»
Rosebery blinzelte und ging weiter und überließ sich Lestrades Füh-

rung. Der Ton ihrer Unterhaltung hatte sich verändert. Der Polizist hatte jetzt die Oberhand und führte den edlen Lord an einem unsichtbaren Ring durch dessen aristokratische Nase herum.

«Ich nehme an, Lord Hurstmonceux war ein erfahrener Jäger und Reiter?»

«O ja, ist mit den Quorn, den Cattistock, den Besten geritten.»

«Verstand sich auf Pferde und Hunde?»

«Wie ein Eingeborener. Das ist es ja, was so verdammt sonderbar ist.» Rosebery fing an, aufzutauen. «Ich meine, er behandelte seine Tiere schlecht, Gott weiß es. Aber Hunde sind treue Kreaturen. Sie können eine Menge aushalten, wissen Sie.»

«Wenn Fuchshunde auf der Fährte sind, wonach jagen sie?»

«Nun, nach dem Fuchs natürlich.»

«Wegen der Witterung?»

«Ja. Daraufhin sind sie gezüchtet.»

«Und was könnte sie dazu veranlassen, auf einen Menschen loszugehen, besonders wenn sie in wilder Jagd hinter dem Fuchs her sind?»

Rosebery schüttelte den Kopf. «Ich weiß es nicht», sagte er. «Das ist ein verdammtes Rätsel.»

Das Abendessen verlief überraschend heiter. Zugegeben, Rosebery war immer noch nervös, doch der Wein floß und die Aristokratie empfand die Anwesenheit eines Yard-Beamten eher als ungewöhnlich denn als störend. Lestrade gab, so beredt wie möglich, ein paar Anekdoten aus dem Ripper-Fall zum besten, doch darüber war man in den Klubs offenbar bestens informiert. Für einen Mann seiner Herkunft kam er bemerkenswert gut mit der Unmenge von Bestekken und Silbergeschirr zurecht, die Mrs. Beeton in Schwärmerei versetzt hätte. Es war ein sonderbar männlicher Abend. Als Wochenende der «alten Hirsche» hatte Lord Hurstmonceux diese Zeremonie bezeichnet – nach der Familientradition fand nach der letzten Jagd der Saison ein «reiner Herrenabend» statt. Als man bei Zigarren und Port angelangt war, nahm der dritte Teilnehmer der Gesellschaft, Sir Bertram Cairns, Lestrade beiseite.

«Sie werden die ganze Nacht über Home Rule diskutieren», bemerkte er mit Blick auf Rosebery und Cattermole, die vor dem kra-

chenden Kaminfeuer in ernstem Gespräch die Köpfe zusammensteckten. «Nehmen Sie Ihr Glas mit. Ich möchte Ihnen etwas zeigen.»
Lestrade folgte Cairns durch das Haus, vorbei an seinem eigenen Zimmer und weiter durch endlose Gänge, bis sie zu einer verschlossenen Tür mit Messingbeschlägen gelangten. Cairns zog einen Schlüssel hervor und schloß auf. Es dauerte eine Weile, bis Lestrade das Interieur in sich aufgenommen hatte. Der Raum war offensichtlich eine Art Laboratorium. Von der Decke hingen schauerliche Vögel in Flugstellung herab, die große Schatten auf die Wände warfen. Tauben, die mit Habichten zusammenprallten und sich in ihre Bestandteile auflösten, und Würger, die Insekten auf Dornen spießten. Auf den Tischen und Bänken standen in langen Reihen Flaschen, Kolben und Röhren. In der Mitte des Raumes war der Boden unbedeckt, von Schnitten verunstaltet und mit dunkelbraunen Flecken übersät. Auf den Regalbrettern fand sich in Gläsern jegliche Art von Getier, in einer grünlichen Flüssigkeit schwimmend.
«Lord Hurstmonceux war Wissenschaftler?» fragte Lestrade.
«Nicht ganz», lautete die Antwort. Cairns deutete auf einen länglichen Kasten in einer Zimmerecke. An seinem einen Ende war eine Reihe von schwarzen und weißen Tasten und der Kasten war in Kammern aufgeteilt, über deren Böden Klavierdraht bis zu den Tasten gespannt war. Lestrade hielt es für korrekt zuzugeben, daß er nicht wußte, was es mit dieser Vorrichtung auf sich hatte.
«Das ist das Katzenklavier», sagte Cairns grimmig.
«Das … Katzen … das was?»
«Die Katzen werden in die Kammern gesetzt und eingeschlossen. Dann spielt der … ‹Wissenschaftler› … eine Melodie auf der Tastatur, mit dem Ergebnis, daß die Drähte hochschnellen und die Katzen von unten peitschen, während die Hämmer ihnen auf die Köpfe schlagen.
«Also ist das hier kein Laboratorium», sagte Lestrade, dem allmählich ein Licht aufging.
«Nein, Inspector. Dies ist eine Folterkammer.»
Lestrade fiel erst jetzt auf, daß die Wände und die Tür dick gepolstert waren. Cairns bemerkte seinen Blick.
«Schalldicht», sagte er. «Diese Tiere, die Sie dort in den Gläsern

sehen – ich halte jede Wette gegen Sie, daß an ihnen Operationen durchgeführt wurden, während sie noch sehr lebendig waren.»
Cairns ging zu einer Schreibtischschublade und nahm eine dicke Kladde heraus. «Hier – eine Aufzeichnung seiner ‹Experimente›.»
«Vivisektion», murmelte Lestrade.
«O nein, Inspector. Vielleicht ist diese Ansicht unpopulär, aber echte Vivisektion dient wenigstens wissenschaftlichen Zwecken. Aber das hier – das ist reiner Sadismus – Folter um des Vergnügens willen. Und widernatürliche Handlungen», setzte er vieldeutig hinzu.
Lestrade durchblätterte die Kladde. Da war von gekochten Igeln die Rede, wurden Drosseln auf Nadeln gespießt, Füchsen die Vorderbeine abgehackt, Pferde mit Schneiderscheren kastriert, Ziegen mit Hutnadeln geblendet. Kaum der übliche Zeitvertreib für einen Wissenschaftler und Gentleman. Und was Lord Hurstmonceux mit den Schafen auf seinem Grund und Boden anzustellen versuchte, malte man sich am besten überhaupt nicht aus.
«Inwiefern hilft uns das, Sir Bertram?» fragte Lestrade.
«Ich bin mir nicht sicher», erwiderte Cairns. «Doch wir alle wissen, warum Sie hier sind, Lestrade. Hier handelt es sich nicht um einen simplen Tod am Morgen. Hier geht's um Mord.»
«Begangen von einem Hund oder von unbekannten Hundesöhnen?» setzte Lestrade hinzu.
«Wie meinen Sie das?»
«Ich möchte Ihnen etwas über Mord erzählen, Sir Bertram. Wenn ich gerufen werde, um ein Verbrechen aufzuklären, habe ich in der Regel ein Opfer und keinen Mörder. Der durchschnittliche Mörder ist nicht so entgegenkommend, mit einem Gewehr oder einem Messer in der Hand bei der Leiche stehenzubleiben, bis ich eintreffe. Ich setze die Beweisstücke zusammen – wie die Teile eines Puzzles –, und ich gelange zu Schlußfolgerungen. In diesem Fall nun habe ich meinen Mörder – oder besser gesagt meine Mörder. Vierzig Stück an der Zahl. Aber es handelt sich um Fuchshunde, Sir, und gegen einen Fuchshund kann kein Richter Ihrer Majestät ein Verfahren eröffnen. So etwas ist noch nie dagewesen.»
«Gütiger Gott, Mann, ich bin kein Idiot. Freddie Hurstmonceux war einer der unbeliebtesten Männer im Land. Es muß Scharen von Leuten geben, die nicht traurig wären, wenn sie ihn tot sähen.»

«Sehr wahrscheinlich, Sir. Aber wenn Sie mir nicht sagen können, wie sie es angestellt haben, ihn umzubringen, kann ich nicht weitermachen.»

In dieser Nacht schlief Lestrade wenig. In seinem abgelegenen Zimmer im Westflügel schritt er auf und ab. Die Petroleumlampe warf ein gespenstisches Licht auf die schwere chinesische Tapete. Sein Bett war entsetzlich unbequem und das Zimmer kalt. Er war nicht mit der Absicht gekommen, zu übernachten, doch im Hinblick darauf, daß der Verstorbene sie nicht mehr brauchen würde, hatte Sir Henry Cattermole ihm ein Nachthemd und einen Morgenmantel aus Lord Hurstmonceux's Garderobe zur Verfügung gestellt. Sie waren vielleicht ein wenig zu groß und nach Lestrades kleinbürgerlichen Vorstellungen zu aufwendig verziert, aber sie würden ihren Zweck erfüllen. Von Zeit zu Zeit blickte er auf den Rasen hinaus und sah, wie der Mond sich im Wasser des Sees spiegelte.
Gelegentlich rief ihm das Bellen eines Hundes den Grad seiner Erschöpfung ins Bewußtsein. Doch als die Morgendämmerung begann, sich über die niedrigen Bäume unterhalb des Hauses zu stehlen, begann eine Theorie in ihm Gestalt anzunehmen. Nach dem Frühstück wollte Lestrade feststellen, ob sie der Realität standhielt oder nicht. Cairns war ohne Einschränkung dafür. Cattermole hatte seine Zweifel, wollte jedoch das Seine zum Nutzen des Familiennamens tun. Eine Stunde nach dem Frühstück war die Koppel mit ihren Abrichtern draußen, und die Hausgäste, Lestrade eingeschlossen, saßen zu Pferde und waren aufbruchbereit. Es sei ein ganz normales polizeiliches Verfahren, versicherte er ihnen – die Rekonstruktion eines Verbrechens. Er hielt sich so weit als möglich von den Hunden fern, und jeder Mann trug, für den Fall, daß die Hunde abermals Amok liefen, einen geladenen Revolver bei sich. Lestrade war kein übler Reiter, doch an schweres Gelände und hohe Gatter war er nicht gewöhnt. Er hoffte, sie würden weder auf das eine noch auf das andere stoßen.
Es war ein nebliger Morgen, das Wetter für Anfang April ungastlich kalt und mit dem in der klaren Nacht nicht zu vergleichen. Als Cattermole die Jagd eröffnete, lagen schwere Tautropfen wie Perlen auf dem Grund, und die Meute setzte sich in Bewegung. Ein lebensmü-

der Kammerdiener ritt weit vorn, einen toten Fuchs über der Hinterpausche seines Sattels, um die Hunde auf den richtigen Weg zu locken. Es war ein eigentümlicher Anblick. Eine Jagd, eigentlich schon außerhalb der Saison, wenn auch nur um einen Tag, mit zu wenigen Männern und Pferden, keiner Jagdbeute und in einer sonderbar unheilvollen Stille. Es gab keine Fröhlichkeit, keine Neckereien und selbst Cattermoles Horn klang frostig und fremd. Sie überquerten die gepflügten Felder der Südlichen Wiesen, und die Pferde rutschten durch den morgendlichen Schlamm. Lestrade kam sich in Lord Hurstmonceux's Ersatz-Jagdrock ein wenig lächerlich vor, und die scheußlich unbequeme Jagdkappe hüpfte auf seinem Schädel herum. Doch verglichen mit dem Wald waren die Felder ein Vergnügen. Zweige peitschten ihn, als er sich zusammenkrümmte, um im Sattel zu bleiben. Schlammbespritzt und vom Tau der Blätter durchnäßt, bog er, im Bemühen, festen Grund zu finden, vom Pfad ab. Sein Pferd warf sich nach vorn, bäumte sich auf und schnaubte verärgert angesichts der zunehmenden Inkompetenz des Mannes auf seinem Rücken. Flüchtig sah Lestrade Bertie Cairns zu seiner Rechten am Rand eines vereinzelten Feldes. Er sah ihn, wie gesagt, flüchtig, aus der Perspektive eines Mannes, der gerade einen Salto über den Kopf seines Pferdes vollführt.

Lestrade landete platt auf dem Rücken, wobei er sich böse das Rückgrat stauchte. Er besaß die Geistesgegenwart und Geschicklichkeit, sich im Fallen an die Zügel zu klammern, so daß er mit der Hilfe des Pferdes imstande war, sich wieder aufzurichten. Keine Spur von den anderen. Er hoffte, niemand habe ihn gesehen. Zwei oder drei versprengte Hunde rasten an ihm vorbei, ohne ihn zu beachten. Mit Mühe saß er wieder auf und ritt auf das Licht am Waldrand zu. Er sah, daß die Hunde unten in der Senke den Fleck erreicht hatten, an dem nach seiner Meinung Lord Hurstmonceux getötet worden war. Jenseits einer niedrigen Trockenstein-Mauer, ungewöhnlich für diese Gegend, irrten die Hunde schnüffelnd und winselnd ziellos umher und hatten offenbar die Spur verloren. Der Kammerdiener mit dem toten Fuchs hatte seine Sache gut gemacht und seine Verfolger tatsächlich abgehängt. Cattermole, Cairns und Rosebery saßen auf ihren Pferden und hielten nach Lestrade Ausschau.

Der Inspector trieb sein Pferd durch die Ackerfurchen den Hang hinunter. Vor ihm tanzte und hüpfte der Horizont. Er trieb dem Pferd die Knie in die Weichen und klammerte sich so majestätisch fest, wie er konnte. Der Horizont vor ihm senkte sich, und er war unten. Energisch ließ er sein Pferd einen Kreis beschreiben, um zu den anderen zu gelangen.

«Bravo, Parade», rief Rosebery. Der Name hatte jede Ähnlichkeit mit Lestrades wirklichem Namen verloren, so daß dieser eine Zeitlang annahm, Rosebery habe jemand anderen gemeint. «Einen Yard oder zwei weiter nach links und sie wären in die Egge geraten.»

Lestrade hatte gerade noch Zeit, das Ackergerät in Augenschein zu nehmen, als die Meute in Bewegung geriet. Die Hunde heulten und knurrten und sprangen an Rosebery hoch, sich mit schnappenden Kiefern in der Luft drehend. Cairns und Cattermole zogen ihre Revolver und feuerten wild nach links und rechts. Rosebery klammerte sich, als ob es ums Leben ginge, an den Sattel und versuchte, sein sich aufbäumendes Pferd aus dem Tumult herauszuwinden. Drei oder vier Diener rasten den Hang hinunter auf die Mauer zu, Befehle brüllend. Lestrade trieb sein Pferd durch das Getümmel, packte mit einer Schnelligkeit, die ihn selbst überraschte, Roseberys Zügel und führte das Pferd durch die Furchen auf die Seite. Inzwischen hatte Rosebery seine Beherrschung wiedergewonnen und sein Pferd unter Kontrolle. Lestrade kehrte mit entsichertem Revolver zurück, doch Cairns und Cattermole hatten ganze Arbeit geleistet und die Hunde wichen zurück, jetzt ruhiger und durch die Schüsse und die Kadaver an der Mauer wie betäubt.

Die Reiter begaben sich auf höhergelegenen Grund, während die Diener und die Abrichter die Hunde in ihre Obhut nahmen. Rosebery sackte, aus vielen Wunden blutend, in einem Schock im Sattel zusammen. «Eine gottverdammte Chose!» sagte er, verständnislos nach vorn starrend.

«Du hast Glück gehabt, daß du noch lebst», sagte Cairns und überreichte Rosebery seinen Hut.

«Zumindest der Leithund wird niemanden mehr anfallen», sagte Cattermole. «Ich habe ihn vorhin erschossen.»

«Es war nicht der Leithund», sagte Lestrade mehr zu sich selbst.

«Ich hab's gesehen», sagte Cattermole, «genauso wie beim armen Freddie.»

«Sagen Sie mir, Sir», sagte Lestrade und drehte sich im Sattel um, «als Sie Tray erschossen… wer hat den Hund getötet: Sie oder die Waffe?»
«Wie bitte?»
«Ich will sagen: die Hunde haben Freddie Hurstmonceux getötet. Wer aber hat sie dazu abgerichtet?»
«Abgerichtet?» fuhr Rosebery auf. «Sie können Hunde nicht dazu abrichten, auf einen Mann loszugehen.»
«Doch, man kann», sagte Cairns, «aber sie müssen zugleich dazu abgerichtet worden sein, auch auf Rosebery loszugehen.»
«Nein, Sir, das glaube ich nicht. Wenn meine Annahme zutrifft, dann war der Vorfall heute morgen bloß eine zufällige Wiederholung des Tatvorganges. Lord Hurstmonceux muß aus dem Sattel geworfen worden sein. Sie haben Glück gehabt, Mylord.»
«Wir müssen sehen, daß wir dich zum Haus zurückschaffen, Rosebery», drängte Cattermole. «Ich weiß nicht, was Sie erreicht haben, Lestrade, außer daß fast noch jemand umgekommen ist.»
«Sir Henry, bitte, haben Sie Nachsicht mit mir. Ich glaube die Antwort zu kennen, doch zuvor muß ich noch die Pächter vernehmen. Läßt sich das einrichten?»
«Gütiger Himmel, Mann, das sind fast zweihundert Leute. Dürfen Sie denn so lange vom Yard fortbleiben?»

Lestrade brauchte ein wenig mehr als eine Woche, um alle Pächter von Hurstmonceux zu befragen. Hätte er zwei oder drei Sergeanten zur Unterstützung gehabt, wäre er vielleicht mit der Hälfte der Zeit ausgekommen, doch Cattermole bestand im Interesse der Familienehre darauf, daß nichts über den Vorfall an die Öffentlichkeit gelangte. Lestrade wußte nur zu gut, daß, was immer er hier entdekken würde, niemals etwas davon publik werden würde. Zwar war Freddie Hurstmonceux zu Lebzeiten hinreichend verrufen gewesen, doch niemand würde die Gelegenheit bekommen, die Dinge nach seinem Tod noch schlimmer zu machen. Das «Laboratorium» würde nie ans Tageslicht kommen. Lestrade war nicht einmal sicher, ob Cattermole davon wußte.
Von den hundertdreiundachtzig Erwachsenen auf dem Hurstmonceux-Besitz hatten hundertdreiundachtzig das Motiv und die Gele-

genheit, ihren früheren Herrn zu töten. Sogar einige der Kinder sahen mordlustig aus. Doch Lestrade stellte ihnen nur eine Frage – zumindest war er nur an der Antwort auf eine Frage interessiert: Wer stellte die Egge an die Mauer in den Unteren Wiesen?
Es ergab sich, daß keiner es getan hatte. Lestrade war stolz auf seine Fähigkeit, Menschen zu beurteilen. Es gab viele Pächter, die Lord Hurstmonceux mit einer Hacke den Schädel gespalten, ihn mit einer Schrotflinte weggeblasen oder einer Sichel geköpft hätten, doch wer unter ihnen besaß das Talent, ihn auf diese Weise umzubringen? Als erfahrener Polizist beobachtete er die Reaktionen der Pächter, wenn er sie nach der Egge fragte. Sie sagten ihm die Wahrheit. Niemand hatte sie angerührt.
Darauf nahm er mit aller Gerissenheit, die ihm zu Gebote stand, die Abrichter der Meute ins Verhör. Sie sagten ihm, diese Koppel sei in der Jagd unerfahren gewesen. Lestrade fragte sich, ob sie damit ihre Verschwiegenheit gebrochen hätten, doch der Ernst der Lage verbot diesen Gedanken. Wo sie gekauft worden seien? Auf einer Auktion selbstverständlich.
Lestrade brach sein Versprechen der Verschwiegenheit und schickte ein Telegramm an den Yard, um Nachforschungen anstellen zu lassen. Wie er erwartet hatte, konnte der frühere Besitzer nicht ermittelt werden.
Der Inspector konnte noch eine letzte Karte ausspielen. Rosebery war nach London zurückgekehrt, um seine Wunden zu pflegen und auf den Hosenbandorden zu warten. Die Leichenfeier für Lord Hurstmonceux sollte am folgenden Tag in der Familienkapelle stattfinden, die etwa eine Meile von Hurstmonceux Hall entfernt war. Lestrade würde der Zeremonie nicht beiwohnen. Seine Anwesenheit wäre nicht erwünscht gewesen. In der Nacht vor seiner Abreise schlich sich Lestrade nach Einbruch der Dunkelheit aus seinem Zimmer. Er überquerte den mondlosen Hof und huschte zu den Hundezwingern. Als er drin war, raste sein Herz. Einmal oder zweimal verließ ihn der Mut, doch jedesmal faßte er sich wieder. Trotz seines Eintretens schliefen die Hunde mehr oder weniger fest. Doch er wußte selbst im Dunkeln, daß einer oder zwei wach waren und ihn beobachteten. Er hob den Revolver, einen schweren Smith & Wesson, und betete. Sein Herzschlag brauste in den Ohren. Vor seinen Augen aufblitzend, sah er Freddie Hurstmonceux's zerfetzten

Leichnam wieder, das geronnene Blut an seiner Kehle und an den Kleidern, das verkrustete Rinnsal auf dem Tuch des Billardtisches. Er entsicherte den Revolver – einmal, zweimal –, und von irgendwo aus den Tiefen seiner Kehle kam das geflüsterte Wort: «Egge».

Die Zwinger erwachten zu brüllendem Leben, die Hunde knurrten und schnappten. Lestrade warf sich zurück durch die Tür, schob den Riegel vor und lehnte sich nach Luft ringend an die Mauer. Er hatte recht. Er hatte es bewiesen. Aber im Haus wurde es lebendig, in den Zimmern der Dienerschaft gingen Lichter an. Stimmen und Rufe auf dem Hof.

Lestrade sah keinen Anlaß, sich zu erkennen zu geben. Er steckte den Revolver ein und kroch durch das Gebüsch zu dem Flügel, in dem sein Zimmer lag. Er war die Treppe hinauf und in sein Zimmer geschlichen, bevor das Haus wieder in einen unruhigen Schlaf gefallen war. In der Nacht vor der Beerdigung des Hausherrn schlief jedermann unruhig.

Lestrade reiste mit dem Zug nach London zurück. Die Zeitungen hatten ihre Schlagzeilen: «Schrecklicher Jagdunfall.» Alles war tadellos, vage und normal. Lord Hurstmonceux war vielleicht einfach vom Pferd gefallen. Nur Lestrade wußte, wie. Irgend jemand hatte die Egge an die Mauer auf den Unteren Wiesen plaziert. Dann hatten sie die Jagd dort entlang geführt, vermutlich so, wie Lestrade es gemacht hatte, wobei ein Treiber eine Duftspur gelegt hatte. Hurstmonceux hatte die Mauer übersprungen, war in die Egge geraten oder hatte sie knapp verfehlt. Wie hatte er wohl darauf reagiert? «Wie kommt diese verdammte Egge dort hin?» oder etwas Ähnliches. Wer immer das eingefädelt hatte, er hatte Freddie die Meute bereits verkauft und sie so abgerichtet, daß sie blindlings und bösartig auf jeden losging, der das Wort «Egge» aussprach.

Nun, das war's. Es war phantastisch. Es war erstaunlich riskant, ungewiß. Der Mörder brachte sich in Gefahr, wenn er sich an die Spitze der Jagd setzte. Er hätte leicht gesehen werden können. Wie hatte er den Verkauf eingefädelt? Wie konnte er sicher sein, daß Freddie die Mauer als erster erreichen würde? Und daß er das entscheidende Wort «Egge» aussprechen würde? Daß Freddie zu diesem Zeitpunkt allein war, erwies sich für die anderen, die im Feld ritten, als ein Glück. Lestrade fiel ein, daß er mit ihnen hätte spre-

chen müssen. Doch als er angekommen war, hatten die meisten sich bereits verabschiedet und hätten den Tatsachen vermutlich nichts Neues hinzufügen können.
Trotzdem, so war es abgelaufen. Riskant, unsicher, phantastisch, fürwahr. Aber es hatte funktioniert.
Lestrade wußte also, wie der Mord ausgeführt worden war. Doch er wußte nicht, von wem. Er würde McNaghten die Beweise präsentieren, der würde seinen Schnurrbart streichen, seine Krawatte geradezupfen und die Erkenntnisse in den Eingeweiden seines unbegreiflichen Ablagesystems verschließen. Er könnte sodann eine armlange Liste all jener erstellen, die Freddie als den Mann kannten, der er war: ein Schurke und ein Lump. Es würde ihm nicht viel weiterhelfen.
Der Brief wartete auf ihn, als er zurückkam. Ein Brief mit Trauerrand, der exakt in der Mitte seines Schreibtisches lag. Lestrade erkundigte sich, warum man ihn nicht auf den Stapel der im Laufe der Woche eingegangenen Post gelegt habe, der an einer Seite des Schreibtisches aufgehäuft war. Der diensthabende Sergeant erklärte, der Brief sei heute morgen angekommen, an Lestrade selbst adressiert gewesen und darum als persönlich angesehen worden. Der Inspector öffnete den Brief. Und dann legte er ihn neben den ersten. Kein Zweifel. Sie waren auf verschiedenen Schreibmaschinen geschrieben. Jedoch die Reimerei klang ähnlich, wenn der Verfasser diesmal auch besser informiert schien:

Der Frederick, der Frederick,
Der hatte einen bösen Blick;
Er fing die Fliegen in dem Haus
Und riß ihnen die Flügel aus,
Zerbrach die Stühl', schlug Vögel tot,
Ertränkt die Kätzchen ohne Not;
Der treue Tray am Brunnen lag,
Den Durst zu löschen, an heißem Tag;
Und als er trank, ganz mild und zahm,
Der böse Fred eine Peitsche nahm;
Er schlug den Tray, bis er ganz wund
Und peitscht' und trat ihn ohne Grund:
Da packt den braven Tray die Wut,

Er knurrt' und biß ihn bis aufs Blut;
Und wer dabei war, könnt' beschwören,
Wie Fred man konnte schreien hören!

Die Erkenntnis drängte sich Lestrade auf. Die Trauerbriefe, die ihm an die Adresse des Yard geschickt wurden. Keine verwertbaren Spuren, was Poststempel und Schriftbild anging. Zwei Gedichte, die eine präzise Kenntnis der jeweils untersuchten Verbrechen verrieten. Und sie stammten, nach dem Stil der Gedichte zu schließen, von demselben Schreiber. Selbst Lestrades unpoetisches Auge konnte das erkennen. Er legte McNaghten die beunruhigenden Beweisstücke vor.

Der Chef der Kriminalpolizei strich seine Krawatte und zupfte seinen Schnurrbart gerade.

Die Tochter des Vikars

Constable Dew brauchte fast zehn Minuten, um den Ort im Atlas zu finden.
«Hier ist er, Sir», sagte er zu Lestrade. «Wildboarclough.»
«Komischer Name», knurrte Lestrade.
«Ungefähr sechs Meilen von Macclesfield entfernt, Sir, Luftlinie.»
Lestrade flog nicht. Bis Macclesfield benutzte er mehrere Züge und mietete dann ein Pony und einen Einspänner, um in die Penninen und nach Wildboarclough zu kommen. Es war Anfang Mai, doch hier oben gab es keine Anzeichen des Frühlings. Er befand sich in der Nähe des *Cat-and-Fiddle-Inn*, einem der höchstgelegenen in England. Es war ein Paradies für Wanderer, doch Lestrade sah heute keinen einzigen. Als sein Pony die schmalen gewundenen Straßen emporklomm, lag in den Senken frischer Schnee. Auf den höhergelegenen Hängen über ihm sah er die Schafe, die sich zusammendrängten, um sich vor dem beißenden Wind zu schützen. Er kam an einem Lamm vorbei, das auf dem offenen Moor tot am Straßenrand lag. Krähen hatten ihm die Augen ausgepickt – ohne Zweifel eine jener Krähen, die nach Dews Meinung den Luftweg von Macclesfield benutzen konnten.
Als er nach Wildboarclough hineinklapperte, waren die Moore weniger deutlich zu erkennen. Hier gab es tiefe Schluchten, unheimlich und dunkel, steile Klippen aus Granit, über den kahlen stummen Winterbäumen aufragend. Er kam am neuen Postamt – eigens für den Besuch Ihrer Majestät auf den Besitzungen Lord Derbys gebaut – und an der Schule vorbei. Das Pfarrhaus lag ein wenig abseits zur Linken, oberhalb der kleinen, grauen Kirche. Alle Häuser waren grau, massig und stumm, deutlich abgesetzt von den immergrünen Laubmassen der Rhododendronbüsche.
Eine Frau, unverkennbar die Haushälterin, öffnete die Tür, während sich der Gärtner um das Pony und den Wagen kümmerte. Le-

strade erklärte, wer er sei, und wurde in den Salon geführt. Er streifte seine Wollhandschuhe ab und streckte die gespreizten Hände über einem winzigen Kaminfeuer aus. Während er es betrachtete, erlosch es, eine einsame Rauchspirale zurücklassend. Lestrade begnügte sich damit, auf seine Finger zu blasen, und versuchte ihre Spitzen in den wärmenden Spitzen seines Schnurrbarts zu verbergen. Er trampelte auf und ab, während er sich zu erinnern suchte, wann er seine Füße zuletzt gespürt hatte. Die Bücher in den deckenhohen Regalen waren von der Art, wie er sie erwartet hatte – theologische Wälzer, umfangreiche Werke zur Kirchengeschichte.
«Inspector Lestrade?»
Der Inspector drehte sich um und sah sich einem stiernackigen, rotgesichtigen Mann gegenüber, etwa doppelt so breit wie er selbst. «Swallow.»
Lestrade fragte sich, ob das ein alter Cheshire-Brauch sei. Oder vielleicht ein Heilmittel gegen Frostschäden. Er war bereits im Begriff, dem Befehl nachzukommen, als ihm die Erkenntnis dämmerte –
«Inspector Swallow, Cheshire-Polizei.»
Lestrade hoffte, daß sein Adamsapfel nicht allzu deutlich hervorgetreten war, als er die Hand des Inspectors schüttelte.
«Üble Geschichte», knurrte Swallow.
«Was ist passiert?»
«Ich hätte allen Grund, grob zu sein», verkündete Swallow verdrießlich. Lestrade sah ihn an und fragte sich, ob er überhaupt zu etwas anderem fähig wäre. Swallow ging zum Fenster hinüber und blickte über die Rasenfläche zur Kirche hinüber.
«Ich hab ihnen abgeraten. Wir würden das schon in den Griff kriegen, sagte ich. Wir brauchten den Yard nicht, sagte ich.» Aus Furcht, er sei zu grob gewesen, wandte er sich Lestrade zu. «Nichts Persönliches, natürlich.»
Lestrade tat die Beleidigung mit einer Handbewegung ab. «Wir alle führen Befehle aus, Inspector», sagte er. «Ich fürchte, diese Sache ist vielleicht größer als wir beide zusammen.»
«Wie meinen?» Swallow hatte die Floskel nicht verstanden.
«Ich bin noch nicht sicher.»
Swallow ließ die gerahmte Fotografie eines halbwüchsigen Mädchens neben Lestrades Kopf auf den Kaminsims plumpsen.
«Harriet Elizabeth Wemyss. Alter siebzehn. Verbrannt.»

«Das nehme ich an.» Lestrade betrachtete flüchtig die Fotografie. Ein merkwürdig unscheinbares Mädchen, Haare in der Mitte gescheitelt. Sehr altmodisch. Vermutlich ihrer Mutter wie aus dem Gesicht geschnitten. Jetzt wohl nicht mehr wiederzuerkennen, dachte er. Besser nicht weiter darüber nachdenken. Ziemlich unangenehm.
«Ich sah keine Brandschäden, als ich reinkam», sagte er auf gut Glück.
«Konnten Sie auch nicht. Das war kein gewöhnlicher Zimmerbrand. Glauben Sie, wir hätten nach dem Yard geschickt, wenn's einer gewesen wäre?»
«Wie lautet Ihre Theorie?»
Swallow war sich nicht ganz sicher. «Hören Sie, besser Sie kommen mit und sehen sich's selbst an. Der Reverend ist noch eine Weile fort. Er wird nichts dagegen haben.»
Lestrade war überrascht, daß Swallow offensichtlich Anzeichen von Gefühl oder zumindest Respekt zeigte. Er folgte dem stämmigen Polizisten die breite Treppe hinauf, vorbei am Kirchenfensterglas und dem *Licht der Welt*. Der Leichnam lag auf einem Bett in einem Zimmer am Ende des Ganges. Es ließ sich kaum noch eine menschliche Gestalt erkennen, geschweige denn die des Mädchens auf der Fotografie.
«Hoffe, Sie haben einen kräftigen Magen, Lestrade», knurrte Swallow, «sie wird heute noch nach Congleton gebracht. Falls Sie die Leiche untersuchen wollen, tun Sie's am besten gleich.»
«Wer hat den Tod bescheinigt?»
«Der hiesige Arzt. Bursche namens Marsden.»
«Todesursache?»
Swallow sah Lestrade von der Seite an. Das sollte ein Mann vom Yard sein? Er kam ihm eher wie eine Art Kretin vor.
«Verbrennen», erwiderte er.
Lestrade betrachtete den Hals oder die Stelle, wo der Hals hätte sein sollen. Zeichen einer Strangulation würde man unmöglich daran entdecken können. Er blickte auf die Überreste des verkohlten und verschrumpelten Körpers. Vielleicht könnte ein Coroner noch etwas entdecken, dachte er, aber es müßte schon ein verdammt guter sein. Lestrade jedoch konnte es nicht. Er mußte annehmen, daß das Mädchen verbrannt war.

«Erzählen Sie mir, was passierte», sagte er.
«Könnten wir nicht in den Salon zurückkehren?» Swallow sah überraschend elend aus. Lestrade folgte ihm die Treppe hinunter. Am Fuß der Treppe trafen sie mit dem Reverend Wemyss zusammen, der gerade durch die Vordertür eintrat. Binnen Sekunden stand er knietief in Katzen. Die gegenseitige Vorstellung vollzog sich kurz und sachlich. Der Vikar trug zwei seiner Lieblingstiere mit sich in den Salon. Eine dritte Katze hatte sich um Lestrades Nacken gekringelt. Wemyss blieb abrupt stehen.
«Mrs. Drum!» bellte er.
Die Haushälterin wieselte inmitten raschelnder Röcke herein. Der Vikar fuhr sie derartig an, daß die Katzen in alle Richtungen flohen: «Sie haben hier drin ein Feuer gehabt!»
Mrs. Drum brach augenblicklich in Tränen aus. «Tut mir leid, Sir, ich dachte nicht dran. Wir hatten Gäste…»
«Gäste!» Der Vikar war puterrot. Mrs. Drum deutete auf Lestrade. «Ich habe jegliches Feuer in diesem Hause untersagt, Mrs. Drum. Sie sind entlassen.»
Die Haushälterin entschwand tränenüberströmt. Wemyss zwang sich sichtbar zur Ruhe und gebot den Beamten, Platz zu nehmen.
«Bitte verzeihen Sie mir, Gentlemen. Wie Sie sich vorstellen können, ist das für uns alle eine ziemlich nervenaufreibende Zeit.»
«Natürlich, Mr. Wemyss», sagte Lestrade. «Gleichwohl ist es meine schmerzliche Pflicht, Ihnen ein paar Fragen zu stellen.»
«Ganz recht, Inspector. Doch zuerst möchten Sie vielleicht einen Tee?»
«Gern, Sir.»
Der Vikar zog an einem Klingelzug, dann lehnte er sich zurück, um seine Katzen zu streicheln. Ein Dienstmädchen huschte herein, knickste und blieb reglos stehen. «Tee, Hannah…» – und dann nach einigem Nachdenken – «Nein, warte. Ich habe ja gesagt, kein Feuer. Bring uns Limonade.»
Limonade als Krönung einer langen, kalten Reise entsprach nicht Lestrades Vorstellung von einer Erfrischung. Aber schließlich war er ja nicht hier, um es sich gutgehen zu lassen.
«Selbstverständlich habe ich vor Inspector Swallow und seinem Constable bereits eine Aussage gemacht», fing Wemyss an, «aber

ich nehme an, daß es bei der Polizei üblich ist, sich alles mehrmals erzählen zu lassen.»

«Gelegentlich kommen neue Gesichtspunkte ans Licht, Sir», bemerkte Lestrade. «Bitte fahren Sie fort.» Und er hätte sich für diesen Satz ohrfeigen können.

«Ich besuchte eine Versammlung der Abstinenzler in Macclesfield. Das war, warten Sie, am Donnerstag. Vorgestern. Ich kam mit dem Einspänner heim, am frühen Abend. Es war schon dunkel. Als ich ausstieg und Beddoes das Pony nahm, hörte ich die Schreie aus dem Inneren des Hauses. Ich ging hinein und fand...»

Er hielt inne, schien sich jedoch bemerkenswert gut in der Gewalt zu haben.

«Meine Frau und die Gouvernante meiner Tochter, Miss Spinks, waren vor mir dort, beide völlig aufgelöst. Das verkohlte Ding, das einmal meine Tochter war, lag auf dem Treppenabsatz am Boden...» Eine weitere Pause. «Nicht wiederzuerkennen.»

Swallow schlürfte unpassend an seiner Limonade in diesem ergreifenden Augenblick.

«Ich sollte hinzufügen», fuhr Wemyss fort, «daß meine Frau und Miss Spink selbst abwesend gewesen waren, um die älteren Leute im Ort zu besuchen. Sie waren unmittelbar vor mir heimgekommen.»

«Und die Dienstboten?» fragte Lestrade.

«Nur Mrs. Drum war im Haus. Das Dienstmädchen Hannah wohnt nicht hier und hatte seinen freien Tag. Beddoes teile ich mir mit dem Schulmeister. Er war nur für eine oder zwei Stunden auf dem Grundstück gewesen, bevor ich ankam. Ich dulde ihn nie im Haus.»

In diesem Haushalt, dachte Lestrade, beginnt die Nächstenliebe nicht an der eigenen Schwelle.

«Möchten Sie noch etwas hinzufügen?» fragte er.

Wemyss erhob sich, wobei er die Katzen in Unordnung brachte. «Gottes Wege sind unerforschlich, Inspector. Ich habe mir schon seit langem Brutus' Haltung zu eigen gemacht, der den Tod unter seinen Lieben hinnahm. Eines Tages muß es geschehen, und da ich das weiß, kann ich mich damit abfinden.»

Lestrade und Swallow nickten unwillkürlich im Gleichtakt mit den Köpfen. Als sie es bemerkten, hielten sie inne.

«Ich möchte Ihnen etwas zeigen.» Wemyss zog ein abgegriffenes Buch aus dem Regal. «Das Personenstandsregister für das Jahr Unseres Herrn 1767. Ich habe mir die Mühe gemacht, die Seiten zu kennzeichnen.» Er las einen ungewöhnlichen Bericht vor. «Eine Dame wurde verbrannt im Schlafzimmer ihres Londoner Hauses aufgefunden. Eine alte Dame, gewiß, doch man fand nichts, was das Feuer hätte auslösen können. Keine Kerzen, kein Kaminrost, kein Unschlitt. Nichts besonders Brennbares. Sie verbrannte ganz einfach», schloß Wemyss. «Eine Art von… Selbstverbrennung, würden Sie vermutlich sagen.»
«Sie meinen, wie bei einem Automobil, Vikar?» fragte Swallow ganz verblüfft. Wemyss und Lestrade blickten ihn an, und er sackte in seinen Sessel zurück.
«Kann das passieren, Mr. Wemyss?» fragte Lestrade.
«Glaubt man dem Register für 1767, ist es passiert, Inspector Lestrade. Aber nein, ich glaube nicht. Verstehen Sie, ich glaube, daß meine Tochter ermordet wurde.»
Lestrade blickte den älteren Mann an. Welcher Mörder würde ein siebzehnjähriges Mädchen töten – die Tochter eines Vikars? Es konnte sich natürlich um ein Sexualverbrechen handeln, doch der Zustand der Leiche machte es unmöglich, diese Hypothese zu beweisen. Es schien ein wenig unangebracht, die abgedroschene Frage zu wiederholen, doch er tat es trotzdem.
«Hatte Ihre Tochter irgendwelche Feinde, Mr. Wemyss?»
«Inspector, meine Tochter war ein schüchternes, kleines Mädchen von siebzehn Jahren. Sie hatte sehr wenige Freunde, das arme Lämmchen. Wir leben sehr einsam hier oben, wissen Sie. Aber Feinde… nein, Inspector. Sie hatte nicht einen Feind auf der Welt.»
«Warum sagen Sie dann, daß sie ermordet wurde, Sir? Und warum verständigten Sie den Yard?»
«Lassen Sie mich Ihre zweite Frage zuerst beantworten. Es hat immer zu meinen Grundsätzen gehört, meiner Familie das Beste zu bieten – die beste Ernährung, die beste Kleidung, die beste Erziehung – und damit meine ich, wohlgemerkt, nicht Ihre höhere Schule in London – und, ohne daß ich Swallow kränken möchte, die beste Polizei.»
Lestrade verbeugte sich in Anerkennung für das Kompliment.

«Um Ihre erste Frage zu beantworten: weil ich nicht daran glaube» – er zeigte auf das Register – «ich glaube nicht, daß man sich selbst verbrennen kann. Es muß eine rationale Erklärung geben. Die Leiche meiner Tochter wurde oben auf dem Treppenabsatz gefunden. In den oberen Räumen gab es kein Feuer. Es war ziemlich warm für Mai.»
Lestrade zuckte zusammen, als er sich fragte, welche Temperaturen wohl in einem kalten Mai herrschen mußten.
«Ich werde den Schauplatz des Todes ein wenig später noch einmal in Augenschein nehmen, Sir», sagte er, «doch zunächst möchte ich gern mit Ihrer Gattin sprechen, Mr. Wemyss.»
«Ich fürchte, das wird nicht möglich sein, Inspector. Verstehen Sie, meine Frau ist außer sich. Sie hält sich bei ihrer Schwester in Congleton auf. Ich muß darauf bestehen, daß sie nicht belästigt wird. Unser Arzt hat dringend davor gewarnt, weil das in ihrer augenblicklichen seelischen Verfassung sehr schädlich wäre.»
Lestrade vergewisserte sich mit einem raschen Blick bei Swallow. Der derbe Cheshire-Polizist nickte ernsthaft. Lestrade schloß daraus, daß er Mrs. Wemyss vermutlich gesehen hatte. Ihre Aussage würde kaum hilfreich sein.
«Dann muß ich mit Miss Spink sprechen.»
«Gewiß. Ich werde sie sogleich zu Ihnen schicken.»
Jedoch hatte Wemyss die Tür noch nicht erreicht, als eine lautlos weinende Mrs. Drum erschien. «Ich bin im Aufbruch, Sir», brachte sie zwischen zwei Schluchzern heraus und deutete auf eine Reisetasche in ihrer Hand. «Beddoes wird mir meinen Koffer nachschikken. Währenddessen...» An diesem Punkt versagte ihr völlig die Sprache; sie machte nur noch durch eine Bewegung der Hand, die ein riesiges weißes Taschentuch umklammerte, auf das Eintreten von Besuchern aufmerksam.
«Sehr gut.» Wemyss blieb unbeeindruckt von dem aufgelösten Zustand der Frau. «Erwarten Sie kein Zeugnis von mir, Mrs. Drum. Ihre heutige Handlungsweise ruiniert Ihren bisher makellosen Ruf. Mein lieber Watts.»
Wemyss schüttelte dem Neuankömmling die Hand. Ein stattlicher Mann, Mittfünfziger, wie Lestrade schätzte, ausgesucht gekleidet und distinguiert. Hinter ihm trippelte ein kleiner Mann mit kastanienbraunem Haar, den schmalsten Hängeschultern und dem größ-

ten Kopf, den Lestrade je gesehen hatte. Ihm gegenüber verhielt sich Wemyss reservierter. «Swinburne», und ein steifes Kopfnicken war alles, was er empfing. Der kleine Mann nickte ebenfalls.
«Mein teurer Hector, wie unsagbar schrecklich. Wir brachen sogleich auf, nachdem wir es erfahren hatten. Swinburne ging es nicht gut. Wie trägt es die arme Dorothea?»
«Nicht gut, fürchte ich. Du kannst dir vorstellen, welcher Schock es für sie war – die arme Harriet so zu finden. Sie ist bei ihrer Schwester in Congleton.»
«Harriet?» fragte der Neuankömmling.
Alle blickten ihn ziemlich entgeistert an.
«Nein, Dorothea.»
«Ja, natürlich.»
Die Vorstellung war flüchtig: «Inspector Lestrade von Scotland Yard, Inspector Swallow von der Cheshire-Polizei, mein lieber Freund Watts-Dunton, der Dichter. Und Mr. Swinburne.»
Wemyss führte seinen Freund, den Dichter, zur Tür und der letztere sprach ihm im Gehen sein Beileid aus. Die Tür fiel ins Schloß und Mr. Swinburne stand ziemlich überflüssig und deplaziert davor. Lestrade nahm Swallow beiseite und bat ihn, Miss Spink ausfindig zu machen. Dann zog er den kleinen Mann ins Gespräch.
«Algernon Charles Swinburne?»
Der kleine Mann fuhr herum, als habe er einen Schlag empfangen.
«Es ist eine Lüge, ich war nicht dort.» Und dann, ruhiger. «Oh, verzeihen Sie mir, Inspector. Ich vergaß mich.»
«Algernon Charles Swinburne, der Poet?»
«Habe die Ehre, Sir.»
«Sagt Ihnen der Stil dieser Verse etwas, Sir?» Lestrade zog Abschriften der Reimereien aus der Tasche, die ihm in Verbindung mit den letzten beiden Morden Kopfschmerzen machten. Er hatte den Verdacht, dieser bizarre und tragische Mord sei vielleicht ein dritter in dieser Art, war jedoch noch nicht sicher.
«Sie stammen nicht von mir», sagte Swinburne. «Sie sind möglicherweise von Browning.»
Lestrades professionelles Interesse erwachte. Swinburne wußte etwas. «Tatsächlich?»
Swinburne wurde jetzt ein wenig ruhiger und setzte sich auf die

Polsterbank. Er holte seine Taschenflasche hervor und entkorkte sie.
«Oh», er hielt inne und seine Augen flehten mitleidheischend, «Sie werden doch Watts-Dunton nichts erzählen, nicht wahr? Er glaubt, ich hätte es aufgegeben.»
Lestrade machte eine verneinende Handbewegung.
«Dieser Mr. Browning. Wissen Sie zufällig, wo er ist?»
«Westminster Abbey.»
«Poet's Corner?»
Swinburne nickte.
«Würden Sie annehmen, daß diese Verse neueren Datums sind?»
«Da komme ich nicht mehr mit!» sagte Swinburne und kicherte vor sich hin. «Browning ist seit zwei Jahren tot.»
Eine weitere Ziegelmauer türmte sich vor Lestrade auf, doch Swinburne hatte bereits ein neues Thema gefunden.
«Erzählen Sie mir was über die Brutalität der Polizei», sagte er.
«Sir?»
«Oh, nun kommen Sie schon, Inspector. Wenn ihr einen Mann in Gewahrsam habt – wie heißt doch gleich dieser drollige Euphemismus, den ihr Burschen benutzt – ‹der Polizei bei ihren Nachforschungen behilflich sein› – ist es nicht das? Was benutzt ihr? Schlagstöcke? Peitschen? Daumenschrauben?»
Seine Stimme wurde, während er sprach, unmerklich immer lauter, und er kostete jedes Wort aus. Seine Fingerknochen wurden weiß, als er die Armlehne der Polsterbank umklammerte. Lestrade verengte die Augen, als ihm zu dämmern begann, worin Mr. Swinburnes Problem bestand.
«Gummiröhren», sagte er.
Swinburnes Mund klaffte vor Vergnügen und Erstaunen weit auf. Lestrade wurde vertraulich. «Es hinterläßt keine Spuren, verstehen Sie?»
Swinburnes Stimme war ein krächzendes Flüstern. «Wo macht ihr es?»
«Zellenblock A.»
«Nein, nein, ich meine, wo am Körper? Hinterbacken, Oberschenkel?»
«Nein danke», sagte Lestrade, «ich versuche, ohne sie auszukommen.»

Er verließ das Zimmer, während Swinburne Zuflucht zu seiner Taschenflasche nahm und langsam begann, seinen Schlipsknoten zusammenzuziehen, so daß seine Augen hervortraten und sein Gesicht sich rötete. «Züchtige mich!» waren die letzten Worte, die Lestrade hörte, als er zur Treppe ging.

Im Arbeitszimmer saß Miss Spink, eine steife, gezierte Lady, Mitte Dreißig, das Haar zum charakteristischen Nackenknoten der ewigen alten Jungfer zurückgebunden. Hinter ihr stand Swallow wie eine Figur auf einem Atelierfoto.
«Ich möchte Sie gern allein sprechen, Inspector», sagte sie zu Lestrade. Swallow wollte etwas einwenden, doch nach einer Kopfbewegung Lestrades schlurfte er unter gedämpftem Knurren zur Tür.
«Mr. Swinburne ist im Salon, Inspector», rief Lestrade ihm nach. «Sorgen Sie dafür, daß er nicht irgendwie zu Schaden kommt, er ist ein gutartiger Kerl. Und lassen Sie nicht zu, daß er sich Ihre Handschellen anlegt.»
«Inspector?»
«Madame.» Lestrade nahm vor der Gouvernante Platz. Sie war vielleicht nicht attraktiv im herkömmlichen Sinn, doch sie verfügte über das gewisse Etwas. Sie blickte Lestrade tief in die Augen. «Ich konnte es nicht über mich bringen, es diesem Lümmel zu erzählen», bemerkte sie mit Bezug auf den verschwundenen Swallow, «doch ich habe das Gefühl, es gibt etwas, das Sie wissen sollten.»
«Ich bin ganz Ohr, Madame.»
Miss Spink richtete sich inmitten raschelnder Unterröcke kerzengerade auf. Sie wandte Lestrade den Rücken zu. «Das ist sehr schwer für mich, Inspector. Sie können sich nicht vorstellen, welch ein Schock das alles gewesen ist.»
Lestrade hatte ein Gespür dafür, wenn bei Zeuginnen eine besondere Methode notwendig war. Er legte seine Hand beruhigend auf den Arm der Gouvernante. Sie atmete schwer und zog den Arm zurück, doch ihre Miene zeigte, daß er genau das Richtige getan hatte. Sie errötete und blickte zu Boden.
«Harriet traf sich … mit einem Mann», sagte sie.
«Mit einem Mann, Madame?»
«Alle Männer sind Tiere, Inspector», rief sie plötzlich, dann ging ihr

die Dummheit der Bemerkung auf. «Verzeihung. Anwesende selbstverständlich ausgenommen.»
«Dieser Mann – wer ist er?»
«Ich weiß es nicht. Inspector, ich habe mich eines Versäumnisses schuldig gemacht. Ich flehe Sie an, erzählen Sie weder dem Reverend noch Mrs. Wemyss davon. Ich könnte es nicht ertragen, wenn sie die Wahrheit erführen.»
«Und was ist die Wahrheit, Madame?»
Miss Spink begann, in schicklicher Weise, versteht sich, in ein winziges Spitzentaschentuch zu weinen. Lestrade war der vollendete Tröster, bis sie sich allmählich wieder in der Gewalt hatte. «Ich begleitete Harriet regelmäßig nach Macclesfield. Beddoes fuhr uns mit dem Einspänner. Gewöhnlich besuchten wir die Bibliothek und die Teestube, und an schönen Tagen gingen wir im Park spazieren. Zuweilen wanderten wir weiter – nach Buxton, zu den Trinkhallen, zum Beispiel oder nach Congleton.»
«Fahren Sie fort.»
«Nun, vor etwa einem Monat fuhr Harriet allein nach Macclesfield – mit Beddoes, natürlich, aber der ekelhafte Mann sucht ein Wirtshaus auf und bleibt dort bis zu einer verabredeten Stunde.»
«Sie waren nicht anwesend, Madame?»
«Nein, ich war... unpäßlich. Als Harriet an jenem Tag heimkam, war sie erregt, aufgewühlt. Sie tanzte und sang und schwatzte unaufhörlich mit mir, ihrer Mutter und ihrem Vater. Sie wollte keinen Grund für diese neue Hochstimmung nennen – sie war gewöhnlich ein so stilles Kind – außer, daß ihr Leben sich geändert habe und sie nie mehr die alte sein werde.»
«Was war der Grund, nach Ihrer Meinung?»
«Zuerst mochte ich es nicht glauben. Eine junge Dame von Harriets Kultiviertheit, Tochter eines Geistlichen, doch ich argwöhnte – nichts weniger, als daß sie einen Verehrer hatte.»
Lestrades Kopfschütteln und Zungenschnalzen wurden von der sittenstrengen Miss Spinks kommentarlos hingenommen.
«Bitte, fahren Sie fort, Madame.»
«Harriet wurde ein anderes Mädchen. Sie fuhr zweimal oder dreimal in der Woche nach Macclesfield. Jedesmal, wenn sie heimkam, war sie unverschämter und zügelloser. Sie weigerte sich, ihren Studien zu obliegen, und nahm die schändlichsten Gewohnheiten an.»

«Gewohnheiten, Madame? Wollen Sie andeuten, daß sie sich dem katholischen Glauben zuwandte?»

«Aber nein, Inspector. Sie... rauchte.»

«Rauchte?»

«Hier.» Miss Spink förderte aus einer Tasche ihres voluminösen Rockes ein Schächtelchen mit Zigarettenpapier zutage. «Schändlich, nicht wahr? Eine junge Dame von ihrer Vornehmheit. Die Dienstboten wußten es natürlich, doch wir mußten uns Mühe geben, es vor ihren armen Eltern geheimzuhalten.»

«Und wen machen Sie für die Annahme dieser Angewohnheit verantwortlich, Madame?»

«Diesen Mann, dieses scheußliche Untier, den sie in Macclesfield traf und mit dem sie auf diese heimliche Art und Weise auch weiterhin zusammenkam. Er war es, ich bin sicher, der es ihr beigebracht hat... und Gott weiß, was sonst noch.»

«Ich wiederhole, Madame. Wer ist der Mann?»

«Ich sah ihn nur ein einziges Mal. Als Harriet wieder einmal darauf bestand, allein nach Macclesfield zu fahren, widersetzte ich mich. Ich fuhr mit ihr. Als wir uns dem Park näherten, sah ich, daß sie einer Gestalt im Gebüsch ein Zeichen machte. Natürlich sah ich sie nur für den Bruchteil einer Sekunde, weil die Gestalt verschwand. Ich fragte Harriet, wer der Mann sei, und sie lachte und sagte, er sei ein Freund. Mehr konnte ich ihr nicht entlocken.»

«Können Sie mir eine Beschreibung des Mannes geben?»

«Das ist sehr schwer, Mr. Lestrade. Er war groß, kräftig gebaut, trug einen langen Mantel und einen dunklen Hut. Ich konnte sein Gesicht nicht erkennen. Aber ich wußte instinktiv, daß er ein Untier war.»

«Gewiß», pflichtete ihr Lestrade bei und hielt seine Zunge fest an den Gaumen gepreßt.

«Und Sie sahen den Mann niemals wieder?»

Miss Spink schüttelte den Kopf.

Swallow stürzte herein. «Dieser Swinburne ist ein rechter...»

«Danke, Mr. Swallow.» Lestrade stand abrupt auf und wies auf Miss Spink. Swallow hüstelte verlegen.

«Ich werde Mrs. Wemyss in Congleton aufsuchen, Inspector. Bitte behandeln Sie alles, was ich Ihnen erzählt habe, mit strengster Vertraulichkeit.»

«Natürlich, Madame. Hätten Sie die Güte, Mr. Beddoes zu sagen, daß ich ihn augenblicklich sprechen möchte?»
Miss Spink schwebte in einer Wolke von Würde hinaus. Sie bedachte Swallow mit einem verächtlichen Kopfschütteln und glitt an ihm vorbei in die Halle.
«So jemand braucht einen verdammt guten ...»
«Ganz recht, Inspector.» Lestrade unterbrach ihn abermals.
«Äh, dieser Swinburne.» Swallow kehrte zu seinem Ausgangspunkt zurück. «Er sitzt da und piesackt die Katzen, bis sie ihm ihre Krallen in die Beine schlagen. Verdammten Wahnsinn, nenne ich das.»
«Die meisten von uns nennen das verdammten Wahnsinn, Inspector. Aber es ist wohl kaum eine Sache für die Polizei.»
Swallow zuckte die Achseln.

Beddoes war anfangs weit davon entfernt, eine Hilfe zu sein. Wenn es Schwierigkeiten im Pfarrhaus gab, hatte er sein Vergnügen daran. Seiner sozialen Stellung nach war er kein untertäniger Pächter, und es war klar, daß er für die Leute nichts übrig hatte, die er umherkutschierte. Ja, er hatte Miss Harriet verschiedene Male nach Macclesfield gefahren. Ja, er hatte eine Veränderung ihres Gemüts bemerkt, aber es überraschte ihn nicht. Alle Leute, die in Kutschen fuhren, behandelten ihn schlecht. Sie nörgelten an ihm herum, blickten auf ihn herab, ignorierten ihn. Das Mädchen war also vom Pfad der Tugend abgewichen. Typisch. Nichts überraschte ihn, was die vornehmen Leute anging. Ein Mann? Nein, er wußte nichts von einem Mann. Schließlich hatte er seine Zeit in der *Rose and Crown* verbracht. Wie sollte er da jemanden sehen? Außerdem, durch nichts konnten die vornehmen Leute Beddoes überraschen.
Lestrade brauchte ein wenig Zeit, um diese dürftigen Informationen aus ihm herauszukitzeln, da Beddoes mit breitem Cheshire-Akzent sprach, so daß Lestrade sich mehr als einmal einen Dolmetscher wünschte. Doch als Beddoes sich zum Gehen anschickte, machte er zufällig eine Bemerkung, die er für unwichtig hielt. Für Lestrade war sie von größter Wichtigkeit.
«Ein Hausierer?»
«Ja. Am Morgen von Miss Harriets Tod war's. Da kam so'n Bursche vorbei. Wollte Bürsten verkaufen.»

«Wie sah dieser Mann aus?»

«Oh, hab ihn nicht deutlich gesehn. Kam grad von der Schule rüber. Kräftiger Bursche war's. Hatte 'nen Hut auf.»

«Einen Hut?»

«Ja.»

«Beddoes, wo ist Mrs. Drum?»

«Der Vikar hat sie rausgeschmissen. Hat sich vor 'ner Stunde auf den Weg nach Macclesfield gemacht.»

«Zu Fuß?»

«Nein, ich hab sie zum Bahnhof in Rainow gebracht, weil ich sie nicht weiter fahren durfte.»

«Holen Sie Ihren Einspänner, Mann. Wir müssen ihr nach.»

«Der Einspänner gehört dem Vikar.» Beddoes war plötzlich wegen seines Arbeitgebers erstaunlich besorgt. «Außerdem haben Sie Ihren eigenen Wagen.»

«Inspector Swallow hat ihn geliehen, um seine eigenen Nachforschungen durchzuführen. Im Namen des Gesetzes beschlagnahme ich den Wagen des Vikars.» Dann, ein wenig drohender. «Sie wollen doch wohl nicht angeklagt werden, weil Sie die Polizei bei der Durchführung ihrer Ermittlungen behindert haben?»

«Jetzt werden Sie sie nicht mehr erwischen», rief er, als der Wagen auf den kiesbestreuten Fahrweg bog, der auf die Landstraße führte. «In zehn Minuten fährt der Zug von Rainow ab.»

«Benutzen Sie die Peitsche, Mann. Sie verschwenden Zeit!»

Sie erwischten Mrs. Drum. Während sie im kalten Nieselregen am Bahnhof von Rainow wartete, war sie in einem so erbärmlichen Zustand gewesen, daß der Bahnhofsvorsteher ihr in seinen Amtsräumen Obdach gewährt und ihr die sprichwörtliche Tasse verabreicht hatte, die einen mitnichten aufmuntert. Infolgedessen hatte die redselige Mrs. Drum, während sie ihm ihr Herz ausgeschüttet und er sie voll Tee geschüttet hatte, ihren Zug verpaßt. Lestrade fand sie folglich, immer noch Tee trinkend, im Büro des Bahnhofsvorstehers. Gleichwohl war sie nicht sonderlich hilfreich. Zwar rissen sie Lestrades direkte Fragen aus der Stimmung des Selbstmitleids, doch ihre Beschreibung des Hausierers war ungenügend. Er sei ein großer Mann gewesen, sagte sie, doch sei sein Gesicht zum Teil von einem dicken Schal bedeckt und seine Stimme entsprechend verzerrt gewesen. Sie glaubte sich an durchdringende blaue Augen zu erinnern, doch da sie von der Hutkrempe beschattet wurden, sei das schwer zu sagen. Zur Zeit von Miss Harriets Tod war Mrs. Drum in der Küche gewesen, um das Essen zuzubereiten, weil das Mädchen seinen freien Tag hatte. Es war gegen halb vier. Daran erinnerte sie sich, weil sie die Uhr in der Halle schlagen hörte, die bekanntermaßen falsch ging. Man nahm also besser an, daß es zwischen drei und vier war. Mrs. Drum hatte ein fauchendes Geräusch gehört, und danach hatten die Schreie eingesetzt. Als sie das obere Ende der Treppe erreichte, war es zu spät. Was von Harriet Wemyss übrig war, lag brennend auf dem Teppich. Von Entsetzen und Übelkeit gepackt, hatte Mrs. Drum sie mit Wasser begossen und alle Decken, die sie von den Betten reißen konnte, über sie geworfen. Der Geruch, sagte sie, sei fürchterlich gewesen und die Erinnerung an diesen Vorfall werde sie nie verlassen.

Lestrade ließ der Ex-Haushälterin Zeit, sich zu erholen. Vielleicht eine halbe Stunde später waren Mrs. Wemyss und Miss Spink angekommen, denen fast unmittelbar darauf der Vikar folgte. Mrs. Drum hatte Beddoes zur Polizei geschickt, doch diese traf noch später ein. «Ich kann nicht begreifen, wie es geschehen konnte, Sir», schluchzte Mrs. Drum, «es ist unfaßbar.»

«Der Hausierer», sagte Lestrade. «Um welche Zeit erschien er?»

«Ich glaube gegen halb eins, Sir. Ich sagte ihm, wir brauchten keine Bürsten, doch er bestand darauf, die Dame des Hauses zu sprechen. Ich sagte ihm, Mrs. Wemyss sei nicht zu Hause, jedoch Miss Harriet kam die Treppe herunter und führte ihn in den Salon.»

«Was taten Sie?»

«Ich machte mit meiner Arbeit weiter, Sir.»

«Kam es Ihnen nicht merkwürdig vor, daß Miss Harriet selbst mit dem Hausierer verhandelte? War das nicht gewöhnlich Ihre Aufgabe?» Offensichtlich hatte Mrs. Drum die Sache unter diesem Aspekt bislang noch nicht gesehen, doch sie gab zu, daß das in der Tat der Fall sei.

«Und wann verließ der Hausierer das Haus?»

«Ich weiß es nicht, Sir. Ich war den größten Teil des Tages in der Küche, und von dort kann man die Vordertür nicht sehen. Ich schätze, Miss Harriet ließ ihn hinaus.»

«Der Hausierer benutzte die Vordertür. War das nicht ungewöhnlich?»

Auch darüber hatte Mrs. Drum nicht nachgedacht. Wiederum räumte sie ein, es sei in der Tat ungewöhnlich.
Lestrade glaubte jetzt, daß er wußte, wie der Mord ausgeführt worden war. Und er wußte, durch wen – oder zumindest hatte er eine Beschreibung des Mörders. Ihm fehlte nur noch der Beweis, und zu diesem Zweck brachte er die protestierende Mrs. Drum zusammen mit dem lamentierenden Beddoes ins Pfarrhaus von Wildboarclough zurück.
Er kam rechtzeitig, um eine Kutsche mit Watts-Dunton und Swinburne abfahren zu sehen; und er meinte ein Übermaß an Peitschengeknall zu hören, war jedoch nicht sicher.
Der Reverend Wemyss war ein wenig verärgert, Miss Drum wiederkommen zu sehen, doch Lestrade versicherte ihm, es sei notwendig und nur von kurzer Dauer.
Es war inzwischen fast dunkel, und die Haushälterin und der Polizist stiegen im Schein einer Petroleumlampe die Treppe hinauf, nachdem Lestrade sich noch einmal erfolgreich über die neuerliche Abneigung des Vikars gegen offenes Feuer hinweggesetzt hatte. Harriets Leiche war in die Leichenhalle von Congleton gebracht worden, begleitet von Swallow und einer oder zwei neugierigen Katzen. Lestrade untersuchte den Treppenabsatz, auf dem Mrs. Drum das brennende Mädchen gefunden hatte. Der Teppich wies dort schlimme Brandspuren auf, und selbst die darunterliegenden Dielenbretter waren angekohlt. Die Brandspuren bildeten eine deutlich sichtbare Spur, die von einer Tür den Flur entlang bis zum Schlafzimmer des toten Mädchens führten.
«Was ist das für ein Raum?» fragte Lestrade.
«Das stille Örtchen», erwiderte Mrs. Drum, die abermals von dem Gefühl überwältigt zu werden schien, auf eben jenem Fleck zu stehen, wo die arme Miss Harriet starb. Lestrade öffnete die Tür – ein herkömmliches bürgerliches Wasserklosett mit einem blaugeblümten Porzellanbecken.
Sehr zum Mißfallen von Mrs. Drum spähte er in das Klosettbecken. Als er sich mit der Lampe hinabbeugte, stellte er fest, daß auf dem Wasser ein farbiger Film schwamm und die hölzerne Brille Brandspuren zeigte.
«Ist dieses Klosett seit dem Vorfall benutzt worden?»
«Aber nein, Inspector. Inspector Swallow untersagte uns, etwas an-

zurühren oder zu verändern. Im anderen Flügel des Hauses gibt es ein zweites – und dann noch den Abtritt im Hof.»

Lestrade war froh, daß Swallow sich in dieser Hinsicht als ein guter Polizist erwiesen hatte.

«Treten Sie zurück, Mrs. Drum. Es erwartet Sie ein zweiter Schock.»

Lestrade warf aus sicherer Entfernung ein brennendes Streichholz in die Klosettschüssel. Es explodierte mit einem Krachen, eine bläuliche Flammensäule schoß in die Höhe, die den Raum, den Treppenabsatz und die entsetzte Mrs. Drum erleuchtete.

Lestrade warf Handtücher über das Feuer und es erlosch langsam und zögernd.

«Ist das der Krach, den Sie hörten, Mrs. Drum, bevor die Schreie einsetzten?»

Am ganzen Körper zitternd lehnte Mrs. Drum an der Wand und konnte erst nach einer Weile stumm nicken.

«In der Küche hätten Sie nicht gehört, wie die Zigarette – die heimliche, verstohlene Zigarette, die Miss Harriet rauchte – ins Wasser fiel. Aber es war kein Wasser, Mrs. Drum. Oder zumindest nicht an der Oberfläche. Es war Petroleum, das sich durch ein Streichholz oder eine brennende Zigarette sofort entzündet. Das arme Geschöpf muß wie eine Fackel in Flammen aufgegangen sein und vor lauter Entsetzen und Qual blindlings versucht haben, Zuflucht in seinem Schlafzimmer zu suchen. Doch die Macht der Flammen war so gewaltig, daß sie nicht dorthin gelangte. Nicht in dieser Welt.»

Inzwischen hatte sich der Reverend Wemyss, aufgeschreckt durch die Explosion und den Entsetzensschrei von Mrs. Drum, in der fast völligen Dunkelheit der Treppe zu dem Pärchen gesellt.

«Kommen Sie, Sir», sagte Lestrade zu ihm. «Sie und ich, wir müssen uns ein bißchen unterhalten.»

Es belastete Lestrade nicht sonderlich, daß er, indem er Wemyss alles erzählte, was er wußte, Miss Spink hinterging, der er Stillschweigen versprochen hatte. Er war sicher, daß seine Aufgabe Vorrang hatte. Was waren häusliche Spannungen, verglichen mit Mord? Der Vikar von Wildboarclough hörte sich mit immer schmaler werdenden Lippen die ganze traurige, bizarre Geschichte an. Er konnte nichts zur Erhellung beitragen. Er wußte von keinem Mann. Er nahm an, Harriets zunehmende Besuche in Macclesfield seien auf ein wachsendes Interesse an der kürzlich vergrößerten Leihbibliothek zurückzuführen. Es war ihm nie in den Sinn gekommen, daß seine Tochter einen verwerflichen Lebenswandel geführt hatte, daß sie von einem anonymen «Versucher» in die Fänge des Teufels gelockt worden war. Seiner Frau würde er nichts erzählen – der zweite Schock würde sie umbringen. Wenn sie ihren augenblicklichen Zustand überwunden hatte und Miss Spink nicht mehr brauchte, würde er künftig auf die Dienste von Frauen verzichten – er meinte die von Miss Spink, nicht die seiner Frau. Dorothea war im Grunde allzu lange «in seinen Diensten» gewesen. Miss Spink war nicht wachsam gewesen. Sie hatte Harriets Geheimnis gekannt und nichts gesagt. Das war gleichbedeutend mit Mord. Sogar Lestrade erwog flüchtig, ob man sie als Mitschuldige zur Rechenschaft ziehen solle, doch er gelangte zu der Ansicht, daß das schlechte Gewissen der Gouvernante Strafe genug sei.

Die Nacht im Pfarrhaus war kalt und düster. Eine schauerliche Stille lag über dem ganzen Haus. Irgendwann hantierte Lestrade mit einem Streichholz, um sich eine Zigarre anzuzünden, doch er mußte zugestehen, daß das plötzliche Aufleuchten einer Flamme im Haus des Todes unpassend, ja fast blasphemisch schien. Er blies das Streichholz aus, vergrub sich unter den Kissen und zog es vor, den Tabak zu kauen. Das kalte Wasser am Morgen, der eiskalte Kaffee und kalter Schinken trugen nicht dazu bei, ihn aufzumuntern oder zu erwärmen. Er frühstückte allein. Selbst das Hausmädchen ließ sich nicht in seiner Nähe blicken. Er konnte seinen leidgeprüften Gastgeber nicht finden, um sich zu verabschieden. Zum guten Schluß trat er auf eine der Katzen und machte sich aus dem Staub.

Dr. Marsden hatte Sprechstunde, als Lestrade ihn aufsuchte. «Einatmen.» Diese Anweisung galt einem älteren Gentleman, der auf einem Bett im Behandlungszimmer leichenähnlich ausgestreckt war.

«Ich kann Ihnen keine große Hilfe sein, Inspector.» Der Arzt blinzelte seinem Besucher durch Schwaden von Zigarrenrauch zu. Hin und wieder fiel Asche auf den Magen des Patienten, was diesen veranlaßte, ein wenig zusammenzuzucken. «Schock oder Verbrennungen dritten Grades oder beides waren die Todesursache. Oh, das ist schon in Ordnung», krächzte er durch die Rauchwolken, als er Lestrades besorgten Blick auf den Patienten bemerkte. «Der ist stocktaub. Wir sind ganz unter uns.»

«Ich versuchte Ihre Aufmerksamkeit auf seine Gesichtsfarbe zu lenken, Doktor. Ich glaube, er wird vielleicht sterben.»

«Gütiger Gott!» Marsden preßte seine Hand heftig auf den Brustkorb der liegenden Gestalt. «Ausatmen, Mann!»

Lestrade war erleichtert, als er den Patienten keuchen und husten hörte.

«Dürfte ich Ihnen eine kitzlige Frage stellen, Doktor? Wir sind schließlich beide Männer von Welt. Unsre Berufe bringen es mit sich, daß nichts Menschliches uns fremd ist.» Er war ziemlich stolz auf den letzten Satz.

«Fragen Sie.» Marsden drückte den Oberkörper des alten Mannes so weit nach vorn, daß sich seine Nase in die Hose bohrte. Das Gesicht des Arztes drückte Überraschung aus, daß sein Patient dazu in der Lage war.

«Wo waren die schlimmsten Verbrennungen, nach Ihrer Meinung? Wo war der Auftreffpunkt der Flamme?»

«Leck mich doch», fluchte der Arzt.

«Doktor?» sagte der Polizist überrascht.

«Nein, nein. Ich habe meine Zigarre verloren.» Beide Männer spähten in das Haar des alten Mannes, und ihre Blicke trafen sich über seinem Kopf. «Aha!» Marsden förderte sie aus dem Hemdkragen seines Patienten zutage.

«Es war das Rektum, das am schlimmsten zugerichtet wurde, würde ich sagen. Die Verbrennungen am oberen Rumpf, oberen Gliedmaßen und am Kopf waren weniger schwer. Es muß das brennbare Material ihres Kleides gewesen sein, das ihr zum Verderben wurde.»

«Also das Rektum», wiederholte Lestrade und bewegte sich zur Tür.

«Leck mich doch am...!» brüllte Marsden.

«Danke, Doktor, ich bin im Bilde.»

«Nein, nein, ich habe wieder meine Zigarre verloren.»

Lestrade saß in seinem Büro, als der Brief eintraf. Seine Füße steckten in einer Schüssel mit heißem Wasser, und er hatte ein Handtuch über seinen Kopf gelegt. Seit drei Tagen konnte er weder schmecken noch riechen. In den letzten drei Nächten hatte er kein Auge zugetan. Sir Melville McNaghten hatte ihm gesagt, er solle nach Hause gehen, doch er war zu beschäftigt. Die stets besorgte Miss McNaghten hatte ihm Hot Toddies und Stärkungsmittel geschickt. Lestrade reagierte darauf abwechselnd mit Schüttelfrost und Fieber. Wenn er des Nachts in seinem Bett lag, fühlte er sich selbst von den Flammen verzehrt, die in Sekundenschnelle Harriet Wemyss eingehüllt hatten. Tagsüber fühlte er sich so tot und kalt wie der Mann in der Schlucht.

Es handelte sich fraglos um einen weiteren Brief der bekannten Art, wie er feststellte, nachdem er das Handtuch abgeworfen hatte. Ein Schnippen mit den Fingern und Dew kam mit dem Gänseschmalz. Er blickte auf die graue schleimige Masse in der Tasse und schickte Dew fort. Ein Trauerbrief – der dritte dieser Sorte, den er bekam. Derselbe Poststempel, dieselbe Schreibmaschine – nichts, womit er etwas hätte anfangen können. Und ebensowenig mit den Versen:

> Vor Tränen möcht ich fast verstummen
> Bei der Geschicht' von Harriet, der Dummen.
> Mama und Papa gingen aus,
> Und ließen sie allein zu Haus...
> Doch weh! die Flamme faßt das Kleid,
> Die Schürze brennt, es leuchtet weit.
> Es brennt die Hand, es brennt das Haar,
> Es brennt das ganze Kind sogar...

Lestrades Faust landete krachend auf dem Tisch. Jemand trieb ein Spiel mit ihm. Dies war ein Katz-und-Maus-Spiel, und es gefiel ihm nicht. Es gefiel ihm überhaupt nicht. Drei Morde – über das Land verstreut. Rätselhaft, tückisch. Wie hingen sie zusammen? Wo waren die Gemeinsamkeiten? Holprige Reimereien – an den Yard geschickt. An ihn. Lestrade war soweit, daß er die Person, die irgendwo die Fäden zog, als seinen persönlichen Feind betrachtete. Dies war ein Kampf zwischen zwei intelligenten Personen, und bis jetzt hatte Lestrade als zweitbester abgeschnitten.

Pik-Drei

«Ich glaube wirklich, daß Dew seine Sache gut macht, Sir», sagte Lestrade.
«Sie können das leicht sagen, Lestrade», antwortete McNaghten, «aber dieser neue Bursche ist verdammt tüchtig. Seine Zeugnisse sind vorzüglich. Dew ist in Ordnung, aber aus ihm wird nie etwas werden. Er hat keinen Schliff, keinen Stil.»
«Aber Eton, Sir? Ein Greifer aus Eton?»
«Oh, ich weiß, das ist nicht die Quelle, aus der wir normalerweise unseren Nachwuchs beziehen, aber Sie sollten keinen falschen Snobismus zeigen. Vielleicht hat er nicht die Vorteile des Instituts in Blackheath genossen, doch das dürfen Sie ihm nicht vorwerfen.»
«Ich werde versuchen, ihm nichts vorzuwerfen», sagte Lestrade an der Tür.

«Bandicoot?» fragte Lestrade ungläubig.
«Ja, Sir.»
«Das meinen Sie nicht im Ernst.»
«Sir?»
Lestrade wanderte auf und ab. Erneut betrachtete er den jungen Mann, der vor ihm stand; sechs Fuß groß nach Lestrades Schätzung, breitschultrig und von stattlichem Wuchs. Sein Anzug, graukariert, war neu, und sein Bowler paßte exakt zwischen den abgewinkelten Arm und den Körper. Vorübergehend wußte Lestrade nicht, was er sagen sollte.
«Ihr Name ist Bandicoot?»
Bandicoot begann einen Hauch von Verärgerung spürbar werden zu lassen.
«Bandicoot ist in einigen Gegenden von Somerset ein wohlbekannter Name, Inspector. Was mich angeht, bin ich noch nie einem Lestrade begegnet.»

«Nun, jetzt sind Sie's.» Lestrades Morgen hatte nicht gut angefangen. Auf seinem Weg ins Büro war er zweimal mit dem Baugerüst kollidiert, welches das Gebäude von New Scotland Yard umgab, solang es sich vor der endgültigen Fertigstellung befand. Sein Tee hatte Ähnlichkeit mit einer Flüssigkeit, die auch von einer der Katzen des Reverend Wemyss hätte stammen können. Und nun dies – ein neuer Constable, ein Anfänger aus Eton. Lestrade saß vor seinem Schreibtisch und legte seine gekreuzten Füße auf die polierte, penibel aufgeräumte Platte.
«Wie lange sind Sie bei der Polizei?»
«Ein knappes Jahr, Sir.»
Lestrade sah mit weitaufgerissenen Augen zu McNaghtens verglaster Bürotür am Ende des Ganges hinüber.
«Haben Sie jemals einen Körper gesehen?»
«Ich bin eigentlich keine Jungfrau mehr, Inspector.» Bandicoot, von Lestrades Frage ein wenig überrascht, wagte ein Grinsen.
«Ich meine einen toten Körper, Idiot!» Lestrade schnellte in die Höhe und stützte sich mit der Hand auf den Tisch.
«Nein, Sir.» Bandicoots Grinsen verschwand und seine Augen blickten geradeaus.
«Was hat Sie bewogen, sich unserer Abteilung anzuschließen, Bandicoot?» Lestrades Ton floß jetzt über von Geduld. «Nein, antworten Sie nicht. Warum sind Sie zur Polizei gegangen?»
«Nun, Sir, es ist eigentlich ziemlich albern.»
Das hatte sich Lestrade beinahe gedacht.
«In Eton trat ich dem Offiziersausbildungskorps bei. Ein paar Witzbolde machten mir weis, es sei das Ausbildungskorps für Polizisten. Das war drei Jahre bevor ich herausfand, daß es sich anders verhielt, und inzwischen hatte ich mein Herz mächtig an die Sache gehängt. Im Verlauf der Zeit wurde ich so etwas wie eine Kanone, ein erstklassiger Fechter – und meine militärischen Fertigkeiten sind ziemlich beachtlich.»
«Ich bin dessen sicher, Bandicoot, aber, sehen Sie, wir von Scotland Yard haben keine große Nachfrage nach einem *beau sabreur*. Sagen Sie mir, ich dachte immer, Gentlemen trügen Zylinder, besonders ältere Gentlemen aus Eton?»
«Oh, das tun wir, Sir, doch niemals vor dem Mittagessen.»
Lestrade nahm alles zurück.

«Können Sie Tee zubereiten?» fragte er.

«Äh... ich denke schon, Sir. Sie verwenden dazu eines von diesen kesselartigen Gefäßen, nicht wahr?»

Lestrade applaudierte mit einem langsamen Stakkato-Händeklatschen. «Ich habe immer gefunden, daß es hilfreich ist. In meinem Vorzimmer werden Sie einen Constable finden. Bitten Sie ihn, Sie einzuweisen. Und dann, wenn Sie mir eine Tasse Tee gemacht haben, werde ich Ihnen zeigen, wie ein Aktenschrank aussieht, und wir werden mit der *richtigen* Polizeiarbeit anfangen.»

Bandicoot wollte gehen, als Lestrade ihn am Arm packte. Sein starrer Blick den Flur entlang ließ auch den jüngeren Mann wie angewurzelt stehenbleiben. Eine stattliche junge Frau in Stahlblau hastete auf sie zu. Lestrade drückte sich flach gegen die Wand, spurtete dann zum Fenster und zur Feuerleiter.

«Bandicoot», zischte er, während er das Weite suchte, «machen Sie Miss McNaghten mit Ihrem Eton-Charme begreiflich, daß ich dienstlich ein paar Tage fort bin, und ich werde Sie zum berühmtesten Detektiv in London machen.»

Es war der Anfang der Saison, und London war bereits voll von wieseläugigen Mamas und züchtigen Töchtern, linkischen, plattfüßigen Jünglingen und lüsternen alten Männern. Nachdem der strenge Winter vorüber war, erwachten die vornehmen Viertel Belgravia und Mayfair mit einer endlosen Reihe von Bällen und Soireen wieder zum Leben. Doch diese Saison war sogar noch farbenprächtiger als die vergangene, denn eine neue Berühmtheit war eingetroffen – der ehemalige Sklave Atlanta Washington. Die Presse berichtete über jeden seiner Schritte. Er war zum Ehrenmitglied von White's und Crockford's ernannt worden, hatte sich mit dem Prinzen und der Prinzessin von Wales in Sandringham aufgehalten, und man munkelte, er habe mit allen drei Töchtern der Herzogin von Blessington wie auch mit der Herzogin Affären gehabt. Er hatte freilich auch seine Kritiker, denn es gab viele, welche die Ansicht ihrer weißen Zeitgenossen in Amerika teilten, ein «hochnäsiger Nigger» habe in einer Gesellschaft gesitteter Weißer nichts zu suchen. Washington genoß es, im Rampenlicht zu stehen. Er schrieb gleichermaßen beleidigende Antworten auf die beleidigenden Briefe in der *Times*, und wurde er auf der Straße angespuckt, zögerte er nicht, die Schuldigen vor aller Augen mit der Reitpeitsche zu züchtigen; mindestens vier Vertreter der Metropolitan Police standen dabei, offenbar durch den Anblick eines reichen, gebildeten Niggers eingeschüchtert. Als sie schließlich eingriffen, ließ sich Washington überaus bereitwillig – in Wahrheit ging er voran – zum Revier Cannon Row abführen, wo er auf Bewährung wieder entlassen wurde. Drei Männer verfolgten ihn besonders heftig – die drei Männer, die in Augenschein zu nehmen Lestrade an einem frühen Mittwochmorgen im Juni in den Battersea Park gerufen wurde. Die drei Männer hatten zweierlei gemeinsam – sie waren alle drei tot, und sie waren alle von Kopf bis Fuß mit schwarzer Farbe bedeckt.

Ihre Identität wurde erst bekannt, als die Farbe entfernt worden war, und lange bevor ihre kalten Leichen dem Chirurgen von Scotland Yard zur endgültigen Untersuchung übergeben wurden, schrien ihre Familien laut nach Rache oder, falls sich das nicht machen lasse, nach Gerechtigkeit. McNaghten bekam Druck von oben. Alle drei Männer kamen aus ungemein angesehenen Familien. Jede erdenkliche Anstrengung sei zu unternehmen, nichts dürfe unversucht gelassen werden etc. etc. Lestrade hatte all das bereits zu hören bekommen, doch er bedurfte keiner Ermahnungen. Bislang hatte er noch keinen Brief bekommen, doch er würde nicht lange darauf warten müssen. Dies war exakt die Art von phantastischem Verhalten, die er vorausgesehen hatte. Es war ein weiteres Verbrechen in der Serie, und die Zahl der Opfer betrug inzwischen sechs.

«Erstickung ist mit Sicherheit die Todesursache, Lestrade», sagte der Chirurg zu ihm. «Die Poren in der Haut dieser Männer waren von Farbe verstopft, und das war's, was sie umbrachte. Die Lungen allein genügen nicht. Auch die Haut muß atmen.»

«Wie lange könnte das gedauert haben?»

«Stunden, möglicherweise Tage. Sie sehen die Striemen an den Hand- und Fußgelenken, wo sie gefesselt waren. Schauderhafter Tod.»

«Sie wurden also nicht im Battersea Park getötet?»

«Oh, nein. Sie wurden dort hingelegt, doch sie starben anderswo.»

Ein weiteres Mal wußte Lestrade, wie der Mord begangen worden

war. Doch über Gelegenheit und Motiv – jener anderen Voraussetzungen für die Arbeit eines Detektivs – wußte er nichts. Er warf einen Blick auf die Namen der Opfer. Die Zahl ihrer Familienangehörigen und Freunde ging gewiß in die Hunderte. Es wurde Zeit, Constables loszuschicken, aber Constables hatten bekanntlich Plattfüße und wenig Fingerspitzengefühl. Die Routinearbeit konnte er Dew und Bandicoot übertragen, doch die ernsthaften Vernehmungen mußte er wieder einmal selbst durchführen.
Bandicoot spähte über Lestrades Schulter. «Edward Coke-Hythe!» rief er. Lestrade schüttete sich den Inhalt seiner Teetasse über die Hand und stürmte in den Waschraum, wobei er so gedämpft wie möglich wimmerte, um nicht den ganzen Yard auf seinen Unfall aufmerksam zu machen. Bandicoot folgte ihm auf den Fersen.
«Ein bißchen mehr Vorsicht», zischte Lestrade und zuckte zusammen, als er seine Hand unter den kalten Strahl hielt. Plötzlich versiegte der Strahl mit einem jähen gurgelnden Plumps.
«Diese verdammte neue Wasserleitung», knurrte der Inspector. «Bandicoot, besorgen Sie mir ein bißchen Natriumbicarbonat und beeilen Sie sich, Mann. Sonst wird meine Hand noch den letzten Fetzen Haut verlieren.»
Nachdem die Aufregung vorüber war, legte Lestrade seine verbundene Hand behutsam auf den Tisch. Diesmal brachte Dew ihnen den Tee, und Lestrade vergewisserte sich, als er ihn trank, daß Bandicoot vor ihm saß.
«Also», begann er, jetzt gefaßter, «warum haben Sie, als Sie mir über die Schulter guckten, den Namen eines der Opfer so hinausgebrüllt?»
«Ich kenne den Mann, Sir. Oder besser, ich kannte ihn. Edward Coke-Hythe. Ich war in Eton sein Fuchs. Fabelhafter Bursche. Mannschaftsführer beim Fives – und zwei Prüfungen mit ‹Sehr gut› in Cambridge.»
«Beliebt?»
«Oh, ziemlich, Sir. Armer, alter Teddy. Meine Güte, das wird ein Schlag für seinen Onkel sein.»
«Onkel?»
«Doktor John Watson.»
«Watson? Wie der Watson von Baker Street?»
«Ja. Kennen Sie ihn?»

«Ich kenne ihn. Ich war ein paar Jahre ein Bekannter seines Mitarbeiters, Sherlock Holmes.»
«Oh, der große Detektiv.» Bandicoot strahlte.
«Wenn Sie es sagen», erwiderte Lestrade. «Was ist mit den anderen? William Spender und Arthur Fitz.»
«Fitzwas?» fragte Bandicoot vergnügt.
«Ich mache hier die Witze, Constable», knurrte Lestrade.
«Nein, Sir. Tut mir leid. Sie sind keine Eton-Leute oder zumindest müssen sie um viele Jahre älter sein als ich, falls sie dort waren.»
Lestrade schüttelte den Kopf. «Sie waren alle in den Zwanzigern, gesunde, kräftige, junge Männer. In Ordnung, Bandicoot. Wird Zeit, daß Sie sich die Sporen verdienen. Da Sie Coke-Hythe kennen, reden Sie mal mit seiner Familie – sie haben ein Stadthaus am Portman Square. Gehen Sie behutsam vor, aber versuchen Sie herauszubekommen, was das Opfer am vergangenen Mittwoch gemacht hat. Kontakte, Freunde, Feinde. Werden uns ganz schön die Hacken ablaufen, bis dieser Fall vorüber ist. Oh, Bandicoot...» – der Constable drehte sich im Türrahmen um – «... es ist fast Mittagszeit. Vergessen Sie Ihren Zylinder nicht.»

Lestrade nahm die U-Bahn bis zur Haltestelle Baker Street und ging das kurze Stück bis zur Nummer 221 B zu Fuß. Vor dem Haus sah er eine verhutzelte alte Blumenfrau, zahnlos, hager, mit eisengrauem, verfilztem Haar über einem eisengrauen Gesicht. «Hübsches Sträußchen, Sir?» kreischte sie ihn an.
«Wirklich, Mr. Holmes, was sollte ich mit einem Sträußchen anfangen?»
Die Blumenfrau richtete sich zur vollen Größe von sechs Fuß auf und warf die verfilzte Perücke grimmig auf das Pflaster.
«Hol Sie der Teufel, Lestrade, ich habe fast zwei Stunden gebraucht, um mich so auszustaffieren.»
«Tut mir leid, Mr. Holmes. Ist der brave Doktor zu Hause?»
«Wer?»
«Watson.»
«Ich nehme es an. Sagen Sie Mrs. Hudson, sie soll Teewasser aufsetzen, ja? Ich habe für heute genug herumgeschnüffelt.» Er machte sich daran, seine Waren zu sortieren, während Lestrade eintrat, um

sein Opfer zu suchen. Mrs. Hudson, die Haushälterin, zog sich hastig zurück, um den Befehl auszuführen. Watson saß vor dem Kamin, in dem ein kräftiges Feuer brannte, über der Zeitung eingenickt.
«Doktor Watson.» Lestrade räusperte sich. Der Doktor rührte sich nicht. Noch einmal: «Doktor Watson.» Noch lauter: «Watson.» Dann ein unüberhörbares Flüstern: «Ihr Verleger ist da.» Watson sprang auf, so daß die Zeitung auf den Teppich fiel.
«Hol Sie der Teufel, Lestrade.» Es fing an, sich anzuhören wie der Refrain aus einem Phonographen. «Dieser Mistkerl Conan Doyle veröffentlicht fortgesetzt Artikel unter meinem Namen, und Sie haben nichts anderes zu tun, als auf meine Kosten Witze zu machen. Kann man ihn nicht gerichtlich belangen?»
«Ganz gleich, wer von mir als ‹Trottel› oder ‹Rattengesicht› spricht, wird rasch genug feststellen, wozu Gerichte imstande sind.» Diese Ermahnung meinte Lestrade sich schuldig zu sein. «Bis dahin, fürchte ich, gibt es wichtigere Dinge.»
Watson nahm wieder im Lehnsessel Platz, die Zeitung im Schoß. «Ach ja, mein Neffe. Schrecklich, schrecklich.»
«Sie haben selbstverständlich mein Beileid. Was können Sie mir sagen?»
«Nicht gerade viel, Lestrade. Die Familienbande sind bei uns nicht eng. Um die Wahrheit zu sagen, hatte ich Edward einige Jahre nicht gesehen – eigentlich seit seinem fünfzehnten Geburtstag. Natürlich waren kürzlich verschiedene bedauerliche Dinge in den Zeitungen zu lesen. Die Sache mit diesem schwarzen Burschen, diesem Ex-Sklaven. Aber das war beinahe vorauszusehen.»
«Wirklich?»
«In Eton war er, glaube ich, so etwas wie ein Schlitzohr. Sein Vater drohte, ihn zu enterben, seinen Monatswechsel zu streichen und so fort, es kam jedoch weiterhin zu unliebsamen Zwischenfällen. Da war eine Geschichte mit dem Stubenmädchen und ein Gerücht über hundert Pfund, die verschwunden waren. Ich habe meine Nase da nicht weiter hineingesteckt.»
«Hatte Ihr Neffe Feinde, Doktor?»
«Dutzende, würde ich meinen. Meine Familie hat ein Talent, Leute zu verärgern, Inspector.»
«Sie sprachen nie ein zutreffenderes Wort, Watson.» Holmes, den Arm voll Blumen, Perücken etc., trat ein.

«Guter Gott, Holmes, Sie sehen in diesem Kittel verdammt lächerlich aus», gluckste Watson.

Mrs. Hudson brachte den Tee. «Hören Sie, Holmes, Sie gäben ein hübsches Mütterchen ab. Ha, ha!» Sein Lachen hinterließ in Holmes' finsterem, grimmigem Gesicht nicht die geringste Spur.

«Sehen Sie sich dieses Feuer an, Lestrade», sagte er. «Stockheißer Juni und Watson sitzt an einem krachenden Feuer.»

«Ich bin in Indien gewesen, Holmes. Ich bin eben ein bißchen empfindlich gegen Kälte.»

«Wer ist das, Doktor?» fragte Mrs. Hudson, an der Tür stehenbleibend.

«Scher dich raus, Weib!» rief Holmes. «Welchem Anlaß verdanken wir die Ehre Ihres Besuches, Lestrade?»

«Es besteht kein Anlaß zu solcher Ausdrucksweise, Holmes», murmelte Watson.

«Sie sind offensichtlich zu lange in Indien gewesen, Watson», blaffte Holmes. «Sie fangen an, Queen's English mit reinem Hindustani zu verwechseln.»

«Was mich zu Ihnen führt», unterbrach Lestrade, dem sehr daran gelegen war, die spannungsgeladene Atmosphäre zu besänftigen, «ist der Tod von Dr. Watsons Neffen, Edward Coke-Hythe.»

«Aha.» Holmes nahm Platz, verstaute den voluminösen Rock zwischen seinen Knien und langte, ohne die Augen von Lestrade zu wenden, nach seiner Meerschaumpfeife. «Ich habe mir eine Theorie über den Fall gebildet.»

Lestrade knirschte mit den Zähnen. Deswegen war er nicht gekommen, jedoch in der Vergangenheit hatte sich Holmes als nützlich erwiesen, und ungeachtet seiner Reizbarkeit, seines überlegenen Gehabes und aufbrausenden Temperaments empfand Lestrade widerwillig eine Schwäche für ihn. Holmes zündete die Pfeife an, und einen Augenblick lang erhellte die Flamme seine hageren, gequälten Züge, bevor sie in einer Rauchwolke verschwanden.

«Rache», sagte Holmes genüßlich. «Sie ist etwas Elementares», fügte er angesichts des spöttischen Blickes des guten Doktors hinzu.

«Ich glaubte, so etwas würden Sie nie sagen, Mr. Holmes», sagte Lestrade.

Holmes machte ein finsteres Gesicht. «Wir haben alle unsere

schlechten Tage, Lestrade. Dieser schwarze Bursche – wie hieß er gleich? Philadelphia?»
«Washington.»
«Du liebe Güte, Lestrade», mischte sich Watson ein.
«Ja. Also, Watsons Neffe demütigte Washington öffentlich – oder versuchte es. Washington ärgerte sich darüber und rächte sich auf brillante Weise. Er tötete ihn und seine zwei Kumpane, indem er vollkommene poetische Morde beging. Er färbte sie nicht nur schwarz – wodurch er ihnen seine eigene Häßlichkeit aufzwang –, sondern er tötete sie durch Schwärze. Durch seine Schwärze.»
«Ist das nicht ein bißchen durchsichtig, Holmes?» Watson sprach Lestrades Gedanken aus.
«Nein, nein, Watson. Für euch Mediziner gibt es immer nur Schwarz oder Weiß.»
«Wie komisch, Holmes, wie überaus komisch», gluckste Watson. Holmes achtete nicht auf ihn.
«Es ist ein doppelter Bluff, Lestrade. Eben weil es so durchsichtig erscheinen würde, wußte Washington, daß er ungefährdet sein würde. Das ist ein Grundgesetz, im Roman und im Leben. Verlassen Sie sich darauf, Inspector, Washington ist Ihr Mann.»
Lestrade blickte zu Watson hinüber. «Da es kein anderes Motiv zu geben scheint, Gentlemen, könnte ich ja einmal dort ansetzen.»
Holmes öffnete Watsons Arzttasche und entnahm ihr eine Spritze. «Wollen Sie sich beteiligen, Lestrade?»
«Nein, danke, lieber nicht», erwiderte der Inspector.
Holmes verschwand in einem Nebenzimmer, aus dem kurz darauf der entsetzlichste Lärm eines Geigenbogens ertönte, der über die Saiten kratzte.
«Ich bringe Sie hinaus, Lestrade», sagte Watson. «Tut mir leid, daß ich Ihnen keine große Hilfe sein konnte.»
«Braucht Ihnen überhaupt nicht leid zu tun», sagte Lestrade. «Holmes hat mir eine Sache ganz klargemacht.»
«Welche?»
«Daß Atlanta Washington unschuldig ist.»
«Oh, gewiß. Es geht ihm nicht gut, wissen Sie.»
«Washington?»
«Nein, Holmes. Eines Tages wird diese Angewohnheit ihn umbringen.»

«Eines Tages wird er damit auch gegen das Gesetz verstoßen», sagte Lestrade, als Mrs. Hudson ihm seinen Hut gab. «Das wäre eine traurige Geschichte, wenn der große Detektiv im Gefängnis sterben müßte, unheilbar süchtig.»
Lestrade trat auf die Straße. Über seinem Kopf wurde ein Schiebefenster geöffnet. Holmes lugte heraus, den Geigenhals mit der Faust umklammert. «Ich muß mich für Watson entschuldigen. Ihm ist nicht ganz wohl gewesen. Hat sich in Indien etwas geholt. Ist seitdem nie mehr der alte gewesen. Sie haben die Symptome gesehen. Über mich zu kichern und mich aus dem Hinterhalt anzugreifen. Man sollte, um Gottes willen, von ihm erwarten, daß er sich wie ein Mann vom Fach benimmt. Wie auch immer, es ist nun mal so. Traurig, wie?»
«Sehr», sagte Lestrade, tippte an seinen Hut und ging fort.

Er konnte Coke-Hythes Familie nicht ganz und gar Bandicoot überlassen. Nachdem er dem jungen Constable Zeit zur Befragung gegeben hatte, nahm er eine Kutsche zum Portman Square, wo er auf seine höchst zurückhaltende Scotland-Yard-Manier seine Erkundigungen einzog. Bandicoot war überraschend gründlich gewesen. Ohne Zweifel war ihm dabei zustatten gekommen, daß er denselben Schulschlips trug, doch Lestrade fing hartnäckig noch einmal von vorn an; er bildete sich etwas auf seine erstklassige Fähigkeit ein, in Mienen zu lesen, zufällige Gesten zu deuten, hatte jedoch zugleich das Gefühl, daß der Schlips seiner Blackheath-Penne, den er, bildlich gesprochen, trug, entschieden zweitklassig war.
Ja, Ned war so etwas wie ein feiner Kerl gewesen. Hatte niemals Schwierigkeiten gehabt, ließ man Lestrade wissen. Nein, er machte sich nichts aus Schwarzen, doch das war gewiß verständlich. Schließlich war sein Vetter Rudolph während der Zulu-Kriege dem Wurfspieß eines Eingeborenen zum Opfer gefallen, als Ned gerade in einem Alter war, in dem man für Eindrücke so empfänglich ist. Und dieses Sklavenbürschchen hatte sich ja ziemlich protzig aufgeführt. Jedoch war Ned in den letzten Jahren ein wenig abseits von der Familie aufgewachsen. Er schien den größten Teil seiner Zeit in Cambridge zuzubringen. Und so bestieg Lestrade, nachdem er sich lediglich die Zeit genommen hatte, ein paar Dinge in seinem Gladstone zu verstauen, den Abendzug.

Die meisten Studenten waren in der Tat in die Sommerferien gefahren. Die Luft war klar und kühl, als der Inspector auf der Suche nach einer Unterkunft durch die Stadt die Silverstreet und die Sidney Street entlangwanderte. Er fand ein bescheidenes Hotel in der Nähe des Magdalene College und fiel dankbar ins Bett.
Als er in aller Frühe erwachte, hörte er drunten von den Stakkähnen fröhliches Gelächter und das Quietschen feuchter Ruder in den Dollen. «Wie wär's mit einem kurzen Bad?» rief ihm ein rotgesichtiger Mann, bekleidet mit Kreissäge und Blazer, zu, als Lestrade den Kopf aus dem Fenster steckte.
«Ist ein bißchen früh für mich», erwiderte er so fröhlich er konnte. Während er sich wusch und rasierte, drangen das Knallen von Champagnerkorken und Frauenlachen durch das Fenster zu ihm hinauf. Mit dem Klingeln von Fahrradglocken und dem Getrappel und Bimmeln von Zugpferden erwachte die Stadt zum Leben.
Lestrade vertilgte sein herzhaftes Frühstück aus Schinken, Eiern, Toast und Kaffee und trat hinaus in das morgendliche Sonnenlicht. Inmitten von gestreiften Anzügen und Strohhüten kam er sich mit seinem schwarzen Anzug aus Wollstoff und Bowler deplaziert vor, und so folgte er einer Laune, betrat den Laden von *Fosdick's*, Herrenausstatter der Universität, und kaufte sich einen Blazer nebst einem Paar Flanellhosen. Er verkniff sich die Schuhgamaschen als ein wenig zu gewagt für einen Mann in seiner Stellung und erhob natürlich auch keinen Anspruch auf ein College-Abzeichen.
Der Rektor des Magdalene College empfing ihn auf der Treppe des Gebäudes. Er war ein riesiger Mann mit einem wehenden Kaiserbart, der schon vor zwanzig Jahren aus der Mode gekommen war, und einem quadratischen Barett, unter dem sich, wie Lestrade argwöhnte, eine totale Glatze verbarg. Er war dem Inspector auf seine Weise behilflich, und während er Lestrade die Uferpromenade, die Kapelle und die drei van Dykes, die dem College so großzügig gestiftet worden waren, zeigte, führte er aus, er habe Edward Coke-Hythe oder seine Freunde nie richtig kennengelernt und sie noch weniger leiden können. Lestrade solle es doch einmal im Albino-Club in Jesus Lane probieren.
«Es tut mir leid, Sir», sagte der Mann an der Pforte dieser erhabenen Institution, «Sie tragen einen schwarzen Schlips. Einer solchen Person kann ich unmöglich Zutritt gewähren.»

Lestrade ließ seinen Dienstausweis sehen. Der Pförtner zögerte, dann gab er den Weg frei. Er führte Lestrade in einen vollkommen weißen Raum – die Wände, die Decke, sogar das Mobiliar bestanden aus schimmerndem Elfenbein. Am entfernten Ende stand ein Klavier ohne Ebenholz-Tasten. Zwei junge Männer in weißen Anzügen lungerten herum. Lestrade erklärte, wer er sei, und fragte, ob einer von ihnen Edward Coke-Hythe gekannt habe. Nachdem sie ein paarmal tief Luft geholt und etwas von «ziemlich schlechten Manieren» und «Rausschmeißen» gemurmelt hatten, wurde Lestrade schließlich Hartington-White vorgestellt, dem Präsidenten des Clubs, Fellow von Peterhouse.

«Hören Sie, Inspector, ich meine, es ist eine Sache, mit einem schwarzen Schlips aufzukreuzen, eine andere jedoch, Fragen nach dem Privatleben eines Mitgliedes zu stellen.»

Lestrade dachte einen Augenblick über die genaue Bedeutung des Wortes «Mitglied» nach, doch das hier war lediglich ein Club für Exzentriker. Er brauchte sich nicht weiter mit einer harmlosen und unbewußten doppeldeutigen Bemerkung abzugeben, es sei denn natürlich, Hartington-White wußte, daß Coke-Hythe niggerschwarz an Haupt und Gliedern nun im Leichenschauhaus Cannon Row lag.

«Edward Coke-Hythe ist tot, Mr. White. Bei der Durchführung seiner Ermittlungen ist ein Polizeibeamter ermächtigt, jede Art von Fragen zu stellen, persönliche oder andere. Die Tatsache, daß der Verstorbene ein Mitglied Ihres Clubs war, interessiert mich keinen Deut... Es könnte freilich auch sehr aufschlußreich sein.»

«Was soll das heißen? Und mein Name, nebenbei bemerkt, ist Hartington-White.»

Lestrade bemerkte, daß der Mann einigen anderen Clubmitgliedern zunickte.

«Welches Ziel verfolgt Ihr Club, Mr. Hartington-White?»

«Ziel? Nun, Erholung natürlich. Jedes Mitglied der Universität ist zur Aufnahme berechtigt.»

«Und keiner ist ein Schwarzer?»

«Dieser Ausdruck gehört nicht zu unserem Wortschatz.»

«Mögen Sie die Farbe Schwarz nicht, Mr. Hartington-White?»

«Wie meinen?»

«Die Ausstattung des Raums, der schwarze Schlips, selbst die

schwarzen Tasten. Ist es nicht das Anliegen dieses Clubs, das zu beseitigen, was Sie als die schwarze Gefahr für die weiße Gesellschaft ansehen?»
«Wirklich, Inspector. Ist das nicht ein bißchen lächerlich?» Doch Hartington-White fühlte sich unbehaglich, und sein Grinsen wirkte gefroren.
«Hat nicht Edward Coke-Hythe für Sie einen Auftrag durchgeführt? Warum wohl war er zum erstenmal in London, seit er hier wohnte? Sollte er nicht der Sache der weißen Vorherrschaft dienen, indem er versuchte, den ehemaligen Sklaven Atlanta Washington zu demütigen?»
«Das ist verrückt, Inspector.» Hartington-White war aufgesprungen und brüllte. «Jetzt muß ich Sie ernsthaft auffordern, zu gehen. Sie... Sie haben keinen weißen Schlips.»
«Und meine Antworten habe ich auch nicht», brüllte Lestrade zurück. Dann fügte er ruhiger hinzu: «Geschweige denn ein schlechtes Gewissen.»
Instinktiv hörte er das Sirren, als das Billardqueue durch die Luft zischte. Er duckte sich und rammte seine Schulter in den Unterleib seines Angreifers. Im Fallen nach einer Ecke des Teppichs greifend, holte Lestrade einen zweiten Angreifer von den Beinen und versetzte Hartington-White einen Tritt in die Magengrube. Als er sich wieder erhob, stellte Lestrade fest, daß er auf Grund seiner Schnelligkeit und seines Tritts nur einen Mann auf Dauer außer Gefecht gesetzt hatte. Der Mann mit dem Billardqueue lag mit entrücktem Gesichtsausdruck da und umkrampfte seine Geschlechtsteile. Vor Lestrade hatten sich vier Clubmitglieder und ein Diener aufgebaut, zwei der Männer waren mit Billardstöcken bewaffnet. Es war einige Zeit her, daß Lestrade sich eines solchen Angriffs hatte erwehren müssen – genaugenommen, seit er Sergeant in Wapping New Stairs gewesen war. Das Mittel, das er damals angewandt hatte, trug er jetzt, obgleich es kaum den polizeilichen Dienstvorschriften entsprach, noch immer in seiner Tasche. Er trennte sich nie davon. Er tauchte unter dem seitlichen Hieb von Hartington-Whites Stock weg, packte den Arm des Mannes, riß ihn zu sich heran und drehte ihn so herum, daß sein Arm ihm die Kehle abschnürte. Lestrade zog mit seiner linken Hand den Apachendolch hervor, ein Stilett, scharf wie ein Rasiermesser und mit Messingringen versehen, die über die

Knöchel reichten. Die Spitze der Klinge war nur einen Zoll von Hartington-Whites linkem Ohr entfernt.
«Einen Schritt weiter, Gentlemen, und euer verehrter Präsident wird den ganzen Teppich vollbluten.»
Sie blieben stehen, zögerten und blickten sich gegenseitig an. «Um Himmels willen, tut etwas», kreischte der Präsident. «Der Wahnsinnige wird mich umbringen.»
«Die Tür, Gentlemen», zischte Lestrade und kippte den Kopf seines Gegners weiter nach hinten, «ich wünsche, daß Sie sie von außen zumachen.»
«Tut, was er sagt.» Hartington-Whites Stimme war zu einem kaum wahrnehmbaren Flüstern geworden.
Einer nach dem anderen gaben sie ihre Angriffshaltung auf und zogen sich zur Tür zurück. Einer nach dem anderen verließen sie den Raum. Hartington-White war ein kräftiger Mann, und Lestrade wußte nun, falls es ihm nicht schon vorher klar war, um seine Mordlust. Er ging kein Risiko ein. Er wirbelte herum und hämmerte ihm Knie und Schlagring gleichzeitig in die Magengrube. Der Club-Präsident ging zu Boden und erbrach sich.
Lestrade kniete neben ihm nieder, gab acht, sich nicht zu besudeln, und setzte ihm den Dolch an die Kehle.
«Nun, Mr. Hartington-White, wo waren wir stehengeblieben? Ach, ja, Sie schickten Coke-Hythe nach London, nicht wahr?»
Hartington-White schnappte nach Luft und nickte.
«Um Atlanta Washington zu quälen?»
Abermals ein Nicken.
«Ihn zu töten?»
Hartington-Whites Kopf blieb reglos. Lestrade verstärkte den Druck der Klinge.
«Falls notwendig», flüsterte der Club-Präsident.
Lestrade steckte das Messer ein, griff sich seine Kreissäge und blickte sich in dem verwüsteten Raum um. Das Mobiliar war in Unordnung geraten. Das Mitglied mit dem beschädigten Glied lag stöhnend in der Ecke. Der Präsident kniete rasend vor Wut und vor Schmerzen zitternd in der Mitte des Fußbodens.
«Bereiten Sie sich auf einen Besuch der örtlichen Polizei vor, Mr. Hartington-White. Die Anklage lautet auf Anstiftung zum Aufruhr und versuchten Mord. Bis die Polizei, die Kirche, die Humanitäts-

apostel und die Presse mit Ihnen fertig sind, wird vom Albino-Club nicht mehr viel übrig sein.»

Er warf einen Blick zur Tür hinüber. Inzwischen war draußen gewiß Verstärkung eingetroffen – eine kleine Armee von Rassisten, die darauf brannte, ihre Anonymität hinter den glänzend weißen Wänden eines exzentrischen Herrenclubs zu bewahren. Selbst ein Apachendolch würde gegen sie wenig ausrichten.

«Machen Sie sich nicht die Mühe, aufzustehen. Ich finde schon selbst hinaus.» Und der Inspector warf sich mit seinem ganzen Körper durch ein Spiegelglasfenster.

Als Lestrade drei Tage später aus dem Krankenhaus kam, war einiges in Bewegung geraten. McNaghten war über den Krawall im Albino-Club alles andere als erfreut, und eines der Mitglieder hatte eine zufriedenstellende Entschuldigung gefordert. Lestrade wies die Intervention seines Vorgesetzten zurück und beantwortete sie mit dem Befehl, alle Männer festzunehmen, die an jenem Tag anwesend gewesen waren. Alles in allem war die Sache unglücklich verlaufen und hatte Lestrade nicht viel weitergebracht. Er versicherte McNaghten, er habe den Fall im Griff, könne ihm jedoch nicht versprechen, daß es in Kürze eine Verhaftung geben werde.

Im Gesicht des Inspectors waren noch die Stiche zu sehen, als er, um den Rat eines Fachmannes einzuholen, das Studio in St. John's Wood aufsuchte. Schon möglich, daß es ein Studio war, doch Lestrade kam es wie ein Palast vor, riesig und weitläufig, jeder Raum voller Gemälde, wertvoller Gobelins und luxuriöser Möbel. Wie der Zufall es wollte, platzte Lestrade bei seiner Ankunft geradewegs in eine Gartenparty, die in den Parkanlagen stattfand. Ein verschlagen dreinblickender, ziemlich neurotischer Mann mit Wieselaugen und dünner werdendem Haar schlürfte seinen Sherry. Lestrade erkannte in ihm Mr. Burne-Jones, den Präraffaeliten. Er und der Name waren alles, was Lestrade von dem Schnellkurs in moderner Kunst im Gedächtnis behalten hatte, den er vor fünf Jahren im Verlauf des Frederick Leighton-Falles, bei dem es um gefälschte Bilder ging, absolviert hatte. Den Namen des Mannes, den er heute in St. John's Wood aufsuchen wollte, hatte er noch nie gehört, aber ein Diener zeigte ihm den Gesuchten.

«Mr. Adma-Talema?» fragte der Inspector.

Der Gastgeber der Party wandte sich dem Fragesteller zu. Er rückte seinen Kneifer zurecht und erwiderte: «So ähnlich. Nein, sagen Sie nichts. Sie sind ein Reporter vom *Daily Graphic*, ein Kunstkritiker, und Ihr letzter Artikel hat einen Künstler so in Rage versetzt, daß er eine Leinwand auf Ihrem Kopf zertrümmert hat, oder?»

«So ähnlich», erwiderte Lestrade. «Eigentlich komme ich von Scotland Yard.»

«Wirklich?» sagte Alma-Tadema. «Ich bin noch nie einem richtigen Detektiv begegnet. Abgesehen von... doch das zählt nicht.»

«Könnten wir unter vier Augen sprechen, Sir?»

Der Künstler verließ den Kreis seiner Bewunderer, nahm zwei Drinks von einem vorbeigetragenen Tablett und drückte einen davon Lestrade in die Hand. Sie schritten durch einen Schwarm weißer Pfauen über eine geräumige Terrasse und betraten das riesige sonnenhelle Atelier. Eine ausladende Leinwand ruhte in der Mitte des Raumes auf drei Staffeleien. Sie war zum Teil verhüllt und zeigte eine antike Szene in klassisch-erhabenem Stil.

«Gefällt Ihnen das Bild?» fragte der Künstler und grinste.

«O ja», sagte Lestrade und hoffte, er würde nicht in eine Unterhaltung über die Vorteile der Gouache oder über die Tücken des Chiaroscuro verwickelt werden.

«Mir auch.» Alma-Tadema füllte ihre Gläser mit der edelsten Rotweinbowle auf, die Lestrade je gekostet hatte.

«Sagen Sie mal, ich dachte, ihr Polizisten würdet im Dienst nicht trinken?»

«Für die meisten von uns trifft das zu, Sir. Aber, wenn ich so sagen darf, den meisten von uns wird auch nicht so ein Spitzenwein angeboten.»

«Mein lieber... äh... Inspector, richtig? Sie haben nicht nur ein Kennerauge für Kunst, sondern sind auch ein Weinkenner. Wahrlich, ein glücklicher Tag für mich.»

«Ich hoffe, Sir.» Lestrade zog eine Blechbüchse aus der Tasche. «Seien Sie so gut und werfen Sie einen Blick auf den Inhalt.»

Alma-Tadema öffnete sie, schnupperte, äugte eingehend durch seinen Kneifer, steckte einen sorgfältig manikürten Finger hinein und leckte daran. «Lack», sagte er. «Schwarzer Lack. Möglicherweise von Aspinall.»

«Ist der Gebrauch von Lackfarbe unüblich, Mr. Ala-Tameda?»
«Das kann man wohl sagen. Sie ist nicht leicht zu beschaffen und natürlich für Leinwand völlig ungeeignet. Aber die Franzosen verwenden sie häufig für ihre verdammten Schmierereien.»
«Sie mögen die moderne Kunst nicht, Mr. Mala-Teda?»
«Ach, auf ihre Weise mag sie hingehen, aber Sie können keine Untergrundstation bauen, die aussieht wie ein Pfau. Es ist nicht genug Klassisches in der heutigen Kunst. Nichts von dem, was die Römer hatten», sagte er und deutete auf seine Leinwand. «Bei den Römern wissen Sie, was Sie haben.»
«Sie sagten Lackfarbe von Aspinall?»
«Ja, das ist die Firma, die sie herstellt.» Alma-Tadema verschwand in einem Nebenzimmer. «Sie ist verflixt teuer; selbst ich habe nur...» Er brach ab. Lestrade ging quer durch den Raum zu ihm.
«Ist irgend etwas, Sir?»
«Sie sind fort. Sechs Töpfe mit schwarzer Lackfarbe von Aspinall. Verschwunden.»
«Wann haben Sie Ihre Lackfarbe zum letztenmal gesehen?»
Alma-Tadema nagte an seinem Daumen. «Nun, lassen Sie mich nachdenken, es muß am letzten Dienstag... oder Montag gewesen sein.»
«Es könnte von Wichtigkeit sein, Sir.»
«Ja, ja, natürlich, Inspector. Vorletzte Woche Montag. Ich bin sicher, daß es Montag war, weil eines meiner Modelle kurzfristig absagte. Ich war nicht allzu verärgert darüber. Ich hasse Porträtmalerei. Könnte immer Römer malen.»
Es gab eine Pause.
«Inspector, darf ich erfahren, warum Sie mit dieser Farbe zu mir gekommen sind?»
«Mein Chef empfahl Sie, Sir, als einen Fachmann, was die Zusammensetzung von Farben angeht.»
Der Künstler lachte. «Nun, ich fühle mich geschmeichelt. Aber in welchem Zusammenhang steht das alles?»
«Lesen Sie keine Zeitungen, Mr. Alma-Mater?»
«Leider nur Kunstzeitschriften. Schrecklich einseitig, nicht wahr?»
«Hätten Sie während der vergangenen zehn Tage die Schlagzeilen gelesen, wüßten Sie, daß man im Battersea Park drei junge Männer

tot aufgefunden hat. Jeder von ihnen war von Kopf bis Fuß mit schwarzer Farbe angestrichen. Und eben dies hat sie getötet.»
«Guter Gott!» Alma-Tadema setzte sich verblüfft nieder. «Das ist ja unglaublich!»
«Was noch unglaublicher ist, Sir, ist die Tatsache, daß die Farbe aus Ihrem Atelier gekommen zu sein scheint.»
Dem Künstler ging allmählich ein Licht auf.
«Ich verstehe», sagte er, und zum erstenmal an diesem Tage wich das Lächeln aus seinem Gesicht. «Sie kamen also zu mir, um den Rat eines Fachmannes einzuholen, und am Ende stehe ich als Verdächtiger da.»
«Dann also doch kein so glücklicher Tag für Sie, Mr. Alda-Tamer?»
«Wahrhaftig nicht», erwiderte der Maler.
«Wer hat Zutritt zu diesem Atelier?»
«Oh, fast jeder. Nachts ist es natürlich verschlossen, und nur der Butler und ich haben Schlüssel, aber den Tag über ist es immer offen. Es sei denn, ich habe ein Gemälde fertiggestellt. Es wimmelt hier immer von Leuten. Sie sahen es ja selbst. Es ist ein offenes Haus. Meine Gastfreundschaft ist berühmt, wie ich zu meiner Schande gestehen muß.»
Lestrade ging zu den Glastüren. «Ich bin sicher, daß Sie nicht die Absicht haben, die Stadt zu verlassen, Sir, wenn Sie es aber doch tun, verständigen Sie bitte den Yard.»
«Ja, natürlich, Inspector. Ich selbst bin nur allzusehr daran interessiert, daß diese Sache geklärt wird.»
«Darf ich Ihnen raten, bessere Sicherheitsvorkehrungen zu treffen, Sir? Dieses kleine Gemälde hier ...» – er deutete auf die Leinwand – «wieviel dürfte es wert sein?»
«Mir sind achttausend dafür geboten worden.»
Jetzt war die Reihe an Lestrade, verblüfft zu sein. Es war mehr Geld, als er in seinem ganzen Leben verdienen würde, wenn alles normal verlief.
«Pfund?»
Alma-Tadema brach in schallendes Gelächter aus. «Seien Sie nicht weltfremd, Inspector ... Guineen.»

Achttausend sind Sir Lawrence Alma-Tadema …

...für das Gemälde geboten worden. Inspector Lestrade ist entsprechend beeindruckt: Das war mehr Geld, als er in seinem ganzen Leben verdienen würde, wenn alles normal verlief.
Aber wir können durchaus annehmen, daß dem scharfsinnigen Inspector sehr schnell der Gedanke kommen wird, daß er es selbst in der Hand hat, etwas über das Normale hinaus zu tun.

Die Familie Spender hatte Beziehungen zum Adel, doch sie selbst wohnte in einem geschmacklosen Haus in einer gewöhnlichen Vorstadt in Notting Hill. Sie waren noch mehr auf die Familienehre bedacht als die Coke-Hythes und unendlich weniger höflich. Mit der ihm eigenen Leichtigkeit verstand es Lestrade, sich selbst und den Yard gegen den Aufschrei «Und was unternehmt ihr Burschen?» zu verteidigen, den der Großvater des Hingeschiedenen in seiner Ecke ausstieß. Eine Verbindung von Schmeichelei und Bluff von seiten Lestrades verschaffte ihm alle Informationen, die er über den verstorbenen William Alphonse Spender vermutlich je erhalten würde. Er war vierundzwanzig, ledig, ohne Stellung («Arbeit» war für die Spenders ein viel zu gewöhnliches Wort) und bewegte sich in schlechter Gesellschaft. Niemand in der Familie schien über sein Hinscheiden wirklich bestürzt zu sein. Niemand in der Familie schien überrascht, daß er ein so «unangenehmes» Ende gefunden hatte. Hätten sie ihn doch nur gleich nach Harrow geschickt, dann wäre das nie passiert. Trotzdem war es so vielleicht am besten. Nein, William hatte keine wirkliche Abneigung gegen Schwarze gehabt, er hatte einfach nur Spaß daran, Leute zu quälen. Es lag auf der Hand, daß Coke-Hythe der Anstifter bei dieser jüngsten üblen Affäre gewesen war. Aber es war doch ein unbedeutender Vorfall. Einzig die radikale Presse war so gemein, ihn über die Maßen aufzublähen. Feinde? Nun, selbst die Familie mußte einräumen, daß William ein wenig liebenswerter Geselle gewesen war, doch sie konnte sich niemanden vorstellen, keine bestimmte Person, die so weit gehen würde. Natürlich diesen schrecklichen schwarzen Menschen ausgenommen. Er hatte ein Motiv. Warum war er nicht verhaftet worden?

Arthur Fitz hatte keine direkten Angehörigen. Seine Eltern waren vor ein paar Jahren bei einem Besuch in der Schweiz bei einem Lawinenunglück ums Leben gekommen, und der Junge war von einer entfernten Tante an die nächste weitergereicht worden, die sich am Ende verfluchten, weil sie nicht weit genug entfernt gewesen waren. Eben diese Entfernung war es, die ihnen ein leichtes Schuldgefühl eingab. Sie hatten den Jungen im Stich gelassen. Das mindeste, was sie jetzt tun konnten, war, dafür zu sorgen, daß sein Mörder zur Rechenschaft gezogen wurde. Doch Arthur verbrachte den größten Teil seiner Zeit in Clubs und in übler Gesellschaft, und seine verschiedenen Tanten hatten den Verdacht, daß er schrecklich verschuldet war.

Das Klubviertel erwies sich als frostig und unergiebig. Lestrade besuchte ein paar Clubs – Künste, Heer, Marine, Crockford's. Bandicoot nahm andere in Augenschein – White's, Boodle's, Marine und Militär. Dew hielt sich bereit, einzugreifen. Ihre gemeinsamen Nachforschungen ergaben so gut wie nichts. Abgelaufene Schuhsohlen, eine Menge frostigen Schweigens, eine Menge wütender Briefe über polizeiliche Störungen an McNaghten und den Leiter des Yard. Angesichts eines Sumpfes von Anschuldigungen und Erfolglosigkeit begann Lestrades Ruf zu schwinden. Der Fall wurde langsam, aber sicher zu einem Alptraum.

Lestrade wurde in die kostspielige Zimmerflucht geführt, die der Ex-Sklave Atlanta Washington seit vier Monaten bewohnte. Der Inspector hatte wirklich keine Ahnung gehabt, was ihn erwarten würde. Vor ihm stand ein stattlicher, eleganter Mann, etwa so alt wie Lestrade, tadellos gepflegt und mit einer Rose im Knopfloch. Flankiert wurde er von zwei unglaublich schönen weißen Mädchen, von denen Lestrade eines als eine frühere Kurtisane wiedererkannte, die Lord Panmures Eigentum gewesen war.

«Lassen Sie sich nur Zeit.» Der Schwarze grinste, wobei er eine Reihe perlweißer Zähne entblößte. «Ihr Süßen, geht ein bißchen spielen, Atlanta will mit dem Onkel reden.» Er tänzelte über den Boden, als bewege er sich nach einer imaginären Melodie, und schob die protestierenden Mädchen in einem Wirbel aus Federn und Pelz aus der Tür.

«Also dann, Inspectorchen, was verschafft mir das Vergnügen Ihres Besuches?»

«Ich ermittle in einem Mordfall.»

«Nur zu. Hören Sie, nehmen Sie doch Platz, und ich werde ein bißchen Pfefferminzjulep raufkommen lassen.»

Lestrade setzte sich.

«Ich hoffe, Sie brauchen nicht lange. Ist bald Zeit für meine Maisgrütze, und ich mag's nicht, wenn ich drauf warten muß.»
«Atlanta Washington», Lestrade stand wieder auf, «ich verhafte Sie im Namen des Gesetzes. Sie sind nicht verpflichtet, irgendeine Aussage zu machen, jedoch alles, was Sie sagen, wird zu Protokoll genommen...»
«Is ja genug, Mann», unterbrach ihn der Schwarze. Er sah Lestrade einen Augenblick prüfend an. «Ach, scheiß drauf.» Er zog seine kunstvoll gearbeitete Perücke ab, und unter dem dichten krausen Haar kam eine weit weniger eindrucksvolle Glatze zum Vorschein. Dann hakte er sein makelloses falsches Gebiß los und enthüllte ein paar bräunliche vereinzelte Zähne.
«So, Mr. Lestrade, die Show ist vorbei.» Sogar der kehlige Plantagenakzent war verschwunden. «Was wirft man mir vor?»
Lestrade setzte sich frohlockend. «Überhaupt nichts», sagte er. «Aber irgendwie mußte ich diese Barriere überwinden.»
Washington grinste. «Sie sind gerissen, daran gibt's keinen Zweifel.»
«Warum tun Sie das?» fragte Lestrade.
«Was – das Kauderwelsch? Die Zähne, die Perücke?»
Lestrade nickte.
«Das ist eine lange Geschichte, Inspector.»
«Lassen Sie sich Zeit, Sir.»
«Mein Vater war Booker T. Washington, ein Sklave. Vielleicht haben Sie sein Buch *Der Weg aus der Sklaverei* gelesen?»
Lestrade verneinte.
«Nun, ich wurde als Sklave geboren, genau wie er. Mama wusch den Massas auf der Plantage die Wäsche – in Georgia. Pap war das, was sie in den Staaten einen ‹hochnäsigen Nigger› nennen, aber wie alle Neger wußte er das zu verbergen. So wie ich vorhin gesprochen habe – und Sie nicht hinters Licht führen konnte –, so sprachen wir auf der Plantage. Verstehen Sie, wenn man Ärger vermeiden und am Leben bleiben will, muß man sich dumm stellen, den Bimbo machen. Bißchen rumzappeln, mit den Augen rollen und reden» – und er verfiel wieder in den Jargon – «wie weißer Mann erwartet, daß Bimbos reden. Auf diese Weise» – er sprach wieder normal – «fällt man nicht auf. Als 1865 Lincolns Soldaten kamen, sagte man uns, wir seien alle frei. Ich war glücklich. Ich

ging mit Papa nach Norden und erfuhr, was Freiheit wirklich bedeutete. Ich lernte die Brüder kennen, die wie Schweine in Harlem lebten, während die Weißen die Jobs und milden Gaben kriegten. Wissen Sie, wie viele schwarze Polizisten es in den großen Vereinigten Staaten gibt? Wie viele schwarze Ärzte, Rechtsanwälte, Richter, Lehrer? Keine, Inspector, keine. Sogar die Niggersänger auf der Bühne sind Weiße, die man mit rußigem Kork eingeschwärzt hat. Das ist die Freiheit, die Lincoln uns gab. Und deswegen haben sie ihn umgebracht. Also beschloß ich, zurückzuschlagen. Papa schrieb sein Buch und wurde berühmt – und reich. So wurde ich eine prominente Persönlichkeit – ein gebildeter Nigger. Ob ich beliebt bin? Nein, bin ich nicht. Die Weißen hassen mich, weil ich schwarz bin. Aber sie sind zugleich fasziniert. Sie können sich nicht von mir fernhalten, weil sie mich fürchten. Sie haben Angst, daß eines Tages meine ganze Rasse so schlau und frech sein wird, und darum machen sie sich vor Angst in die Hosen. Darum ist das alles eine einzige Fassade, Inspector. Das Haar, die schneeweißen Zähne, die Sprache – das ist es, was die Leute erwarten. Soll ich sie enttäuschen?» Eine Pause. «Sagen Sie mir, ist mein Geheimnis bei Ihnen gut aufgehoben?»

«Haben Sie diese Männer umgebracht?»

«Verdammt noch mal, nein. Ich bin vielleicht ein schlauer Fuchs, Inspector, oder ein verstockter Bastard. Aber ich habe niemals einen Menschen getötet und könnte jetzt nicht damit anfangen. Ja, vor zwei Wochen habe ich einem Pärchen ein paar mit der Reitpeitsche übergezogen, weil es zu viele Beleidigungen und Spucke hagelte. Aber das war's, was das betrifft.»

«Kennen Sie das Atelier von Lawrence Alma-Tadema?»

Lestrade war selber überrascht, daß er den Namen richtig ausgesprochen hatte.

«Wenn's dieser Fotograf am Piccadilly ist, ja.»

«Was können Sie mir über Aspinalls Lackfarbe sagen?»

Washington sah ihn verständnislos an. «Nichts.»

Lestrade stand auf. Er war von der Aufrichtigkeit des Mannes beeindruckt.

«Mr. Washington, wann gedenken Sie das Land zu verlassen?»

«Nun, in Kürze, denke ich, ganz bestimmt.»

Lestrade nickte beifällig.

«Was ist mit Ihnen los, Mann? Bloß wegen ein paar Massas, die ins Gras gebissen haben?»
«Ich möchte wissen», sagte Lestrade, «wie viele noch dazukommen werden.»

Diesmal ließ der inzwischen unvermeidliche Brief lange auf sich warten. Routinemäßig rekonstruierte Lestrade, so gut er konnte, den letzten Tag im Leben der drei toten Männer. Sie kannten eine Menge Leute, erregten gewöhnlich, wenn auch nicht immer, in der Öffentlichkeit Aufsehen, und ihr Bekanntenkreis war unergiebig. Die Gemeinsamkeiten in ihren Leben, ihre oberflächliche Freundschaft, gegründet auf eine Vorliebe für Rampenlicht und Teufeleien, ergaben keine konkreten Anhaltspunkte. Keine Spuren, nichts Verdächtiges. Dann aber traf der Brief ein.

Wie er's getan schon oft zuvor,
Ging der kohlrabenschwarze Mohr
An einem Sommertag, weil's schön,
Hinaus, die Läden anzusehn.
Doch Schreihals Edward kam heran
Und lachte laut und schwenkt' die Fahn;
Und William lief und schoß Kobolz
Mit seinem runden Reif aus Holz;
Auch Arthur kam herbeigesprungen,
Gesellt sich zu den bösen Jungen;
Da schrien die drei und lachten sehr
Und brüllten immer mehr und mehr,
Und darauf sangen sie im Chor:
«Oh, schwarz wie Tinte ist der Mohr.»
Da packt den Arthur er im Nu,
Und William und Ned dazu;
Obwohl ein jeder schrecklich schrie,
Taucht er doch in die Tinte sie,
Ins Tintenfaß, eh' sie's gedacht,
Bis sie so schwarz sind wie die Nacht.
So macht er sie von Kopf bis Zeh
Kohlrabenschwarz, o weh, o weh!

Wie sie sich jetzt verändert haben,
Die dummen, kleinen schwarzen Knaben,
Nur weil sie solchen Lärm gemacht
Und den schwarzen Mann verlacht!

Diesmal ist die Reimerei länger als sonst, dachte Lestrade, und ähnelt eher einer Geschichte. Keine neuen Anhaltspunkte, was den Briefkopf, die Papier- oder Schriftart betraf. Doch da war noch etwas – eine Unterschrift.

«Was wissen Sie über Agrippa?» rief er Bandicoot entgegen, der gerade mit einem Armvoll Protokollen eintrat.

«Über welchen?»

«Über alle», antwortete der Inspector, der über die Tatsache verärgert war, daß sein Lieutenant über solche Kenntnisse verfügte.

«Also, da gab es Marcus Vipsanius Agrippa, den römischen Befehlshaber. Wenn meine Kenntnisse des klassischen Altertums mich nicht täuschen, befehligte er Octavians Flotte in der Schlacht bei Aktium, 31 vor Christi Geburt.»

«Mochte er Neger?»

Bandicoot dachte angestrengt nach. «Ich glaube, Sie verwechseln ihn mit Scipio Africanus, Sir. Er war ein Schwarzer.»

«Wer sind die anderen Agrippas?»

«Herodes I und Herodes II – im Neuen Testament. Marionettenkönige von Judäa, die von den Römern eingesetzt worden waren.»

Lestrade rieb sich die Augen und rekelte sich in seinem Sessel. Das brachte ihn überhaupt nicht weiter.

«Warum fragen Sie, Sir?»

Lestrade sah ihn an. Es ist ja nichts dabei, dachte er, wenn ich Bandicoot den Brief zeige. Vielleicht konnte ja seine literarische Bildung, wenn er auch ein naiver und ungeschickter Polizist war, ein wenig Licht auf die Reimerei werfen.

«Ach, *dieser* Agrippa!» gluckste Bandicoot.

Lestrade schoß kerzengerade in die Höhe. «Was meinen Sie mit ‹*dieser* Agrippa›?»

«Na ja, ich habe ja nicht geahnt, daß es ein Scherz war, Inspector.»

«Es ist kein Scherz, Bandicoot, das kann ich Ihnen versichern. Wollen Sie mir erzählen, daß Sie dieses Gedicht kennen?»

«Ja, natürlich. Sie etwa nicht?»
Lestrade sah ihn an wie ein Mann, dessen Gebete erhört worden sind. «Dew!» brüllte er. «Bringen Sie uns eine Kanne Tee. Und Toast. Bandicoot, nehmen Sie sich eine Zigarre. Schließlich haben Sie die verdient. Könnte sein, daß wir noch eine Weile hier sein werden.»

Die Witwe

«Der Text stammt aus einer Folge von... nun, man könnte sie moralische Geschichten für Kinder nennen, Sir. Als ich ein kleiner Junge war, hat mein Kindermädchen sie mir immer vorgelesen. Ich bin mit ihnen groß geworden. Ich dachte, das wäre bei jedermann so.»

«Wir haben nicht alle Ihre Erziehung genossen, Bandicoot.» Lestrade hatte das Gefühl, daß er sich, jedesmal wenn er den Mund aufmachte, anhörte wie Mr. Keir Hardie.

«Das Buch heißt *Struwwelpeter*, und ein Arzt hat es geschrieben, um seine kleinen Patienten zu erheitern, glaube ich.»

«Stru...was?» fragte Lestrade.

«*Struwwelpeter*. Glaube ich jedenfalls... Deutsch war wirklich nicht meine starke Seite, doch ich glaube mich zu erinnern, daß der Name in der englischen Fassung *Strubbelkopf Peter* lautete.»

Lestrades Kinn fiel nach unten. «Der Mann in der Schlucht», murmelte er.

«Sir?»

Lestrade schloß das Geheimfach in seinem Aktenschrank auf. Er warf die Briefe auf den Tisch. «Nach jedem Mord habe ich einen dieser Briefe erhalten. Handeln sie alle vom *Strubbelkopf Peter*?»

Bandicoot überflog sie. Nach einer Weile sagte er: «Ja, es stimmt, *Strubbelkopf Peter*, aber sie kommen mir kürzer vor. Es müssen Stücke weggelassen worden sein.»

«Zum Beispiel?»

«Oh, Inspector, ich habe die Geschichten seit Jahren nicht mehr gelesen, aber hier, sehen Sie, in diesem ersten Text, zum Beispiel, sind die letzten beiden Zeilen weggelassen. Bei Ihnen steht

Und der Bösewicht, fürwahr,
Hat noch nie gekämmt sein Haar.

Im Buch geht es etwa so weiter:

> Pfui, ruft da ein jeder:
> Garstger Struwwelpeter.»

Lestrade mußte an den schrecklichen Anblick des Leichnams in der Schlucht denken und teilte den Abscheu des Verfassers vollkommen. «Sonst noch etwas?»
Bandicoot dachte nach. Er kam jetzt richtig in Fahrt.
«Ja, der zweite Brief bezieht sich auf die ‹Geschichte vom bösen Friederich›. Er peitscht eine gewisse Mary, Schwester, Kindermädchen, was immer sie sein mag, und natürlich stirbt er in der Geschichte nicht wirklich. Ich nehme an, alle diese Briefe beziehen sich auf Morde.»
«Richtig – bis jetzt sind es sechs.»
«Ah, jetzt sehe ich das Bild vor mir – es endet damit, daß der Hund mit umgebundener Serviette am Tisch sitzt und Friedrichs Kuchen und Pudding auffrißt.»
Lestrade wanderte durch das Zimmer und trank in kräftigen Zügen aus seiner uneleganten Tasse.
«Bei der Geschichte von Harriet», fuhr Bandicoot fort, «glaube ich mich zu erinnern, daß es ein großes Theater um die Katzen des Mädchens gab und von ihm außer einem Häufchen Asche nichts übrigblieb als ihre roten Schuhe. Vermutlich konnte der Mörder es nicht so einrichten, daß es haargenau mit den Versen übereinstimmte.»
«Nun, bis jetzt hat er seine Sache nicht schlecht gemacht. In der Familie Wemyss wimmelte es von Katzen.»
«Die letzte Geschichte heißt ‹Die Geschichte von den bösen Buben› – sie quälen einen Schwarzen. Agrippa ist eine Art Zauberer, der für die Sache des Schwarzen eintritt und die Quälgeister in ein riesiges Tintenfaß taucht.»
«Oder in Aspinalls schwarze Lackfarbe», pflichtete Lestrade bei.
«Aus dem Text geht nicht eindeutig hervor, ob sie dabei umkommen oder nicht. Doch das Bild zeigt, glaube ich, daß sie am Leben bleiben.»
Lestrade gab sein Umherwandern auf. Er stellte seine Tasse ab und stützte sich mit den Ellenbogen auf den Tisch neben Bandicoot. «Wie viele dieser moralischen Erzählungen gibt es?» fragte er.

«Du lieber Gott, ich weiß es nicht, Sir. Ein paar. Ich weiß es nicht.»
Lestrade kam in Bewegung. «In Ordnung, Bandicoot, gehen Sie in eine Buchhandlung, zum Britischen Museum, wohin auch immer, aber besorgen Sie ein Exemplar dieses Buches. Es ist ein perfektes Textbuch zu den bisherigen Morden. Es ist unwahrscheinlich, daß unser Freund jetzt davon abweicht. Darum hat er nach dem ersten Mord die Zeilen über den *Strubbelkopf Peter* weggelassen. Sie hätten mich zu früh auf seine Fährte gebracht. Aller Wahrscheinlichkeit nach glaubt er nicht, daß wir ihm schon auf der Spur sind, aber wir sind's. Ich werde McNaghten unterrichten, das wird vielleicht den Druck von uns allen nehmen... Oh, was ich noch sagen wollte, Bandicoot, bevor Sie gehen.»
«Sir?»
«Gut gemacht. Wir werden noch einen Polizisten aus Ihnen machen.»

Während Lestrade McNaghten über die Fortschritte berichtete, wobei er Bandicoots Anteil nach Möglichkeit zu verkleinern suchte, und während Bandicoot selbst zielstrebig durch die Buchhandlungen Westminsters jagte, lag Albert Mauleverer tot im Brunnen unterhalb Guy's Cliffe. Ein Arbeiter fand den Leichnam zufällig und alarmierte die Polizei von Warwickshire. Die hatte keine Spuren, keine Anhaltspunkte, kein Motiv und keinen Verdächtigen. Und es war purer Zufall, daß Lestrade ein paar Tage später in der *Police Gazette* eine winzige Notiz ins Auge fiel. «Leiche in einem Brunnen gefunden. Schußwunden.» Mittlerweile war das Buch in seinem Besitz: *Struwwelpeter von Dr. Heinrich Hoffmann. Lustige Geschichten und drollige Bilder. 1845.* Auf der Stelle erkannte er die Merkmale der «Geschichte vom wilden Jäger». Er las sie noch einmal, während er mit dem Morgenzug nach Norden fuhr. Im Gedicht trat ein Hase als Täter auf. Nachdem er dem Mann, während dieser schläft, die Brille und das Gewehr gestohlen hat, schießt er auf ihn, als er in einen Brunnen gefallen ist. Wiederum endete das Gedicht nicht mit einem Mord, und es enthielt eine Menge unsinniges Zeug über die Frau des Jägers, die in der Nähe Kaffee trank, und vom Hasenkind, das mit Kaffee bespritzt wurde. Doch Lestrade wußte

nur zu gut, daß nichts davon Unsinn war. Irgendein Wahnsinniger setzte diese moralischen Geschichten auf grausame Weise und so akribisch wie möglich in die Wirklichkeit um. Aber wer? Und warum? Er hatte noch immer nicht genug Antworten. Nur zwei Aussagen ließen sich über den Mörder machen: Erstens war er verdammt gerissen, und zweitens war er Lestrade, obgleich dieser das Buch besaß, noch immer einen Schritt voraus.
Als erstes nahm sich Lestrade im *Clarendon Hotel* am oberen Ende des Paradeplatzes ein Zimmer. Vom Bahnhof aus war er zu Fuß dorthin gegangen, doch er meinte seine Zeit nicht verschwendet zu haben, weil er die Gelegenheit gehabt hatte, sich zum erstenmal den Kurort Leamington genauer anzusehen. Starke Ähnlichkeit mit Cheltenham, dachte er, doch wenn man einen Kurort gesehen hatte, kannte man vermutlich auch alle anderen. Die breiten Straßen, die schattigen Alleen, die ausgesuchte Extravaganz der Läden und Kanzleien, all das legte Zeugnis ab vom Wohlstand und der Standfestigkeit der Mittelklasse in der Provinz. Lestrade war froh, seinen Sommeranzug anziehen zu können, und er fand, daß es warm genug für seine Kreissäge aus Cambridge war, wenngleich deren Rand ein wenig beschädigt war. Auf dem Polizeirevier indessen war man wenig hilfsbereit. Ein korpulenter Sergeant beäugte Lestrade von Kopf bis Fuß, ehe er ihm die Benutzung des Polizeiwagens anbot. Lestrade nahm einen Constable mit, und sie fuhren zum Leichenschauhaus. Diese Leiche sah weniger absonderlich aus als die bisherigen, bot aber dennoch einen gräßlichen Anblick. Die rechte Seite des Kopfes war die eines Mannes mittleren Alters mit grauen Haaren und plumpen Zügen. Die linke Seite des Kopfes war überhaupt nicht mehr vorhanden – bloß noch eine Masse dunklen geronnenen Blutes, in der Stückchen weißlichen Knochens zu sehen waren. Lestrade hatte solche Wunden früher schon gesehen, der junge Constable hingegen unglücklicherweise nicht, und er sank zu Boden, als der Gehilfe das Laken wegzog. Lestrade fuhr fort, die Leiche zu betrachten und dem Gehilfen Routinefragen zu stellen, während der Constable, dem man seinen Helm auf die Brust gelegt hatte, hinausgetragen wurde.
«Vor drei Tagen, sagen Sie?»
«Ja, Sir. Sie brachten ihn mausetot hier rein. Ich hab ihn ein bißchen saubergemacht, aber davon abgesehen, ist er nicht angerührt worden. Hier ist seine Brille.»

Er hielt eine zerbrochene Brille in die Höhe. Lestrade betrachtete die grüne Norfolk-Jacke, die zerknüllte, blutbefleckte Jagdmütze, und dann untersuchte er das Gewehr. Eine schöne Waffe, Standardkaliber 12. Ein Lauf war abgefeuert.
«Ist das die Waffe, mit der er getötet wurde?»
«Weiß ich nich.» Der Gehilfe zuckte die Achseln. «Das ist Ihr Job.»
Unempfindlich gegen Lestrades Stirnrunzeln schlurfte er davon, heftig an einer Pfeife saugend und den Kopf in Wolken eines fürchterlichen Tabaks gehüllt. Lestrade untersuchte noch einmal die Wunde. Vermutlich war der Schuß aus kürzester Entfernung abgegeben worden. Er ging hinaus in den Sonnenschein und fand den Constable, der mit blassem Gesicht an der Kutsche lehnte. Als der Inspector näher kam, versuchte er Haltung anzunehmen.
«Schon gut, mein Junge. Zigarre?»
Der Constable lehnte ab, einen mitleiderregend entrückten Ausdruck im Gesicht.
«Wer hat den Leichnam gefunden?»
Der Constable wühlte in der Tasche nach seinem Notizbuch. «Ein halbes Dutzend Eier. Zwei… Oh, Verzeihung, Sir. Die Einkaufsliste meiner Frau.»
Lestrade unterbrach seine Pafferei. «Frau? Wie alt sind Sie, Constable?»
«Im Herbst werde ich zwanzig, Sir.»
Lestrade begann sich seines Alters bewußt zu werden. Natürlich, es war der Anfang vom Ende, wenn Polizisten anfingen, jünger auszusehen als man selbst.
«Joseph Glover, Sir. Ein Arbeiter aus Bubbenhall.»
«Wie bitte?»
«Bubbenhall, Sir. Ist ein Dorf…» Der Constable wühlte abermals und förderte eine Karte zutage, die er umständlich auf dem Hinterteil des Pferdes entfaltete. «… fünf Meilen von hier.»
«In der Nähe von Guy's Cliffe?»
«O nein, Sir.» Die ganze Aufmerksamkeit des Constables war auf seinen Finger gerichtet, der über die Karte fuhr. «Acht Meilen von hier, Sir.»
Lestrade dachte laut. «Was treibt ein Arbeiter acht Meilen von seinem Dorf entfernt? Um welche Tageszeit wurde die Leiche gefunden?»

Der Constable zog sein Notizbuch zu Rate. «Etwa gegen halb sieben abends, Sir. Sonntag, 24. Juli.»

«Dieser Glover – etwas über ihn bekannt? Versuchen Sie's mal ohne das Notizbuch, Constable», setzte er hinzu, als der Kopf des jungen Mannes sich erneut über das Notizbuch beugte.

«Nun, Sir», die geistige Anstrengung machte dem Constable offensichtlich zu schaffen, «drei Jahre hintereinander hat er den Pflügerwettbewerb der Grafschaft gewonnen. Einer der besten Heckengärtner, den ich kenne. Und er scheint eine Menge Fasane zu essen, die anderen Leuten gehören.»

«Gut, Constable. Das hat alles noch nicht ganz die rechte Form, aber machen Sie sich nichts draus. Geben Sie mir die Zügel. Ich komme ganz aus der Übung. Und behalten Sie einen klaren Kopf; ich möchte bis morgen zurück sein.»

Sie fanden Joseph Glover, der an einem pflügenden Gespann festgebunden war, zwei kraftvolle Clydesdales, riesig und lammfromm, die durch die Furchen trotteten. Hinter ihren schwankenden Köpfen und dem aufgewirbelten Staub waren ein Paar Zugstiefel und ein schwirrender Peitschenstiel zu erkennen.

«Hü, Jewel, mach schon, Dinkie.»

Lestrade ging quer über den Acker, und der Constable stolperte hinter ihm her.

«Joseph Glover?»

Der kleine Mann gab ein unterdrücktes Knurren von sich und brachte die Pferde zum Stehen. Er hakte die Zügel von seinem Hals los. «Wer will das wissen?» Der aufsässige kleine Arbeiter reichte Lestrade gerade bis zum Schlipsknoten.

«Inspector Lestrade, Scotland Yard.»

«Schottland? Da sind Sie aber ziemlich weit von zu Hause weg.»

Lestrade beugte sich so weit vor, daß ihre Nasen sich berührten.

«Behinderung der Polizei kann Ihnen fünf Jahre einbringen, Glover. Was würde dann aus Ihren Pferden?»

Glover lehnte sich gegen die riesige glänzende Flanke eines der beiden Pferde.

«Keine Angst, Dinkie, ich werd nich erlauben, daß er dich mitnimmt.»

«Ich komme von Scotland Yard, Glover, nicht von der Abdeckerei.»

Auch diese rhetorische Perle war verschwendet. Nur eines der Pferde schnaubte anerkennend.
Glover koppelte sich wieder an das Gespann und brachte die Pferde mit einem Peitschenknallen in Gang. «Ich muß weitermachen», knurrte er, «Pflügerwettbewerb nächste Woche bei der Abbey.»
Lestrade blickte den Constable auskunftheischend an.
«Es ist fast Herbst, Sir. Im Herbst pflügt man nicht. Man pflügt im Frühjahr.»
«Ist er... ganz... in Ordnung?» Lestrade formte die Worte stumm mit dem Mund und einem seitlichen Nicken zu Glover, der stur nach vorn starrte und mit noch mehr Entschiedenheit und Verdrossenheit an seinem Grashalm kaute.
«O ja, Sir.» Der Constable kicherte. «Jeden Sommer ist eine Landwirtschaftsausstellung bei Stoneleigh Abbey, Lord Leighs Besitzung. Es war sein Land, auf dem man die Leiche fand.»
«Warum waren Sie am letzten Sonntag in Guy's Cliffe?» fragte Lestrade den Pflüger.
«Turteln.»
Lestrade wandte sich an den Constable, um sich das Wort übersetzen zu lassen.
«Auf Liebespfaden, Sir.»
«Wie ist der Name der jungen Dame?»
«Jetzt hören Sie mal zu...» Glover brach ab, als er den Ausdruck in Lestrades Augen sah.
«Wissen Sie, was eine Tretmühle ist, Glover? Wissen Sie, was das heißt, auf diesen Sprossen rumzutrampeln, immer fünfzehn Minuten lang, dann zwei Minuten Pause, sechs Stunden am Tag?»
«Louisa Ellcock. Arbeitet für die Leute in dem großen Haus bei Guy's Cliffe.»
«Die Mauleverers, Sir.»
«Erzählen Sie», sagte Lestrade.
«Ich war unterwegs, um Louisa zu besuchen. Wir sind verlobt. Also, ich marschierte von Old Milverton Church über die Felder, und da war er. Sah zuerst seine Flinte, so'n Schimmern in der Abendsonne.»
«Halten Sie sich nicht mit der Lyrik auf, fahren Sie fort.»
«Ich ging rüber und sah ihn. War in den Brunnen gestopft worden. Tot.»
«Haben Sie Schüsse gehört?»

«Hin und wieder. Aber ich war fast zehn Meilen gelaufen, und es waren an diesem Wochenende 'ne Menge Jäger unterwegs.»

«Haben Sie jemanden in der Nähe gesehen, der sich verdächtig benommen hat?»

«Das ist 'ne verdammt dämliche Frage...» – er senkte die Stimme – «Entschuldigung. Aber ich war mit den Gedanken woanders. Hoffte, in ein paar Minuten selbst verdächtige Sachen zu machen. Sie verstehen, was ich meine?» Der Rippenstoß und das schiefe Grinsen machten Lestrade ein wenig ärgerlich. Er brauchte Beweise und keine ländlichen Liebesabenteuer.

«Diese Louisa Ellcock, wo kann ich sie finden?»

«Langsam, langsam, ich will nicht, daß sie belästigt wird. Nicht in ihrem Zustand.»

Lestrade blieb stehen und hob mißbilligend eine Augenbraue.

«Es besteht die Aussicht, Glover, daß, wenn Ihre ‹verdächtigen Sachen› und ihr interessanter Zustand etwas produzieren, der kleine Bastard einen ziemlich verkommenen Papa haben wird.» Er boxte Glover mit dem Ellenbogen in die Rippen. «Sie wissen, was ich meine?»

Guy's Cliffe House war groß und wirkte unheilschwanger. Es war ein wenig vom Wasser zurückgesetzt, das wirbelnd und sprühend über das Wehr floß. In der kräftigen Abendsonne überquerten Lestrade und der Constable die wacklige Holzbrücke. Ihre gelegentlichen Ansätze zu einer Unterhaltung wurden vom Geräusch des rauschenden Wassers übertönt und vom widerlichen, abgestandenen Geruch nahe der Mühle erstickt. Der Inspector untersuchte den Brunnen. Wenn es dort Blutspuren gegeben hatte, waren sie vom Regen oder Brunnenwasser längst abgewaschen. Die Umgebung war von zahllosen Fußabdrücken hoffnungslos zertrampelt – Mauleverers, Glovers, Scharen von Polizisten, Reportern und sicherlich auch Touristen. Und irgendwo, dachte Lestrade, irgendwo im Staub von Warwickshire, waren die Fußabdrücke des Mörders. Lestrades Mörder. Lestrades Mann.

Louisa Ellcock konnte ihm nicht helfen. Sie hatte schreckliche Angst, Lestrade würde Mrs. Mauleverer von ihrem «Geheimnis» erzählen. Lestrade sagte ihr, ihr Geheimnis sei bei ihm gut aufgeho-

ben, er wolle einen anderen Fisch fangen. Dankbar führte sie ihn in den Salon. Dort begrüßte Mrs. Mauleverer die Gesetzeshüter.
«Inspector Lestrade, Madame, von Scotland Yard. Dies ist Constable… äh…»
Der Constable befragte sein Notizbuch.
«Prothero, Madame.»
«Von der Warwickshire-Polizei», beendete Lestrade an seiner Stelle den Satz. Mrs. Mauleverer nötigte sie, Platz zu nehmen.
«Eine quälende Zeit, Madame», bemerkte Lestrade.
«Wir können auf die feierlichen Gesten verzichten, Inspector Lestrade. Natürlich bin ich über den plötzlichen und schrecklichen Tod eines Mitmenschen betrübt. Doch die Tatsache, daß dieses menschliche Wesen auch noch mein Ehemann war, ist reiner Zufall. Sherry?»
Lestrade warf Prothero einen Blick zu. «Das brauchen Sie nicht zu Protokoll zu nehmen, Constable. Warten Sie bei den Pferden.» Der Constable verschwand.
«Mrs. Mauleverer.»
«Inspector.» Mrs. Mauleverer erhob sich graziös und goß Lestrade ein Glas Sherry ein. «Sie müssen mich für sehr gefühllos halten.»
«Überhaupt nicht, Madame. Sie haben eine sehr anstrengende Zeit hinter sich. Darf ich Ihnen ein paar Fragen stellen?»
«Ich kann Ihnen nicht mehr sagen, als ich schon der örtlichen Polizei gesagt habe, Inspector.»
«Ich habe die örtliche Polizei noch nicht befragt, Madame. Der junge Constable dient mir nur als ortskundiger Führer.»
«Also kennen Sie Warwickshire nicht, Inspector?»
«Nein, Madame.» Lestrade folgte seiner Gastgeberin mit den Augen. Sie entfernte sich von ihm und schritt durch den Raum. Das Sonnenlicht fiel auf das Dunkelgrün und Gold ihres Samtkleides. Es fing sich auch in ihren glänzenden schwarzen Locken, die über eine Schulter fielen, nein, fluteten war das passende Wort. Mrs. Mauleverer war eine schöne Frau, zartknochig, mit dunklen, glühenden Augen, die in dem bleichen, schwermütigen Gesicht blitzten.
«Mein Gatte und ich waren seit drei Jahren verheiratet, Inspector. Er war zwanzig Jahre älter als ich und hatte den größten Teil seines Lebens in Afrika zugebracht. Er war Ingenieur oder etwas Ähnliches. Ich begegnete ihm zum erstenmal in London vor fünf Jahren.

Er war höflich, charmant, weitgereist. Ich war gerade bei Hof eingeführt worden, und Mama war ängstlich darum besorgt, mir die allerbeste Partie zu verschaffen. Ich war eine Närrin, Inspector. Ich hatte nicht den Mut, Einhalt zu gebieten, zu sagen, nein, das ist nicht das, was ich will. Frauen sind noch immer Sklavinnen. Ich hielt es für meine Pflicht und nahm seinen Antrag an. Es war für Mama nicht leicht gewesen. Papa war ein paar Jahre zuvor gestorben, und Albert bot uns zumindest finanzielle Sicherheit. O Gott, das alles hört sich so gewinnsüchtig an.»
«Überhaupt nicht, Madame.»
«Es ging nicht lange gut.» Mrs. Mauleverer begann mit gerungenen Händen auf und ab zu gehen. Ab und zu ruhten ihre dunklen Augen auf Lestrade, dann blickte sie rasch zur Seite. «Vielleicht zwei Monate lang war Albert aufmerksam, und dann begann er, mehr und mehr Zeit woanders zu verbringen. Jagden am Wochenende, Kartenpartien, immer ohne mich. Oh, ich machte mich in der Gegend nützlich. Arme gibt es überall, Inspector. Ich unterstützte wohltätige Einrichtungen und trat Komitees bei. Ich ließ dieses Haus neu tünchen, dieses trostlose Mausoleum, in das er mich gebracht hatte. Es half nicht. Es ersetzte keinen Ehemann.»
Lestrade spürte ihre Traurigkeit in den tiefen Schatten des Raumes.
«Sie waren zweifellos überrascht, Inspector, als ich um meinen Gatten nicht zu weinen schien. Sie sind zweifellos überrascht, daß ich nicht trauere. Aber mein Gatte, sehen Sie, starb vor drei Jahren. Ich erkannte den Mann kaum wieder, den man im Brunnen fand.»
Es herrschte tiefe Stille zwischen ihnen. Lestrade war innerlich aufgewühlt. Er war achtunddreißig Jahre alt, war zwanzig Jahre bei der Polizei, davon fünfzehn beim Yard. Er hatte Dutzende und Aberdutzende, vielleicht Hunderte von Witwen gesehen, doch keine hatte ihn so gerührt wie diese. Diese Frau umgab eine Redlichkeit und Würde, die ihn sonderbar ergriff. In der Stille schlug ihr sein hartgesottenes Herz entgegen.
«Der Tag des Mordes...» Er räusperte sich und sagte bärbeißig, «erzählen Sie mir davon.»
«Es war ein Tag wie jeder andere.» Eine Pause. «Nein, nicht ganz wie jeder andere.» Sie begann von neuem. «Es war der Tag, an dem irgend jemand meinen Mann ermordete. Sagen Sie mir, Inspector,

ist es unrecht von mir, Rache zu verlangen – selbst wenn es Rache für einen Mann ist, den ich nicht liebte?»
«Ich bin weder ein Richter noch ein Gericht, Madame.»
«Aber Sie könnten ein Scharfrichter sein?»
«Wenn ich in der Ausübung meines Amtes einen Mann töten müßte, Madame. Bei bestimmten Gelegenheiten werden wir mit Feuerwaffen ausgerüstet.»
«Ich stand um halb neun auf. Mein Gatte war bereits zu einem Tagesausflug aufgebrochen. Er hatte etwas zu essen in seinem Rucksack und sein Gewehr mit. Offensichtlich hatte er Louisa, meiner Zofe, gesagt, er werde nicht vor Einbruch der Nacht zurück sein. Ich glaube, der Gedanke schoß mir flüchtig durch den Kopf, er könne nach Coventry gegangen sein, um... nun ja, eine andere Frau zu treffen. Am Morgen beschäftigte ich mich mit meiner Korrespondenz. Ich hörte Schüsse in der Ferne; vielleicht war es Alberts Gewehr...» Mrs. Mauleverer schreckte plötzlich auf: «Es könnte der Schuß gewesen sein, der ihn tötete. Guter Gott. Der Brunnen ist bloß ein paar hundert Yards von hier entfernt, Inspector, wenn wir ihn auch vom Hause aus nicht sehen können. Am Nachmittag fuhr ich mit Louisa nach Leamington. Zuerst machte ich in Warwick Station und nahm den Tee mit der Gräfin. Es mag etwa 9 Uhr gewesen sein, als die Polizei mir die Nachricht brachte. Es hätte sich ein Unfall ereignet. Albert war tot.»
«Sie identifizierten die Leiche?»
«Ja, in jener Nacht in Leamington.»
Ihre Blicke trafen sich im Schein der Abendsonne. Der Blick drückte die ganze Leere im Herzen Mrs. Mauleverers aus. Und vielleicht auch die im Herzen des Inspectors Lestrade.
«Mehr kann ich Ihnen nicht sagen», schloß sie. «Mein Gatte war ein harter Mann, verschlossen und wortkarg. Wer, dachte ich, konnte seinen Tod wünschen. Mir ist niemand eingefallen, der genügend Interesse daran hätte haben können, ihn zu erschießen. Ist das nicht ein tragischer Gedanke?»
Lestrade erhob sich und stellte das leere Glas auf den Tisch.
«Ich danke Ihnen, Madame. Es muß für Sie nicht leicht gewesen sein. Ich möchte mich von Ihnen verabschieden.»
«Mein Name ist Constance, Inspector. Es war nicht leicht. Aber Sie waren sehr freundlich.»

«Falls ich Sie noch einmal brauchen sollte...»
«Ich hatte vor, nach der Beerdigung eine Zeitlang bei meiner Mutter in Camberwell zu bleiben.»
«Dann seien Sie doch so freundlich und teilen Sie Scotland Yard Ihre Londoner Adresse mit.»
«Selbstverständlich.»
«Und Mrs. Mauleverer... Constance... wenn ich Ihnen irgendwann einmal behilflich sein kann...» Lestrade ergriff Mrs. Mauleverers Hand und küßte sie. Sie lächelte.
Als er zur Polizeikutsche ging und Prothero bedeutete, loszufahren, kamen ihm wieder die Zeilen aus dem *Struwwelpeter* in den Sinn:

Des Jägers Frau am Fenster saß
Und trank aus ihrer Kaffeetaß.
Die schoß das Häschen ganz entzwei;
Da rief die Frau: «O wei! O wei!»

«Passen Sie doch auf, was Sie mit diesen verdammten Nadeln machen!»
Lestrade betrat das Jagdzimmer von Stoneleigh Abbey und erblickte Lord Leigh, dem gerade eine neue Uniform angepaßt wurde. Er stand da, den linken Arm in die Luft gestreckt, während zwei Schneider ihn umschwirrten, die letzte Hand an seine Jacke legten.
«Diese Bärenmütze ist lächerlich!» brüllte er. «Zu schmal und zu hoch. Wenn ich in Galopp falle, purzelt sie runter. Wer, zum Teufel, sind Sie?»
«Inspector Lestrade, Mylord. Scotland Yard.»
«Oh.» Lord Leigh hatte sich rasch in der Gewalt. «Hamburger und Rogers, Uniformschneider. Sie wissen vermutlich, wer ich bin?»
«Kann ich Sie allein sprechen, Sir?»
«Oh, sehr gut. Gentlemen, kommen Sie in einer Woche wieder – und tragen Sie Sorge, daß diese Jacke besser sitzt, wenn ich bitten darf. Ich würde mich bei der Parade ja lächerlich machen.»
Die Schneider befreiten ihn von der kunstvollen silbernen und blauen Uniform, bis Seine Lordschaft in knallroter Hemdhose dastand. Wie unvorteilhaft das bei diesem heißen Wetter sein muß, dachte Lestrade.

«Was gibt es, Lestrade?» Ein Diener erschien von irgendwoher und half Seiner Lordschaft in eine seidene Smokingjacke. «Ich habe viel zu tun.»

«Verstehe, Mylord. Am letzten Samstag wurde auf Ihrem Grund und Boden bei Guy's Cliffe eine Leiche gefunden. Können Sie mir helfen?»

«Nein.»

«Versuchen wir es mal anders. Ich bin auf Kosten des Steuerzahlers den weiten Weg hierhergekommen, um herauszufinden, wer den Mann umgebracht hat. Und vielleicht, um zu verhindern, daß diese Person noch einmal tötet.»

«Hm.» Lord Leigh goß sich einen gewaltigen Cognac ein, ohne Lestrade ein Glas anzubieten.

«Ich kannte Mauleverer natürlich. Hab ihm sogar mal einen Posten in der Miliz angeboten. Konnte natürlich kein Truppenkommando kriegen. War ein Außenseiter, meine ich. Aber immerhin im Leutnantsrang. Wie auch immer.» Leigh schwang sich auf ein Holzgestell, auf dem ein Sattel befestigt war. «Er lehnte ab. Danach hab ich ihn links liegenlassen.»

«Haben Sie ihn umgebracht?»

Leigh saß kerzengerade im Sattel. «Verdammt noch mal, Lestrade. Ich werde mit Ihren Vorgesetzten sprechen. Außerdem hätte ich einen Säbel benutzt, wenn ich's getan hätte.» Leigh vollführte mit dem rechten Arm eine dramatische Gebärde und widmete sich zufrieden wieder seinem Cognac. «Meine Abneigung war nicht groß genug, ihn von meinem Land zu treiben. Um die Wahrheit zu sagen, war er ein verdammt guter Schütze – und ein Sportsmann.» Plötzlich änderte Leigh seinen Kurs. «Trotzdem, was macht ihr Burschen so ein Theater deswegen? Auf dem Grundstück eines Burschen findet ein Mord statt, und ihr habt die Stirn, hier reinzuplatzen und mich anzuklagen. Wenn das das Beste ist, was dem alten Jack Lampe einfällt...»

«Jack Lampe, Mylord?»

«Chief Constable der Grafschaft. Sie nennen ihn ‹Blaue Lampe›.»

«Originell», knurrte Lestrade. «Nein, Mylord, Chief Constable Lampe hat mich nicht gerufen. Ich habe Grund zu glauben, daß der Mord an Albert Mauleverer zu einer Serie gehört. Es geht we-

der um seine Person noch um Ihr Land. Es geht noch nicht einmal um Warwickshire. Es ist bloß, daß der Mord einem Muster entspricht. Das ist alles.»
«Sprecht ihr Burschen vom Yard immer in Rätseln?»
«Vergessen Sie's, Mylord. Sie haben nichts Verdächtiges bemerkt?»
Leigh schüttelte den Kopf.
«Und keiner von Ihren Leuten – Diener oder Pächter – hat Ihnen von etwas Verdächtigem berichtet?»
«Nicht das geringste. Hören Sie, Lestrade, ich möchte nicht gefühllos erscheinen. Darf ich eine Vermutung äußern?»
Lestrade war bereit, nach dem kleinsten Strohhalm zu greifen.
«Mauleverers Frau. Sie kamen nicht miteinander aus, wissen Sie. Das wußte jeder. Ich glaube, sie hat's getan.»
Lestrade spürte, daß er sich verfärbte. Constance Mauleverer war eine ganze schlaflose Nacht lang in seinem Kopf herumgespukt. Er konnte ihr bleiches, gequältes Gesicht nicht vergessen. Einen Augenblick spielte er mit dem Gedanken, Leigh das Glas samt Inhalt in die Kehle zu rammen. Dann vielleicht ein kurzer Salto rückwärts über Gestell und Sattel. Schließlich entschied er sich für eine Äußerung als Polizist.
«Ein Gewehr ist, nach meiner Erfahrung, keine Waffe für eine Frau, Mylord. Gift, ja, Dolch, vielleicht; Taschenpistole, im Notfall. Aber ein Gewehr, niemals. Ich finde schon allein hinaus.»
Auf seinem Weg zur Tür, die auf wundersame Weise von dem verschwundenen Diener geöffnet worden war, blieb Lestrade kurz stehen. Leigh, mit einem blanken Schwert gestikulierend, tänzelte über den Boden.
«Denken Sie an meine Worte, Lestrade: Cherchez la femme.»

Lestrade haßte die vierteljährlichen Versammlungen der Inspectoren im dritten Stockwerk. Zugegeben, die neuen Gebäude hatten einen Glanz und eine Pracht, die Whitehall Place gefehlt hatten, doch es waren immer noch dieselben internen Streitereien, das endlose Gerangel darum, wessen Abteilung die meisten Verhaftungen vorzuweisen hatte, dieselben Ermahnungen seitens McNaghten und des Commissioners zu größerer Sorgfalt, größerer Wachsam-

keit und zu guter, solider Polizeiarbeit – nur am Geld für die Polizei wurde gespart.
Der erste Punkt auf der Tagesordnung an diesem öden, verregneten Augusttag war die Entlohnung der Beamten.
«Ein Streik?» Von der Krawatte aufwärts wurde McNaghten zunehmend puterrot.
«Das sagen sie jedenfalls.» Athelney Jones lehnte sich in seinem ledernen Lehnstuhl zurück. Lestrade blickte zu ihm hinüber. Jones war ein rundlicher Mann mit einem vor Gesundheit strotzenden, schnurrbartgezierten Gesicht, und seine mit schwarzen Tressen besetzte Inspectorenjacke spannte sich über seinem Bauch. Er spielte mit seinen Daumen, überaus zufrieden, daß er das Problem so elegant McNaghten aufgehalst hatte. Doch der Leiter der Obersten Kriminalpolizeibehörde spielte den Ball zurück. «Das ist Ihr Problem, Jones. Zu meiner Zeit als Constable waren wir froh über zwei Guineen in der Woche. Ihre Männer haben Pensionen, bekommen Dienstkleidung gestellt, kriegen Krankengeld und sogar flaschenweise Haaröl. Bestellen Sie ihnen von mir, ich ließe nicht zu, daß die Metropolitan Police zum Gespött würde. Sehen Sie sich das an...»
Er warf ein Exemplar von *Judy* auf den Tisch. Es zeigte einen Polizisten, der verständnislos einen riesigen Fingerabdruck auf einer Mauer anstarrte.
«Auf diese Art öffentlichen Hohns können wir verzichten. Jones, wenn Sie das Wort ‹Streik› noch einmal hören, dürfen Sie denjenigen, der es geäußert hat, mit meiner Erlaubnis durchprügeln.»
Jones knurrte in seinen Bart, McNaghten sei unmenschlich. McNaghten hörte es wohl, zog es jedoch vor, nicht darauf einzugehen.
«Also, Lestrade, nun zu Ihrem Fall.»
Lestrade schob die Papiere auf seinem Schoß hin und her. Er haßte das. Besonders jetzt. Auch die anderen hatten natürlich ungelöste oder unlösbare Fälle. Doch was diesen betraf, hatte er bereits angefangen, ihn persönlich zu nehmen. Er war eine Demütigung seines fachlichen Könnens, vielleicht seiner ganzen Laufbahn.
Ohne Umschweife begann er mit dem wichtigsten Faktum: «Sieben Morde», sagte er.
Die Runde murmelte, wiederholte den Satz mehrfach und hob hörbar die Augenbrauen. McNaghten klopfte verstohlen mit seiner

Pfeife auf den Tisch, bis die Menge des Tabaks, der in seinen Tee regnete, ihn zwang, aufzuhören. Der Lärm verstummte von selbst, und Lestrade fuhr fort.
«Alle Morde wurden innerhalb der letzten sechs Monate verübt, über beinahe das ganze Land verstreut. Alle wurden von einer unbekannten Person oder von mehreren Personen begangen.»
«Kommen Sie, Lestrade, Sie müssen doch mehr haben als das.» Das war der gerade beförderte Abberline aus seiner Ecke.
Lestrade protestierte.
«Ich meine, dieser Fall sollte als Geheimsache behandelt werden, Sir. Denken Sie an den Ripper-Fall.»
«Ja, ja», blaffte McNaghten und wand sich unangenehm berührt. «Das war eine völlig andere Geschichte. Bitte, kommen Sie mir nicht noch einmal damit.»
«Sie hatten das Wort, Lestrade.» Abberline war hartnäckig. Der Superintendent, im eleganten hellblauen Anzug, roch herausfordernd an seiner Gardenie. Lestrade hätte den Mann und die Blume am liebsten durch einen Blick auf der Stelle verdorren lassen. Er gab sich mit dem Gedanken zufrieden, daß eine Beförderung, die mit einer Versetzung zur Hafenpolizei verbunden war, alles andere als eine Beförderung darstellte. Er mußte seine Zeit damit zubringen, ausländische Matrosen und stinkende Docker die Ratcliffe Highway rauf und runter zu jagen.
«Was ich habe, Gentlemen, ist folgendes.» Er überhörte Gregsons verächtliches Schnauben und fuhr fort: «Die Morde stimmen genau mit den moralischen Geschichten eines Kinderbuches überein, das *Struwwelpeter* heißt. Wenn ich Zeit hätte, könnte ich sie einzeln aufführen.»
«Ersparen Sie uns die Zitate.» Jones hatte wieder zu seiner Blasiertheit zurückgefunden.
«Mord Nummer eins. *Struwwelpeter* oder *Strubbelkopf Peter* selbst. Ein Mann mittleren Alters, eingemauert, möglicherweise bei lebendigem Leibe, gefunden in Shanklin-Chine, Insel Wight. Noch nicht identifiziert. Todesursache – Ersticken. Verdächtige...» Er verstummte.
«Nun?» drängte McNaghten.
«Alfred Lord Tennyson.» Brüllendes Spottgelächter.
«Ich dachte, er sei tot, Lestrade», sagte Abberline.

«Er ist für meine Zwecke gewiß nicht ausreichend beweglich. Jedoch zur Tatzeit hatte er Zugang zur Chine, außerhalb der Saison, wo sie in der Regel garantiert abgesperrt ist. Nachdem ich ihn einmal aufgesucht hatte, konnte ich ihn aus dem Kreis der Verdächtigen ausscheiden. Die folgenden Nachforschungen ergaben nichts. Alles, was ich sagen kann, ist dies: der Mörder kannte sich in Shanklin Chine aus, hatte Zugang zu ihr und war vermutlich ein Fachmann in der Kunst, bei Kerzenlicht zu mauern.»
Wiederum allerlei spöttisches Schnauben.
«Je mehr ich über den Chine-Mord nachdenke, Sir», sagte Lestrade an McNaghten gewendet, «desto mehr gelange ich zu der Überzeugung, daß die Ähnlichkeit mit den *Struwwelpeter*-Geschichten reiner Zufall war. Die Presse hat eingehend über den Fall berichtet. Jedermann konnte sich die Idee zu eigen machen.»
Abberline mischte sich ein. «Dieser… äh… *Struwwelpeter*. Wer ist der Verfasser?»
«Ein deutscher Arzt. Heinrich Hoffmann.»
«Nun, er ist Ihr Mann. Ich habe diesen Krauts nie getraut. Nicht seit Sedan.»
Abberline hatte einen hübschen Bock geschossen.
«Ich habe ihn überprüft, Superintendent. Er ist leider tot – seit siebzehn Jahren.»
Abberline widmete sich plötzlich mit großem Eifer dem Mundstück seiner Pfeife. Gregson kicherte verstohlen.
«Mord Nummer zwei. Opfer – Lord Hurstmonceux.»
«Ich dachte, das sei ein Jagdunfall gewesen», bemerkte Jones.
«Die Presse fügte sich den Wünschen der Aristokratie. Lord Rosebury war Zeuge. Familienskandal und so weiter.»
«Gehört es zu unseren Aufgaben, Morde zu vertuschen?» Es war Jones' Frage, doch der Ausdruck in McNaghtens Gesicht machte ihm und allen anderen klar, daß heute nicht Jones' Tag war. Lestrade dachte an die Ripper-Akte und grinste im stillen.
«Ich kenne die Todesursache und weiß, wie der Mord begangen wurde. Darüber hinaus tappe ich im dunkeln.»
«Wie gewöhnlich», knurrte Jones. McNaghten erteilte ihm einen Verweis.
«Mord Nummer drei», fuhr Lestrade fort und straffte das Kinn. «Ein siebzehnjähriges Mädchen, Harriet Wemyss, verbrannt im

Haus ihres Vaters in Wildboarclough, Cheshire. Ihre Kleider gerieten durch eine Zigarettenkippe in Brand. Ihr Mörder wußte, daß sie die Angewohnheit hatte, heimlich zu rauchen.»
«Pfui!» unterbrach Gregson. «Die Jugend von heute.»
«Ich glaube, der Mörder unterstützte diese Gewohnheit mehrere Wochen lang, nachdem er den Mord die ganze Zeit geplant hatte. Und zum erstenmal haben wir eine Beschreibung durch einen Augenzeugen. Beschrieben wird ein reisender Händler, der am Tag des Mordes zum Haus kam. Ich habe Grund zu der Annahme, daß es derselbe Mann war, der Harriets Liebhaber war: ein großer Mann mit einem dunklen Hut und einem dicken Schal.»
«Wenig überzeugend», knurrte Abberline.
«Mord Nummer vier. Ich sollte besser sagen, Mord vier, fünf, sechs. Drei Faulenzer aus den besseren Kreisen – Edward Coke-Hythe, William Spender und Arthur Fitz. Ihre Namen mögen Ihnen in der *Gazette* begegnet sein; sie wurden vom Polizeirichter auf Bewährung entlassen, weil sie die bei uns auf Besuch weilende Berühmtheit Atlanta Washington angepöbelt hatten. Ich begegnete ihnen im Battersea Park. Sie waren von Kopf bis Fuß mit schwarzer Lackfarbe angestrichen.»
«Natürlich haben Sie Washington verhört», sagte Abberline.
«Ja, Sir, und ich kam zu dem Schluß, daß er nicht verdächtig sei.»
«Andere Verdächtige?»
Lestrade zögerte. «Ich folgte der Spur der Farbe bis in das Atelier von Mr. Lawrence Alma-Tadema (abermals hatte er sich nicht versprochen), dem Maler.»
«Lawrie?» unterbrach McNaghten. «Das haben Sie mir nicht erzählt.»
«Er ist schwerlich ein Verdächtiger im herkömmlichen Sinne, Sir. Er sagte mir, die Farbe sei ihm gestohlen worden.»
«Versteht sich», pflichtete Jones bei.
«Im Gegenteil», blaffte McNaghten. «Lawrence Alma-Tadema gehört zu meinen engen Freunden. Ja, vor einiger Zeit hat er meine ganze Familie gemalt. Nur meine Bescheidenheit verbietet es mir, die Porträts, die er von mir und meiner Gemahlin gemacht hat, über diesem Kamin aufzuhängen.»
Jones rutschte verlegen auf seinem Stuhl hin und her. Heute war er ganz entschieden nicht in Form.

«In diesem Stadium begriff ich, daß die Briefe mit dem Fall in Verbindung standen. Nach jedem Mord hatte ich einen Brief erhalten, an den Yard adressierte Trauerbriefe ohne Unterschrift in Versform, und jedes Gedicht bezog sich auf den speziellen Mord, der begangen worden war. Alle Gedichte stammten aus dem *Struwwelpeter*.»
Schweigen trat ein. Abberline brach es als erster: «Sie meinen, irgendein Wahnsinniger geht im Land um und sucht sich Opfer, bloß damit die Morde mit diesen Kinderverschen übereinstimmen? Phantastisch! Dummes Zeug!»
«Die Tatsachen sprechen für sich selbst», war Lestrades niederschmetternde Antwort. «Der letzte Mord geschah vor drei Wochen. Ein gewisser Albert Mauleverer aus der Grafschaft Warwickshire wurde in einem Brunnen bei Guy's Cliffe gefunden, erschossen mit Kugeln aus einem Gewehr, Kaliber zwölf.»
«Wer begeht die Morde im Buch?» fragte Gregson.
«Nicht alle Geschichten enden mit dem Tod. Allen gemeinsam ist, daß sie erbauliche oder moralische Geschichten sind – die Kinder sollen nicht mit Streichhölzern spielen, sollen keine Schwarzen verhöhnen oder Tiere quälen und so weiter. In den meisten Geschichten kommt der Täter lebend davon. In der Geschichte von den schwarzen Buben werden sie von einem riesigen Zauberer namens Agrippa geschwärzt.»
«Nein, tut mir leid», beharrte Abberline. «Das kann ich einfach nicht akzeptieren.»
«Ignorieren können Sie es ebensowenig», sagte McNaghten. «Tatsache ist jedenfalls, daß die Morde haargenau mit dem Buch übereinstimmen. Es ist unheimlich. Es ist ein komischer Gedanke», sagte er nachdenklich, «daß diese Geschichten, die ich meinen Kindern vorgelesen habe, so wörtlich genommen und auf eine so unheilvolle Weise benutzt werden.»
«Was mir Sorgen bereitet, Sir, ist die Zukunft. Wir alle in diesem Raum befassen uns sowohl mit der Aufdeckung als auch mit der Verhinderung von Verbrechen. Wenn der Mörder sich genau an die Vorlage hält, stehen uns fünf weitere Morde bevor. Wie sollen wir die verhindern?»
McNaghten lehnte sich zurück. «Das ist ganz einfach, Lestrade. Greifen Sie sich einen Mörder.»

Ein Ball mit Gewitter

Der Sommer war beinahe vorüber. Eigentlich hätte Lestrade Ende August in Urlaub gehen sollen, aber er konnte nicht. Er hatte McNaghten um Verstärkung gebeten. Er mußte den Fall unter allen Umständen geheimhalten, bevor die Presse den Zusammenhang witterte, der nun für den Yard allzu offenkundig war. McNaghten konnte ihm zwei Constables und einen jungen, imposanten Detective-Sergeant, John Forbes, zur Verfügung stellen. Lestrade mußte zugeben, daß der Mann schlau, eifrig und findig war – eine Art Bandicoot mit Köpfchen. Aber er brachte es nicht fertig, ihn zu mögen. Er war zu arrogant, zu eigensinnig. Fünf Jahre bei der Kriminalpolizei und eine rasche Karriere unter Gregson hatten sich in einem affektierten Getue niedergeschlagen. Lestrade bevorzugte wohlerprobte Polizeimethoden, Unterlagen in Schuhkartons abgelegt, die schlichte Fröhlichkeit Bandicoots und die lammfromme Treue Dews.

«Ich denke, wir haben es mit Terroristen zu tun, Sir. Mein Wort darauf. Es steckt nichts anderes dahinter als Anarchie.»

«Wie lange sind Sie bei Gregson gewesen?»

«Das ist ein böswilliges Gerücht, ich... Oh, ich verstehe.» Forbes' Gesicht verzog sich zu einem gequälten Grinsen. «Ich habe drei Jahre in der Sonderabteilung Irland gedient.»

«Und sehen Sie unter jedem Bett Terroristen?»

«Das ist nicht fair, Sir. Und wenn Inspector Gregson hier wäre...»

«Würde ich ihn rauswerfen», schloß Lestrade den Satz. «Tobias Gregson ging einem nie derart auf die Nerven, als er bei Abteilung A war. Er leidet inzwischen an Zwangsvorstellungen.»

«Mit Ihrer Erlaubnis, Sir.» Bandicoot hob seinen Lockenkopf von einem Papierberg. «Der Sergeant sollte seine Argumente vortragen dürfen.»

Lestrade starrte seinen neuesten Mitarbeiter mit zusammengeknif-

fenen Augen an. «In Ordnung, Forbes, und machen Sie es überzeugend. Es wird notwendig sein, mich davon zu überzeugen, daß wir nach Iren und russischen Sympathisanten suchen, die gemeinsam unter der Last ihrer Bomben ächzen.»
Er zündete sich gemächlich eine Zigarre an und deutete auf den Teekessel, als Dew, einen weiteren Papierstapel tragend, das Zimmer betrat.
«Motiv – Anarchie», begann Forbes. «Um die britische Polizei in Verlegenheit zu bringen. Um Tumulte bei den friedenstiftenden Streitkräften des Staates auszulösen, damit das Volk sich erhebt und die bestehende Ordnung umstürzt. Während wir hier sprechen, geschieht das in Europa.»
«Wenn ich mich so umschaue», bemerkte Lestrade, genüßlich an seiner Zigarre ziehend, «stelle ich fest, daß ich hier der einzige höhere Beamte bin, der 1887 am Blutigen Sonntag dabei war. Ich habe keine Anarchisten gesehen, Forbes. Ich sah verhungernde Frauen und Kinder, Menschen in Lumpen und Dreck. Hafenarbeiter, die einen Tag im Monat Arbeit hatten. Mädchen, die seit ihrem achten Lebensjahr ihre Körper verkauft hatten. Frauen, die wochenlang kein Bett gesehen hatten. Ich sah auch die Schlagstöcke der Polizei, Forbes, und die Bajonette der Gardegrenadiere. Erzählen Sie mir nichts über Anarchisten.»
«Das ist Abschaum... Sir.»
Lestrade stützte sich auf die Tischplatte und streckte seine Zigarre wie einen Finger nach vorn.
«Ich mag Sie nicht, Forbes. Ich mag keine ehrgeizigen Polizisten, die ihre Ziele erreichen, indem sie über Leichen gehen. Ich habe mir Ihre Theorie angehört, und sie stinkt. Bevor Sie mir nicht genügend Beweise und einen Verdächtigen, gestützt auf die Fakten des Falles, vorlegen können, behalten Sie Ihre Meinung für sich.» Er schnippte seine Asche auf Forbes' Weste. Der jüngere Mann sprang auf die Füße und bürstete sie ab. Er ging zur Tür.
«Und falls Sie vorhaben, Ihr Versetzungsgesuch einzureichen, vergessen Sie nicht, das Formular in dreifacher Ausfertigung vorzulegen.»
Lestrade bemerkte das breite Grinsen auf den Gesichtern von Dew und Bandicoot, als Forbes verschwand.
«Gentlemen, an die Arbeit.»

Es war der Abend des Polizeiballes. Eine sternenklare Nacht, gerötet von den Lichtern Londons. Es war Ende September und kühl nach einer Woche Regenwetter. Lestrade hatte sich verspätet. Lestrade mißbilligte Unpünktlichkeit, doch noch mehr mißbilligte er den Polizeiball. Dieses Jahr hatte der Commissioner sich selbst übertroffen. Schauplatz war das hochvornehme *Metropole*, dessen spiegelglatte Glasflächen und Kandelaber schimmerten und dessen vier Ballsäle in der Pracht glitzernder Kronleuchter prangten. Nach Meinung Lestrades hatte der Commissioner sich auch an Dummheit selbst übertroffen, weil er darauf bestanden hatte, einen Maskenball zu veranstalten. Zwar kam sich Lestrade in seinem Harlekinkostüm überaus lächerlich vor, er war aber nichtsdestoweniger pikiert, als er bereits im Foyer auf drei weitere Harlekine stieß. Er hoffte, daß die Verkleidung seine Verlegenheit und nach Möglichkeit auch seine Identität verbergen werde, doch leider irrte er sich, was das letztere anging.
«Guten Abend, Sir.» Es war Bandicoot, rabenschwarz von Kopf bis Fuß und mit einem Schurz aus Gras und einem Wurfspieß ausgerüstet.
«Bißchen geschmacklos nach den schwarzen Buben, meinen Sie nicht?» Lestrade griff sich ein Glas Champagner von einem Tablett.
«Tut mir leid, Sir, daran hatte ich nicht gedacht.»
«Macht nichts, mit Ausnahme von McNaghten werden Sie und ich die einzigen sein, die es bemerken. Wer ist denn alles da?»
«Nun, Sir, gerade habe ich einen alten Schulfreund getroffen, Ferdy Rothschild.»
«Ich habe nicht um eine Auskunft aus dem Adelskalender gebeten», schnarrte Lestrade. Du liebe Güte, dachte er, dieser Abend ging ihm mehr auf die Nerven, als er gedacht hatte. «Von unsren Leuten, Mann.»
«O ja, Inspector Gregson natürlich – da drüben –, ich glaube, man soll ihn für Charles II. halten, aber dafür fehlt ihm wirklich die Ausstrahlung.»
«Wie wahr», murmelte Lestrade, «sieht eher nach Nell Gwynn aus.»
«Doch Inspector Jones als Julius Cäsar gefällt mir. Er ist heute abend schon zweimal über seine Toga gestolpert.»

«Noch ein paar Fehltritte und er wird über seinen Schatten stolpern.»
«Abend, Lestrade. Gütiger Gott, wer ist das?» Superintendent Abberline verschluckte sich am Champagner angesichts des eingeborenen Gentleman.
«Guten Abend. Das ist Constable Bandicoot, mein Assistent.»
«Constable?» Abberline zog Lestrade beiseite. «Hören Sie, alter Freund, man soll den Rang ja nicht allzusehr betonen, aber ein Constable auf dem Ball. Das gehört sich nicht. Lassen Sie ihn bei Ihren Pferden warten.»
«Ich habe keine Pferde», erwiderte Lestrade. «Und immerhin ist er ein alter Etonianer.»
Abberline machte eine Pause. Seine kunstvoll gemalten Clown-Augenbrauen verschwanden unter seinem orangefarbenen Haar.
«Na gut, ich schätze ... Nun, sorgen Sie dafür, daß er sich im Hintergrund hält. Wie ich höre, erwarten wir heute abend einen sehr bedeutenden Gast.»
«Mrs. Abberline?» fragte Lestrade schalkhaft und warf einen Blick in Richtung des entzückenden jungen Geschöpfes, das gerade in eine kokette Unterhaltung mit Bandicoot verwickelt war. Abberline bekleckerte sich mit Champagner. «Wo? Oh, ich sehe, äh ... Das ist meine ... äh ... Nichte. Miss Hartlepool.»
«Madame.» Lestrade verbeugte sich steif und sah kaum wie ein Harlekin dabei aus, und Abberline zog schleunigst mit dem Mädchen davon. «Ha, ha, halten Sie die Augen offen, Bandicoot. Es könnte heute abend mehr Spaß geben, als ich dachte.»
Lestrade und Bandicoot begannen sich durch das riesige kalte Büfett zu arbeiten, wobei der Inspector danach strebte, sich der Führung des jungen Mannes anzuvertrauen, in der Hoffnung, Bandicoots gute Kinderstube werde ihn in die Lage versetzen, die rätselhaften französischen Bezeichnungen zu verstehen und die vielfältigen kulinarischen Köstlichkeiten zu identifizieren. Lestrade war mit den gekochten und gebratenen Fleischspeisen vollauf zufrieden und nahm die Escargots nur am Rande wahr, doch es gab dort Dinge in Aspik, die er bislang nur auf Seziertischen zu Gesicht bekommen hatte. Zu seiner Überraschung erwies sich alles als überaus genießbar. Er machte gerade Anstalten, sich außerhalb der Hörweite der Cannon Row- und District-Kapelle zu begeben, als er

McNaghten mit Gefolge durch die Tür am entfernten Ende den Saal betreten sah. Die respekteinflößende Miss McNaghten, die älteste aus der Sippe seines Chefs, war dabei, und Lestrade verspürte das übliche Verlangen, auf die Terrasse zu flüchten. Aber er war in Bandicoots Gegenwart schon einmal vor ihr geflohen – also hieß es jetzt, mannhaft auszuharren und, zumal gerade ein schräger Posaunenstoß an seinem Ohr vorbeipfiff, die Musik zu ertragen.

«Inspector Lestrade, nicht wahr?»

Lestrade erkannte die vertraute Stimme und die scheinbare Kühle.

«Oh, Miss McNaghten. Ich bin überrascht, daß Sie mich in der Verkleidung erkannt haben.»

Mittlerweile war die Tochter des Leiters der Obersten Kriminalpolizeibehörde dicht an ihn herangetreten.

«Sholto, mein Lieber, ich würde Sie überall erkennen. Oh, mein armer Liebling, was ist mit Ihrem Gesicht passiert?»

«Ach, ich bin in Cambridge durch ein Spiegelglasfenster spaziert.»

«Pfui, pfui. Und was haben Sie dort gemacht? Die Blaustrümpfe gejagt?»

«Sie wissen, daß es in meinem Leben keinen außer Ihnen gibt, Arabella.»

Für einen Augenblick huschte ein Anflug von Traurigkeit über Miss McNaghtens Züge, dann wurde das für die Öffentlichkeit bestimmte Gesicht wieder sichtbar.

«Sie Schuft, Sholto. Ich glaube nicht ein Wort.» Sie schlug ihn unverblümt mit ihrem Fächer. Einem schwächeren Mann hätte sie damit den Kiefer gebrochen. «Wollen wir tanzen? Ich liebe den Galopp.»

«Hat Ihnen niemals jemand gesagt, daß man von Gentlemen erwartet, die Damen zum Tanz aufzufordern?»

«Ich habe den ganzen Abend noch nicht getanzt, Sholto, Liebster. Ich bin fast achtundzwanzig. Mama erzählt allen ihren Freundinnen, ich würde sitzenbleiben. Wird Zeit, daß ich das korrigiere. Wie gefällt Ihnen mein Marie-Antoinette-Kostüm?»

«Wohin soll ich Ihrer Meinung nach gucken?»

«Oh, du häßlicher Mann. Achten Sie auf Ihre Füße. Das erinnert mich daran, daß ich Sie fragen wollte, woran Sie gerade arbeiten.»

«Arabella, Sie wissen, daß ich nicht...» Er wurde von einem bäuri-

schen Mädchen entführt, in dem er vage die jüngste Tochter des alten Inspectors Beck erkannte. Sie hatte beträchtliche Schwierigkeiten, mit ihrem Meerjungfrauenschwanz Galopp zu tanzen und zugleich mit ihren langen falschen Zöpfen die Brüste zu bedecken, die in eine rosafarbene Corsage gehüllt waren, obgleich sie...
«nichts Dienstliches preisgeben kann», rief er, während Arabella in einer glitzernden Wolke aus Ziermünzen und Spitzen an ihm vorüberschwebte. Lestrade mußte einräumen, daß die respekteinflößende Arabella McNaghten in der Tat erstaunlich reizvoll aussah. Vielleicht lag es an der weiß gepuderten Perücke, dem tief ausgeschnittenen Oberteil ihres Kleides, dem strahlend weißen Lichterglanz. Oder es war bloß der Champagner.
«Oh, kommen Sie, Sholto, enttäuschen Sie mich nicht. Sie wissen, daß Papa mir nie etwas erzählt. Ist es ein Mordfall?»
«Arabella, ich bin nicht befugt...»
«Oh, Sholto, das ist es, was ich an Ihnen am meisten liebe, Ihr Pflichtbewußtsein. Ganz zu schweigen von diesem entzückenden kleinen Schnurrbart.»
Die Reihe war an Lestrade, Miss McNaghtens Hand wegzuschieben, bevor neue Partner sie trennten. Schließlich ging der Tanz zu Ende, und Lestrade ergriff die Gelegenheit, Bandicoot die Tochter seines Chefs anzudrehen. Schließlich hatten die beiden sich bereits einmal getroffen, und Bandicoot konnte es durch seine Größe eher mit Arabella aufnehmen. Der Inspector im gerauteten Kostüm befreite sich behende, schlich ziemlich rasch um eine Säule und machte sich aus dem Staub.
«Ich denke immer noch, wir sollten nach internationalen Terroristen Ausschau halten, Sir.» Sergeant Forbes versuchte, im orangefarbenen Fell eines Orang-Utans so lässig wie möglich auszusehen. «Wohlgemerkt, wenn sie es darauf anlegen, die Polizei in Verlegenheit zu bringen, brauchen sie bloß heute abend hier aufzukreuzen und ein paar Fotografien zu machen.»
«Das wird Ihnen die Stelle des Commissioners eintragen», bemerkte Lestrade, «und trotzdem liegen Sie falsch. Ich denke gerade daran, einen neuen Kurs einzuschlagen.»
«Darf ich Näheres erfahren?»
Lestrade vergewisserte sich, daß die Luft rein war, als ob er im Begriff stehe, in ein Haus einzubrechen.

«Wenn Sie jemanden ermorden wollten, Forbes, wie würden Sie das anstellen?»
«Nun, ich würde... Ich bin nicht lange bei der Mordkommission gewesen, Sir. Ich müßte mal in Ruhe darüber nachdenken.»
«Kommen Sie schon, Mann, dies ist keine amtliche Prüfung. Suchen Sie sich eine Methode aus.»
«Gift», sagte Forbes.
«Zu leicht zurückzuverfolgen. Wo würden Sie es kaufen? Wieviel? Welche Sorte?»
Forbes sah verwirrt aus.
«Nein, Forbes. Gift ist riskant. Verschafft Ihnen Zeit, das gebe ich zu. Oh, guten Abend, Doktor Cream.» Lestrade winkte mit dem Glas einem befreundeten Mediziner zu, der vorbeitanzte. «Wo hat er die bloß aufgetrieben?» flüsterte er Forbes zu. «Wenn das keine Hyde-Park-Puppe ist, freß ich einen Besen.»
«Abschaum», war Forbes' ständig wiederkehrender Kommentar.
«Es verschafft Ihnen ein Alibi», fuhr Lestrade fort. «Sie verabreichen in Winchester eine Prise Gift und können in Dundee sein, bevor es wirkt. Aber der Unsicherheitsfaktor ist zu groß. Ist bei weitem zu riskant.»
«Dann eine Feuerwaffe. Ein Schuß in den Kopf.»
«Auf kürzeste Entfernung, ja. Ein bißchen weiter weg und Sie könnten danebenschießen. Aber auf kurze Entfernung laufen Sie Gefahr, daß Sie vom Blut des Opfers etwas abbekommen. Und was ist mit dem Lärm? Wenn Sie Ihren Mann in einem Haus töten, gibt es andere Mieter, Nachbarn, Hausierer, wenn Sie Pech haben. Immer vorausgesetzt natürlich, daß Sie eine Feuerwaffe besitzen oder sich eine verschaffen können.»
«Nun, dann weiß ich nicht weiter», sagte Forbes schnippisch. Er hatte das deutliche Gefühl, zum Narren gehalten zu werden.
«Fahren Sie nicht gleich aus Ihrem Fell, Forbes. Es gibt keine sichere Methode, zu morden. Aber es gibt ein Muster. Ein Giftmörder benutzt immer Gift. Gute Nacht, Doktor Cream», rief er. «Nehmen Sie William Palmer, den Giftmörder von Rugeley in den fünfziger Jahren.»
«Ein bißchen vor meiner Zeit», sagte Forbes hochnäsig.
«Vor meiner auch, Forbes.» Lestrade gab sich Mühe, sich verständlich zu machen. «Der *Struwwelpeter*-Mörder jedoch hat mehrere

Male getötet, und mit Ausnahme des Tinten-Buben-Falles, wo ein und dieselbe Methode sozusagen nahelag, haben wir Tod durch Ersticken und Einmauern bei lebendigem Leib; Tod durch Verbrennen; Tod durch Ersticken, doch mit Hilfe der völlig anderen Methode des Anmalens der Körper; Tod durch eine abgerichtete Hundemeute und Tod durch einen Gewehrschuß. Nicht notwendigerweise in dieser Reihenfolge.»

«Ist mir bekannt, Sir. Worauf wollen Sie hinaus?»

«Dieser Bursche ist verdammt schlau, sehr flexibel und... und an diesem Punkt setzt mein Gedankengang an – daß nämlich unser Mann darauf aus ist, *ein* Opfer zu töten. Er will eine ganz bestimmte Person tot sehen, aus dem Weg räumen, aus einem oder mehreren Gründen, die wir nicht kennen. Die anderen sind nur ein Ablenkungsmanöver, bewußt gewählt, um uns auf die falsche Fährte zu locken.»

«Gütiger Gott, Inspector.» Forbes kippte seinen Drink hinunter. «Aber wenn das so ist, wer ist wer?»

«Das», sagte Inspector Lestrade, indem er sein leeres Glas mit einem gefüllten vertauschte, «müssen wir versuchen herauszufinden. Morgen früh werden Sie und ich damit anfangen, die nächsten Angehörigen der Opfer zu befragen. Ich werde mit Mrs. Mauleverer beginnen.»

«Aus einem bestimmten Grund?» fragte Forbes hinterhältig.

Lestrade blickte ihn geringschätzig an. «Sie hat hübschere Beine als Lawrence Alma-Tadema.» Er hatte den Namen schon wieder richtig ausgesprochen. Es mußte am Champagner liegen.

Viel später verschaffte sich Lestrade in einem anderen Winkel des Ballsaales sicheren Halt an einem geeigneten Geländer. Er hatte ein klein wenig zuviel Schaumwein zu sich genommen, und Melville McNaghtens abgedroschene Konversation ermüdete ihn zunehmend. Einzig die goldene Litze an der Schulter des Commissioners blinkte im Kerzenschein vor ihm auf und hielt ihn wach.

«Arabella ist Ihnen gewiß eine vortreffliche Stütze, Lady McNaghten», sagte ein gesichtsloser Kriecher.

«Das ist sie wirklich», prahlte Mama, «aber sie ist auch eine pflichtbewußte Nichte. Dauernd besucht sie ihre Tanten und Onkel. Das

ist eine der Verpflichtungen – und Segnungen – einer großen Familie. Es ist so hübsch, euch zusammen tanzen zu sehen, ihr junges Volk.»
Ein Stupser in Lestrades Schulter machte ihn darauf aufmerksam, daß Lady McNaghten mit ihm sprach.
«Ich bin entzückt, Madame», sagte er, hob sein Glas ein wenig kraftlos, wobei ihm zu seinem Entsetzen bewußt wurde, daß Arabellas Mutter sie zusammen gesehen hatte, vielleicht gar, eine weit schlimmere Vorstellung, ‹schwärmerisch ihre Namen verknüpft› hatte, wie es solche Mütter immer tun. Zum Glück für Lestrade begann die Kapelle plötzlich, die Nationalhymne zu spielen. «Er ist da», hörte man den Commissioner rufen, der seine Gattin einem Lakaien überantwortete und schnurstracks auf die Haupttreppe losmarschierte. Die Gäste, die saßen, erhoben sich, und bald wurde allen, je nach dem Grad ihrer Nüchternheit, bewußt, wer der überraschende Ehrengast war. Genaugenommen waren es ihrer acht, doch die beiden an der Spitze waren die bekanntesten. Der erste war ein kahl werdender, bärtiger Mann mit Glotzaugen, dessen immense Leibesfülle irgendwie in die kunstvoll gearbeitete Galauniform eines Colonels der 10. Husaren gezwängt war. Das war «Bertie», der Prince of Wales. Hinter ihm, jünger, schlanker, mit langem Hals und dünnem Schnurrbart, doch in derselben Uniform und mit denselben Glotzaugen, stand sein Sohn, Prince Albert Victor Christian Edward, der Duke of Clarence.
«Du lieber Gott», zischte Lestrade, «sie haben ihn rausgelassen.»
«Keine Umstände, nur keine Umstände», sagte der Prinz. «Ich bitte um Vergebung, Gentlemen, daß ich unangemeldet komme. Und dazu noch ohne Kostüm. Wieder mal eines dieser garstigen Regimentsessen. Ich konnte in der Offiziersmesse ja nicht als Guy Fawkes erscheinen, nicht wahr?»
Die Versammlung wollte sich angesichts der albernen Bemerkung vor Lachen ausschütten. Lestrade sah McNaghtens Gesicht, das Bände sprach, während er den Duke of Clarence beobachtete. In diesem riesigen Raum, inmitten dieser prächtigen Versammlung, gab es nur zwei Männer, denen die Wahrheit bekannt war. Der Name des Duke of Clarence, Eddy genannt, des mutmaßlichen Thronerben, wurde nicht nur mit Männerbordellen in Cleveland Street in Verbindung gebracht. Sein Name hätte auch in McNagh-

tens Ripper-Akten auftauchen müssen. McNaghten wußte es. Lestrade wußte es. Eddy ließ sich in der Öffentlichkeit kaum blicken, doch hier erschien er inmitten der Spitzen von Scotland Yard. Darin lag eine furchtbare Ironie. Lestrade entspannte sich ein bißchen, als Eddy verschiedene Würdenträger vorgestellt wurden. Er wirkte normal, höflich, charmant, wenn auch ein bißchen einfältig. Lestrade kicherte, als McNaghten Eddy vorgestellt wurde, und er beobachtete, wie der Leiter der Obersten Kriminalpolizeibehörde sich die Krawatte zu richten trachtete, die er auf Grund seines Kostüms, einer Rüstung, gar nicht trug. Seine Panzerhandschuhe klapperten lächerlich gegen sein Visier, und er suchte Zuflucht im Tanz mit der nächstbesten Frau. «Vergiß nicht, Eddy», hörte Lestrade den Prinzen sagen, während er sich, vom Alkohol beschwingt, ins Vergnügen stürzte, «die 10. Husaren tanzen nicht.»
«Ganz recht, Vater.» Eddy verbrachte den Rest des Abends schmollend in einer Ecke.

Der Sturm kam auf, als Lestrade ein paar Minuten auf der Terrasse zugebracht hatte. Die Nachtluft war kühl, und anfangs regnete es nicht. Er paffte dankbar seine Zigarre und rieb seine Nase an der Stelle, wo die Maske gescheuert hatte. Hin und wieder erhellte ein Blitz die Terrasse und das angrenzende Buschwerk. Er erkannte die wandernden Gestalten patrouillierender Constables. Alles war in bester Ordnung, alles war ruhig. Doch er hatte einen Mörder am Hals. Und bis jetzt waren alle Bemühungen, ihn zu erwischen, fehlgeschlagen.
«Oh, hallo, Harlekin.» Lestrade fuhr herum. Ein großer bärtiger Husarenoffizier erschien im grellen Licht eines Blitzes.
«Eure Königliche Hoheit.» Lestrade verbeugte sich.
«Prachtvolle Nacht», sagte der Prinz. «Sollte mich nicht wundern, wenn es bald regnet.»
«Ganz recht, Sir.»
«Wer sind Sie?»
«Inspector Sholto Lestrade, Eure Königliche Hoheit, Scotland Yard.»
«Aha, einer von McNaghtens Detektiven, wie?»
«Ja, Sir.»

«Gut, gut. Haben Sie Feuer?»
«Eines haben Husarenuniformen und Harlekinskostüme gemeinsam, Sir: Sie haben keine Taschen. Ich habe meine Zigarre von einem Untergebenen.»
«Sehr richtig», dröhnte der Prinz. «So bin ich auch zu der meinen gekommen.»
«Wäre es zu vermessen von mir, Sir?» Lestrade hielt ihm seine Zigarre hin.
«Nein. Verdammt nett. Ich schmachte schon ein paar Stunden nach einer Zigarre.» Der Prince of Wales sog kräftig an seiner Zigarre, während er sie an das glühende Ende der Lestradeschen preßte. Mit unnachahmlicher Grazie blies er Ringe in die Luft. «Mama – das ist die Königin, müssen Sie wissen – mag meine Raucherei beim besten Willen nicht gutheißen. Ist das nicht lächerlich, Inspector? Ich bin fünfzig Jahre alt, und es ist mir immer noch nicht gleichgültig, was meine Mutter denkt. Haben Sie eine Mutter?»
«Das passiert uns allen, Sir.»
«Ja, ja, sehr wahr. Nun sagen Sie mal, ich habe eine Schwäche für das Unheimliche. An welchem Fall arbeiten Sie zur Zeit?»
«Es tut mir leid, Sir, ich kann nichts preisgeben, nicht einmal dem Thronerben…»
«Ach, Unsinn, Lestrade. Ich weiß von Freddie Hurstmonceux, und ein kleines Vögelchen hat mir erzählt, es gebe da gewissermaßen ein paar weitere Fälle. Es ist nicht allgemein bekannt, daß ich selbst so eine Art Schnüffler bin. Vielleicht kann ich helfen.»
Lestrade begann, sich unbehaglich zu fühlen. Das Gebüsch zu seinen Füßen wurde von Blitzen erhellt. «Dürfte ich die Quelle Ihrer Informationen erfahren, Sir?»
«Das mit Freddie Hurstmonceux weiß ich von Rosebery. Die Sache hat ihn ganz schön mitgenommen. Er liegt Mama in den Ohren, ihm den Hosenbandorden zu verschaffen, wissen Sie. Er ist im Augenblick sehr gesprächig – bei den richtigen Leuten, Sie verstehen.»
«Und das von den anderen?»
«Gibt es noch andere?»
Lestrade begriff, daß er ertappt war.
«Sehr schlau, Königliche Hoheit.»
Der Prinz kicherte. «Ja, das dachte ich mir. Nein, eigentlich wollte ich Sie nicht… wie sagt man… aushorchen. Sie sagen mir nichts

Neues, sondern bestätigen es bloß. Leider kann ich Ihnen nicht mehr sagen. Das wäre ein Vertrauensbruch.»
«Dann werden Sie verstehen, Sir, daß ich ebenso verschwiegen sein muß.»
«Oh, Sie enttäuschen mich, Inspector. Ein Mann ohne Mutter sollte in seinen Handlungen völlig frei sein.»
Bevor Lestrade antworten konnte, gesellte sich eine Schar von Offizieren des 10. Regiments zu ihnen.
«Ich hoffe nicht, Gentlemen, daß Sie mich überprüfen wollen», knurrte der Prinz. Die Gesellschaft lachte pflichtschuldigst. «Attacke!» Er rief einen jungen Lieutenant zu sich.
«Inspector Lestrade, das ist Henry Onslow, der Adjutant meines Sohnes. Er hat zugelassen, daß mein Sohn ihm entschlüpfte. Das mindeste, was er tun kann, ist, Ihnen einen Drink zu besorgen. Ich habe Sie lange genug aufgehalten.»
Lestrade war dankbar für diesen Zwischenfall und kehrte mit dem Lieutenant in den großen Ballsaal zurück. Es schien dem Prinzen wenig auszumachen, daß Eddy seinem Wachhund das Nachsehen gegeben hatte, doch für Lestrade bedeutete es mehr. Es wurde noch bedeutungsvoller, als er entdeckte, daß sein Mann am entfernten Ende des Saales in eine ernste Unterhaltung mit einer gutgebauten schwarzhaarigen Schönheit vertieft war. Sein Arm war fest gegen eine Säule gestemmt, als wolle er ihr den Fluchtweg in den Saal versperren. Zwei andere Dinge ließen ihn seinen Schritt beschleunigen, als er, unterwegs ein Champagnerglas ergreifend, auf das Paar zuging. Zum einen war es die Tatsache, daß es sich bei der jungen Dame um Constance Maulеverer handelte, zum anderen wußte er, daß McNaghten guten Grund zu der Annahme hatte, daß dieser Mann Jack the Ripper war. Vielleicht war es unvernünftig von Lestrade, sich so und nicht anders zu verhalten, eine Ritterlichkeit an den Tag zu legen, die an Torheit grenzte. Als erstes prallte er mit überflüssiger Wucht gegen die Schulter des Duke of Clarence, und dann goß er ihm mit kaum verhüllter Absicht Champagner über das Jackett.
«Tölpel!» Der Duke war nicht erfreut.
«Bitte tausendmal um Verzeihung, Sir. Ihre Goldlitzen haben mich geblendet.»
«Lügner!» Die Lautstärke war so groß, daß die vornehmen Gäste

aufhörten zu tanzen, um auf die häßliche Szene zu starren, die sich entspann.
«Mrs. Mauleverer, nicht wahr?» Lestrade versuchte, das Thema zu wechseln. Sie lächelte, als der Inspector ihr die Hand küßte. Er wurde von einer kräftigen rechten Hand jäh hochgerissen. Für den Bruchteil einer Sekunde blickte Lestrade auf die behandschuhten Finger auf seinem Ärmel. Wenn McNaghten recht hatte, lag in jeder dieser Hände die Macht, über Leben und Tod zu entscheiden. Die großen Augen traten aus den Höhlen und schossen Blitze. «Sie haben mich beleidigt, Harlekin. Wählen Sie Ihre Waffen.»
«Mein lieber Duke», suchte Mrs. Mauleverer zu vermitteln, «ich bin sicher, daß der Inspector nichts Böses beabsichtigte.»
Clarence zügelte sich ein wenig. «Inspector. Sie sind also ein Polizist.»
«Die meisten Anwesenden sind das, Sir. Dies ist ein Polizeiball.»
«Und mein Vater und ich sind Ehrengäste.»
«Nun, Ihr Vater schon.»
«Hol Sie der Teufel, Lestrade. Sie haben mich schon wieder beleidigt.»
Inzwischen waren drei oder vier Offiziere des 10. Regiments zu ihnen getreten. «Ich verlange Satisfaktion.» Das wurde mit so schriller Stimme hervorgestoßen, daß die Kapelle unsicher zu werden anfing. Als Clarences linke Hand vorschnellte und Lestrade einen Schlag ins Gesicht versetzte, verstummte sie gänzlich. «Mein Sekundant wird Sie aufsuchen.»
Lestrade behielt die Fassung, obgleich Mrs. Mauleverer seinen Arm drückte und ihn stumm um Zurückhaltung anflehte.
«Falls Sie mich zu einem Duell herausfordern, Sir, kommen Sie ein paar Jahrzehnte zu spät. In diesem Lande verstoßen Duelle seit Thornton und Ashford gegen das Gesetz.»
Zwei Rufe unterbrachen gleichzeitig die Stille, beide scharf und kehlig, beide höchst peinlich berührt. Die eine gehörte dem Prince of Wales: «Eddy!» Die andere McNaghten: «Lestrade!» Beide Männer erreichten die Streithähne gleichzeitig.
«Lestrade, Sie werden sich auf der Stelle bei Seiner Hoheit entschuldigen!»
«Das habe ich bereits», erwiderte Lestrade gelassen.
«Eddy, es wird Zeit, zu gehen.» Der Prinz und sein Gefolge schoben

Clarence zur Tür, während Eddy finster blickte und knurrte. Die Kapelle intonierte die Nationalhymne mit einigen Mißtönen. McNaghten winkte Lestrade in ein Nebenzimmer und fuhr fort, ihm eine Vorlesung über die Notwendigkeit der Etikette zu halten, die nicht vorschrieb, Königliche Hoheiten zu ärgern.

Einer der vielen Augenzeugen der Szene, Sergeant Forbes, kicherte hemmungslos in einer Ecke. Bandicoot stand mit unbewegter Miene und nüchtern daneben.

«Kommen Sie, Constable. Ihr Inspector hat sein Fett weg. Er hat sich seine Karriere durch und durch versaut.»

«Ihre grobschlächtige Blasiertheit kümmert mich nicht, Sergeant. Der Inspector hat immer seine Gründe.»

«Du lieber Gott, Bandicoot. Ich hätte nicht gedacht, daß es immer noch kriecherische Polizisten gibt. Wenn Sie einen wirklichen Chef wollen, gehen Sie zu Gregson, lassen Sie sich zur Staatssicherheitspolizei versetzen.»

«Ich bin zufrieden mit Lestrade.»

«Sie werden es nie lernen, nie. Kellner...» Forbes schnippte mit den Fingern und bediente sich. Als das Treiben im Saal sich normalisierte, erspähte Forbes ein neues Ziel für seinen messerscharfen Witz.

«Ist das nicht Sherlock Holmes?»

«Ich glaube, es ist der große Detektiv.»

Forbes richtete den Blick gen Himmel.

«Lieber Gott, Bandicoot. Schon wieder diese Speichelleckerei.»

«Sachte, Sergeant. Das ist ein bißchen schroff.»

«Schauen Sie sich die beiden an. Holmes und Watson, wie eine Doppelnummer aus dem Varieté.»

«Entschuldigen Sie mich, Sergeant Forbes, ich denke, ich ziehe die Konversation der Doppelnummer vor.» Bandicoot ging zu Holmes hinüber, der sich als ägyptischer Pharao herausgeputzt hatte. Watson hatte die Gorillamaske mittlerweile abgelegt, da es sich als zu schwierig erwies, den Champagner durch die Gummilippen zu schlürfen.

«Hallo, Banders, alter Junge. Habe nicht geglaubt, daß du hier sein würdest», sagte Watson. «Holmes, kennen Sie Harry Bandicoot? Alter Etonianer, Freund meines Neffen Edward.»

«Ach ja.» Plötzlich kam Leben in Holmes. «Der Atlanta-Washing-

ton-Fall. In dem, was die Leute in Fleet Street lustigerweise Zeitungen nennen, habe ich gelesen, daß Ihr Herr und Meister ihn hat laufenlassen.»
«Ich glaube, das geschah, weil er unschuldig war, Mr. Holmes.»
Holmes schüttelte traurig seine schwarze Perücke. «Es ist ein Jammer. Bei diesen Burschen von Scotland Yard scheint aber auch gar nichts besser zu werden. Aber schließlich», sagte er spitzbübisch zu Watson, «ist er ja ein Freund *Ihrer* Familie.»
«Ich möchte Sie, wenn ich darf, etwas fragen über...»
«Watson wird alle Fragen beantworten. Ich diskutiere meine Fälle nicht in der Öffentlichkeit. Um Himmels willen, Watson, wie konnte ich mich nur von Ihnen überreden lassen, an dieser Farce teilzunehmen. Ich komme mir in diesem Aufzug lächerlich vor.»
«Oh, ich weiß nicht, Holmes. Es dürfte jedem schwerfallen, Sie vom echten Ramses zu unterscheiden.»
Holmes raffte seine fließenden Gewänder und schwebte würdevoll den Nebenräumen zu. «Bringen Sie Ihre Tasche, Watson.»
Die im allgemeinen fröhlich aufgerichteten Schnurrbartspitzen des Doktors erschlafften ein wenig. Er klopfte Bandicoot auf den Arm und folgte dem großen Detektiv. Der Constable erblickte Lestrade, der in entgegengesetzter Richtung den Saal durchquerte. «Sie werden einen Sekundanten brauchen, Inspector», sagte er, ihm den Weg vertretend.
Lestrade blickte ihn durchdringend an. «Sie glauben doch nicht etwa, daß ich mich mit diesem königlichen Hanswurst duellieren werde?»
«Wenn Sie ein Etonianer wären, Sir, bliebe Ihnen keine andere Wahl.»
«Wo ist Mrs. Mauleverer?» fragte Lestrade.
«Ich habe sie nicht gesehen, Sir. Aber Sergeant Forbes scheint sich... äh... an Ihrer Stelle um Miss McNaghten zu kümmern.»
Forbes war der Tochter des Leiters der Obersten Kriminalpolizeibehörde peinlich nahe auf den Leib gerückt. Sie schien darüber nicht unerfreut. «Werden Sie ihn auch anrempeln?»
Lestrade warf Bandicoot einen wütenden Blick zu. Es war nicht sein Abend gewesen. «Miss McNaghten kann selbst auf sich aufpassen.» Und er ging zur Tür. Eine behandschuhte Hand ergriff seinen Arm. «Sholto.» Es war Constance Mauleverer. Lestrade blickte sich

rasch um. Sowohl Forbes wie auch Arabella McNaghten hatten es bemerkt. Bandicoot zog sich taktvoll in den Hintergrund zurück.

«Sholto, was soll werden? Sie können nicht gegen den Thronerben antreten, schon gar nicht meinetwegen. Warum haben Sie ihn beleidigt?»

«Ich kann es Ihnen nicht sagen, Constance.»

«Sie werden das doch wohl nicht zu Ende führen?»

«Natürlich nicht. Constance... ich glaubte nicht, Sie wiederzusehen. Schon gar nicht hier.»

«Ich bin mit meinem Onkel hergekommen, mit John Watson.»

«Watson? Doktor Watson?»

«Ja. Kennen Sie ihn?»

Lestrade lachte. «Und wie! Haben Sie nicht den Unsinn gelesen, den er und Conan Doyle zusammen ausgebrütet haben? Eines Tages werde ich sie beide verklagen.»

«Sie kommen in Onkel Johns Kurzgeschichten vor?»

«In einigen. Teure Dame, ich bin tief verletzt. Nicht, daß meine ‹Auftritte› sehr schmeichelhaft wären. Mr. McNaghten ist alles andere als erfreut, daß Scotland-Yard-Detektive lächerlich gemacht und verspottet wurden.»

«Sholto.» Constance wurde plötzlich ernst. «Ich hasse es, davon anzufangen, aber sind Sie bei der Suche nach dem Mörder meines Gatten ein Stück weitergekommen?»

Lestrade blickte intensiv in die dunklen Augen dieser Frau, die ihn bezaubert hatte. «Ich wußte nicht, daß John Watson Ihr Onkel ist.»

«Ich verstehe nicht.»

«Sie wußten nicht, daß sein Neffe kürzlich ermordet wurde?»

«Edward Coke-Hythe. Natürlich, er war mein Vetter.»

«Warum haben Sie mir das nicht gesagt?»

«Ich hielt es nicht für wichtig... Sie meinen, daß zwischen den beiden Morden ein Zusammenhang besteht?»

«Ich weiß es nicht, Constance. Aber ich weiß, daß die meisten Leute mit Mord überhaupt nichts zu tun haben. *Sie* haben mit zwei Morden zu tun. Es ist gefährlich, Sie zu kennen.»

«Dann stehe ich also unter Anklage?»

«Madame, ich verhafte niemals Damen auf Polizeibällen.» Lestrade küßte ihre Hand. Er geleitete sie inmitten aufbrechender Gäste zur

Treppe des Hotels. Plötzlich stand eine Abordnung von Husaren vor ihnen. Onslow trat vor.
«Inspector Lestrade, ich bin von Seiner Königlichen Hoheit, dem Duke of Clarence, damit beauftragt, Ihnen die Wahl des Zeitpunktes und des Ortes zur Austragung des Ehrenhandels zu überlassen.»
«Ehren... ach ja, natürlich.»
«Sholto.»
«Nein, Constance. Das wird nicht lange dauern. In der Morgendämmerung, Gentlemen. Das bedeutet, daß wir etwa drei Stunden Zeit haben. Zeit genug, um das Headless Chicken in Highgate zu erreichen.»
Onslow salutierte knapp. «Sehr gut, Sir. Seine Hoheit hat sich für Säbel entschieden.»
Lestrade dachte an das Debakel seiner Constablezeit, als er sich durch das Exerzieren mit Entermessern gequält hatte.
«Natürlich», lächelte er.
Onslow und sein Trupp verschwanden.
«Sholto.» Constance ergriff die Hand des Harlekins. «Er wird dich umbringen.»
«Nur über meine Leiche, Constance», lächelte Lestrade.

Duelle

Getreu dem Geist von Melodram und Schauerroman wirbelte ein naßkalter Nebel um die Grabsteine des Friedhofes von Highgate. Zwei Grüppchen kamen in den feuchten grauen Schleiern der Morgendämmerung zum Vorschein, die nebeneinander durch das überhängende Grün von Swain's Lane schritten. Zur Linken ging Seine Königliche Hoheit, der Duke of Clarence, bekleidet mit Feldjacke und Feldmütze der 10. Husaren. Hinter ihm kamen, in Umhänge gehüllt, sporenklirrend und säbelrasselnd, vier seiner Offizierskameraden mit finsteren Mienen und Schnurrbärten. Zur Rechten ging, in seinen Donegal gewickelt, Inspector Lestrade, der wegen der Morgenkühle seinen Arm um Mrs. Mauleverer gelegt hatte, die ein Straßenkleid aus Samt angelegt hatte. Hinter ihnen gingen, im eleganten Cutaway und mit unvorschriftsmäßigem Bowler, Harry Bandicoot und, in seinem einzigen guten Anzug, Walter Dew, beide Constables von Scotland Yard. Es war ein einigermaßen lächerliches und außerordentlich unwahrscheinliches Bild. Es war der Morgen des 16. September 1891. Die Neuzeit war längst angebrochen. Doch ein Mann konnte nicht einfach davonlaufen.

Die Polizeibeamten bezogen ihre Positionen an den Toren der Egyptian Avenue. Die Husaren stampften bis nach oben. Es trat eine verlegene Pause ein, und dann kamen ihnen zwei davon bis zur Mitte entgegen.

«Sholto, hast du Sir Walter Scott gelesen?»

«Leider nein, Constance.»

«Hättest du es getan, wüßtest du, daß die Ritter im Höfischen Zeitalter ein Liebespfand der Damen trugen, wenn sie kämpften. Bitte, trag dies jetzt für mich.» Sie band ihm ihren Seidenschal um den Hals. Er hielt kurz ihre Hand.

«Ich glaube, sie warten auf uns, Sir», sagte Bandicoot.

Lestrade wandte sich an ihn. «Bandicoot. Dew. Keiner von Ihnen dürfte hier sein. Sie sind Polizeibeamte. Sie sollten es beide besser

wissen. Schlimm genug, daß ich in diesen Unsinn verwickelt bin, aber ihr beide...»
«Sie brauchen einen Sekundanten, Sir», unterbrach Bandicoot. «Wer soll Ihren Mantel halten?»
Lestrade gestattete sich ein kurzes Lächeln. «Sehr gut, aber Mrs. Mauleverer sollte nicht hier sein. Dew, begleiten Sie die Dame zum Headless Chicken. Setzen Sie sie in die Kutsche, wenn ich bitten darf.»
«Ich bin bis hierher mitgekommen, Sholto. Ich werde noch ein bißchen länger bei dir bleiben. Und außerdem –» mit festerer Stimme – «würdest du Constable Dew zu einer solchen Zeit nie fortschikken.»
«Sei's drum.» Lestrade grinste. Er warf Bandicoot seinen Donegal zu und legte Jacke und Weste ab. Die zwei Männer gingen den Hügel hinauf, wo Clarence und Onslow warteten. Zu ihrer Überraschung war es Onslow, der Umhang und Jackett ablegte und sich die Hemdsärmel aufkrempelte.
«Die Etikette verlangt es, daß ich nicht gegen Sie kämpfen darf, Lestrade», ließ sich Clarence hochmütig vernehmen. «Immerhin bin ich der Thronerbe. Außerdem –» er zog ein Taschentuch hervor – «spüre ich das Nahen einer Erkältung. Ich denke, Sie akzeptieren Lieutenant Onslow als meinen Vertreter?»
Lestrade verbeugte sich.
«Sie haben sich da einen ziemlich gotteslästerlichen Ort ausgesucht, muß ich sagen», bemerkte der Duke.
«Er erspart die Begräbniskosten», spöttelte Lestrade, «für einen von uns.»
Clarence zog einen Umhang von zwei Kavalleriesäbeln, die über seinem Arm lagen. Bandicoot, der sich als Etonianer auch auf diesem Gebiet auskannte, inspizierte sie sorgfältig und nickte. Lestrade nahm sich einen Säbel und trat zurück, um seine Position einzunehmen. Der Säbel war einen guten Fuß länger als das Entermesser, das er kannte, und er hatte vergessen, wie verflixt schwer das Ding war. Er orientierte sich an Onslow, der seine Knie beugte und die *en garde*-Position einnahm, nachdem er Lestrade mit dem Säbel salutiert hatte. Auf der einen Seite zog Clarence seine Waffe und auf der anderen hielt Bandicoot die Spitzen aller drei Klingen zusammen.
«Was nun?» brach Lestrade das Schweigen, unfähig, die langatmige

Zeremonie ernst zu nehmen. «Drehen wir alle eine Pirouette nach rechts?»

Clarence ließ seine Klinge hochschnellen, und Bandicoot sprang zurück. Für eine Sekunde, die Constance wie eine Ewigkeit vorkam, bewegte sich niemand, dann sprang Onslow vor, und seine Klinge sauste über Lestrades Deckung hinweg und traf dessen Arm. Der weiße Ärmel färbte sich dunkelrot, und Constance stürzte vor, hatte sich jedoch wieder in der Gewalt, bevor Dew eine Chance hatte, sie zurückzuhalten. Onslow richtete sich auf und salutierte.

«Sir», sagte er zu Clarence. Lestrade war benommen, doch er fühlte sich kein bißchen angeschlagen. Sein linker Ellenbogen war taub.

«Noch einmal», schnarrte Clarence.

Bandicoot mischte sich ein. «Nach allen Regeln des Zweikampfes, Sir, sogar bei den weniger bekömmlichen Schlägereien an deutschen Universitäten, ist beim ersten Blut die Satisfaktion gegeben.»

«Ich werde entscheiden, wann das der Fall ist. Noch einmal, Onslow.»

Onslow salutierte abermals und ging in die Auslage. Ein paar Yards entfernt griff Dew nach Constances Arm. Im stillen schlug ihr Herz Lestrade entgegen, dessen linker Arm unbrauchbar herabhing und der sich ein weiteres Mal einem ausgebildeten Fechter gegenübersah. Diesmal erfolgte Onslows Angriff bedächtiger, und Lestrade schlug seine Waffe beiseite.

«Sie geben sich keine Mühe, Onslow. Ich will, daß er eine Lektion bekommt.»

Onslow beschleunigte das Tempo. Seine Füße glitten vorwärts, schneller und schneller, seine Waffe umkreiste Lestrades Säbel, nur ein paar Zoll vom Körper des Inspectors entfernt. Lestrade wich zurück und versuchte, so gut es ging, mit ihm Schritt zu halten. Von rechts hörte er die anfeuernden Worte Bandicoots. Weiter entfernt die Rufe der Husaren und die wütenden Schreie Clarences. In granitenem Schweigen glitten die Familiengrüfte an ihm vorbei, doch alles, was er erkennen konnte, war diese blitzende, auf ihn eindringende Klinge und dahinter Onslows schwitzendes Gesicht. Verzweifelt parierte er und schlug zurück, einmal, als er im Rücken eine ägyptische Säule spürte, mit beiden Händen. Onslows Säbel fuhr knirschend knapp an Lestrades Gesicht vorbei. Er duckte sich unter seinem Arm und traf ihn oberhalb der Rippen, so daß das weiße

Hemd sich purpurn färbte. Nach Atem ringend, fiel er auf seine Knie. Onslow stolperte rücklings gegen ein Grabgewölbe.
«Das war's», krächzte Lestrade, an Clarence gewandt, «nichts mehr. Nichts mehr.»
«Hol Sie der Teufel, Lestrade. Sie werden keinen meiner Offiziere zerhauen und ungeschoren davonkommen. Onslow, können Sie weitermachen?»
Der Lieutenant kam irgendwie wieder zu sich.
«Dann machen Sie weiter.»
Lestrade zuckte zusammen, als der Säbel an seinem Gesicht vorbeizischte und ihm ein kleines Stück seiner Nasenspitze abschnitt. Er machte vom Boden einen Satz nach vorn und streifte Onslow an der Hüfte.
«Schluß damit, Jungens!» Alle Augen richteten sich auf die ferne Stimme. Am oberen Ende des Abhangs stand wie ein Schattenriß vor dem Morgenhimmel eine einsame Gestalt. Der Umriß stellte ein unmittelbares Problem dar. Zwar wirkte er im großen und ganzen militärisch, und die Gestalt trug auch eine Bärenmütze der Husaren, doch offenbar auch einen Rock und stützte sich dazu noch auf ein Fahrrad.
«Bei Gott, der Colonel», flüsterte einer der Offiziere.
Für eine flüchtige Sekunde spielte Clarence mit dem Gedanken, es könne sich um seine furchterregende Großmutter handeln, die eine ihrer unbenutzten Uniformen eines Regimentschefs trug. Doch die Absurdität dieser Vorstellung verbannte sie aus seinem Kopf. Mit erstaunlicher Geistesgegenwart warf Bandicoot Lestrades Donegal über die beiden Säbel und die blutenden und schwitzenden Kämpfer und versuchte, so unbekümmert dreinzuschauen, als sei es die natürlichste Sache der Welt, daß sich zwei Männer so früh am Morgen auf dem Friedhof von Highgate befanden, noch dazu aus Säbelwunden blutend.
Der Eindringling sprang in den Sattel des Fahrrades, scheuchte die Husarenoffiziere beiseite, die erstaunt Platz machten. Die Gestalt kam quietschend in der Mitte des Kampfplatzes zum Stehen. Alle Anwesenden starrten sie verblüfft an. Vor ihnen stand eine ältere Dame, herausgeputzt wie eine groteske Bühnenfigur, in dem reich verzierten, pelzbesetzten Mantel und der hohen Bärenfellmütze des Husaren-Leibregiments Nr. 11 des Prinzen Albert.

«Aha, dich kenne ich, mein Junge.» Sie deutete mit gebieterischem Finger auf Clarence. «Du bist Eddy, nicht wahr? Oh, ich bin seit Jahren nicht mehr bei Hof zugelassen. Deine Großmutter hat James nie verziehen, daß er mich geheiratet hat. Aber über euren Hofklatsch halte ich mich auf dem laufenden, weißt du. Im übrigen hast du die Glotzaugen deines Vaters.»
«Madame, ich weiß nicht, aus welcher Irrenanstalt Sie entsprungen sind, aber ich möchte doch ernsthaft vorschlagen...»
«Kommen Sie, Sir», mischte sich einer der Husaren ein, «sollten wir nicht lieber das Feld räumen?»
Widerstrebend ließ sich Clarence zu den Haupttoren den Hügel hinaufführen, wo die Kutschen warteten. Bevor er ging, schüttelte Onslow Lestrade die Hand. «Sollten Sie der Polizeiarbeit je überdrüssig werden, Sir, wären wir stolz, Sie bei den 10. Husaren begrüßen zu dürfen.»
Constance wickelte den Donegal um Lestrades Schultern und tupfte ihm das Blut von Mund und Kinn. Ihre Augen waren feucht und heiß. «Ihr Liebespfand, Mylady.» Lestrade rang sich eine für ihn ungewöhnlich extravagante Floskel ab und entledigte sich des Schals.
«Kommen Sie, Sie brauchen Hilfe», verkündete die alte Husarin. «Sie, junger Mann –» sie meinte Bandicoot – «nehmen mein Fahrrad und machen sich auf den Weg. Ich verfüge in der Nähe oben auf dem Hügel über einen verschwiegenen Schlupfwinkel. Das Haus heißt Quorn. Richten Sie aus, man solle dort ein Zimmer –» mit einem Blick auf Constance – «für zwei Personen herrichten.»

In der Runde erhob sich stummer Protest, doch die beiden Damen nahmen Lestrade, der durch den Blutverlust geschwächt war, in die Mitte und geleiteten ihn zum Tor.
Dew ging ein paar Schritte hinter ihnen und spähte ängstlich durch die Morgendämmerung, ob sich irgendwo Streifenpolizisten blikken ließen. Jetzt einem pflichteifrigen Constable zu begegnen, wäre ausgemachtes Pech gewesen.

Lestrade fiel in einen unruhigen Schlaf. Sein Kopf hämmerte, sein Arm schmerzte, und seine Nase war gefühllos. Aber er hatte ein Duell überstanden und schlief ein, die Hand jener Frau haltend, die für ihn zweifellos sehr wichtig geworden war. Als er schließlich erwachte, begann er sich über die Situation klarzuwerden. Das Zimmer, in dem er lag, war recht hübsch, typisch obere Mittelklasse, vollgestopft mit Erinnerungsstücken an ein früheres Zeitalter. Von irgendwo hörte er eine Uhr schlagen – viermal. Die Rolläden waren heruntergelassen, doch draußen war es Tag. Mein Gott, vier Uhr nachmittags. Er mußte zum Dienst. Es wurde Zeit, daß er sich aufrappelte.

«Sholto.» Constance glitt geräuschlos ins Zimmer. «Du solltest noch nicht aufstehen, Liebster.» Lestrade erkannte die Klugheit ihrer Bemerkung, als er aufrecht saß. Sein linker Arm war fast steif, und seine Nase schien bis zur gegenüberliegenden Wand zu reichen.

«Wie spät ist es?» fragte er.

«Kurz nach vier. Soll ich Tee bringen lassen? Lady Cardigans Dienerschaft ist höchst zuvorkommend.»

«Cardigan? Oh, ich verstehe. Das erklärt die Uniform.»

«Ja, mein Lieber. Während der letzten beiden Tage habe ich mich viel mit ihr unterhalten. Seit ihr Gatte, der VII. Earl, gestorben ist, hat sie seine Uniform immer getragen, wenn sie sich öffentlich zeigte. Das erleichtert ihr ein wenig den Schmerz über seinen Tod. Oh, er hatte sein Leben genossen, und sie wußte nur zu gut, daß er ihr nicht immer treu war, doch auf ihre Weise mochten sie sich. Vor ein paar Jahren hat sie mit dem Radfahren angefangen. Sie fährt überallhin.» Constance kicherte. «Sogar durch die Kolonnaden am Highgate Friedhof, wie es scheint.»

«Zwei Tage?» Lestrade stand mit einem Ruck auf und wünschte sogleich, er hätte es nicht getan. «Gütiger Gott, Weib, bin ich schon zwei Tage hier?»

«Beruhige dich, Sholto. Ich bin es nicht gewohnt, als Weib tituliert zu werden, schon gar nicht von einem Mann, den ich kaum kenne.» Sie lächelte ihn spöttisch an.

«Tut mir leid, Constance. Lieber Gott, Frau, hier bin ich, mit einer Hemdhose bekleidet um vier Uhr nachmittags, und da bist du, eine vor kurzem verwitwete Lady, im Haus einer verrückten Exzentrikerin, die...»

«Das ist nicht sehr freundlich, Sholto. Lady Cardigan ist gewiß exzentrisch, aber sie hat uns ihr Londoner Haus und ihre Dienerschaft

vollständig zur Verfügung gestellt. Sie ist nach Deene, in ihr Landhaus, zurückgekehrt. Sie findet, daß London jetzt, nachdem die Saison zu Ende ist, schrecklich langweilig ist. Im übrigen wußte ich nicht, daß du so prüde bist. Wir schreiben das Jahr 1891, weißt du. Ich habe gehört, das kommende Jahrzehnt werde als die ‹ungezogenen Neunziger› in die Annalen eingehen. Möchtest du mit mir zusammen nicht auch ein kleines bißchen ungezogen sein?»
«Madame, Sie haben mich nicht verstanden. Am Samstag morgen, dem Sechzehnten, hatte ich das Duell. Welcher Tag ist heute?»
«Dienstag der Neunzehnte.»
«Genau. Ich habe einen Arbeitstag versäumt und bin kurz davor, einen weiteren zu versäumen.»
«Bandicoot hat dich mit Grippe krank gemeldet, Liebster. Sie grassiert gerade. Niemand wird wegen deiner Abwesenheit Fragen stellen. Dürft ihr denn bei der Metropolitan Police nicht mal krank werden?»
«Nicht in Abteilung H.» Lestrade ließ sich schwer auf das Bett zurücksinken. Ihm war klar, daß er erschöpft war. Der Gedanke, mit Kutsche oder Zug in seine Wohnung und von dort zum Yard zu fahren, wo ihn ein Berg von Schreibtischarbeit erwartete, behagte ihm nicht. Ganz zu schweigen vom *Struwwelpeter*-Fall. Und vor ihm im Halbdunkel saß die schönste Frau, die er je gesehen hatte. Er blickte auf ihr lächelndes, warmes, sanftes Gesicht. Er streckte seinen unversehrten Arm aus und fuhr mit den Fingern um die glatte Wölbung ihrer Wange. Sie drückte ihren Kopf in seine hohle Hand und küßte seine Finger. Lestrade nahm mit beiden Händen ihren Kopf und küßte sie leicht auf die Stirn.
«Ich werde nicht zerbrechen, Sholto», sagte sie, und ihre Lippen fanden sich in der Dämmerung. Es war nicht die romantischste Liebesnacht aller Zeiten. Lestrade war nie ein Frauenheld gewesen. Natürlich war er kein Anfänger, doch gewiß ein wenig eingerostet, und die meisten seiner Muskeln waren erst vor allzu kurzer Zeit auf die Probe gestellt worden und jetzt kaum locker genug. Constance war natürlich keine Jungfrau mehr, doch trotz ihrer äußerlichen Dreistigkeit war sie gleichwohl eine Frau ihrer Zeit, und das neue Jahrzehnt war noch nicht kräftig genug, um die ehrwürdigen Traditionen eines Lebens beiseite zu fegen.
Beim zweitenmal war es schon besser; beide waren sie gelöster. Es

war beinahe Mitternacht, bevor Constance zusammengerollt in Lestrades Armen lag, ihr schwarzes Haar gegen seine Brust geschmiegt. «Erzähl mir von *Strubbelkopf-Peter*», flüsterte sie. Lestrade rutschte unbehaglich hin und her. «In einem solchen Augenblick?» fragte er.
«Sholto, vor zwei Tagen hätte man dich töten können. Mein Gatte und mein Vetter sind bereits tot. Vielleicht ist jetzt nicht der rechte Zeitpunkt. Aber es ist vielleicht der einzige. Morgen oder übermorgen wirst du zu deinem geliebten Yard zurückkehren. Ich muß zurück nach Warwickshire.»
Er drehte ihren Kopf zu sich. «Was ist, wenn ich möchte, daß du bleibst?» fragte er.
Sie nahm seine Hand und preßte sie heftig. «Du bist ein Polizist, ein Detectiv-Inspector. Ich bin eine verwitwete Lady mit bescheidenem Vermögen und ohne Zukunft. Wir passen nicht zueinander, Sholto. Wir würden nicht miteinander auskommen.»
«Du hast mir einmal gesagt, die Konvention wäre dir völlig gleichgültig», erinnerte er sie.
«Das dachte ich einmal», erwiderte sie. «Vielleicht bei einem anderen Mann, zu einer anderen Zeit. Aber sage mir, was geschehen würde, wenn deine Vorgesetzten entdeckten, daß du hier warst, dazu noch mit mir zusammen?»
Lestrade gluckste. «Ich würde ein weiteres Mal von Sir Melville Prügel beziehen, dann folgte eine kurze Untersuchung, und sie würden mich rausschmeißen. Dein Name würde vermutlich durch den Schmutz gezogen, wenn sie ihn auch von mir nicht erfahren würden; wahrscheinlich würden sie dieses Haus als Bordell mit Brettern vernageln und Lady Cardigan als Puffmutter verhaften lassen. Der Commissioner ist ein Pedant, wenn es um die Moral seiner Männer geht.»
«Genau. Das bedeutet für keinen von uns eine strahlende Zukunft, oder?»
Er wollte etwas erwidern, doch sie brachte ihn mit einem Kuß zum Schweigen.
«Wieso weißt du etwas von *Strubbelkopf-Peter*?» fragte er.
«Ich weiß nur das wenige, was ich auf dem Ball zufällig mit anhörte. Ein Orang-Utan sprach sehr vertraulich mit Marie Antoinette, glaube ich.»

«Du lieber Gott, Arabella McNaghten hat's Forbes abgeschmeichelt. Ich werde ihn umbringen.»
«Oh, Sholto, ist das das Geheimnis? Ist sie nicht die Tochter des Leiters eures... wie nennt ihr das... S. I. D.?»
«C. I. D. Das spielt keine Rolle. Die Vorschriften sind völlig eindeutig. Alle Fälle sind Verschlußsachen. Einzelheiten dürfen an Privatpersonen nicht weitergegeben werden. Forbes wußte das. Ich werde diesen Bastard... Verzeihung, meine Liebe... ich werde diesen Bastard wieder zum Streifenpolizisten machen.»
«Sholto.» Sie drehte sich im Bett herum und preßte ihre nackte Hüfte gegen ihn. «Soll das heißen, daß du mir nichts über diesen Fall erzählen wirst?»
Sie streichelte Lestrade zwischen den Beinen. Ihre Finger liebkosten ihn erst leicht, dann kräftiger, als er sich der Lage gewachsen zeigte.
«Hör damit auf, Constance», rief er kichernd, «ich bin so schrecklich kitzlig.»

Während er zum Yard zurückfuhr, dachte Lestrade noch einmal über ihren Abschied nach. Sie ginge fort, hatte sie gesagt. Zurück nach Warwickshire. Um das Haus zu verkaufen. Um wegzuziehen. Um neu anzufangen, ohne Erinnerungen, ohne Kummer. Wollte vielleicht ihren Namen ändern. Irgendwohin gehen, wo niemand etwas von Albert Mauleverer wußte, wo *Struwwelpeter* mit seinen miserablen Frechheiten nichts als ein Märchen für Kinder und keine düstere, unheimliche Wirklichkeit war. Lestrade hatte den Kopf geschüttelt, als er ihre Hände hielt. Er spürte einen eisernen Klumpen in der Kehle. Er war kein Mann vieler Worte. Er war kein Troubadour aus einem Roman von Sir Walter Scott. Er war nicht so beredt, wie er es um Constances willen gern gewesen wäre. «Ich werde dich finden», war alles, was er sagte. «Wenn dieser Fall vorüber ist, werde ich dich finden.» Da war sie an der Reihe, den Kopf zu schütteln. Sie weinte nicht. Ihre Stimme brach nicht, ihr Lächeln war so geheimnisvoll und unergründlich wie immer. Tief in seinem Inneren hatte Lestrade geschluchzt, doch er war ein hartgesottener Polizist, und nichts verriet seine Gefühle. Zumindest hoffte er das.
Trotz des Durcheinanders in seinem Kopf spürte er, daß die Atmosphäre im Yard etwas Bedrückendes hatte. Er bemerkte, daß wäh-

rend seiner kurzen Abwesenheit das Baugerüst entfernt worden war und die neuen Räumlichkeiten in der Nachmittagssonne schimmerten, die über dem Fluß leuchtete. Doch das Haus glich einer Leichenhalle. Ein grimmiger, stummer Wachhabender salutierte ihm. Er betrat den Lift mit zwei Detektiven aus Gregsons Abteilung, deren Gesichter aschfahl waren.
«Sir Melville wünscht Sie zu sehen, Sir», sagte Constable Dew, als Lestrade sein Büro betrat. Es gab keine fröhliche Begrüßung, keine Tasse Tee, keine Nachfrage nach dem Wohlergehen des Inspectors. Lestrade klopfte an die furnierte Tür. Ein Knurren bedeutete ihm, einzutreten.
McNaghten wirkte zehn Jahre älter. Plötzlich sah Lestrade seine ganze Karriere platzen. Jemand, Lady Cardigan vielleicht, die ihre Freundlichkeit bereute, oder Clarence, der verärgert war, hatte ihn verpfiffen. Er war fast versucht, in seine Tasche zu fassen und McNaghten seine Handschellen und seine Trillerpfeife auszuhändigen.
«Forbes ist tot», sagte McNaghten.
«Forbes?» wiederholte Lestrade.
«Tot. Mord im Verbrecherviertel. Seine Leiche wurde heute morgen in einer Gasse unweit The Minories gefunden. Ich habe Constables hingeschickt. Wo, zum Teufel, waren Sie?»
«Äh ... mit Grippe im Bett.» Es bestand kein Grund, jetzt alles aufzudecken. Dadurch wurde nichts gewonnen.
«Es gefällt mir nicht, Lestrade», McNaghten strich wiederholt seinen Schnurrbart und glättete bei jedem dritten oder vierten Strich seine Krawatte, «wenn ein Polizist in Ausübung seiner Pflicht umgebracht wird. Ich mag das überhaupt nicht.»
«Aber was hatte er in The Minories zu suchen, Sir? Er sollte am *Struwwelpeter*-Fall arbeiten. Alle meine Männer sind damit beschäftigt.»
«Laut Bandicoot hatte er einen Tip bekommen. Ich vermute, ein Spitzel sagte ihm, er solle um Mitternacht zu The Minories kommen.»
«Und er ging allein hin?»
«Lieber Himmel, Lestrade, Sie und ich haben das dutzendmal getan.»
Lestrade lachte innerlich. Auf ihn selbst traf das zu, doch was seinen

ziemlich bequemen Vorgesetzten anging, hatte er Zweifel. Er wußte, daß McNaghten sein Leben lang nicht ein einziges Mal Streife gegangen war.
«Aus lauter Sorge, Ihren Informanten zu verschrecken, nehmen Sie doch nicht den halben Yard mit, oder? Kommen Sie allein, sagt der Mann, und wenn Sie haben wollen, was er anzubieten hat, gehen Sie allein.» Das hörte sich immerhin vernünftig an.
«Er muß ausgeraubt worden sein. Seine Uhr ist weg. Wir wissen nicht, ob er Geld bei sich hatte. Es ist anzunehmen, denn er wollte ja einen Spitzel treffen. Ich will den Mann, der das getan hat, Lestrade. Sie werden den *Struwwelpeter*-Fall liegenlassen und alle Ihre verfügbaren Männer darauf ansetzen. Sie können Hunde haben, Verstärkung aus Jones' Abteilung, alles, was Sie wollen. Aber zeigen Sie's diesem Abschaum.» Um seine Worte zu unterstreichen, schlug er auf den Tisch. «So wahr ich hier sitze, niemand bringt einen Polizisten um und kommt ungeschoren davon!»

Lestrade polterte über den Korridor zum Leichenschauhaus. McNaghten mußte außer sich gewesen sein, denn er hatte ihn nicht nach einer Erklärung für seine verbundene Nase gefragt. Er hatte sich kunstvolle Erklärungen für diesen Fall zurechtgelegt, die auf einen unglücklichen Zusammenprall mit einer Kutschentür hinausliefen. Offiziell hatte er sich auch den Arm verstaucht, falls jemand fragen sollte, warum dieser schlaff herunterhing. So wie die Dinge jetzt lagen, hätte er sich diese Mühe sparen können. McNaghten war mit seinen Gedanken ganz woanders. Tatsächlich beschäftigten sie sich überwiegend mit der Leiche des Mannes, die jetzt im glänzenden, kürzlich mit neuen weißen Kacheln ausgestalteten Leichenschauhaus in Cannon Row vor Lestrade lag. Forbes lag zusammengekrümmt da, ein wenig auf eine Seite gedreht, sein Körper noch in der Totenstarre, während sein Gesicht noch immer einen schwachen Ausdruck von Überraschung zeigte. «Stich durch das Herz», sagte der Leichenbestatter fröhlich. «Waffe mit dünner Klinge. Könnte eine Hutnadel gewesen sein.»
«Eine Hutnadel?» fragte Lestrade ungläubig. «Sie züchten jetzt einen neuen Typ von East-End-Rabauken, meinen Sie?»

«Dachte ich. Stellen Sie sich vor, ich hatte neulich eine andere Leiche. Wo war das gleich? Ja, jetzt weiß ich's, sie wurde splitterfasernackt nahe Shadwell Stair angespült. Genau dieselben Stichwunden, aber im Rücken.»

«Ich hätte gedacht, ein gewöhnliches Taschenmesser oder ein Schälmesser würde zu einem Seemann oder einer Dirne passen.»

«Sie werden mir verzeihen, wenn ich das sage, Sir, ich meine, eigentlich ist es nicht mein Fach, ich weiß, aber ich bin so etwas wie ein Beobachter der Verbrecherklasse. Ich habe festgestellt, daß Morde in Wellen verlaufen. Ein bestimmter Typ von Waffe schlägt ein und, hastdunichtgesehen, fliegen sie alle drauf.»

Lestrade blickte in die ausgezehrten Züge des Leichenbestatters und auf das in der Mitte geteilte glatte Haar. Alles in allem sah er weitaus schlechter aus als Forbes. Als dem Mann dämmerte, daß seine Amateurschnüffeleien den Inspector nicht sonderlich interessierten, schwenkte er um.

«Es könnte natürlich die Hutnadel einer Dame sein.»

Wenn Lestrade etwas noch weniger paßte, war es das. «Erstechen ist nichts für Frauen», sagte er. «Zu direkt, zu unappetitlich. Seit zwölf Jahren untersuche ich Mordfälle und bin noch nie einer Messerstecherin begegnet.» Doch ganz im geheimen und nicht ganz zu seinem Vergnügen standen ihm mit einemmal das Gesicht und die Gestalt Constance Mauleverers vor Augen. Er unterdrückte den Gedanken auf der Stelle. Zu der Zeit, als Forbes getötet wurde, war sie mit ihm zusammen gewesen. Trotzdem hatte er ein leicht unbehagliches Gefühl. Mit Forbes' Tod stimmte irgend etwas nicht.

«Das hier ist natürlich auch sehr merkwürdig», sagte der Leichenbestatter, zog das grüne Laken zurück und entblößte den bleichen Leichnam. Lestrade prallte sichtbar zurück. Forbes' Hände lagen über seinen Geschlechtsteilen. Vor ein paar Minuten, als die Totenstarre nachzulassen begann, hatte der Leichenbestatter sie in diese groteske Stellung gebracht. Lestrade konnte es nicht glauben. Beide Daumen waren verschwunden.

«Mit einer Schere abgeschnitten, wenn mich nicht alles täuscht. Hartes Stück Arbeit, wenn Sie mich fragen. Der Knochen ist sauber durchtrennt.»

Aber Lestrade war verschwunden. Er streichelte seinen Arm, als er die drei Treppen zu seinem Büro hinaufsprang.
«Können nichts vertragen, diese hohen Tiere», murmelte der Leichenbestatter.

In fieberhafter Eile schlug Lestrade das Buch auf. Da war es:

«Bauz! da geht die Türe auf,
und herein in schnellem Lauf
springt der Schneider in die Stub
zu dem Daumenlutscher-Bub.
Weh! jetzt geht es klipp und klapp
mit der Scher' die Daumen ab...»

«Dew, wo ist Bandicoot?»
«The Minories, Sir. Er sagte, er müsse der Spur folgen, solange sie noch heiß sei.»
«Sie wollen sagen, daß er allein ist?»
«Ja.»
«Herr im Himmel, Mann, Sie hätten mitgehen müssen. Was hat ein alter Etonianer im East End zu suchen? Sie werden ihn zum Frühstück verspeisen. Besorgen Sie eine Droschke, und beeilen Sie sich.»

Es war fast dunkel, bevor Lestrade und Dew ihren Mann aufstöberten. Bandicoot saß in einer Ecke der schwach erleuchteten Kellerbar *White Elephant* in Portsoken Street.
«Ich habe schon ganz Aldgate und Houndsditch durchgekämmt, Sir. Nichts.»
Lestrade deutete auf Bandicoots Bier. «Ich hoffe, das geht nicht auf Spesen. Dew, Sie sind dran mit einer Runde.»
Dew verschwand in Qualm und Gedränge.
«Mit wem haben Sie hier gesprochen?»
«Mit niemandem, Sir... bis jetzt. Aber man sagte mir, jeden Abend gegen acht käme hier ein Augenzeuge herein.»
«Wer?»

Bandicoot griff nach seinem Notizblock. «Ein Mann namens ‹Skinner›, Sir.»
«Skinner?» Lestrade lehnte sich in seinen Stuhl zurück und kicherte still vor sich hin.
«Sir? Kennen Sie diesen Mann?»
«Der einzige, den ich unter dem Namen Skinner kenne, ist ein gewisser Albert Evans, ein menschliches Wrack. Versprechen Sie ihm ein Bier, und er wird Ihnen erzählen, er habe die Kronjuwelen gestohlen. Oh, danke, Constable.» Dew erschien mit den Getränken.
«Wenn er aber etwas gesehen hat, was dann?»
«In Ordnung, ich warte gern. Was haben Sie noch?»
«Nicht viel, fürchte ich. Gestern kurz vor Dienstschluß erhielt Sergeant Forbes eine Nachricht von einem Gassenjungen.»
«Haben Sie den Jungen gesehen?»
«Nein. Der Wachhabende sah ihn. Aber dort habe ich zuerst gefragt. Sie hatten den Jungen noch nie gesehen und würden ihn wahrscheinlich nicht wiedererkennen, wenn sie ihn noch mal sähen.»
«So etwas habe ich gern», knurrte Lestrade. «Gründliche, aufmerksame Polizeiarbeit. Was noch?»
«Dann dachte ich daran, die Nachricht zu untersuchen – die Handschrift und so etwas.»
«Sie machen sich, Banders. Und?»
«Pech, Sir. Sergeant Forbes mußte sie mitgenommen haben, aber er trug sie nicht bei sich, als man ihn fand.»
«Sind Sie am Tatort gewesen?»
«Ja, Sir. Zweihundert Yards von hier in Gravel Lane. Der Constable, der ihn fand, war auf seinem üblichen Streifengang. Er hörte nichts, obwohl er ein paar Minuten zuvor am Tatort vorbeigekommen war. Sergeant Forbes sollte seinen Informanten um Mitternacht treffen. Seine Leiche wurde gegen halb drei gefunden – die Uhr des Constables ging nicht genau.»
«Dieser Constable, hat er Spuren gefunden?»
«Nichts, Sir. Das ist sonderbar. Sergeant Forbes war ein erfahrener Polizist und ein kräftiger Mann. Ich hätte erwartet, daß er sich gegen die Bande zur Wehr setzt.»
«Bande?»
«Die Männer, die ihn umbrachten, Sir.»

Lestrade beugte sich vor. «Hat einer von euch Gentlemen die Leiche gesehen?»

«Nein, Sir», sagten die Constables wie aus einem Munde.

«Seine Daumen fehlen. Hier haben wir es nicht mit einer Schlägerei zu tun, die zu weit ging. Wir suchen nach Agrippa.»

Dew und Bandicoot waren verblüfft.

«Also darum hat Forbes sich nicht gewehrt!»

«Wer immer der Mörder ist, er hat Forbes total überrascht.»

Bandicoot dachte nach. Lestrade sah es an seinem Gesichtsausdruck.

«Wenn ich mich recht erinnere, Sir, hätte das nächste Opfer ein kleiner Daumenlutscher namens Konrad sein müssen. Hatte Sergeant Forbes diese Angewohnheit?»

«Wir brauchen das nicht zu wörtlich zu nehmen, Bandicoot. Aber Sie liegen richtig. Forbes war hinter etwas her. Der Mörder wußte das und mußte ihn aus dem Weg räumen. Es ist das erste Mal, daß wir ihn nervös gemacht haben. Er ist von seinem Muster abgewichen. Oh, die Methode ist korrekt – die Daumen mit einer Schere abgeschnitten, aber bisher hat er sich immer so eng an den Text gehalten, daß ich nicht glauben kann, daß er sich nicht einen Konrad ausgesucht hätte, wäre ihm mehr Zeit geblieben.»

«Wäre es nicht sehr schwer für ihn gewesen, einen Konrad zu finden, Sir?» fragte Dew. «Es kann davon nicht viele geben.»

«Das gebe ich zu», erwiderte Lestrade.

«Warum sollte er sich nicht dennoch an den Text halten?» fragte Bandicoot. «Und Sergeant Forbes trotzdem aus dem Weg schaffen. So daß es aussieht wie ein Mord in der Unterwelt, wofür wir das Ganze ja auch hielten.»

«Ich begreife Agrippas Motive nicht, Bandicoot. Wenn ich's täte, hätten wir ihn in Gewahrsam, oder nicht?»

«Verzeihen Sie, Sir, ist das nicht der Skinner?»

Dew deutete auf die Tür, durch die das Wrack eines älteren, zahnlosen und grauhaarigen Mannes geschwankt war.

«Bandicoot, Ihre Runde. Drei Bier und zwei Gin. Dew, bringen Sie ihn her.»

Die Constables führten ihre Aufträge aus. Zum erstenmal nahm Lestrade seine Umgebung wahr. Der Keller war mit Menschen vollgestopft, die Luft geschwängert von Bierdunst und Rauch. In einer entfernten Ecke sang eine angetrunkene Hure. Drei Männer hatten die Hände unter ihren Rock geschoben, doch sie schien es nicht bemerkt zu haben. Nach der kürzlichen Rückkehr der Hopfenpflücker von den Feldern in Kent hatte das East End sich wieder bevölkert. Das ganze menschliche Leben lag vor Lestrade, als er zusah, wie Dew den sich wehrenden Skinner über den mit Sägemehl bestreuten Boden schleifte. Prostituierte, Diebe, Mörder, sogar der merkwürdige Hilfspfarrer mit Seidenzylinder glitt flüchtig durch sein Blickfeld.

«He, was soll das?» Skinner ächzte immer noch unter dem Griff von Dews Hand, die ihn an seinem nicht übermäßig sauberen Kragen gepackt hatte. «Oh, Sie sind's, Mr. Lestrade, Sir.» Skinner schien im schummrigen Licht noch bleicher geworden zu sein, als er Lestrade erblickte.

«Hallo, Skinner, was macht die Leichenfledderei? Stell die Gläser hin, Bandicoot. Der Gin ist für Mr. Evans.» Dieser griff nach dem Glas, doch Lestrade legte seine Hand über die Öffnung. Er schob seine verbundene Nase bis auf einen Zoll an Skinners bärtiges Gesicht heran. «Wenn er uns erzählt hat, was wir wissen wollen.»

«Hören Sie, Chef, Sie kennen mich. Mein Leben lang hab ich mich in Bridewell rumgedrückt, aber jetzt gibt's in der Gegend ein paar harte Jungens. Ehrlich, wenn einer von denen Wind davon kriegt, daß ich mit einem von Ihrer Sorte spreche, werden Sie mich aus der Themse fischen, und das ist die reine Wahrheit.»

«‹Mit einem von meiner Sorte›, Albert. Das ist nicht sehr schmeichelhaft.»

«Haben Sie ein Herz, Chef.» Skinners Augen huschten durch den Raum. Der Mann war unverkennbar verängstigt.

«Letzte Nacht. Mitternacht. Gravel Lane. Was hast du gesehen?»

«Nichts, Chef.»

Lestrade richtete sich auf und starrte den Mann lange und eindringlich an. «Albert Evans, Leichenfledderer, gemeiner Dieb, Hoteldieb, Ladendieb, Skinner...»

«O nein, Sir!» Evans war beleidigt. «Wissen Sie denn nicht, warum man mich so nennt? Weil ich's nicht tun würde. Es ist unnatürlich.»

«Du hast mich nicht verstanden, Albert. Weißt du, daß in den Gefängnissen dieses Landes 20883 Männer und Frauen einsitzen? Wie

würde es dir schmecken, wenn du diese Zahl um einen vermehren würdest? Und ich rede nicht von Diebstahl, Evans. Wenn man einen Mord nicht meldet, bedeutet das die Tretmühle.»
Skinner sank in seinen Stuhl zurück. Er wurde auf der einen Seite von Dew und auf der anderen von Bandicoot gestützt. «Überlege genau, Skinner. Sechs Stunden am Tag, fünfzehn Minuten rauf, fünfzehn Minuten runter. Du wirst am Tag 8640 Fuß klettern. Und in deinem Fall würden wir natürlich noch den Hemmschuh ansetzen, um es noch schwieriger zu machen.»
«O nein, Sir. Nicht, solange ich lebe. Ich könnte es nicht aushalten, nicht noch einmal.»
«Noch einmal, Mord bringt dich an den Galgen.» Lestrade schlürfte ungerührt sein Bier. «Neulich unterhielt ich mich mit James Berry...»
«Mit dem Henker?» Skinner war totenblaß.
«Das ist er. Er erzählte mir, wie er letzte Woche bei der Hinrichtung in Preston den Galgen falsch berechnete. Zog die Klappe weg und runter ging's mit dem Schurken. Wamm!» Lestrade ließ seine kräftige Faust auf den Tisch heruntersausen. «Unglücklicherweise war das Seil zu kurz, und sein Kopf riß ab. Alles voller Blut...»
«In Ordnung, Chef», jammerte Skinner. «Ich hab verstanden. Ich werd's Ihnen erzählen. Aber ich brauch polizeilichen Schutz.»
«Wir werden dich zur Tür begleiten», sagte Lestrade.
«Also, ich war in Geschäften unterwegs...»
«Leichen fleddern.»
«Ruhe, Dew», sagte Lestrade.
«Da seh ich doch in Gravel Lane zwei Männer sich unterhalten. War 'ne dunkle Nacht, konnte sie also nich deutlich erkennen, aber sie waren beide feine Pinkel. Einer hatte 'nen Zylinder auf und einen Umhang an. Dachte schon, der verdammte Ripper wär zurückgekommen, dacht ich.»
«Und?» Lestrade wollte sich nicht bei Kleinigkeiten aufhalten.
«Konnte nicht hören, was sie sagten. Die beiden flüsterten nämlich. Ja und dann, als ich gerade nach Gaydon Square einbiegen will, holt der Bursche mit dem Zylinder aus und sticht auf den anderen ein, sticht ihn einfach in die Brust.»
«Hast du das Messer gesehen?»
«Nein, Chef. Ich rannte. Das letzte, was ich sah, war, daß der Bur-

sche neben dem anderen kniete. Und da sagte ich mir, das war's, er hat's ihm besorgt.»
«Warum hast du den Vorfall nicht gemeldet?» fragte Bandicoot. Die anderen drei Männer am Tisch blickten ihn spöttisch an.
«Der Mörder», sagte Lestrade, «kannst du dich daran erinnern, wie er aussah?»
«Wie ich schon sagte, Chef, es war stockdunkel. War ein großer Bursche. Bißchen größer als Sie.»
«So groß wie Bandicoot?» Der Constable stand gehorsam auf.
«Nein, würd ich nich sagen. Er ging so komisch.»
«Ging komisch? Was meinst du damit, Mann? Heraus damit.»
«Nun, irgendwie ... ich weiß nich, Sir, als ob ihm die Füße weh tun würden. Kann ich jetzt was zu trinken haben, Chef?»
Lestrade deutete auf die Gläser. Skinner schüttete ein Glas Gin und dann das zweite hinunter, als wären sie Lebensretter.
«Hallo, Skinner.» Eine fremde Stimme ließ sie alle aufblicken. Vier großgewachsene Männer füllten den Raum vor dem erhöhten Tisch. Ihr Sprecher war nach seiner Kleidung und Tätowierung ein Matrose. Bandicoot erkannte ihn sogleich am Geruch. «Schnackst du wieder mit Bullen?»
Wie auf ein Zeichen verstummte die Musik und der Lärm der Betrunkenen. Lestrade sah, daß sich hinter den vier Männern alle Blicke auf sie richteten.
«Wir sind nicht auf Ärger aus», sagte Lestrade zu dem Matrosen.
«Tscha, ihr habt ihn aber trotzdem.»
Bandicoot stand auf, wuchtig und in tadelloser Haltung. «Ich möchte Sie warnen. Wir sind Beamte von Scotland Yard», sagte er.
Einer der Männer hinter dem Matrosen spuckte auf den Boden.
«Haben Sie das Schild nicht gelesen?» fragte Lestrade auf die entfernte Wand zeigend. «Hausieren verboten. Nicht auf den Boden spucken.»
«Ist ein kräftiges Kerlchen, nich wahr?» sagte ein anderer Mann zu seinem Kumpan und fixierte Bandicoot.
Lestrade wandte sich an den Constable. «Warum erzählen Sie ihnen nicht, daß Sie in Eton einen Preis im Boxen gewonnen haben? Das würde sie zu Tode erschrecken.»
«Finden Sie nicht, daß das ein bißchen arrogant wäre, Sir?»

«Skinner, du bist ein toter Mann», fauchte der Matrose und feuerte eine kräftige Rechte gegen ihn ab. Bandicoot fing den Schlag in der Luft ab, wirbelte den Mann herum und beförderte ihn mit einem Tritt in die Menge. Ein Gebrüll setzte ein, als der Kampf begann, und Tische und Stühle wurden durcheinandergeworfen, als die Menge sich die besten Aussichtspunkte suchte. Der Matrose rappelte sich auf, dessen Stolz mehr verletzt war als alles andere. Skinner war im Qualm verschwunden. Zwei andere Schläger mit Mützen und Affenjäckchen machten sich an den erhöht stehenden Tisch heran. Lestrade und Dew waren längst aufgestanden, und der Inspector begann ruhig, auf die Mitte des Raumes zuzugehen. Hundert Meilen von ihm entfernt, so schien es ihm, lag die Treppe, in ein geisterhaftes grünes Licht getaucht. Er sah den Schlag von links kommen, doch sein linker Arm war zu steif und wund, um ihn abzublocken. Er wirbelte herum, und sein Schlagring krachte direkt mit der ungestüm geschwungenen Faust zusammen. Der Schläger fiel mit gebrochener Hand zu Boden. Auch Lestrade wankte und seine Faust schmerzte. Nur sein Werkzeug hatte ihn vor dem Schicksal seines Gegners bewahrt. Zwei andere Männer drangen auf Dew ein, und Lestrade sah den tapferen Polizisten zum letztenmal, als Dew in einem Gewirr von Armen und Beinen verschwand. Bandicoot fing die Schläge mit seinen Schultern ab, und Lestrade sah, wie er einen der kleineren Schläger hochwuchtete und ihn der Länge nach auf die Theke warf. Immer mehr Zuschauer wurden nach und nach in das Handgemenge verwickelt.

Als der Menge klar wurde, daß die drei Polizisten immer noch recht ordentlich auf den Beinen waren und drei Schläger bewußtlos auf dem Boden lagen, machte sich eine bösartige Stimmung breit. Es trat eine unheimliche Pause ein, das Geschrei verstummte, und dann kamen fast gleichzeitig vier Messer zum Vorschein, die im schwefelgelben Licht blinkten. Jeder der drei Polizisten bereitete sich auf seine Weise auf den Angriff vor. Lestrade zog sein Schnappmesser, was Bandicoot und Dew gewiß verblüffte, wenn nicht gar die Gäste des *White Elephant*. Bandicoot griff sich einen Stuhl und sah aus wie ein wenig überzeugender Löwenbändiger. Dew packte die ersten besten Zinnkrüge, nahm zwei in jede Hand und wartete.

«Bereitet euch auf den Herrn vor!» bellte eine rauhe Stimme und zerriß die Stille.

Alle Augen richteten sich unverzüglich auf die Treppe. Auf halber Höhe, ein Schattenriß vor dem Licht der Gaslaternen auf dem Green, stand ein weißhaariger, zottelbärtiger Mann in einem halbmilitärischen Gehrock. Das Licht schien sein Haupt zu umspielen, als trage er einen Heiligenschein. Um ihn versammelte sich eine Schar kräftiger uniformierter junger Männer. Er stieg die Stufen hinab. Seine Fußtritte waren das einzige Geräusch im ganzen Keller.
«Bereue, Sünder!» fauchte er den Rabauken an, der ihm am nächsten war, und ließ seine schwere Bibel auf den Kopf des Mannes krachen. Der Schläger brach inmitten umgestürzter Stühle zusammen.
«Du ebenfalls, Bruder!» Und er schmetterte einem zweiten Mann die Messingschließen der Bibel in die Zähne. Bevor er den dritten erreichte, waren alle zurückgewichen, und ein paar der Radaubrüder waren heimlich zur Treppe geschlichen.
«Keiner verläßt den Saal!» Der furchteinflößende alte Mann machte ein Zeichen zur Treppe, und seine Gehilfen formierten sich zu einer massiven blauen Mauer.
«Es ist Zeit für eine Gebetsversammlung.»
Zur Verblüffung der Constables beugte die Versammlung – Hure, Taschendieb und Trunkenbold gleichermaßen – die Häupter, als wären sie in einer Kirche. Lestrade durchquerte verstohlen den Raum. «Etwas für Ihre Kollekte, General?» Er zog einen Sovereign aus seiner Manteltasche.
«Und etwas für Sie, Inspector.» Der alte Mann zog ein Buch aus der Rocktasche und drückte es Lestrade in die Hand.
«Nehmen Sie den Hut ab, Dew», knurrte Lestrade, «Sie stehen einem großen Mann gegenüber.»
Die Versammlung am oberen Ende bildete eine Gasse, um die Polizisten durchzulassen.
Oben in der Gasse angekommen, war es Dew, der als erster das Schweigen brach. «War das etwa...?»
«General William Booth von der Heilsarmee, Söhnchen. Und danken Sie seinem Gott, daß er rechtzeitig auftauchte.»
Aus dem Schankraum des *White Elephant* waren die Klänge von «Stehet fest zu Mir» zu hören, untermalt vom nachhinkenden Klappern eines Tamburins. Bandicoot lugte über Lestrades Schulter, um einen Blick auf das Buch zu werfen. *Im dunkelsten England.*

«Und gibt es eine ‹Rettung›, Inspector?»

«Da fragen Sie mich zuviel, Bandicoot. Gehen wir.»

«Da ist noch etwas, Sir. Was meinte Skinner, als er sagte, skinnen sei unnatürlich? Was tut ein Skinner eigentlich, Sir? Ich fürchte, von der ganzen Unterhaltung habe ich nichts verstanden.»

«Jeder frischgebackene Bobby kann Ihnen das sagen, Bandicoot. Ein Skinner lockt Kinder in dunkle Gäßchen und stiehlt ihnen die Kleider.»

«Kein Wunder, daß er dieses Verbrechen für unnatürlich hielt», sagte Bandicoot angewidert. «Offenbar hat er doch einen Hauch von Moral.»

Lestrade kicherte. «Nein, nein, Bandicoot. Skinner hält diese Tätigkeit für unnatürlich, weil es eine Arbeit für Frauen ist. Sie würde seine Männlichkeit verletzen. Dew, rufen Sie mir eine Kutsche zu The Minories. Wir müssen ein paar Schrammen versorgen lassen.»

Und Dews Stimme widerhallte, als er in der Dunkelheit verschwand: «Eine Kutsche zu The Minories!»

Seancé an einem kalten Donnerstagabend

Diesmal warteten zwei Trauerbriefe auf Lestrade. Beide kamen zwei Tage nach dem Mord an Forbes. McNaghten hatte die Suche nach «Agrippa» verstärkt, nach Agrippa, dem Phantom. Sechsundzwanzig Constables und drei Sergeanten waren aufgeboten worden, doch das Klopfen an ungezählte Haustüren hatte nichts ergeben.
Der erste Brief, den Lestrade erwartet hatte, lautete:

Die Tür flog auf, und wer kam dann?
Der große rote Scheren-Mann.
Der Schneider kommt und packt fürwahr
Den Daumenlutscher bei dem Haar.
Die Schere macht klipp-klapp, klipp-klapp
Und schneidet beide Daumen ab.

Aus «Agrippa» war ein großer roter Scheren-Mann geworden. Es handelte sich um denselben Mann, das war klar. Also hatte Forbes etwas entdeckt, aber was? Er war irgend jemandem auf der Spur, aber wem? Es war der zweite Brief, der Lestrade verblüffte. Der Scheren-Mann hatte abermals zugeschlagen, obgleich es weder eine Leiche gab, noch das Verbrechen gemeldet worden wäre. Irgendwo lag ein toter Augustus –

Augustus hatte dicke Backen
Und einen feisten, roten Nacken;
Und jedermann war ganz entzückt,
Wenn er das Pausbäckchen erblickt…

Jenseits des dämmrigen Flusses standen die Oktoberbäume dunkel und kahl. Auf dem Heideland schrie ein Brachvogel. Eine Gruppe von Männern setzte sich in Bewegung, nachdem das Boot vertäut war. Ihre Laternen schwankten beim Gehen und warfen Lichtbündel auf die Mauern der Mühle. Inspector Hovey von der Grafschaftspolizei Kent warf einen Blick auf das riesige, schwarze Gebäude, das vor ihm lag. Auf der einen Seite rauschte und sprudelte der Mühlbach, das oberschlächtige Mühlrad ächzte in der grünlichen Dunkelheit. Ein einsames Licht flackerte in einem der oberen Zimmer, hoch zu ihrer Rechten.
«Es ist jemand da», murmelte ein Constable.
«Bitte, Inspector.» Hovey streckte an der Vordertür mit einer einladenden Geste seinen Arm aus. Lestrade zog am Klingelstrang. Weit entfernt, in irgendeiner Halle, hörte man ein schwaches, widerhallendes Läuten.
«Der alte Prendergast ist zu knauserig, Diener zu bezahlen. Und weil er überdies taub ist, werden wir eine Ewigkeit warten müssen», bemerkte Hovey.
«Hier haben Sie das Sagen, Hovey. Verschaffen Sie sich Einlaß.»
«Vowles. Sie sind hier der starke Mann. Öffnen Sie die Tür.»
Constable Vowles gab seine Laterne an einen Kollegen weiter und versuchte sich an der Tür. Sie ließ sich leicht öffnen. «Ein Kinderspiel, Sir», strahlte er. Hovey und Lestrade überhörten die leichtfertige Bemerkung und prallten am Eingang vor lauter gegenseitiger Höflichkeit zusammen.
Es war Lestrade, der schließlich als erster in das dunkle Haus trat und voranging. Es gab kein Gaslicht, noch nicht einmal eine Petroleumlampe, um sich zurechtzufinden. Die Laternen warfen lange Schatten auf die verblaßten Tapeten, die sich im Korridor ablösten. Überall waren Staub und Spinnweben, dick und weiß im Lichtschein.
«O Jesus!» schrie Vowles auf. Die anderen drehten sich um, und die Constables griffen nach ihren Schlagstöcken. «Mäuse», sagte Vowles ein wenig schüchtern.
«Um Himmels willen, Mann, kommen Sie von dem Stuhl runter. Sie sind Polizist.»
Die Männer setzten ihren Weg fort, durchsuchten ein Zimmer nach dem anderen. Leer, stumm, dunkel.

«Das Licht war ganz oben im Haus. Am weitesten vom Mühlrad entfernt», sagte Lestrade.
«Dann müssen wir hier durch.» Nun übernahm Hovey die Führung, schob mit den Ellenbogen Spinnweben beiseite und erreichte den ersten Treppenabsatz. «Gott, es ist kalt.»
Die Tür am Ende des Korridors war fest verschlossen. Vowles und die beiden anderen Constables brauchten mehrere Anläufe, um sie gewaltsam zu öffnen. Der Gestank in der völligen Finsternis trieb sie zurück.
«Jesus, was ist das?» fragte ein Constable.
«Das ist der Geruch des Todes», sagte Lestrade zu ihm.
«Ich bin sicher, dies war der Raum mit der Kerze», sagte Hovey.
Lestrade nahm eine Laterne. «Beim Öffnen der Tür ist sie wahrscheinlich ausgeblasen worden», sagte er. Seine Füße knirschten auf zerbrochenem Glas. Er blickte sich um. Ein Bett, ein Stuhl, eine Anrichte am Fenster. Seine Füße stießen gegen etwas anderes. Es rasselte und klapperte. Es war eine schwere lange Kette. Er hob die kalten Glieder hoch und zog sie straff. Am Ende war etwas befestigt. Als er die Laterne hochhielt, sah er, was es war. Ein alter Mann, gräulich-grün, in einem zerfetzten Nachthemd lag mit dem Gesicht nach unten auf dem Boden. Dicht an seinem Körper teilte sich die Kette, ein Strang führte zu einer Spange am Handgelenk, der andere war mit dem Fußknöchel verbunden. Lestrade sah, daß die Haut rund um die Spangen zerschnitten und durchgescheuert war. Der Mann war bis aufs Skelett abgemagert, seine eingefallenen Augen starrten blicklos zur Decke empor. Lestrade blickte hinauf. Deutlich gegen den dunkelblauen Nachthimmel abgehoben, erkannte er eine Schale mit Obst. Im Schein der Laterne konnte er sehen, daß die Früchte schimmelig und verschrumpelt waren. Schlagartig war ihm alles klar.
«Augustus», sagte er.
«Nein, Isaac Prendergast», verbesserte ihn Hovey, über seine Schulter spähend. «Gott, dieser Gestank.»
Alle Kleider des toten Mannes und der Boden ringsum waren mit Ausfluß bedeckt. Es war jetzt totenstill, lediglich Vowles erbrach sich verstohlen auf dem Treppenabsatz.
«Lassen Sie Ihre Constables die Vordertür bewachen, Inspector», sagte Lestrade. «Vor Tagesanbruch können wir nichts ausrichten.»

Der Tag brach mit einem unfreundlichen Nieselregen aus dem Westen an. Lestrade hatte eine fröstelige Nacht verbracht, kerzengerade auf der Sitzbank in einem Nebenzimmer des Wirtshauses *Folded Arms* sitzend. Er wurde von einem jungen Ding geweckt, das sich mit einem Schürhaken am Kamin zu schaffen machte und sich tausendmal entschuldigte, den «Gentlemann von Lundonn» gestört zu haben. Das Frühstück bestand aus einer Tasse sehr mittelmäßigen Tees, und die Fahrt zurück zur alten Mühle – mit Einspänner und Ruderboot – war ebenso feucht und unangenehm. Vowles stand an den Türrahmen geschmiegt, vor Nässe tropfend, und war fast ebenso blau wie sein Helm. Lestrade warf seinen Donegal ab und hängte das triefende Kleidungsstück einem zweiten Constable über, der in der Halle stand. Isaac Prendergast wirkte jetzt womöglich noch leichenhafter als in der Dunkelheit. Das Zimmer war schmutzig, der Fußboden und das Bett waren mit Kot bedeckt. Der alte Mann mußte mit aller Kraft an den Ketten gezerrt haben, als ob er mit seinem letzten Atem versucht hätte, ans Fenster zu gelangen.

«Das ist unglaublich», murmelte Hovey. «Sieht so aus, als hätte irgendein Bastard ihn so angekettet, daß er das Obst nicht erreichen konnte, weil es ein Stückchen zu weit entfernt war. Etwas Ähnliches habe ich noch nie gesehen, und ich bin zwanzig Jahre bei der Polizei.»

«So etwas werden Sie auch nicht noch einmal sehen, Inspector. Sind Ihre Männer zuverlässig?»

«Sie sind vielleicht nicht so gut wie der Yard, Inspector, aber sie sind Männer aus Kent. Sie wissen, was sie tun.»

«Gut. Dann lassen Sie sie das Haus peinlich genau durchsuchen, in erster Linie dieses Zimmer.»

Hovey setzte eine bedenkliche Miene auf. «Sie verlangen eine Menge ...»

«Hören Sie, Hovey ...» Lestrades Geduldsfaden war nach einer solchen Nacht ein bißchen dünn. «Warum, glauben Sie, bin ich hier, Mann?»

«Das habe ich mich auch schon gefragt.»

«Nennen Sie es den sechsten Sinn, wenn Sie wollen. Sagen wir, der Mord paßte in ein bestimmtes Muster. Isaac Prendergast ist kein Einzelfall. Er ist das neunte Opfer eines Mannes, hinter dem ich her bin. Und ich hänge meine Handschellen an den Nagel, wenn er noch einen weiteren begeht. Sollten also Sie oder einer Ihrer Bauerntölpel mir komisch kommen, werde ich, so wahr mir Gott helfe, dafür sorgen, daß man euch rausschmeißt.»

Die stumme Antwort bewies ihm, daß er den rechten Ton getroffen hatte. Hovey machte auf dem Absatz kehrt und brüllte seinen Männern Befehle zu. Lestrade ging hinaus, um ein wenig frische Luft zu schöpfen. Er sah zu, wie die Regentropfen auf dem Fluß kleine Wellen aufwarfen und die gespiegelten Linien der Mühle sich brachen.

«Er war ein Spiritist, wissen Sie.» Hovey hatte sich zu ihm gesellt. «Ich möchte wissen, ob er zurückkommt.»

Lestrade wandte sich ihm zu und hatte plötzlich das Gefühl, daß es voranging – zum erstenmal, seit dieser Fall ihn beschäftigte.

«Vielleicht wird er wiederkommen», sagte er, «wenn wir ihn rufen.»

McNaghtens Telegramm war ermutigender als Lestrade erwartet hatte. *Machen Sie weiter*, las er. *Habe großes Zutrauen zum Spiritismus. Mehr Dinge zwischen Himmel und Erde usw. Wir brauchen Ergebnisse. McNaghten.* Lestrade fragte sich, wie er dieses Stückchen fraglos sonderbarer Polizeiarbeit rechtfertigen sollte, wenn ihm dadurch die Lösung in den Schoß fiel.

Er wurde von einer Abordnung düster blickender Damen und Herren vom Dymchurcher Spiritisten-Zirkel aufgesucht. Es sei einige Zeit her, sagten sie, seit Isaac Prendergast zu ihnen gehört hätte, doch jedes Mitglied des Zirkels hätte einst gelobt, alle Anstrengungen zu unternehmen, mit einem anderen in Kontakt zu treten, wenn dieses auf der Anderen Seite angelangt sei. Durch einen glücklichen Zufall hatte die große Madame Slopesski den Wunsch zum Ausdruck gebracht, als Teil ihrer Tournee durch Europa und Amerika an einer Séance teilzunehmen, die eben diesem Zweck gewidmet war. Sie sollte am Donnerstagabend um sieben Uhr stattfinden. Der Ort war Carlton Hall, das alte Herrenhaus hinter Dymchurch Level. Der Zirkel hatte durch Inspector Hovey von Lestrades Interesse an dem Fall gehört (Lestrade hoffte, daß sein Kollege nicht zuviel preisgegeben hatte) und beide Inspectoren zu der Versammlung eingeladen.

Als sich Hovey wegen einer anderen Verabredung kurzfristig entschuldigte, ging Lestrade allein. Er überquerte Dymchurch Level kurz vor sieben. In der Ferne hörte er geisterhaft und verloren das Rauschen des Meeres. Es war ein sternenklarer kalter Abend. Die Grasnarbe unter seinen Füßen federte. Er wußte eigentlich nicht, was ihn erwartete. Als Junge hatte er Tischklopfen gespielt, zu einer Zeit, als solche Sachen mehr in Mode waren als heutzutage. Doch an einer Séance hatte er noch nie teilgenommen. Zu den Sitzungen mit Mr. Lees, dem Medium, das im Ripper-Fall zu Rate gezogen wurde, hatte nur eine kleine ausgesuchte Gesellschaft, an der Spitze McNaghten und Abberline, Zutritt gehabt. Lestrade war nicht dabeigewesen. Seine Anweisungen für den heutigen Abend waren unmißverständlich, und um Viertel nach sieben knirschte der Kies des Fahrweges unter seinen Füßen, der zu Carlton Hall führte, einem imposanten mittelalterlichen Haus mit Türmchen und Brustwehren. Wie aus einem Schauerroman, dachte Lestrade. Als Junge hatte er am liebsten *Varney, der Vampir* gelesen. Er konnte beinahe hören, wie die ledrigen Flügel durch die Krypta flatterten. Ein großgewachsener eleganter Laskar nahm ihm in der Vorhalle Hut und Donegal ab. Er wurde in den Salon geführt, der reich mit Samtvorhängen, durchbrochenen Wandschirmen und pfeilergeschmückten Türöffnungen ausstaffiert war. Im Kamin brauste und krachte ein gewaltiges Feuer.
«Keine Nacht zum Schmuggeln, nicht wahr?» Eine fröhliche Stimme hieß Lestrade aus einem Nebenzimmer willkommen.
«Wenn Sie es sagen», antwortete er.
«Nein, zu kalt. Zu klar. Hasdrubal Carlton. Willkommen in meinem Haus.» Der Squire streckte eine Hand aus.
«Sholto Lestrade. Danke für die Einladung.»
«Ach ja, und dazu noch von Scotland Yard! Kaum wahrscheinlich, daß Sie ein Schmuggler sind, oder?» Carlton lachte.
«Als Vogelscheuche verkleidet mache ich keine gute Figur.»
«Sie kennen also die hiesige Sage – Dr. Syn, der schreckliche Vikar von Dymchurch?»
«Ich gewann den Eindruck, daß vor dem Tod von Isaac Prendergast die Leute in diesem Teil der Welt von wenig anderem sprachen.»
«Da können Sie recht haben, Mr. Lestrade, doch wenn ich mir die Bemerkung gestatten darf, verwenden wir, die vom Spiritismus

überzeugt sind, nicht das Wort ‹Tod›, den wir in dieser Form nicht anerkennen. Wir ziehen den Ausdruck ‹hinübergehen› vor. Cognac?»
Lestrade nahm dankbar ein Glas entgegen und stellte sich mit dem Rücken vor das wohltuende Feuer. So wie es aussah, würde es einen Winter wie den vorigen geben, der im Oktober begann und im Mai endete. Carlton wurde durch die Ankunft weiterer Gäste in Anspruch genommen. Einen oder zwei davon kannte Lestrade, denn sie hatten der Abordnung angehört, die ihn im *Folded Arms* aufgesucht hatte. Nachdem man einander vorgestellt war, wurde die Gesellschaft in das Nebengemach geführt, aus dem Carlton zu Lestrades Begrüßung gekommen war. Der ganze Raum war mit schwarzem Samt ausgekleidet. In der Mitte stand ein großer ovaler Tisch, über dem eine Petroleumlampe hing und um den neun Stühle gruppiert waren. Feierlich nahmen die Gäste ihre, wie es schien, angestammten Plätze ein. Der Laskar geleitete Lestrade zu einem Stuhl zwischen zwei ältlichen Damen aus dem Kirchspiel, entzündete eine Anzahl von Räucherstäbchen und zog sich zurück, die Schiebetür hinter sich schließend.
«Wir haben heute abend zwei Überraschungen, Ladies und Gentlemen», sagte Carlton in weichem Flüsterton. «Das heißt, abgesehen von der willkommenen Anwesenheit Inspector Lestrades.»
Kopfnicken und freundliches Lächeln in Richtung des Inspectors.
«Eine besteht darin, daß Madame Slopesski nun doch unter uns sein kann.» Gedämpfter Beifall. «Wie einige von Ihnen wissen, dachten wir gestern, es würde ihr wegen ihrer Tourneeverpflichtungen nicht möglich sein, zu uns zu kommen. Ich bin entzückt, mitteilen zu können, daß ich erst vor einer Stunde ein Telegramm erhielt, sie werde in Kürze eintreffen. Die zweite Überraschung ist die Anwesenheit eines weiteren Gastes, der von Ihnen allen geschätzt wird und, wie ich glaube, dem einen oder anderen von Ihnen persönlich bekannt ist. Ich meine das Gründungsmitglied der Gesellschaft für Parapsychologische Forschung, Mr. Frank Podmore.»
Stürmischer Beifall, der von den gedämpften Tönen, die vorher und nachher zu hören waren, ein wenig abstach, begrüßte das Eintreffen des Neulings. Auch Lestrade hatte von Podmore gehört, freilich in einem anderen Zusammenhang. Gregson hatte ihn erwähnt, weil

dieser Mann ein Fabier war, und für Gregson, der natürlich mit den Feinheiten der Politik nicht sonderlich vertraut war, roch das nach Anarchie. Auch Athelney Jones war hinter ihm her, weil er den starken Verdacht hegte, Mr. Podmore sei ein verkappter Schwuler, der mit den Zeitungsjungen und Telegrafenjüngelchen, die er am Gängelband führte, andere Pläne habe, als lediglich deren angebliche übersinnliche Erfahrungen aufzuzeichnen.

Podmore war groß, distinguiert, mit ergrauendem Haar und Koteletten, etwa vierzig Jahre alt. Seine Augen waren ruhig und freundlich, und er zeigte ungemeines Gespür für die Würde des Ereignisses, als er gemessen seinen Platz einnahm. Er machte deutlich, daß nicht er im Mittelpunkt der abendlichen «Veranstaltung», falls diese Bezeichnung angemessen war, stand, sondern Madame Slopesski. Das war ein paar Minuten, bevor die berühmte Lady eintraf. Carlton floß vor Höflichkeit und Besorgtheit über, als er die lebende Legende zu ihrem Platz geleitete. Lestrade erfaßte ihre Erscheinung mit einem Blick. Das Licht der Petroleumlampe fiel erbarmungslos auf ihr glanzloses graues Haar, das nach englischen Begriffen wild und ungebärdig aussah. Sie war eine Frau um die Sechzig, schätzte er, groß, matronenhaft mit chronisch krummem Rücken, und zog, unübersehbar, ein Bein nach. Sie hatte eine flüchtige Ähnlichkeit mit der Königin, die sich natürlich ebenfalls mit solchen Dingen beschäftigte, wenn auch kaum, um ihren Lebensunterhalt damit zu verdienen. Ihre Hände waren sonderbar jung mit langen, spitz zulaufenden Fingern, und wenn sie sprach, war es ein tiefes, volltönendes mitteleuropäisches Dröhnen. Gregson hätte sie zweifellos für eine Anarchistin gehalten, wäre er hier gewesen, dachte Lestrade.

Etwa eine Stunde lang saßen das Medium und ihr Zirkel schweigend da. Aus einem Phonographen irgendwo hinter Lestrades Kopf ertönte schnarrend eine undefinierbare Musik. Madame Slopesski verharrte den größten Teil dieser Zeit mit geschlossenen Augen und atmete nach jedem sechsten oder siebten Atemzug tief aus. Die anderen hatten die Häupter gesenkt, Lestrade ausgenommen, der alle im Auge behielt.

Dann streckte die berühmte Lady ihre Arme aus. Es war das Zeichen, anzufangen. Mit geräuschloser Übung sprang Carlton auf und stellte den Phonographen ab. Als er zurückkehrte, drehte er den Docht der Lampe herunter, bis das Licht erlosch. Im flackernden

Schein des Feuers spürte Lestrade, wie sich seine Nackenhaare verschämt ein wenig sträubten. Er hoffte, daß er nicht wirklich hochgesprungen war, als die beiden Ladies links und rechts seine Hände ergriffen. Ihre knochigen Finger glitten in die richtige Stellung, bis die Fingerspitzen sich berührten.
«Ist jemand da?» intonierte Madame Slopesski.
Nichts.
Im flackernden Licht beobachtete Lestrade jedes Antlitz. Alle hatten die Augen geschlossen, bis auf ihn selbst und Podmore, der das Medium aufmerksam betrachtete.
«Aaaaaa!» Madame Slopesski stieß einen rauhen, kehligen Schrei aus. Lestrade spürte Finger, die sich über den seinen versteiften. Madame Slopesski erlangte ihre Fassung wieder.
«Bist du's, Isaac? Bist du unter uns?»
Nichts.
Es folgte ein langes Schweigen. Keiner bewegte sich. Zuweilen murmelte Madame Slopesski, seufzte, beugte ihren Nacken. Podmore verriet keine Regung. Lestrade beobachtete die anderen. War es einer von ihnen? War es Isaac Prendergast, der das wirkliche Ziel war? Und waren alle die anderen bloß Strohmänner gewesen? Das war die Theorie, die er Forbes auf dem Polizeiball vorgetragen hatte. Es war das letzte Mal, daß er Forbes lebend sah. Hatten Forbes' Nachforschungen ihn in diese Richtung geführt? Hatte er mehr Erfolg gehabt als Lestrade? Und war es dieser Erfolg, der ihn das Leben gekostet hatte?
«Isaac.»
Ein Pochen. Dann ein zweites. Der Tisch zitterte und klapperte. Die Anwesenden außer Podmore und dem Medium keuchten.
«Klopfe einmal für ‹Ja›, Isaac.» Madame Slopesski wiegte sich langsam hin und her. «Zweimal für ‹Nein›. Bist du in der Nähe?»
Ein einzelnes Klopfen. Lestrade strengte die Ohren an, um die Richtung des Klopfens herauszubekommen. Als Detektiv hatte er gelernt, solche Dinge mit Argwohn zu betrachten. Natürlich war es ein Trick, aber wie wurde er durchgeführt? Er konnte seine Hände nicht befreien oder den Kreis durchbrechen, und hinter den Köpfen und Schultern, die sich über den Tisch beugten, konnte er nichts erkennen.
«Bist du glücklich?»

Ein doppeltes Klopfen und dann zahlreiche andere, erregte, feindselige. Der Kronleuchter klirrte und hallte und sandte Funken reflektierten Lichts aus, die über Decke und Wände schossen.
«Hast du eine Botschaft?»
Ja, sagte das Klopfen.
«Sprich durch mich», wimmerte Madame Slopesski, sich heftiger wiegend.
Erneutes langes Schweigen.
«Heuchler!» Es waren Madame Slopesskis Lippen, die sich bewegten, doch es war nicht ihre Stimme. «Isaac», flüsterte die alte Lady an Lestrades linker Seite, «das ist Isaacs Stimme.»
«Alle, die ihr da seid, Heuchler. Ihr habt mich verlassen. Ihr habt mich im Stich gelassen. Wo ward ihr, als ich euch brauchte?»
«Oh, Isaac», schluchzte eine andere Lady, «wir wollten dich nicht stören. Wir wußten, wie sehr du Besuche haßtest.»
«Still, Esmeralda», schnappte Carlton, «sonst reißt die Verbindung ab.»
Neuerliches Schweigen.
«Mr. Podmore.» Carlton wandte sich ratsuchend an die «Graue Eminenz». Madame Slopesski verharrte bewegungslos und starr in ihrem Stuhl. Podmore beugte sich vor, ohne den Kreis zu sprengen.
«Isaac», flüsterte er. «Ist es warm, wo du bist?»
Nichts.
«Ist es trocken?»
Nichts.
«Ist dir kalt?»
Ein Pochen.
«Wir haben ihn verloren», zischelte Carlton.
«Noch nicht», erwiderte Podmore. «Isaac.»
Erneutes Schweigen.
«Ist dein Mörder hier unter uns?»
Ein einzelnes Pochen, gefolgt von einer heftigen Erschütterung des Tisches. Das Feuer fauchte und knackte.
«Wer ist es?» Es war Lestrades Stimme, zu seiner eigenen Überraschung und der aller anderen.
Ein tiefes, kehliges Dröhnen kam aus dem Inneren von Madame Slopesski. Sie stand auf, die Hände ausgebreitet.

«Hüte dich», grollte sie mit Isaacs Stimme und deutete auf Lestrade, «hüte dich, du wirst uns bald Gesellschaft leisten, hüte dich.» Sie sackte auf ihren Stuhl zurück. Lestrades Augen flogen von einer Seite zur anderen. Alle blickten ihn an. Nur Podmore lächelte vor sich hin und blickte Madame Slopesski an.

Hasdrubal Carlton zündete die Petroleumlampe wieder an, und der Kreis löste sich auf.

«Ich glaube, das ist alles, was wir heute abend erreichen werden», sagte er.

Podmore ergriff das schlaffe Handgelenk des Mediums und maß den Puls. «Ich denke, es wäre unklug, Madame Slopesski weitere Fragen zu stellen», lautete sein Urteil.

Der Zirkel stimmte darin überein, daß das Erscheinen der Stimme für einen Abend genug sei. Madame Slopesskis Spezialität war das Ektoplasma, doch außer Lestrade wußten alle Anwesenden, daß eine solche Leistung selten war und die Bedingungen optimal sein mußten. Die Damen des Zirkels umschwirrten Madame Slopesski, die allmählich wieder zu sich kam. Einige andere machten Anstalten, sich zu verabschieden. Lestrade schaltete sich ein.

«Darf ich Sie daran erinnern, Ladies und Gentlemen, daß Madame Slopesski – oder war es Isaac Prendergast? – uns erzählte, ein Mörder sei unter uns. Ich muß Sie leider bitten, ein wenig zu bleiben.»

«Aber Sie werden doch nicht glauben, daß einer von uns...» begann Carlton.

«Es spielt keine Rolle, was ich glaube», unterbrach ihn Lestrade. «Es ist nicht meine Glaubwürdigkeit, die hier auf dem Spiel steht, sondern die Ihre. Falls Madame Slopesski sich irrt, dann ist entweder sie eine Schwindlerin – oder Ihr ganzer Spiritistenzirkel ist ein Schwindel.»

Bei diesen Worten gab es empörtes Geschrei, aber Lestrades Verdächtige saßen jetzt in der Falle.

«Mr. Carlton, darf ich Ihren Salon für meine Befragung in Anspruch nehmen?»

Grollend gab der Herr Gastgeber seine Zustimmung. Mit Carlton machte Lestrade den Anfang, um Madame Slopesski Gelegenheit zu geben, sich zu erholen. Ihm war bewußt, daß es gefährlich war, die anderen Mitglieder des Zirkels zusammen im angrenzenden Zimmer allein zu lassen, denn das gab ihnen ausreichend Gelegenheit,

sich eine geeignete Geschichte auszudenken und untereinander abzusprechen. Doch ohne Constables und Telefon blieb ihm leider keine andere Wahl.
«Wie lange haben Sie den Toten gekannt?»
«Wir Spiritisten...»
«...verwenden das Wort ‹Tod› nicht. Ja, ich weiß», fiel Lestrade ihm ins Wort. «Wie auch immer, Mr. Carlton, ich führe eine Untersuchung in einem Mordfall durch und wäre Ihnen für eine Antwort sehr dankbar.»
«Etwa fünf Jahre. Ich stamme nicht aus Kent, Inspector. Ich stand bis vor kurzem im Dienst Ihrer Majestät in Indien.»
«Daher der Diener – der Laskar?»
«Ein Jat, genaugenommen. Jemadar Karim Khan. Der letzte aus der Leibwache des Vizekönigs. Ein prachtvoller Bursche, Lestrade.»
«Diese Burschen haben ein paar interessante Methoden, ihre Opfer ins Jenseits zu befördern, sagte man mir.»
Carlton lachte. «Ich verstehe, worauf Sie hinauswollen, Inspector. Sie nehmen an, ich hätte Karim Khan losgeschickt, diese böse Tat zu begehen, und verschaffte mir dadurch ein treffliches Alibi.»
«Der Gedanke ging mir durch den Kopf.»
«Darf ich Sie daran erinnern, Sir, daß Sie Gast in meinem Haus sind? Es ist verwegen, so etwas von mir zu denken!»
«Mord ist ein verwegenes Unternehmen, Mr. Carlton. Obgleich das auf diesen speziellen Mord nicht zutrifft. Es kann nicht schwer gewesen sein, einen schwachen alten Mann zu überwältigen.»
«Schwach? Inspector, ich weiß nicht, mit wem Sie gesprochen haben, aber Prendergast war alles andere als das. Ich gebe zu, er war um die siebzig, aber er muß über zwanzig Stone gewogen haben.»
Lestrade hatte echte Mühe, seine Überraschung zu verbergen. Er hatte angenommen, daß der ausgemergelte Leichnam, über den er in der Mühle gestolpert war, nicht nennenswert leichter als der einst lebendige Körper gewesen war. Da kam ihm auf unheilvolle Weise der *Struwwelpeter* wieder in den Sinn –

Augustus hatte dicke Backen
Und einen feisten roten Nacken;
Und jedermann war ganz entzückt,
wenn er das Pausbäckchen erblickt...

«Ja, Inspector, Ihr Verblichener war korpulent – und entsprechend kräftig. Er dürfte Widerstand geleistet haben.»
«Mochten Sie ihn?»
«Um Gottes willen, nein. Ich glaube, man kann sagen, daß der gesamte Zirkel ihn haßte. Er war fast ein totaler Einsiedler, besonders in der letzten Zeit. Er wagte sich nur mal hinaus, um an unseren Versammlungen teilzunehmen, und dann widerwillig.»
«Warum kam er denn dann?» forschte der Inspector.
«Er glaubte, Inspector.» Für Carlton war das Grund genug.
«Wann haben Sie ihn zuletzt gesehen?»
«Das muß vor drei, nein, vier Monaten gewesen sein.»
«Und dann kam er nicht mehr?»
Carlton nickte.
«Warum haben nicht Sie – oder jemand aus dem Zirkel – nach ihm gesehen? Schließlich war er siebzig.»
«Ich bin selbst dreiundsechzig, Inspector. Jedenfalls belästigt man einen so reizbaren alten Gentleman wie Isaac Prendergast nicht. Er haßte Besucher. Ich habe gehört, daß er dem Vikar einmal mit Schrot die Hosen durchlöchert hat. Der Vikar hat's natürlich nie zugegeben, doch jeden Sonntag steigt er schrecklich mühsam auf die Kanzel.»
«Sie gehn zur Kirche, Mr. Carlton?»
«Aber gewiß, Inspector. Und ich tue es nicht, weil ich – wie Sie vielleicht denken –, wie sagt man noch, ‹auf Nummer Sicher gehen› möchte. Ich bin einfach ein christlicher Spiritist. Darin liegt kein Widerspruch.»
Lestrade hielt es für besser, das Thema zu wechseln, bevor das Gespräch ihm über den Kopf wuchs.
«Als Madame Slopesski – Isaac – wer immer es nun war», sagte er, «uns erzählte, der Mörder sei anwesend, an wen dachten Sie in diesem Augenblick.»
«Inspector, ich kenne alle diese guten Leutchen seit fünf Jahren. Ich würde mein Leben dafür verwetten, daß nicht einer davon zu einer solchen Tat fähig ist. Wenn Sie die Schatten der Nacht mit einem Menschenbruder teilen, bekommen Sie einen Blick für so was.»

Lestrade befragte sie alle, und er mußte einräumen, daß Hasdrubal Carlton wahrscheinlich recht hatte. Er sprach mit sechs ängstlichen Menschen, die bei allem, was sie taten, von tiefer Überzeugung geleitet wurden. Er sah Einfältigkeit, Lauterkeit, Hoffnung, doch er sah keinen Mörder. Doch zwei hatte er noch vor sich – nach seiner Meinung die wichtigsten von allen: Podmore und das Medium. Inzwischen war Mitternacht vorbei. Auf die Frage des freundlichen Gastgebers, ob die bereits Befragten heimkehren dürften, erwiderte Lestrade, er sehe keinen Grund, sie länger festzuhalten. Er bat den dunklen, schweigsamen Karim Khan, der Englisch verstand, jedoch nicht sprach, Madame Slopesski in das Nebenzimmer zu führen. Doch es war schließlich Podmore, der erschien, und als er Lestrades Ärger wegen der Nichtbefolgung seiner Anordnungen sah, sagte er:
«Ich fürchte, sie ist fort, Inspector.»
«Fort?» Lestrade war wütend.
«Ja, ich kann mir denken, daß Sie darüber nicht erfreut sind, bitte Sie aber dennoch, mit dem armen Carlton nicht zu hart ins Gericht zu gehen. Auf unserem Gebiet ist sie eine sehr bedeutende Lady. Wenn sie ihm nun gesagt hat, sie sei auf Grund der Anstrengungen des heutigen Abends und ihrer Tournee erschöpft, was blieb ihm anderes übrig, als sie gehenzulassen?»
«Wohin genau?»
«In ihr Hotel. Ich glaube, sie sagte mir, es sei das *Postgate Hotel*, hier in Dymchurch.»
Lestrades Augen verengten sich. «Ich bin seit vier Tagen in dieser Stadt.» Die Uhr schlug eins. «Ich verbessere – seit fünf Tagen. Und ich habe hier kein Hotel gesehen, das sich *Postgate* nennt. Tatsächlich habe ich überhaupt kein Hotel gesehen. Darum wohne ich ja auch im Wirtshaus. Hat jemand aus dem Zirkel diese Unterhaltung mit angehört?»
Podmore ließ sich vor dem verlöschenden Feuer auf dem Sofa nieder und lächelte. «Nein, Inspector. Niemand. Und im Nu ist alles wieder beim alten.»
«Was?» Lestrade spürte, daß Podmore ihn an der Nase herumführte. Das behagte ihm nicht.
«Haben Sie schon einmal an einer Séance teilgenommen, Inspector?»
«Nein.»

«Passen Sie auf.»
Podmore setzte sich kerzengerade hin. «Legen Sie Ihre Hände auf den Tisch zwischen uns», sagte er. Lestrade gehorchte. Podmore löschte die Petroleumlampe und nahm wieder Lestrade gegenüber Platz. «Ich werde jetzt meine Fingerspitzen gegen die Ihren schieben. Können Sie sie spüren?»
«Ja.»
«Gut. Jetzt seien Sie still. Absolut still.»
Schweigen.
Podmore sprach als erster. «Ist jemand da?»
Schweigen.
Er wiederholte die Frage.
Dann ein Pochen, gedämpft, weit entfernt.
«Isaac, bist du's?»
Ein lauteres Pochen.
Lestrades Herz klopfte wild.
«Ist dein Mörder hier?»
Eine Reihe von Stößen, die den Tisch erschütterten.
«Sie machen das mit dem Knie», rief Lestrade.
«Ja, war nicht sehr gut, nicht wahr? Madame Slopesski war besser.»
«Sie war eine Schwindlerin?»
«Bitte, zünden Sie die Lampe wieder an, Inspector. Ich bin mit meiner Enthüllung noch nicht fertig.» Lestrade gehorchte und nahm seinen Platz wieder ein. «Haben Sie bemerkt, daß das Pochen einmal leise, dann laut war?»
Lestrade nickte. «Das leise Pochen macht man so.» Podmore machte es noch einmal. «Ich brauche bloß meine Zehen gegen die Sohlen meiner Schuhe zu pressen. Die stärkeren Geräusche werden, wie Sie vermuteten, mit dem Knie gemacht. Natürlich ist es einfacher, wenn man Röcke trägt –» Lestrade fragte sich beiläufig, ob Podmore je welche angehabt hatte – «und mit Hilfe der Atmosphäre, die mit großer Sorgfalt in dem anderen Raum erzeugt wurde.»
«Carlton war also mit von der Partie?»
Podmore lächelte. «Auf welche wundersam drollige Weise ihr Polizisten die Dinge betrachtet, Inspector. Nein, ich glaube das nicht. Wie alle anderen Mitglieder des Zirkels ist er ein echter Anhänger

des Spiritismus. Genau wie viele hundert andere, denen ich überall im Lande begegnet bin. Es ist einfach Bestandteil des Rituals, auf dem das Medium besteht: der verdunkelte Raum, die leise Musik. O ja, und das zischende Feuer.» Podmore warf eine Handvoll von irgendeiner Substanz in die verlöschenden Flammen. Sie flammten krachend auf. «Salz», sagte er auf Lestrades verblüfften Blick. «Gewöhnliches Speisesalz. Fast jedes Medium trägt es in einem kleinen Beutel bei sich, am Handgelenk befestigt.»

«Aber der Kreis der Finger war nicht unterbrochen», sagte Lestrade.

«Auf diese Weise geht das», lächelte Podmore, «wie Sie sehen.»

Lestrade konnte es nicht glauben. Podmore schien drei Hände zu haben.

«Diese eine ist aus Wachs», sagte der Geisterjäger. «Die meisten Medien sind in der Hauptsache Zauberkünstler. Sie täuschen die Leute genauso wie Ihre – wie sagt man – Hochstapler. Die meisten von ihnen sind tatsächlich nichts anderes als Schwindler, die wegen des lieben Geldes oder Bühnenruhms arglose Leute hereinlegen. Ich bin auf der Suche nach dem, der kein Betrüger ist. Nach dem, der echt ist.»

Lestrade untersuchte die Wachshand.

«In den Unterkleidern einer Frau ist genug Platz, eine solche Hand zu verstecken. Ich habe immer eine als Reserve bei mir. Es ist manchmal sehr lustig, ein Medium zu verwirren, indem man ihm eine untermogelt. Henry Sidgwick und ich haben das mal zu zweit gemacht, und das Medium wurde mit fünf Händen entlarvt – mit ihren beiden eigenen und dreien aus Wachs.» Podmore lachte angesichts der Erinnerung. «In der Dunkelheit kann ein geschicktes Medium gewöhnlich seine eigenen Finger durch eine Wachshand ersetzen. In der aufgeladenen Atmosphäre einer Séance wird es niemand bemerken, wenn das Licht ausgedreht ist.»

«Warum haben Sie nicht Licht gemacht?» fragte Lestrade. «Ich dachte, ihr Geisterjäger lebt davon, daß ihr Schwindler entlarvt.»

«Ich weiß nicht, wovon Sie sprechen, Inspector. Eine merkwürdige Wortwahl. Aber normalerweise hätte ich das getan.»

«Und heute abend verlief die Séance nicht normal?»

«Nein. Um mit dem Medium zu beginnen: Wer immer diese Person war, sie war nicht Madame Slopesski.»

Lestrade stellte fest, daß sein Kinn genau die Bewegung ausführte, die ihm in den dubiosen Schmierereien von Doktor Watson und Conan Doyle häufig zugeschrieben wurde, wenn Holmes auf elegante Weise einen Schurken entlarvte. «Nicht?» wiederholte er benommen.
«Sie war es nicht.»
«Woher wissen Sie das?»
«Mein lieber Inspector. Ich kenne Madame Slopesski. Oh, nicht sehr gut, wie ich zugeben muß. Doch bei drei oder vier Gelegenheiten bin ich mit ihr zusammengetroffen. Unsere Schwindlerin muß das gewußt haben. Sie war sichtbar verwirrt, als wir uns auf dem Vorplatz begegneten, und gab der frostigen Nachtluft die Schuld an ihrer Verblüffung. Zugegeben, die Verkleidung war gut, sehr gut. Der krumme Rücken, die Toilette, das Haar, alles ganz ausgezeichnet. Durch drei Dinge indes hat sie sich verraten.»
«So?» Lestrade fing an, sich zu fragen, warum Podmore nicht die Polizeilaufbahn eingeschlagen hatte.
«Erstens: Die Tricks gelangen ihr nicht so glatt. Madame Slopesski – ich spreche von der richtigen – ist eine echte Meisterin, und obgleich sie für die Galerie spielt, macht sie es besser als unser Gast am heutigen Abend. Sie müssen natürlich berücksichtigen, daß sie nicht darauf gefaßt war, mich hier vorzufinden.»
«Zweitens?»
«Zweitens: ihre Augen. Die Augen von Madame Slopesski sind blaßgrau. Unsere Schwindlerin hatte hellblaue.»
«Sie haben genau beobachtet.» Lestrades Stimme verriet einen Anflug von Gereiztheit.
«Ihr Polizisten habt die Beobachtungsgabe nicht gepachtet, Inspector.»
«Drittens?»
«Die Stimme. Sie war einen Hauch zu tief. Vielleicht ein wenig zu tief, so daß man glauben könnte, daß...»
«Ja?»
«Inspector, ich kann das nicht erklären, aber ich glaube, unsere Madame Slopesski war ein Mann.»
In tiefem Schweigen blickten die beiden Männer sich an. Lestrade fiel in seinen Stuhl zurück.
«Könnte ich recht haben?» fragte Podmore. «Es ist so ein Gefühl,

das ich habe – und darum habe ich sie… ihn auch gehenlassen. Es handelte sich nicht um einen gewöhnlichen Schwindler. Erscheint Ihnen das plausibel?»

«O ja, Mr. Podmore», sagte Lestrade. «Der Mörder war tatsächlich im Zimmer. Er war Agrippa, der lange, rotbeinige Scheren-Mann. Er war Madame Slopesski… und er ist mir abermals entwischt.»

Wahnsinnige und Schwule

Es gab nichts, das Lestrade sich nicht selbst tausendmal vorgeworfen hätte, als er mit dem Zug nach London zurückkehrte. Doch bei McNaghten traf es ihn noch schlimmer.

«Es ist nicht meine Entscheidung», sagte der Leiter der Kriminalpolizei, zupfte seine Krawatte zurecht und schnippte die Spitzen seines sorgsam gewachsten Schnurrbartes nach oben. «Der Commissioner hat verlangt, daß man Sie eine Woche in Urlaub schickt, Lestrade. Nehmen Sie ihn, und finden Sie sich damit ab.»

Lestrade blickte ihn verdrossen an. McNaghten fühlte sich um vieles unbehaglicher als gewöhnlich.

«Hören Sie, Sholto –» die Anrede war vertraulicher, der Ton schmeichlerischer – «ich weiß, daß Sie in diesem Fall einen Haufen Pech gehabt haben. Aber, bei Gott, Mann, Sie sind keinen Schritt vorangekommen.»

«Und wer wird es besser machen?» fragte Lestrade. «Wer kriegt meinen Fall, nachdem man ihn mir weggenommen hat? Abberline? Gregson? Doch wohl nicht Jones, bei Gott, nur das nicht!»

«Niemand kriegt ihn, Lestrade.» McNaghten durchmaß sein Büro. «Ich nehme Ihnen diesen Fall nicht weg, Mann. Ich sage bloß, ruhen Sie sich aus und kommen Sie nach ein paar Tagen erholt zurück.»

«Bis dahin sind vielleicht schon drei weitere Männer tot. Denken Sie an das Buch – Philipp, Johnny und Robert stehen noch aus. Und ich weiß nicht, wann und wo Agrippa beim nächstenmal zuschlagen wird.»

«Das genau will ich sagen», lamentierte McNaghten. «Wenn Sie zur Ruhe gekommen sind, werden Sie die Dinge klarer sehen – Zusammenhänge, Hinweise. Dieser Agrippa – er ist kein Übermensch. Er hat Fehler gemacht. Sehen Sie, Sholto –» wiederum der gönnerhafte Ton – «Sie sind müde, ausgebrannt. Was treiben Sie in Ihrer Freizeit? Angeln?»

Lestrade zog eine Grimasse.

«Nun, was immer Sie tun –» McNaghten errötete, verärgert darüber, daß er preisgegeben hatte, wie wenig er über das Privatleben seiner Untergebenen wußte – «während der nächsten sieben Tage werden Sie es tun. Das ist ein Befehl.»

Zurück in seinem Büro, verstaute Lestrade ein paar Dinge in seiner Reisetasche. Er sah wenig Sinn darin, einen Blick auf den Trauerbrief zu werfen, der auf dem Tisch lag, jedoch Bandicoot und Dew lungerten herum und warteten darauf, zu sehen, was er tun und wie er ihn aufnehmen würde. Mit der Schreibmaschine geschrieben, Londoner Poststempel, die Schlußstrophe –

Am vierten Tage endlich gar
Er dünner als ein Fädchen war;
Er wog vielleicht ein halbes Lot –
Und war am fünften Tage tot.

«Gentlemen, ich habe Befehl, eine Woche Urlaub zu nehmen. Während meiner Abwesenheit werden Sie nichts unternehmen, mit niemandem sprechen. Und falls ein ranghöherer Beamter Sie etwas fragt, wissen Sie nichts. Kapiert?»
Sie verstanden. Lestrade hatte alles in wenigen Worten zusammengefaßt. Sie wußten nichts.
«Was werden Sie machen, Sir?» fragte Bandicoot fröhlich. «Angeln gehen?»
Lestrade blickte ihn an. Einen Augenblick witterte er eine Verschwörung, doch er ließ den Gedanken fallen. In dieser Rolle wirkte Bandicoot nicht überzeugend.
«Ich werde Freunde besuchen, Bandicoot. Ich denke, ein Abstecher ans Meer wird mir guttun.»

Es tat Lestrade mitnichten gut. Im Gegenteil, er stampfte gegen die Böen und stürmischen Winde an, die Gischt über die Promenade von Southsea schleuderten. Irgendwo hinter den Nebelschwaden und der endlosen Gräue, zu denen der Solent und der Himmel zusammengeronnen waren, lag die Insel Wight, wo alles vor einer

Ewigkeit seinen Anfang genommen hatte. Er schlug den Kragen seines Donegal hoch und versenkte seine Hände dankbar in den Taschen. Straßenjungen rannten im wilden Toben der Elemente schreiend und kreischend vorbei. Es war ein nasser, trostloser Sonntag. Hinter den ansehnlichen weißen Häusern hörte er eine Kirchenglocke. Er konnte einfach nicht länger bleiben. Er wartete bereits mehr als eine halbe Stunde. Eine Kutsche kam von irgendwo herangesaust, fuhr spritzend durch die Pfützen und besprühte Lestrade vom Land her. Jetzt war er zumindest überall naß. Darin lag eine Art resignierten Trostes. Dann war er da. Würdig, adrett, korrekt. Schmucker Bowler, hochgeschlagener Kragen. Er führte einen mannhaften Kampf mit seinem Schirm. Agrippa? Der langbeinige Scheren-Mann? Oder ein Arzt-Schriftsteller, der am Sonntagmorgen in die Kirche ging? Lestrade folgte ihm mit der mühelosen Lässigkeit fünfzehnjähriger Erfahrung in der Beschattung. In der Kirche saß er vier Reihen hinter ihm. Sein Opfer schien beliebt zu sein. Die Leute grüßten ihn, lachten, machten Scherze. Er bewegte sich auf vertrautem Gelände, sorglos, vielleicht unvorsichtig. Doch es war nicht die Zeit und nicht der Ort. Lestrade hatte ihn zwei Tage lang beobachtet. Es wurde Zeit, sich an ihn heranzumachen.

Der Nachmittag brachte die Gelegenheit. Lestrade war seinem Opfer in die *Sally Lunn Tea Rooms* gefolgt. Merkwürdig genug, daß sie an einem Sonntag, außerhalb der Saison, geöffnet waren. Aber Lestrade war mehr als dankbar für das prasselnde Feuer und die Kanne Tee, die seine Lebensgeister weckte. Von der Kellnerin abgesehen, einer vergrämten Jungfer mit stacheldrahtfarbener Frisur, waren sie allein.

«Lister», sagte Lestrade, streckte seine Hand aus und trat zu dem anderen Mann.

«Wie bitte?»

«Mein Name ist Lister. Äh... darf ich mich zu Ihnen setzen? Es ist abscheulich, den Tee allein zu nehmen.» Lestrade war nicht sicher, ob er seine Plumpheit aufrechterhalten konnte. Gleichwohl, es gab genügend Schwindler und Snobs auf der Welt; ein Ausrutscher würde zwar seinen Hintergrund enthüllen, nicht aber seinen Beruf.

«Ja, bitte. Conan Doyle.»

Lestrade schüttelte die dargebotene Hand. «Doch wohl nicht der Schriftsteller?»

«Doch, doch», strahlte der Doktor und sonnte sich in der Genugtuung, erkannt worden zu sein. «Haben Sie meine Bücher gelesen?»
«Mein lieber Freund, ich gehöre zu Ihren glühendsten Bewunderern. Ich lasse mir keine Nummer des *Strand* entgehen, wenn ich in der Stadt bin.»
Conan Doyles Miene verdüsterte sich ein wenig. «Oh, ich dachte, Sie meinten vielleicht *Micah Clarke* oder *Die Weiße Gesellschaft*?»
Lestrade wirkte verwirrt. «...hm... oh, ja, ja natürlich, sehr gut. Sehr gut. Aber noch lieber als... äh... *Weiße Micah*... gefallen mir Ihre Detektivgeschichten – wie hieß dieser Bursche noch gleich... Burdock Holmes.»
«Sherlock», sagte Conan Doyle ein wenig irritiert. «Sherlock Holmes. Wenn Sie in London wohnen, müssen Sie von dem Mann gehört haben.»
«O ja, ich bin tatsächlich hier nur Besucher, doch ich nehme an, daß Ihre bewunderungswürdigen Werke nicht auf Tatsachen beruhen.»
Conan Doyle lachte. «Gewiß nicht. Mr. Holmes ist ein gefeierter Amateurdetektiv, doch ich fürchte, gegen meinen Helden fällt er ziemlich ab. Mein Holmes ist schließlich ein Übermensch.»
«Ich habe mich oft gefragt, Mr. Conan Doyle, ob es diesen Dr. Watson, Holmes' Freund und Vertrauten, wohl in Wirklichkeit gibt.»
«O ja. Er und ich waren zusammen auf der Universität. Um genau zu sein, er nahm an einem Auffrischungskurs in Vergleichender Anatomie teil, während ich Student war. Auf seinen Vorschlag hin machte ich die Bekanntschaft von Mr. Holmes.» Conan Doyle grub seine Zähne in ein Korinthenbrötchen. «Es war Watsons Idee, eine Biographie von Holmes zu schreiben, für ihn dasselbe zu tun wie Boswell für Johnson.» Lestrade hatte keine Ahnung, worum es sich handelte, doch er zweifelte, ob es rechtmäßig sei. «Der Haken bestand bloß darin, daß der arme, alte Watson nicht gerade der beste Schreiber ist. Also kamen wir überein, daß ich die Sache übernehmen solle – ich habe nun mal eine Ader dafür, Sie verstehen –, und er sollte mir die Fakten liefern. Nun, im Laufe der Arbeit sprengte die seriöse Biographie ihren Rahmen und die Fiktion begann. Unter uns gesagt, Mr. Lister, das Werk ist vortrefflich

geraten: Es schmeichelt Mr. Holmes' ungeheurer Eitelkeit, befriedigt Doktor Watsons Hang, den Mann zu vergöttern – und sorgt dafür, daß ich meine Rechnungen bezahlen kann, nun, da ich die Medizin, zumindest im Hauptberuf, aufgegeben habe. Ich bin ebenfalls als Besucher hier, um ein bißchen Abwechslung vom Stadtleben zu haben.»
«Ich hatte immer das Gefühl», sagte Lestrade, seinen Tee mit einer gewissen Eleganz schlürfend, «daß Sie und Watson ein wenig hart mit unserer Polizei ins Gericht gehen.»
Conan Doyle lächelte. «Ach, Mr. Lister, sie tun, was sie können, aber Sie müssen berücksichtigen, daß sie durch die Bürokratie gehemmt werden.»
Dies hatte Lestrade viele, viele Male selbst erfahren.
«Und dann finden sich dort natürlich auch nicht gerade die hellsten Köpfe. Nehmen Sie Inspector Lestrade, zum Beispiel.» Der Inspector tauchte seinen sich leicht sträubenden Schnurrbart in die Teetasse. «Nach Dr. Watson ist der Mann ein Hanswurst.»
Lestrade hustete und besprühte den Tisch mit seinem Tee.
«Mein lieber Freund», tröstete Conan Doyle, «seien Sie vorsichtig.»
Lestrade floß vor Entschuldigungen über.
«Noch eine Tasse?» fragte der Doktor.
Sie sprachen flüchtig über dies und das. Über die Chancen von Mr. Gladstones Wiederwahl, jetzt, wo Home Rule die brennende Frage war. Über das Wetter, das zu einer Wiederholung des letzten Winters auszuarten drohte, von der Wiederkehr der Eiszeit. Und als die Dämmerung einen langen dunklen Schatten auf das silberne Teegeschirr warf, lenkte Lestrade das Gespräch behutsam auf den Spiritismus. «Irgendwo habe ich gelesen», sagte er, «daß Sie von der Existenz einer anderen Welt überzeugt sind, die ein wenig oberhalb der unseren schwebt.»
«Eine sonderliche Auffassung von der Sache, Mr. Lister. Aber es stimmt. Ja, ich bin ein Spiritist.»
«Ich habe kürzlich an einer Séance teilgenommen.» Lestrade beobachtete jede Regung des guten Doktors. «Das Medium war Madame Slopesski.»
«Guter Gott!» Conan Doyle setzte abrupt die Teetasse ab. Schuldig, dachte Lestrade. Er war sichtlich aus der Fassung und aufgeregt.

«Wie wunderbar! Ich habe bloß ihr Buch *Mistress of Two Worlds* gelesen – großartig. Kennen Sie es, Lister?»
Lestrade kannte es nicht. «Ich hätte gedacht, ein so begeisterter Spiritist hätte sein Idol zumindest gesehen.»
«Nein. Doch so groß die Slopesski auch ist, ‹mein Idol›, wie Sie zu sagen belieben, ist Daniel Dunglas Home – der Levitationist.»
«Ich dachte, er sei tot.»
«Bitte, Mr. Lister, wir überzeugten Spiritisten benutzen solch einen Ausdruck nicht.» Das hatte Lestrade bereits einmal gehört. «Kennen Sie Albert Mauleverer?» fragte er.
«Mauleverer. Mauleverer. Nein, ich glaube nicht. Ist er ein Spiritist? Ich erinnere mich nicht, seinen Namen in den Listen der Gesellschaft für Parapsychologie gesehen zu haben.»
«Nein, er ist kein Spiritist. Wie steht es mit Edward Coke-Hythe? Harriet Wemyss? Isaac Prendergast?»
Bei allen diesen Namen schüttelte Conan Doyle nur den Kopf. Lestrade warf zwar seine Netze aus, jedoch in sehr flachem Wasser. Entweder war Dr. Conan Doyle so unwissend wie ein Kind oder er war ein vollendeter Lügner. Aber war nicht Agrippa in jeder Hinsicht vollendet? Der rote, langbeinige Scheren-Mann war ein Meister in der altmodischen Kunst des Mordens. Und dem Mord wandte sich Lestrade jetzt zu, und um ihn ins Spiel zu bringen, benutzte er den Detektivroman.
«Wie würden Sie einen Mann töten, Mr. Conan Doyle?»
Angesichts dieser Frage war der Doktor ein wenig verblüfft, doch immerhin antwortete er. «Durch Ersticken», sagte er nach einiger Überlegung.
«Warum?»
«Oh, ich weiß nicht. Geht geräuschlos vor sich, besonders wenn das Opfer schläft. Ich möchte Ihnen ein kleines Geheimnis anvertrauen, Mr. Lister. Ich mag kein Blut. Ein erbärmliches Eingeständnis für einen Arzt, wie? Aber es ist eine Tatsache. Nein, ich könnte niemanden töten, wenn viel Blut dabei fließen würde.»
«Also keine Schrotflinte», soufflierte Lestrade, der an Mauleverers zerschmetterten Kopf denken mußte.
Conan Doyle schauderte.
«Keine Hutnadel oder abgeschnittene Daumen?»
Conan Doyle zog eine Grimasse.

«Und keine Hundemeute, um den Leichnam in Stücke zu reißen?»
Conan Doyle erbleichte.

Lestrade hatte so lange warten wollen, bis der gute alte Doktor sich erholt hatte, um seine Entschuldigungen anzubringen, daß er ihn verletzt hatte. Es mußte die Unterhaltung nach dem Genuß der ziemlich schäbigen Pasteten gewesen sein. Aber irgendwie brachte er es nicht fertig. Conan Doyle hätte wissen wollen, warum er ihm solch bizarre Fragen gestellt hatte. Und insgeheim hatte Lestrade den Wunsch, seine Anonymität zu wahren, zumindest für den Augenblick. Er hatte Conan Doyle nicht zu Boden gezwungen, und dennoch war dessen Reaktion, wenn er denn nicht schuldig war, gewiß eine merkwürdige. Ein überempfindlicher Arzt? Wer schrieb Mordgeschichten, um davon zu leben? Das war ziemlich unglaubwürdig. Und die Mord-Methode, die er sich ausgesucht hatte, als Lestrade ihn bedrängte – Ersticken. Der Mann in Shanklin-Chine, die Tintenbuben – vier der Opfer Agrippas waren den Erstickungstod gestorben.
Lestrade gab der Kellnerin des *Sally Lunn* ein paar Anweisungen, dann holte er sein Gepäck und nahm den letzten und einzigen Abendzug zurück in die Stadt.

«Teuflische Zeiten für einen Besuch», knurrte Watson, der, mit Hemd und Nachtmütze bekleidet, einen lächerlichen Anblick bot.
«Ich habe keine Zeit für Spitzfindigkeiten, Doktor», gab Lestrade ihm zur Antwort. Er war übermüdet, durchnäßt, niedergeschlagen. Während der Zug die prächtige Kurve unterhalb Arundel Castle entlangratterte, hatte er das Gesicht Constance Mauleverers im Widerschein der Wagenbeleuchtung gesehen. Entrückt. Lächelnd. Dann war es verschwunden, und er sah nur sein eigenes Gesicht, umdüstert von der Dunkelheit des Mordes. In diesem Wagen hatte er dem Tod selbst ins Gesicht gesehen. Während er durch sein eigenes, von Spiegelglas und Säbel verunstaltetes Gesicht hindurchstarrte, meinte er, Agrippa sitze gegenüber. Ein großer Mann, für einen Augenblick mit einem breitrandigen Hut und Schal bekleidet,

so wie er vor Monaten in Macclesfield heimlich Harriet Wemyss getroffen hatte. Im nächsten Augenblick war er bucklig, uralt, griesgrämig – Madame Slopesski mit ihren hellblauen Augen –, der falschen Farbe und dem Fluch in der Kehle und dem ausgestreckten Finger. Die Erscheinung wurde zu einer Folge alptraumartiger Szenen aus dem *Struwwelpeter* – der riesige Agrippa, der lange Scheren-Mann, der Hase mit der Flinte und über allem tanzte das Gesicht mit den traurigen Wangen – ‹Pfui, ruft da ein jeder, garstger Struwwelpeter›. Nein, Lestrade hatte keine Zeit für Spitzfindigkeiten. Er hatte den schlafenden Kutscher an der Waterloo-Station wachgerüttelt, und das Gefährt war quietschend und klappernd durch die dunkle Sonntagnacht, durch die glänzendfeuchten Straßen gefahren. Im Haus Baker Street 221 B hatte kein Licht gebrannt, wenngleich auf den Treppenstufen ein zerlumpter Straßenjunge döste. Watson warf einen Blick auf ihn und stieß ihn mit dem Fuß an. «Geh heim, Junge. Heute nacht gibt's nichts für dich.» Er führte Lestrade ins Haus.

«Einer unserer Zuträger», sagte er und deutete in die Richtung des Jungen. «Sie sind alle so treu, wissen Sie.»

Lestrade folgte der flackernden Petroleumlampe nach oben ins Wohnzimmer. «Mrs. Hudson hat einen so gesunden Schlaf. Den Schlaf der Gerechten, schätze ich.»

«Wo ist Mr. Holmes?»

Watson starrte ihn an. «Sie sind doch wohl nicht deshalb gekommen?»

«Verzeihung, ich verstehe nicht.»

Watson richtete sich auf. «Sherlock Holmes ist tot.»

Lestrade fühlte, wie sein Kinn herunterklappte. Er fand seine Fassung wieder. «Kokain?»

Watson warf ihm einen kurzen zornigen Blick zu. «Nein, bei Gott, Professor Moriarty.»

«Wer?»

«Der Napoleon des Verbrechens, so pflegte Holmes ihn zu nennen.»

«Vielleicht komme ich besser noch einmal wieder, Watson. Ich weiß nicht, wovon Sie reden.»

«Setzen Sie sich, Mann. Trinken Sie einen Schluck. Ich kann, bei Gott, einen brauchen.»

Watson goß jedem einen mehrstöckigen Cognac ein und setzte sich

vor das heruntergebrannte Kaminfeuer. «Holmes war seit geraumer Zeit über Moriartys Aktivitäten unterrichtet. Der Mann ist einer von drei entsetzlichen Brüdern, er ist ein Ungeheuer – ein Verbrecher von internationalem Ruf. Ich wundere mich, daß Sie nichts von ihm gehört haben, Lestrade.»
«Das ist Gregsons Gebiet – Spezialabteilung.»
«Jedenfalls war Holmes entschlossen, den Mann zu stellen. Er verfolgte seine Spur bis in die Schweiz. Zwar war Moriarty ein Meister der Verkleidung, doch mit Holmes auf den Fersen wagte er es nicht, sein Gesicht in England zu zeigen.» Watson sprach seinem Cognac herzhaft zu. «Ich erhielt von Holmes diesen Brief und zwei Telegramme. Sie waren alle optimistisch. Er sollte Moriarty an den Reichenbachfällen treffen – einer beliebten Touristenattraktion in der Nähe von Interlaken.»
«Und?»
Watson zog ein riesiges Taschentuch heraus und schneuzte heftig und lautstark hinein.
«Erst heute morgen erhielt ich durch Spezialboten einen weiteren Brief. Offenbar traf Holmes mit Moriarty zusammen. Sie kämpften. Moriarty hatte eine Pistole. Holmes kämpfte mit ihm und... sie stürzten alle beide ab.»
Ein frösteliges Schweigen senkte sich herab. Watson senkte das Haupt und schluchzte unüberhörbar. Lestrade fühlte sich unbehaglich. Er hatte Holmes nie gemocht, doch der Mann war tapfer gestorben. Auf eine Weise, die ihm selbst gefallen würde. Er goß sich und Watson einen zweiten Drink ein. Er tippte Watson mit dem Glas an die Schulter und brummte ihm zu.
«Man fand ihre Leichen. Aneinandergeklammert auf einem Felsgesims, hundertfünfzig Fuß tiefer. Sie hatten sich das Genick gebrochen.» Watson leerte sein Glas.
Lestrade setzte sich schwerfällig. Er stand umgehend wieder auf und zog mit einer Grimasse einen Geigenbogen unter seinem Gesäß hervor.
«Oh, tut mir leid, Lestrade», murmelte Watson. «Sein letzter Bogen.»
«Schon gut.» Lestrade ließ eine angemessene Zeit verstreichen.
«Gibt es sonst nichts, was Sie mir erzählen wollen, Doktor Watson?»

Watson blickte zu Lestrades Rattengesicht empor. Eigentlich waren diese Züge gar nicht rattenähnlich. Das war nicht nett. Und der Mann war auch kein Hanswurst. Er mußte darüber an Conan Doyle schreiben. Aber hatte das eigentlich jetzt noch Sinn? Der große Detektiv war tot. Es würde keine Sherlock-Holmes-Geschichten mehr geben.

«Wie sind Sie drauf gekommen?» fragte er.

Lestrade stand auf. Er dachte, sein Herz habe zu schlagen aufgehört. «Nicht gleich zu Anfang.» Er fragte sich, wer von beiden, Watson oder Conan Doyle, Madame Slopesski so überzeugend gespielt hatte, und ihm dämmerte gerade, daß keiner von beiden blaue Augen hatte, als Watson ihm einen Brief reichte.

«Sie sollten besser diesen Brief lesen», sagte er. «Er stammt vom Gesandten in Genf. Kam heute morgen mit einem Spezialboten.»

Lestrade las schweigend: «Sir, ich bedaure, Sie davon in Kenntnis setzen zu müssen, daß Mr. Sherlock Holmes, letzte Adresse 221 B Baker Street, gestern verstorben ist. Wie Sie wissen, hatte sich Mr. Holmes während der letzten drei Wochen im Hotel *Traveller's Rest* eingemietet. Im Laufe dieser Zeit begann er sich in zunehmendem Maße unpäßlich zu fühlen und machte es sich zur Gewohnheit, in der Stadt und in den Bergen umherzuwandern. Er wurde vor den gefährlichen Abhängen und Schluchten gewarnt, doch er beharrte auf seinen Wanderungen. Am Vierzehnten dieses Monats, etwa gegen zehn Uhr vormittags, wurde Mr. Holmes in der Nähe der Reichenbachfälle gesehen, als er, wie Augenzeugen bestätigen, in einen außerordentlichen Erregungszustand geriet. Er begann laut zu schreien: «Verdammt, Watson, kannst du mich denn nie allein lassen!» und sprang auf einen Gentleman los, der zufällig in der Nähe stand – ein Professor Moriarty von der Universität Heidelberg, der sich mit Freunden auf einer Ferienreise befand, um die Gesteinsformationen in diesem Teil der Schweiz zu studieren. Der Professor und Mr. Holmes verschwanden, wie Zeugen berichten, über dem Uferrand, und ihre Leichen wurden später einhundertfünfzig Fuß tiefer auf einer Felsleiste gefunden. Beide hatten sich das Genick gebrochen. Es bekümmert mich, Sir, derjenige zu sein, der Ihnen das mitteilen muß. Die Hoteldirektion hat sich die Freiheit genommen, die Papiere von Mr. Holmes durchzusehen, wodurch Ihr Name ans Licht kam. Mangels anderer Informationen

bitte ich Sie, die nächsten Verwandten zu verständigen und alles für die Bestattung Erforderliche zu veranlassen. Ihr ...»
Lestrade ließ den Brief sinken.
«Woher wußten Sie von dem Kokain, meine ich?» Watsons Stimme war kaum hörbar. «Wußten Sie, daß er immer vorhatte, mich zu töten?»
«Ich hab's geahnt», log Lestrade. Er wollte in der Offensive bleiben. Watson war jetzt verwundbar, und vielleicht bekam er ein Geständnis.
«Schauen Sie.» Watson schleppte sich müde zur Wand hinüber. «Hätten Sie Holmes nach diesen Einschußlöchern gefragt, hätte er Ihnen gesagt, er habe sich im Schießen üben müssen – und alle Schüsse genau ins Monogramm der Königin, wie? Er hätte Ihnen nicht gesagt, daß jeder dieser Schüsse abgefeuert wurde, als ich nur ein paar Zoll entfernt stand. Ja, ich weiß, es klingt unglaublich. Aber elfmal gab Holmes vor, die Waffe sei ‹versehentlich› losgegangen. Verstehen Sie, er hatte nie den Nerv, mich zu töten. Bis... vor fünf Wochen hatten wir eine Auseinandersetzung. Eine wütende. Er beschuldigte mich der Heimtücke, der Täuschung, ich würde sein Kokain verstecken und Leim über seine Geige gießen. Mrs. Hudson verließ den Raum in reiner Panik. Nie zuvor habe ich ihn so in Rage gesehen, obgleich ich ahnte, daß es irgendwann einmal so kommen mußte. Er packte seine Tasche und ging. Er weigerte sich zu sagen, wohin.»
«Die Briefe, Telegramme?»
«Ich habe sie erfunden. Der einzige Brief, den ich erhielt, ist der in Ihrer Hand. Darin wurde mir sein Tod mitgeteilt. Was mich am meisten kränkt, ist, daß er in seinem verwirrten Gemütszustand diesen armen, alten Geologen für mich gehalten hat. Ich vermute, daß zwischen uns eine flüchtige Ähnlichkeit bestand.»
«Und der Napoleon des Verbrechens?»
«Ihn habe ich auch erfunden.»
Ein weiteres langes, frösteliges Schweigen.
«Warum sind Sie gekommen, Lestrade? Mitten in der Nacht? Wenn Sie das mit Holmes nicht wußten ...»
«Das kann warten», lächelte Lestrade. Er wurde weich. Oder alt. Oder beides. Als er zur Tür ging, redete er sich ein, es liege daran, daß Watson Constances Onkel war.

«Lestrade.» Watsons Stimme war jetzt kräftiger. Er blickte den Inspector quer durch den halbdunklen Raum an. «Ich werde nicht zulassen, daß Holmes umsonst stirbt. Ich werde heute an Conan Doyle schreiben. Holmes wird wieder leben. Er soll nicht bei den Reichenbachfällen sterben – und ein Geologieprofessor von der Universität Heidelberg unsterblichen Ruhm einheimsen.» Watson lächelte. «Und Sie werden ihn nie fangen, Lestrade; das kann nur Holmes.»
Als Lestrade die Treppe erreichte, hörte er das Kratzen eines Bogens auf einer Geige. Kolophonium auf Katzendarm. Er kehrte nicht um.

Am Tage, als die Zeitungen berichteten, Sherlock Holmes' Leichnam sei zur Bestattung in London eingetroffen, wurde im weiß gekachelten Laboratorium in Scotland Yard die Leiche von Philip Faye untersucht. Neben dem Leichnam Melville McNaghten mit Schnurrbart und Krawatte, der Pathologe Dr. Forecastle, der in den Dienst zurückgekehrte Inspector Lestrade und Constable Bandicoot, der an seiner ersten Obduktion teilnahm.
«Ich will ja nicht herumnörgeln, Lestrade», flüsterte McNaghten, «aber wenn Sie mit Ihrer Vermutung recht behalten, daß der Name paßt, dann ist dieser Mann das neunte Opfer in Ihrem Fall.»
«Das zehnte», verbesserte ihn Lestrade ungerührt.
«So kann's nicht weitergehen, Lestrade. Man macht uns zu Narren. Uns alle. Haben Sie die Morgenzeitungen gelesen?»
«Über die Beerdigung von Sherlock Holmes?» fragte Lestrade.
«Zum Teufel mit Ihnen, Lestrade. Über unsere eigene Beerdigung, wenn dieser Mann nicht gefaßt wird. Es ist jetzt nicht nur Ihre Karriere, die auf dem Spiel steht. Der Commissioner ist höchst beunruhigt. Die Öffentlichkeit hält nicht ewig still, wissen Sie.»
«Todesursache?» Lestrade überging McNaghtens Gepolter, indem er sich an Dr. Forecastle wandte.
«Ersticken.» Lestrade fegte ohne weitere Umstände aus dem Raum. Er war auf dem Weg zur Waterloo-Station, um den Zug nach Southsea zu nehmen. Bandicoot stand unschlüssig in der Mitte des Ganges. McNaghten hielt ihn auf.
«Lestrade!»
«Es ist Conan Doyle», antwortete der Inspector. «Zuerst war ich

nicht sicher. Ich dachte, sie hätten es zu zweit gemacht – er und John Watson aus Baker Street.» Lestrade warf ein paar Utensilien in eine Reisetasche. Für den Fall plötzlicher Abreisen wie der jetzigen, hielt er im Yard immer ein frisches Hemd und Kragen bereit.
«Conan Doyle?» echote McNaghten. «Wie, um alles auf der Welt, kommen Sie darauf, ihn zu verdächtigen?»
Lestrade hielt inne und suchte nach einer Antwort, die in der Mitte lag. «Nennen Sie es Intuition», war alles, was er sich abringen konnte. Dann war er mit wehendem Donegal in der fahlen Morgensonne verschwunden.
Bandicoot blickte McNaghten an. «Soll ich ihn begleiten, Sir?»
«Nicht nötig, Constable», war die Antwort. «Hätte sich der Inspector die Mühe gemacht, einen Augenblick zu warten, hätte er erfahren, daß ich in einer Stunde mit Dr. Conan Doyle zum Lunch verabredet bin. Er ist wegen der Beerdigung von Sherlock Holmes in London. Ich wundere mich, daß Lestrade nicht selber dort ist.»
McNaghten wandte sich zum Gehen. «Wenn ich mir's recht überlege, Bandicoot, sollten Sie ihm doch besser nachgehen. Lestrade würde mir nie verzeihen, wenn ich ihn völlig umsonst die Reise zum Wohnort Conan Doyles machen ließe. Außerdem würde er die Kosten dem Yard anlasten, und das würde niemals genehmigt werden.»
Und so war es denn fast zwei Uhr, bevor Lestrade und Bandicoot über die Uferstraße schritten. Scharlachrote und gelbe Blätter kreiselten zu ihren Füßen und wirbelten hin und wieder über ihre Gesichter. Lestrade war stumm und im Augenblick ein wenig ratlos.
«Wäre es hilfreich, darüber zu reden, Sir?» Bandicoot brach als erster das Schweigen. «Ich meine, ich hoffe eines Tages ein ranghöherer Beamter zu sein und würde gern etwas über die Denkprozesse erfahren, die damit verbunden sind.»
Denkprozesse? fragte sich Lestrade insgeheim. Was sollte das nun wieder heißen?
«Es ist sonderbar, Bandicoot.» Lestrade erreichte eine Bank und ließ sich darauf nieder, die Melone ins Genick geschoben. «Heute morgen war ich mir so sicher, aber jetzt... Hören Sie mal zu: John Watson ist mit zwei von Agrippas Opfern verwandt – mit Ihrem Schulkameraden Edward Coke-Hythe und Constance... der Gattin von Albert Mauleverer. Was ist, wenn Agrippa, aus Gründen, die

wir nicht kennen, vorhatte, beabsichtigte, ein bestimmtes Opfer zu töten – oder gar zwei bestimmte Opfer? Was ist, wenn diese Opfer Coke-Hythe und Mauleverer sind?»

«Warum dann aber weitermachen?» fragte Bandicoot. «Warum liegt dann Philip Faye im Leichenhaus des Yard?»

«Weil Agrippa ein methodischer Mörder ist. Weil er die *Struwwelpeter*-Geschichten benutzt hat und die Absicht hat, ihnen haargenau zu folgen. Wer kann erklären, was in einem Kopf wie dem seinen vorgeht?»

«Und Dr. Watson ist der gemeinsame Faktor?»

«Zuerst verdächtigte ich Mrs. Mauleverer. Aus zweierlei Gründen lag ich damit falsch. Erstens: diese Morde sind nicht das Werk einer Frau. Sie sind zu brutal, zu gewalttätig. Zweitens: sie hat ein perfektes Alibi für die Zeit des Mordes an Forbes.»

«Perfekt?»

Lestrade wand sich ein wenig unbehaglich und murmelte: «Sie war mit mir zusammen.»

«Ach so.» Bandicoot gab sich Mühe, sein Grinsen zu verbergen. Lestrade versuchte zu verbergen, daß er es gesehen hatte.

«Der einzige andere gemeinsame Faktor ist Watson.»

«Aber kann Mrs. Mauleverer nicht ihren Mann und Edward Coke getötet haben?» beharrte Bandicoot.

«Ja, das könnte sie, doch das würde bedeuten, daß der Mord an Forbes zumindest das Werk eines Nachahmungstäters ist, irgend jemand, der das *Struwwelpeter*-Muster ebenfalls kennt. Vergessen Sie nicht, die Presse hat diese Verbindung bis jetzt noch nicht hergestellt. Wir sind immer noch die einzigen, die darüber Bescheid wissen. Nein, das ist unglaubwürdig.»

«Und Conan Doyle?»

«Ist mit Watson zusammen der Verfasser von *Die Abenteuer des Sherlock Holmes* – Sie wissen, im *Strand Magazine*.»

«Tut mir leid, Sir, kenne ich nicht.»

«Sie versäumen nichts», bemerkte Lestrade. «In Kent bin ich Agrippa begegnet. Oh, ich weiß, es steht nicht in meinem Bericht. Ich habe es weder McNaghten, Ihnen, noch sonst jemandem erzählt. Aber es war Agrippa, ganz sicher; verkleidet, ja, geschickt, sehr geschickt. Aber trotzdem Agrippa; ich bin ganz sicher. Von Watson wußte ich, daß Conan Doyle ein glühender Spiritist war –

und wer könnte ein Medium besser spielen als ein glühender Spiritist?»
«Also waren es Watson und Conan Doyle?»
«Zwei Mörder wären praktisch.» Abermals dachte Lestrade laut.
«Die Morde sind leichter auszuführen, die Alibis leichter zu besorgen, es ist einfacher, falsche Spuren zu legen, aber...»
«Aber?»
«Aber es vergrößert das Risiko enorm, Bandicoot. Kann einer dem anderen trauen – *wirklich* trauen? Schließlich hängt sein Leben davon ab. Ein Versehen, ein falsches Wort – und der Galgen wartet. Nein, das ist unglaubwürdig. Oh, ich habe heute morgen übertrieben reagiert. Conan Doyle hatte sich die Erstickungsmethode ausgesucht, als ich ihn fragte, wie er einen Menschen töten würde. Erstikken, Bandicoot. Die Methode, die angewandt wurde, einen gewissen Philip Faye aus dem Weg zu schaffen.»
«Warum nehmen Sie Conan Doyle dann nicht fest oder unterwerfen ihn wenigstens einer inquisitorischen Befragung?»
Inquisitorische Befragung? dachte Lestrade. Wo nahm Bandicoot bloß diese Ausdrücke her? Hatte er vielleicht ein Wörterbuch verschluckt? Oder war seine Mutter vielleicht durch ein Wörterbuch erschreckt worden, als sie schwanger war?
«Nein, er ist nicht unser Mann. Er ist vier Tage lang in London gewesen. Und unser verehrter Chef speist mit ihm, während wir uns unterhalten. Ich frage mich, ob wir zwischen unserer letzten Leiche und dem guten Doktor eine Verbindung herstellen könnten. Ich bezweifle es.»
Bandicoot sah verwirrt aus.
«Wenn Sie so lange im Geschäft wären wie ich...» Lestrade gab sich einen Ruck; er hatte immer geschworen, so etwas nie zu sagen, doch jetzt war es zu spät... «lernen Sie, mit Intuition zu arbeiten – einem Gefühl zu folgen, das zwar undeutlich und unsicher, aber gegenwärtig ist. Irgendwo zwischen Uhr und Uhrtasche. Das sagt mir, daß Conan Doyle nicht unser Mann ist. Lassen wir ihn und Watson weiter ihre albernen Detektivgeschichten schreiben. Wir können sie deswegen nicht aufhängen.»
Lestrade stand auf. «Kommen Sie, ich kaufe Ihnen ein Stück Zervelatwurst im *Coal Hole.*»

‹Unappetitlich› war das Wort, das Bandicoot letztlich einfiel. Das beste Wort, das er weit und breit, wie ihm schien, finden konnte, um die Tätigkeit des unbeweint verblichenen Philip Faye zu kennzeichnen. Lestrade blieb bei der ganzen Sache kühl und distanziert; ihm war das alles längst bekannt, doch für Bandicoot tat sich eine neue Welt auf. Die radikale Presse und die Prediger des Evangeliums nannten das Geschäft Weiße Sklaverei. Lestrade zuckte die Achseln und sagte, so sei das Leben.

«Kleine Mädchen», hatte Sergeant Dixon wiederholt. «O ja, großer Markt. Entjungfern heißt das Spielchen, Bandicoot. Ist natürlich heute nicht mehr so verbreitet wie früher. Wenn Sie so lange im Geschäft wären wie ich...»

«Philip Faye hat also junge Mädchen vermittelt?»

«So steht's in den Akten. Das war natürlich vor Mr. Labutchers Gesetz nicht ungesetzlich.»

«Ich glaube, er heißt Labouchere», verbesserte Bandicoot.

«Richtig. Na ja, wie auch immer. Damit ist immer noch Geld zu verdienen. Es gibt 'ne Menge Gentlemen, die für 'ne Jungfrau viel Geld hinblättern.

Es ist nicht ungewöhnlich in London, daß Zwölfjährige verhökert werden, damit die Gentlemen eine kriegen, die...»

«Eine Virgo intacta ist?» fragte Bandicoot.

«Ich glaube nicht, daß ihre Herkunft damit zu tun hat», bemerkte Dixon sachverständig. «Man sagt, sie seien alle gleich, wenn sie mal flach liegen. Wissen Sie, ich bin Familienvater. Wenn irgendein Zuhälter meine Mädchen anrührt, breche ich ihm den Hals.»

«Oder erdrosseln Sie ihn vielleicht?» Bandicoot war stolz auf diese Bemerkung. Sie hätte von Lestrade sein können.

«Ich glaube nicht, daß Mr. Faye's einziges Verbrechen darin bestand, Einkünfte aus unmoralischen Geschäften zu beziehen», sagte Lestrade auf dem Weg zum Lift. «Kommen Sie, Bandicoot, wir haben zu tun.»

Faye hatte 1886 eine viermonatige Strafe wegen Zuhälterei abgesessen. Seitdem schien er sauber gewesen zu sein – oder er hatte Glück gehabt. Doch durch seine üblichen Zuträger hatte Lestrade erfahren, daß sich der Verstorbene seit kurzem in gänzlich anderen Kreisen bewegte. Er hatte, wenn der Ausdruck gestattet ist, sein Schwergewicht von kleinen Mädchen auf kleine Jungen verlagert.

«Ich habe immer gedacht, er hätte 87 bei der Cleveland-Affäre die Finger im Spiel gehabt», grunzte Jones und fuhrwerkte mit einem goldenen Zahnstocher in seinen Zähnen herum. «Indessen, es waren zu viele große Namen in die Sache verwickelt. Zu allererst die Königliche Gardekavallerie.»
Lestrade wandte sich an Bandicoot. «Damit Sie Bescheid wissen: ein Männerbordell in der Cleveland Street wurde ausgehoben. Es kam heraus, daß einige sehr prominente Leute, Parlamentsmitglieder, Armeeoffiziere und so fort, diesen Ort regelmäßig aufsuchten, um mit Laufburschen zusammenzutreffen.»
«Unglücklicherweise kamen die meisten davon», nuschelte Jones.
«Aber wenn Sie erst mal so lange im Dienst sind wie ich, Constable, werden Sie die Erfahrung machen, daß die großen Fische in der Regel durch das Netz schlüpfen.»
«Und Philip Faye war ein großer Fisch?» fragte Bandicoot.
«Nein», sagte Lestrade ruhig. «Und wenn Sie erst so lange im Dienst sind wie Inspector Jones, werden Sie merken, daß die kleinen Fische in der Regel ebenfalls durch das Netz schlüpfen.»

Das *Cadogan Hotel* war eines der imposantesten in London. Wie das *Metropol* war es einer der beliebtesten Treffpunkte der eleganten Welt, innerhalb oder außerhalb der Saison. Es war Vormittag, als Lestrade und Bandicoot ankamen. Sie bestellten Kaffee und Cognac (Bandicoot bezahlte) und warteten. Ihre Opfer ließen nicht lange auf sich warten. Das erste war ein großgewachsener, wohlparfumierter Mann im Pelzmantel, mit dicken, sinnlichen Lippen und einer ziemlich lächerlichen Nerofrisur. In seinem Kielwasser folgte ein schlanker, blonder, junger Mann mit klassischen Zügen.
«Mr. Oscar Wilde?»
«Er steht vor Ihnen.»
«Inspector Lestrade, Scotland Yard. Das ist Constable Bandicoot.»
«Ach, wie delikat. Ein Teil des langen Arms des Gesetzes. Sie wissen, wer ich bin. Darf ich Lord Alfred Douglas vorstellen?»
Der schlanke junge Mann verbeugte sich. «Sei ein Engel, Bosie, und

besorge uns allen etwas zu trinken, ja? Es sei denn, Sie, Gentlemen, sind im Dienst und lehnen ab.»
«Wir sind im Dienst und wir lehnen nicht ab», antwortete Lestrade.
«Nun, Gentlemen, nehmen Sie doch bitte Platz. Welchem Anlaß verdanke ich das Vergnügen?»
«Vergnügen, Mr. Wilde?»
«Oh, Inspector.» Wilde tippte an Lestrades Knie. «Sie sind ein Schlingel.»
«Philip Faye», sagte Lestrade.
«Oh, du liebe Zeit, ja. Armer Philip.» Wildes Miene verdüsterte sich und er barg mit einer übertriebenen Geste den Kopf in seiner Hand. «Eine Tragödie. Eine absolute Tragödie.»
«Wann haben Sie ihn zuletzt gesehen?» Ein Kellner brachte Lord Alfred Douglas ein Tablett mit Cognacgläsern.
«Nein, nein», sagte er. «Setzen Sie sie auf Mr. Wildes Rechnung.»
«Hm, überlegen wir mal, Bosie, war es nicht Montag, daß wir den armen Philip zum letztenmal sahen. Im Albemarle?»
«Schon möglich, Oscar. Du weißt, daß ich ihn immer irritierend fand.»
«Irritierend, Mylord?» fragte Lestrade.
«Er litt am Veitstanz, Inspector.»
«Ach, nun komm, Bosie. Er war vielleicht Nervenstörungen unterworfen. Er erinnerte mich immer an eine Figur in meinem *Gespenst von Canterville*. Haben Sie's gelesen, Inspector.»
«Ich lese nur die *Police Gazette*, Mr. Wilde. Ist das Werkchen dort erschienen?»
«Oh, Inspector, ich sehe, ich muß achtgeben. Sie sind drauf und dran, meinen Ruf zu ruinieren.»
«Ihr Ruf ist bei mir sicher aufgehoben, Mr. Wilde.» Lestrade sagte es mit Nachdruck. «Haben Sie einen Grund, Mr. Faye tot zu sehen?»
«Gütiger Himmel, Inspector. Philip war einer meiner liebsten Freunde.»
«Wußten Sie, daß er vorbestraft ist?»
«Sie meinen diese Sache mit den Fotografien, die der alte Tennyson machte? Ja, das war ziemlich häßlich, nicht wahr?»
Lestrade fegte diesen Abwiegelungsversuch beiseite.

«Nein, ich meine, daß er kleine Mädchen und Jungen verkuppelte.»
Wilde fuhr mit der Zunge über die Lippen. «Man hat ihn einfach mißverstanden.»
«Nun ist er tot», fuhr Lestrade fort. «Sagen Sie mir, Mr. Wilde, haben Sie ihn umgebracht?»
«Inspector, ich habe Geduld mit Ihnen gehabt.» Wildes albernes Grinsen war verschwunden. «Aber wenn Sie mich des Mordes an einem sehr lieben Freund beschuldigen ...»
«Ich habe Sie nicht beschuldigt, Mr. Wilde.»
«Ich muß Sie bitten, sich in der Lautstärke ein wenig zu mäßigen, Gentlemen», sagte Douglas pikiert. «Mr. Wilde und ich gehören zu den ständigen Gästen des Hauses.»
Lestrades Aufmerksamkeit richtete sich nunmehr auf den jungen Mann. «Sie fühlten sich also durch Fayes Zuckungen belästigt?»
«Wie meinen?»
«Sie sagten, er litt am Veitstanz. Sie sagten, Sie fanden ihn irritierend.»
«Und das ist nicht alles, was ich bei ihm fand, wie, Oscar?» Douglas grinste.
«Du garstiger Bube», knurrte Wilde. «Bosie, du kannst manchmal so vulgär sein.»
«Eine kleine Meinungsverschiedenheit unter Liebenden?» Lestrade sagte es provozierend.
Wilde und Douglas sprangen protestierend auf. Bandicoot hielt es für besser, ebenfalls aufzustehen. Die Art, wie Douglas ihn angeschaut hatte, stimmte ihn nicht fröhlich. Lestrade blieb sitzen.
«Er war ein Schwuler, Mylord – ein Homosexueller im Sinne des Gesetzes.»
«Gesetz?» Douglas war wütend.
«Sage nichts, Bosie. Denke an deinen Vater.»
«Wissen Sie, wer er ist?» fragte Lestrade.
Douglas holte zu einem Schlag aus, den Bandicoot parierte und mühelos in der Luft auffing. Douglas starrte in finsterer Verachtung auf Bandicoots Kragenknopf, der in seiner Augenhöhe war.
«Spricht nicht gerade für die Queensberry-Regeln», konnte sich Bandicoot nicht verkneifen zu Lestrade zu sagen.
«Ihr abscheulichen Bastarde!» schrie Douglas die Polizisten an.

«Bitte, Mylord», erwiderte Lestrade, «und das im *Cadogan Hotel.*»
Wildes Wut erstarb auf der Stelle. «Welch ein superber Ausspruch, Inspector. Ich wünschte, ich hätte das gesagt.»
Und die Gäste des *Cadogan* drehten sich allesamt um und flöteten mit einer Stimme: «Das wirst du, Oscar, das wirst du.»

Die Weiße Lady

McNaghten war am Ende seiner Geduld. Die ganze Woche über war er mit Beschwerden der Familie Queensberry überflutet worden. Beschwert hatte sich auch ein Geschichtenschreiber namens Wilde. Den letzteren konnte McNaghten ignorieren – er hatte von dem Mann nie gehört. Der Marquess von Queensberry dagegen, wenn auch ein wenig anrüchig, war ein bekannter Sportsmann und gehörte zur Clique des Prince of Wales. Und das ließ sich nicht ignorieren. Noch eine weitere Anzüglichkeit ohne Grundlage, eine Drohung ohne Beweis – und Inspector Lestrade würde Constable Lestrade werden und den Verkehr am Piccadilly regeln.
Währenddessen war der unvermeidliche Trauerbrief eingetroffen –

Nun ist Philipp ganz versteckt,
und der Tisch ist abgedeckt.
Was der Vater essen wollt,
unten auf der Erde rollt.
Suppe, Brot und alle Bissen,
Alles ist herabgerissen.

Lestrade sah in seinem Exemplar des *Struwwelpeter* nach. Bandicoot hatte diese Geschichte nicht mehr im Kopf gehabt. Sie war zu trivial und albern. Und es schien, daß selbst Agrippa es schwierig fand, einen schwulen Zuhälter mit dem harmlosen Buben in Beziehung zu bringen, der am Eßtisch seines Vaters herumzappelte. Lestrade fragte sich gerade, wer wohl Hans-Guck-in-die-Luft sein und was ihm zustoßen würde, als Arabella McNaghten in sein Büro fegte.
«Sholto, Sie müssen Weihnachten zu uns kommen, Papa geht mit uns allen nach Lynton. Und ich weiß, daß Sie drei Tage Urlaub haben. Keine Widerworte. Wir erwarten Sie am dreiundzwanzigsten.»

Und sie entschwebte.
Bandicoot vertiefte sich in ein paar Papiere, die plötzlich ungemein interessant zu sein schienen. Ein paar Meilen entfernt fror Dew geduldig auf der Straße, wo er das Haus von Dr. Conan Doyle beobachtete, der noch nicht vor dem Winter in den Süden geflohen war.
«Lynton», wiederholte Lestrade mechanisch.
«Das ist ein ziemlich malerisches Dorf, Sir, oberhalb der Lyn-Mündung gelegen, nahe Barnstaple.»
«Danke, Bandicoot. Wir kommen ohne Reiseführer aus. Ist das Weib verrückt?»
Indem er dieser rhetorischen Frage mit seinen beschränkten Möglichkeiten weiter nachhing, fragte er sich, ob es sich dabei um eine neue verrückte Anwandlung von Arabella handelte. Oder war es ein plumper Versuch von McNaghten Senior, den Schaden zu übertünchen, den in der letzten Zeit eine ganze Reihe stürmischer Wortwechsel in seinem Büro angerichtet hatten? Lestrade war noch nie zuvor eingeladen worden, obgleich es Beispiele gegeben hatte, daß McNaghten seine Mitarbeiter, einzeln oder paarweise, in sein Landhaus im Westen eingeladen hatte. Aber im Augenblick blieb ihm keine Zeit mehr, darüber nachzusinnen. Ein großgewachsener junger Mann mit gefettetem Schnurrbart und Mittelscheitel erschien in der Tür.
«Mr. McGillicuddy, Sir», meldete ein Constable.
«Oswald McGillicuddy», sagte der junge Mann mit ausgestreckter Hand.
«Ich schätze, mein Vater ist Ihnen ein Begriff, der Ballonfahrer?»
«Nein», sagte Lestrade. Um diese Tageszeit war er noch nicht in Form, besonders weil es Sonnabend war, und die unerschütterliche Miss McNaghten hatte ihn gerade durcheinandergeschüttelt.
«Ich bin gekommen, um etwas zu melden, das nach meiner Ansicht Mord sein könnte.»
Lestrade fühlte sich noch schlechter.
«Bandicoot, Tee für Mr.... äh...?»
«McGillicuddy. Oswald.»
«Tee für Mr. Gillicuddy.»
Bandicoot ging ab.
«Ich habe es gestern in Bow Street gemeldet», fuhr der junge Mann fort. «Sie haben alles zu Protokoll genommen, und dann sagten sie

mir, ich solle mich an Sie wenden. Hm… Sie sind doch Inspector Lestrade, oder?»
«Noch. Was haben Sie mir zu sagen?»
«Nun, vielleicht sollte ich vorausschicken, da es Ihnen nicht bekannt ist» – er sah etwas gekränkt aus – «daß ich aus einer Familie von Luftschiffern stamme.»
Lestrade versuchte wissend auszusehen. «Sie wollen sagen, daß Sie ein Trapezkünstler sind?»
«Nein, nein, Inspector. Wir sind Ballonfahrer. Es ist eine wenig bekannte Tatsache, daß es mein Urgroßvater war, der Etienne Montgolfier die erste Unterrichtsstunde erteilte. Das nur nebenbei. In der letzten Zeit sind andere Arten des Fliegens für uns interessant geworden. Mein Vetter Albert sprang, wie Sie sich erinnern» – Lestrade erinnerte sich nicht – «vorletztes Jahr vom Eiffelturm, um zu versuchen, da Vincis Theorie zu beweisen.»
«Und diese Theorie war?»
«Falsch.»
«Aha.»
«Ja, wir sind eine Familie, die an plötzliche Todesfälle gewöhnt ist, Inspector. Und im Dienst der aeronautischen Wissenschaft Verletzungen zu erleiden. Sie würden nie darauf kommen, daß dieser Arm nicht mein eigener ist, oder?»
«Gütiger Gott», staunte Lestrade, «wessen Arm ist es?»
McGillycuddy schwenkte ein wunderbar gearbeitetes künstliches Glied.
«Es ist aus bemalter Guttapercha angefertigt, wissen Sie. Ich kann fast alles damit machen, aber ich muß aufpassen, wenn ich Sauerteigfladen in den Ofen schiebe.»
«Eine kluge Vorsichtsmaßnahme.»
«Der Arm könnte schmelzen, verstehen Sie?»
Lestrade gelangte immer mehr zu der Überzeugung, einen Verrückten vor sich zu haben, als Bandicoot mit dem Tee kam. McGillycuddy benutzte bedächtig seine linke Hand, deren Finger sich mittels eines Schalters krümmen ließen, der, mit einem Draht versehen, unter einem Revers versteckt war.
«Ein weiteres Steckenpferd meiner Familie», strahlte er.
Lestrade hütete sich, näher darauf einzugehen. «Ihr Mord?» fragte er.

«Ach ja. Mein Vetter John Torquil. Er starb, als sein dampfgetriebener Maxim Bisley mit einer Geschwindigkeit von achtunddreißig Meilen in der Stunde gegen einen Baum prallte.»
«Sie wollen sagen, daß er in einem Automobil fuhr?»
«Nein, nein, Inspector. Der Maxim Bisley ist ein Aeroplan. Ein Vogel ohne Federn. Tragisch, daß Hiram Maxim zu dieser Zeit anwesend war. Ich hoffe bloß, daß ihn das nicht mutlos gemacht hat. Es lag nicht an seiner Maschine, wissen Sie.»
«Soll ich daraus schließen», beharrte Lestrade, «daß Ihr Vetter, der Verstorbene, wirklich flog?»
«Nun, da liegt der Hase im Pfeffer, Inspector. Damit man einen Flug einen Flug nennen kann, muß der Flieger sein Gefährt eine beträchtliche Zeit in der Luft halten. Es darf, anders gesagt, kein Glück im Spiel sein – etwa ein Hüpfer oder ein unberechenbarer Windstoß. Nach meiner Meinung war John, wobei ich zugegebenermaßen als ein parteilicher Beobachter gelten muß, im Begriff, einen Dauerflug zustande zu bringen, als die Maschine an Höhe verlor und ihre Verkleidung sich löste. Er bohrte sich, ohne Flügel, versteht sich, durch eine Hecke, prallte gegen eine Eiche und endete in einem See. Es krachte fürchterlich. Wir rannten alle zu ihm, doch es war zu spät. Der arme Bursche hatte sich das Genick gebrochen.»
«Verzeihen Sie, Mr. McGillycuddy, aber ist nicht das, was Sie beschreiben, bloß ein bedauerlicher Unfall?»
«Aber nein, Inspector. Ich dachte mir, daß Sie das sagen würden, und habe mir deshalb erlaubt, das Beweisstück mitzubringen.»
McGillycuddy ging auf den Korridor, setzte seinen künstlichen Arm in Tätigkeit und hob ein Stück Stahl in die Höhe, etwa vier Fuß lang, von dem mit Leinwand überzogene Drähte und Holzstreben herunterhingen.
«Sehen Sie sich das Ende an», sagte er. «Durchgesägt, Gentlemen. Durchgesägt. Als wissenschaftlich geschulter Flieger kennt man sich mit Spannungen in Metallen aus. Wenn Stahl reißt, sieht das ganz anders aus. An dieser Maschine wurde herumgepfuscht, bevor John Torquil damit aufstieg – wenn man es so nennen will.»
«Und wer hatte Zugang zur Maschine vor dem ... äh ... Flug?»
«Die Mechaniker, die sie bauten. Hiram Maxim, der sie konstruierte. Ich selbst und John Torquil. Oh, möglicherweise auch Armytage Monk.»

Sekundenlang spielte Lestrade mit dem Gedanken, es könne sich um eine katholisch-inspirierte Verschwörung handeln, dann ließ er ihn fallen.
«Ich bin lange genug bei der Polizei, um zu wissen, daß ich Sie nicht ausschließen kann, Sir. Oh, nehmen Sie das bitte nicht persönlich. Ich vermute, daß Bandicoot der Meinung ist, kein Mörder, der bei Trost ist, würde freiwillig bei zwei Polizeirevieren vorsprechen und zuvorkommend mit dem Finger, wenn auch mit einem falschen, auf sich selbst zeigen.»
Bandicoot nickte. Lestrade kam sich ein bißchen wichtigtuerisch vor, ein wenig dem bedauernswerten toten Sherlock Holmes ähnlich, doch er war jetzt in Schwung und hatte keine Lust, um es mit einer gewagten Metapher zu sagen, das Tempo zu drosseln.
«Ich habe jedenfalls schuldige Kunden gehabt, die genau das taten, und zwar in dem irrigen Glauben, dadurch den Verdacht von sich abzulenken. Sagen Sie, hat der Tote ein Testament hinterlassen?»
«Ich glaube nicht. Beide Elternteile leben noch, und er war unverheiratet. Vermutlich werden seine irdischen Güter an seinen Vater und an seine Mutter zurückfallen.»
Lestrade wandte das Gesicht dem Fenster zu. «Wo hat dieser Unfall stattgefunden?»
«In Bisley, auf dem Schießplatz. Daher auch der Name der Maschine. Zum Abheben braucht man einen ebenen Untergrund, verstehen Sie?»
«Bandicoot, sagen Sie dem Wachhabenden Bescheid. Wir fahren nach Bisley.»

Es war früher Nachmittag, als die drei ankamen, und naßkaltes Wetter. Der Himmel deutete auf Schnee, eine Wiederholung des unfreundlichen Wetters im vergangenen Winter. Lestrade untersuchte das zerstückelte Wrack des Bisley, das in einem behelfsmäßigen Schuppen untergebracht war, den McGillycuddy als Hangar bezeichnete. Hiram Maxim, der Erfinder des berühmten Maschinengewehrs, dessen Lafette einst Lestrades Füße zerquetscht hatte, war ein großer zungenfertiger Amerikaner, wenngleich sein Akzent, das nicht enden wollende Kauderwelsch des Wissenschaftsfanatikers, nur gelegentlich durchbrach.

«Die Flügelspannweite des Bisley beträgt einhundert Fuß. Der Rumpf hat eine Länge von siebenundsechzig Fuß. Der Propeller wird von einer Dampfmaschine mit fünfzig Pferdestärken angetrieben, die dreieinhalb Tonnen wiegt. Ich denke, bei meinem nächsten Versuch werde ich Schienen verwenden, um das Ding zu stabilisieren.»
«Soll das heißen, daß Sie es wieder versuchen werden?» fragte Lestrade.
«Natürlich», riefen Maxim und McGillycuddy wie aus einem Mund.
«Vormarsch der Wissenschaft», fügte Maxim allein hinzu.
«Wie ich Ihnen schon sagte, Inspector», fuhr McGillycuddy fort, «wurde der Propeller des Bisley durchgesägt. Dies war kein Unfall.»
Es gab nur zwei Mechaniker, die an den Tagen vor der Tragödie an dem Bisley gearbeitet hatten. Lestrade und Bandicoot befragten sie gemeinsam, und Lestrade gelangte zu der festen Überzeugung, daß sie unbedingt ehrlich waren. Bandicoot war nicht so sicher; einer der beiden war, wie sich im Laufe der Unterhaltung ergab, ein Sozialist.
Beim Cognac im Hause des Kommandanten, wo der amerikanische Erfinder zu Gast war, überzeugte an diesem Abend auch Hiram Maxim den Inspector von seiner Unschuld. Er mochte vielleicht ein Langweiler sein, doch ein Mörder war er nicht. Und als das Schneetreiben über den verlassenen Schießplätzen von Bisley dichter wurde, war Lestrade mehr denn je überzeugt, daß er sein elftes Opfer hatte. Agrippa hatte erneut zugeschlagen. John Torquil war Hans Guck-in-die-Luft.
«Erzählen Sie mir etwas über Armytage Monk», sagte Lestrade, den Cognacschwenker zwischen den Händen wärmend.
«Da gibt es nicht viel zu erzählen», erwiderte McGillycuddy. «Vor etwa vierzehn Tagen brachte ihn John mit nach Bisley. Ich war dem Mann zuvor nicht begegnet, und ich hatte den Eindruck, daß John ihn nicht gut kannte. Indessen schien es so, als sei er ein begeisterter Flieger und sehr scharf darauf, John den Bisley fliegen zu sehen.»
«Wenn er ein so begeisterter Flieger war, warum flog er nicht selber?»

«Oh, er konnte nicht. Er hatte im vorigen Jahr einen Unfall, wobei er sich einen bleibenden Schaden am Hals zugezogen hatte.»

«Am Hals?»

«Ja, er konnte nicht richtig sprechen, der arme Bursche. Hatte eine gutturale, irgendwie rasselnde Stimme – und er hatte immer einen Schal um den Hals gewickelt, sogar wenn er im Haus war. Da war aber noch eine merkwürdige Sache.»

«Ja?»

«Nun, es mag Ihnen lächerlich vorkommen, aber John und Armytage schienen häufig... nun, zu kichern, ist wohl das richtige Wort. Sie tauschten verstohlene Blicke, als ob sie einen Privatspaß miteinander hätten. Vermutlich auf unsere Kosten.»

«Ist Monk ein großer Mann?»

«Ja, würde ich sagen. Etwa sechs Fuß und breitschultrig.»

Lestrade beugte sich vor und sah ihn mit durchdringendem Blick an. «Welche Farbe hatten seine Augen?»

«Du lieber Gott, Inspector, ich habe nicht die leiseste Ahnung.»

«Sie waren blau, Inspector», sagte Maxim aus der Ecke. «Eisblau.»

«Wie kommt es, daß Sie sich daran erinnern?» fragte Lestrade.

«Wie kommt es, daß Sie danach fragen?» konterte Maxim.

«Ich habe meine Gründe, Sir.»

«Ich bin Wissenschaftler, Inspector – ein geübter Beobachter. Ich achte auf alle Arten von Dingen – und Menschen.»

«Und was schien Ihnen bei Armytage Monk sonst noch der Beachtung wert?»

«Ich mochte ihn nicht, das steht fest. Irgend etwas Falsches war an ihm. Und er wußte nicht viel über Fliegerei, wo er doch so scharf darauf war, wie McGillycuddy sagt, Torquil den Bisley fliegen zu sehen.»

Lestrade versuchte zu vergessen, zumindest für eine Weile. Es war Weihnachten oder, besser gesagt, kurz davor. Er bestieg den Zug nach Westen in Richtung Swindon und verfluchte Mr. Brunel aufs neue wegen seiner breiten Spurweite. Eines Tages würde man die verdammten Gleise ändern und es würde nicht mehr nötig sein, sich in Swindon herumzudrücken. Gegen Mittag war er in Minehead und legte den Rest des Weges mit der Kutsche zurück. Das war ein Fehler und er bereute seinen flüchtigen dummen Einfall, denn der altmodische Porlock Hill war dort, wo die Sonne die dichten Baumkronen nicht hatte durchdringen können, noch schlüpfrig vom Morgenfrost. Nach ein paar entsetzlichen Rutschpartien und unter Schreckensgewieher der Pferde gab der Kutscher auf und verlangte von den Fahrgästen, auszusteigen und mitsamt ihrem Gepäck hügelauf zu Fuß zu laufen. Nach etwa einer Stunde voller Peitschenknallen und Geschrei kam die Kutsche oben an. Lestrade saß vor Kälte erstarrt auf seinem Gladstone. Es überraschte ihn nicht, daß die Weihnachtsstimmung ihn verlassen hatte.

Kein Wunder, daß er The Tors erst bei Einbruch der Dunkelheit erreichte. Es war ein riesiges Haus, eher schon ein Hotel, auf der felsigen Spitze unterhalb Countisbury Foreland liegend und kühn aus einem dichten Pelz von Immergrün hervorlugend. Lestrade blickte auf das winterliche Meer hinaus, das sich im Licht des von einem Hof umgebenen Mondes kräuselte. Was sollte er hier? Er blickte auf das prächtige Haus, im Herzen den geheimen Argwohn gegenüber einem Polizisten mit Privatvermögen. Solche Dinge dürfte es nicht geben. Dann wurde das Haus lebendig, man hörte Rufen, Hundegebell, und auf dem Fahrweg huschten Lichter hin und her.

«Sholto!» Es war Arabella, die groß und tröstlich aus dem Dunkel vor ihm aufragte. Sie gab Lestrade einen flüchtigen Kuß auf die froststarre Wange. «Sie goldiger Mann, Sie sind ja ganz erfroren. Kommen Sie herein. Papa erwartet Sie.»

Nach Stunden in der zugigen Kutsche und auf der Straße, in Gesellschaft stummer oder griesgrämiger Mitreisender, hatte Lestrade beinahe das Sprechen verlernt, doch ein Cognac und ein prasselndes Kaminfeuer brachten ihn rasch wieder ins Lot.

«Ich weiß, es ist Weihnachten, Lestrade», sagte McNaghten, ihre Gläser aufs neue füllend, «aber ich habe Sie absichtlich herkommen lassen. Morgen werden meine anderen Gäste eintreffen. Dann wird keine Zeit mehr sein, mit Ihnen zu sprechen. Ich möchte, daß Sie heute abend einmal vergessen, daß ich Ihr Vorgesetzter bin. Ich möchte von Mann zu Mann mit Ihnen sprechen. Der *Struwwelpeter*-Fall. Haben Sie einen Verdächtigen?»

«Mehrere», sagte Lestrade.

«Dann schießen Sie los, Mann. Lassen Sie hören.» Sogar in Morgen-

rock und Hauskäppchen zupfte McNaghten seine immer gegenwärtige Krawatte zurecht.
«Wie Sie wissen, Sir...» fing Lestrade an.
«Aber nein, Sholto. Denken Sie daran: von Mann zu Mann. Sir *Melville*...»
Angesichts der zügellosen Großzügigkeit dieser Offerte zwirbelte Lestrade seinen Schnurrbart.
«Zuerst verdächtigte ich Lawrence Alma-Tadema» – wieder richtig! – «den Künstler.»
«Quatsch... Sholto.»
«Wie Sie andeuteten... Sir *Melville*. Sie haben natürlich ganz recht. Ich setzte ein paar Männer auf ihn an.»
«Also wirklich, Lestrade, Lawrence ist ein Freund der Familie.»
«Trotzdem, Sir, ich durfte keine Möglichkeit außer acht lassen.»
«Sehr gut.»
«Er hatte für die nächsten zwei Verbrechen ein perfektes Alibi. Er ist nicht Agrippa.»
«Ganz recht.»
«Aber es gibt eine Verbindung. Die schwarze Lackfarbe, mit welcher die Tinten-Buben umgebracht wurden, stammte aus seinem Atelier, ich bin mir dessen sicher.»
«Bringt uns das weiter?»
«Ich weiß es nicht... noch nicht.»
«Fahren Sie fort.»
«Dann kam mir der Gedanke, daß Agrippa vielleicht eine falsche Spur legte. Mehrere Morde, um sein wirkliches Ziel zu verschleiern.»
«Riskant», sinnierte McNaghten, aber auch Lestrade wußten, daß im Ripper-Fall diese Vermutung eine große Rolle gespielt hatte.
«Aber eine Überlegung wert. Die Frage ist: welches ist das wirkliche Verbrechen? Meine Männer und ich haben Aussagen von fast zweihundert Personen zu Protokoll genommen. Vielleicht verbirgt sich unter diesen zweihundert Personen der Mann, den wir suchen.»
«Oder vielleicht nicht.»
«Dann kam ich zu der Folgerung, Mrs. Mauleverer sei die Mörderin. Sie stand sowohl mit Albert Mauleverer wie mit einem der Tinten-Buben in Beziehung, aber ich ließ den Gedanken fallen.»
«Warum?»
«Es ist kein Verbrechen für eine Frau, Sir Melville. Bei fast allen

dieser Morde war einige Körperkraft erforderlich. Constance Mauleverer ist eine zierliche Frau. Ihre Kräfte hätten nicht ausgereicht.»
«Was ist mit Conan Doyle?»
«Ach ja. Ich verdächtigte ihn und Doktor John Watson der gemeinsamen Täterschaft. Ihre Motive blieben mir dunkel, aber die Annahme, es gäbe zwei Täter, erklärte Agrippas rasches und müheloses Verschwinden. Der eine tötete, während der andere Schmiere stand und Spuren verwischte.»
Ohne daß der eine es vom anderen wußte, dachten beide Männer abermals an den Ripper-Fall.
«Weiter. Ich ließ sie beide überwachen. Ihre Alibis waren wasserdicht. Und ich kenne John Watson. Er ist eventuell ein schlechter Schriftsteller, ein mittelmäßiger Arzt, aber er ist kein Mörder.»
«Wo stehen wir also nach alldem?»
«The Tors, Sir Melville, Weihnachten 1891.»
«Wie? Ach ja, verstehe. Keine weiteren Verdächtigen?»
«Agrippa ist schwer faßbar, aber er ist kein Übermensch. Wir wissen einiges über ihn. Er ist ein großgewachsener Mann, etwa sechs Fuß groß, schwer und kräftig. Er ist ein Meister der Verkleidung, fähig, einen leidenschaftlichen Liebhaber zu spielen wie im Fall von Harriet Wemyss oder einen aeronautischen Schwärmer im Fall von John Torquil.» Und Madame Slopesski im Fall von Isaac Prendergast, fügte Lestrade insgeheim hinzu. Er konnte es einfach nicht über sich bringen, seinem Vorgesetzten, der nun mit einemmal ihm gleichgestellt war, einzugestehen, daß er einmal im selben Zimmer mit Agrippa gewesen war. «Wir wissen, daß er einen verschrobenen Sinn für Humor hat, indem er die Kinderverse vom *Strubbelkopf-Peter* als Muster für seine Verbrechen benutzt. Und wir wissen noch etwas – Agrippa ist ein Snob.»
«Ein Snob, Sholto?»
«Schauen Sie sich seine Opfer an. Wo ist der Gemüsehändler, das Fischweib, der Schuhmacher, das Blumenmädchen? Jedes seiner Opfer stammte aus besseren Kreisen und war nicht arm.»
«Wie steht es mit Peter selbst?»
«Ach ja. Ich bin zu dem Schluß gekommen, daß Peter, wer immer er war, keins von Agrippas Opfern war.»
«Nein?»

«Nein. Die Geschichte vom Fund der Leiche in Shanklin Chine wurde von den meisten Blättern weidlich breitgetreten. Jedermann konnte sie lesen, sich unwiderstehlich an den *Struwwelpeter* erinnert fühlen und mit seinem grausigen Werk beginnen.»
McNaghten ließ sich vor dem Feuer nieder. «Was geschieht», fragte er Lestrade, «wenn die Morde aufhören? Ist nicht noch einer übrig?»
Lestrade nickte. «Der Fliegende Robert», sagte er.
«Wird dann alles ein Ende haben, Lestrade? Wird es damit zu Ende sein?»

Das Tal der Felsen liegt am Rand des Exmoor. Blackmore's Exmoor, das Exmoor der wilden Doones aus Badgeworthy, welche das Moor im siebzehnten Jahrhundert in Furcht und Schrecken versetzten, es war auch das Exmoor von The Chaines, nahe Brendon Two Gates, wo ein Mann leicht im umkrallenden, saugenden Schlamm versinken kann, tut er nur einen falschen Schritt. Das Tal war kaum die rechte Gegend für einen Winterspaziergang, doch Lestrade hatte zugestimmt, Arabella zu begleiten: er fühlte sich ein wenig deplaziert, als die umfangreiche McNaghten-Sippe am folgenden Morgen einzutreffen begann, und Arabella hatte gedroht, ihm im Fall einer Weigerung den Arm zu brechen.
Sogar Lestrade spürte die besondere Atmosphäre. Unter ihm war das Meer zu stahlfarbenen Furchen gehämmert, und es machte ihn nervös, daß er von diesen schmalen Felsleisten auf die fliegenden Möwen hinunterblicken konnte. Hier und da drückten sich Schafe und Ziegen schutzsuchend eng an den Fels. Lestrade hielt sich, soweit es ihm möglich war, im Windschatten von Miss McNaghten.
«Bleiben Sie hier stehen, Sholto», überschrie sie den Wind.
Lestrade stand ihr in einer Felskluft gegenüber, durch die der Wind pfiff.
«Sehen Sie sich um», sagte sie. «Wir stehen in der Weißen Lady.»
«Wirklich?»
«Wenn Sie sich diese Felsen von der Talstraße aus anschauen, hat die Kluft die Gestalt einer Frau, deren Umrisse sich gegen den Himmel abzeichnen. Der Sage nach wird ein Mädchen, das mit seinem Liebhaber an dieser Stelle steht, für immer mit ihm vereinigt sein.»

Sie streckte ihre Hände nach den seinen aus. Doch er ließ sie fest in den Taschen. Das stumme Flehen auf ihrem Gesicht wurde zum Lächeln, als sie sich aus dem Wind drehte.
«Sholto, du hast mich enttäuscht. Wieder einmal.»
«Arabella, es muß Dutzende junger Männer geben, die bei Ihnen Schlange stehen. Warum ich? Ich kann Ihnen das alles nicht bieten – ein Haus auf dem Land, Diener.»
«All das will ich nicht, Sholto.» Sie nahm seinen Arm und schmiegte sich in seinen Donegal. «Lassen Sie uns heimgehen. Papa wird sich Sorgen machen.»
«Traut er mir etwa nicht, wenn ich mit seiner Lieblingstochter zusammen bin?»
«Oh, doch, Sholto. Aber er traut mir nicht, wenn ich mit seinem Lieblingsdetektiv zusammen bin.»

Irgendwie lavierte sich Lestrade durch den Abend. Wenige Leute unterhielten sich mit ihm. Doch in gewisser Weise war er froh darüber. Er zog sich früh zurück, ging zu Bett und war lange vor Mitternacht eingeschlafen. Es mußte drei oder vier Uhr am unfreundlichen, kalten Morgen gewesen sein, als er spürte, wie ein Leib, ein lebendiger, in sein Bett schlüpfte. Er war an Himmelbetten nicht gewöhnt und unterschätzte die Entfernung zwischen Bett und Fußboden so gründlich, daß er einen schweren Fall tat und sich die Schulter prellte.
«Sholto, sei nicht albern. Du wirst das ganze Haus aufwecken.»
«Arabella», zischte Lestrade, «was, zum Teufel, tun Sie hier?»
«Steig zurück ins Bett und ich zeig's dir», versprach die Stimme in der Dunkelheit.
«Gütiger Gott, Weib, hast du denn überhaupt keinen Anstand? Und dann noch im Haus deiner Mutter.»
«Ja, und mit der rechten Hand meines Vaters, Mann.» Sie beugte sich vor und zerrte an seinem Nachthemd.
«Es ist nett von dir, mir diesen Ehrentitel zukommen zu lassen, aber ich glaube, du übertreibst. Auf jeden Fall mißverstehst du meine Absichten.»
«Oh, ich hoffe nicht.» Und sie hob ihn ins Bett. Dieses eine Mal in seinem Leben legte Sholto Lestrade seine Skrupel beiseite. Auf eine

merkwürdige Weise war Arabella McNaghten recht attraktiv. Und es war dunkel. Und es war Weihnachten. Er verbannte alle Gedanken an McNaghten Senior und Constance Mauleverer aus seinem Hirn und rollte ein wenig schüchtern in Arabellas Arme.

«Fröhliche Weihnachten!» Der Lärm dröhnte durch das Haus. Man hörte Gerassel und Fußgetrappel. Lestrade fuhr kerzengerade hoch, als ein rot und weiß gekleideter Sir Melville in sein Schlafzimmer eindrang. In blinder Panik drehte sich Lestrade von der rechten auf die linke Seite, um nach Arabella Ausschau zu halten. In Sekundenbruchteilen schossen ihm die dümmsten Ausreden durch den Kopf – sie hätte sich im Zimmer geirrt; das Bett sei so groß, daß er ihre Anwesenheit nicht bemerkt habe; sie sei ohnmächtig geworden und er habe sie... Oh, nein, das hörte sich entsetzlich an, doch am Ende ging ihm auf, daß sie nicht da war.

«Fröhliche Weihnachten, Sholto.» Vater McNaghten schob eine riesige Havanna in Lestrades offenstehenden Mund. «Ja, ich weiß, es ist ein Schock. Und ich hätte es nicht gern, wenn Sie es im Yard erzählten, aber es ist so etwas wie eine Familientradition hier in The Tors.» Und er schlurfte hinaus, um seine guten Gaben an die anderen Gäste auszuteilen.

Mit einem Purzelbaum verließ Lestrade das Bett, landete natürlich auf derselben Schulter und lugte unter das Bett. Ein eleganter Nachttopf, doch keine Arabella. Hinter den Vorhängen? Nein. Im Schrank? Nur sein bester Anzug.

Ein Klopfen an der Tür unterbrach seine Suchaktion. Es war das Zimmermädchen, das heißes Wasser und das Rasierzeug brachte. Im Korridor schwirrte Arabella in einem Wirbel aus Seide vorbei.

«Guten Morgen, Inspector. Fröhliche Weihnachten.»

Es war lange her, seit Lestrade an einer Weihnacht im Familienkreis teilgenommen hatte. Der glitzernde Baum, die in buntes Papier verpackten Geschenke, das Schwatzen und Kreischen der Kinder. Das Essen war vorzüglich – Gans, Hähnchen, Fasan, Klöße, ein leichter Wein und Ströme von Rotwein. Nach dem Essen, in dessen Verlauf Lestrade von Arabellas tauber Großmutter zu Tode gelangweilt wurde, die ihm unaufhörlich mit Urlaubshistörchen aus Hastings in den Ohren lag, waren Scharaden an der Tagesordnung. Lestrade ließ, ohne eine Miene zu verziehen, die lahmen Darbietungen über sich ergehen, doch im geheimen mußte er zugeben, daß er sich recht gut amüsierte. Arabella war den größten Teil des Tages mit den Kindern beschäftigt, und in dieser Nacht schloß Lestrade seine Zimmertür ab und schlief erholsamer.

Das Fest von St. Stephan wurde mit einer Treibjagd gefeiert. McNaghten hatte Treiber aus der Umgebung engagiert, und Lestrade bekam eine Flinte, Kaliber 12, in die Hand gedrückt. Er mußte an Albert Mauleverer denken. Und er dachte noch immer an ihn, als die Explosion seinen Kragen und seine Mütze zerriß. Er spürte den Stich in Wange und Ohr, der ihn herumschleuderte. Er lag unbeholfen strampelnd in einem Graben. Zuerst dachte er, er sei tot, doch der gefrorene Farnwedel, der in sein Ohr stach, überzeugte ihn vom Gegenteil. Als nächstes dachte er, seine eigene Flinte sei losgegangen und wie töricht er sich bei dem Versuch vorkommen werde, das zu erklären. Bevor er etwas anderes erkennen konnte, wurde er von blauen, ängstlichen Gesichtern angestarrt, die von Nebeln gefrorenen Atems umwölkt wurden. Er hörte Schreie, Hundegebell und ihm schwanden die Sinne.

Er erwachte beim Schlagen der Standuhr im Erdgeschoß. Er hörte acht Schläge, doch er vermutete, daß es später war. Er bewegte seinen rechten Arm. Er war noch da und unversehrt. Und er fühlte um seine Kehle den kratzigen, sauberen Verband. Er richtete sich mühsam auf. Das Zimmer. The Tors. Er lebte.

«Mein lieber Junge…» McNaghten stürmte ins Zimmer, aus dem er Frau und Tochter verscheuchte. «Wie fühlen Sie sich?»

«Entspräche es zu sehr dem Klischee, wenn ich fragte, Sir, was passiert ist?»

«Dreimal verflucht», stammelte McNaghten nervös. «Mein Gewehr ging los. Ich hatte das Ding gerade geladen und wollte anlegen, als ich über ein Grasbüschel stolperte und der Schuß sich löste. Ich hätte Sie umbringen können, Sholto.»

Lestrade murmelte, alles sei halb so schlimm. Käme auf der Jagd mal vor usw. usw.

«Der Arzt sagt, Sie hätten eine saubere Wunde. Ihr Hut und Mantel haben das meiste aufgefangen, und den Blutverlust werden Sie in kurzer Zeit wettgemacht haben. Fühlen Sie sich in der Lage, ein bißchen Brühe zu schlürfen, alter Junge?»

Lestrade war mehr nach ein bißchen Brühe zumute als nach der «Alter-Junge-Kumpanei». Noch peinlicher berührte ihn in dieser Situation, daß er an das Bett gefesselt war. Er ertrug den Wirbel, den die McNaghtens seinetwegen entfachten, mannhaft noch einen weiteren Tag, und dann quälte er sich, aller Proteste zum Trotz, in seinen blutigen Donegal und ließ sich mit einer Kutsche zum Bahnhof fahren.

Wenn der Hans zur Schule ging,
stets sein Blick am Himmel hing.
Nach den Dächern, Wolken, Schwalben,
schaut er aufwärts allenthalben.
Vor die eignen Füße dicht,
ja, da sah der Bursche nicht,
also daß ein jeder ruft:
‹Seht den Hans Guck-in-die-Luft!›

Lestrade las ihn – den Trauerbrief. Am Weihnachtsabend zur Post gegeben. Londoner Poststempel.
«Im Buch», sinnierte Bandicoot altklug (Lestrade vermutete, daß Santa Claus ihm ein Gehirn zu Weihnachten beschert hatte), «ertrinkt Johnny natürlich um ein Haar. Er fällt in einen Fluß, mit einer Schulmappe in der Hand. Agrippa hat einen Schnitzer gemacht.»
«Agrippa hat seine Sache bis jetzt recht gut gemacht», antwortete Lestrade, der versuchte, ohne den Kopf zu bewegen, sich in seinem Sessel so bequem wie möglich niederzulassen. «Er hat das Recht, sich hin und wieder einen kleinen Ausrutscher zu leisten.»
«Darf ich Ihnen mitteilen, was mir aufgefallen ist, Sir?»
Lestrade nickte.
«Mir scheint, Sie haben eine ziemliche Schwäche für Agrippa. Oh, mehr oder weniger wider Willen, aber es ist eine Schwäche.»
«Ich bewundere seine Planung, zugegeben. Aber es würde mir große Befriedigung verschaffen, seinen Hals in der Schlinge zu sehen.»
«Sagen Sie mir, Sir, was passiert, wenn der Fliegende Robert tot ist? Wird das das Ende Agrippas sein?»
Lestrade sah ihn ruhig an.
«Sie haben mein Wort darauf», sagte er, «daß der Fliegende Robert nicht sterben wird, es sei denn, Agrippa leistet ihm Gesellschaft.»

Bandicoot kicherte verlegen. «Verzeihung, Sir, aber wie wollen Sie alle Roberts in Britannien schützen?»
«Das brauche ich gar nicht, Bandicoot. Ich muß nur einen einzigen schützen.»

Es war der erste Tag des neuen Jahres, 1892. Die alte Königin trat in das sechsundfünfzigste Jahr ihrer Regierung ein. Der Constable trat durch die Vordertür in den Yard ein, wo er heftig mit einem schmutzgesichtigen Straßenbengel zusammenstieß.
«Langsam, langsam», knurrte Dew und blickte gewaltig auf den Burschen herunter, «du hast es ziemlich eilig, Jüngelchen.»
«Hab keine Lust, hier gesehen zu wern, verstehste?» protestierte der Junge und versuchte, sich freizustrampeln. «Das würd ich nich überleben.»
«Warum bist du dann hier?» fragte Dew.
«Halten Sie ihn fest, Constable.» Sergeant Dixon, schwitzend und mit puterrotem Gesicht, kam den Korridor entlanggestolpert.
«Dieser kleine Gauner lungerte im Vorzimmer herum. Ich habe ihn durch das ganze Gebäude gejagt.»
«War gar nich nötig, Mister. Hab nur 'ne Nachricht abgeliefert.»
«Nachricht?» fragte Dew.
«Is auf'm Tisch. Habse da hingelegt, als der da aufkreuzte.»
Der Bengel wies mit abgespreiztem Daumen in Dixons Richtung.
«Bringen Sie ihn mit, Constable.» Der Sergeant fand die Nachricht tatsächlich auf dem Tisch, wie der Junge gesagt hatte, und überflog den Inhalt. Seine Augen weiteten sich beim Lesen.
«Inspektor Lestrade im Haus?» flüsterte er Dew zu.
«Weiß ich nicht, Sergeant. Komme gerade zum Dienst.»
«Nehmen Sie ihn mit!» Die Polizisten und ihr sich sträubender Gefangener gingen zum Lift.
Lestrade saß in seinen Sessel zurückgelehnt, die Füße über Kreuz auf dem Tisch. Seine Finger spielten mit seiner Nase, der seit dem Duell im letzten Jahr die Spitze fehlte. Er überraschte sich plötzlich bei dem Gedanken, was dieser Gassenjunge sich wohl bei seinem Anblick denken mochte. Sein Gesicht war mit Myriaden alter Schnitte übersät – das Spiegelglas des Albino-Clubs in Cambridge; das purpurrote Handgelenk stammte von Bandicoots sorgloser Teezuberei-

tung bei seinem Dienstantritt; und sein Hals war noch immer verbunden. Er las die Nachricht noch einmal –

Kommen Sie am 1. Januar 1892 in Henglers Circus. Agrippa.

Die Nachricht war mit der Schreibmaschine geschrieben, das Papier und der Umschlag trugen einen Trauerrand. Keine Briefmarke, kein Poststempel.
«Wer hat dir das gegeben?»
«Ein Knacker.»
«Ein Knacker?» fragte Bandicoot.
«Ja – ein Knacker. Is wohl 'nen Fatzke, wie?» stellte der Junge fest.
Dixon versetzte ihm eine Ohrfeige.
«Wie sah dieser Knacker aus?» fragte Lestrade.
«Weiß nich.»
«Denk nach!» Lestrade hämmerte mit der Faust auf den Tisch. Der Junge machte einen Satz. «Er war groß, hatte 'nen Schal um und 'nen platten Deckel auf.»
Bandicoot blickte verständnislos. «Ich werde es Ihnen später erklären», sagte Lestrade. «Was sagte er?»
«Nichts. Nur, gib das bei den Peelers ab.»
«Auf welchem Revier?» fragte Dixon.
«Hier natürlich.»
«Woher weißt du das?» fragte Lestrade.
«Is doch klar, oder? Wir standen drüben auf der Straße und er hat's mir gezeigt.»
Bandicoot und Dew stürzten ans Fenster, doch von Agrippa war nichts zu sehen.
«Hörn Sie, Chef», fuhr der Junge fort. «Hab nur meinen Job gemacht, hatte nichts Böses vor.»
«Wieviel hat der Knacker dir gegeben?» fragte Lestrade.
«'nen Sechser.»
Er suchte in seinen Taschen. «Dew» – der Constable fischte ein paar Münzen aus seiner Tasche und gab sie Lestrade – «Hier hast du einen ganzen. Und jetzt raus mit dir.» Lestrade schnippte ihm die Münze zu. «Und, Jüngelchen» – der Junge blieb stehen – «erzähl deinen Enkelkindern, daß du mal mit dem langbeinigen Scheren-Mann gesprochen hast.»

Der Junge sah ihn verdutzt an, biß in sein Shillingstück und verschwand.

«Ich geb's Ihnen zurück, Constable.» Lestrade besänftigte die Besorgnis, die auf Dews Stirn zu lesen war.

«Sie werden doch wohl nicht hingehen, Sir?» fragte Bandicoot.

Lestrade sah ihn an. «Bei Ihrer Erziehung, Bandicoot, sind Sie wohl nicht sehr vertraut mit dem Jargon der arbeitenden Klasse, wie? Keinen Schimmer von Cockney?»

«Nein, Sir.»

«Wie werden dort die Polizisten genannt, Bandicoot?»

«Sir?»

«In der breiten Öffentlichkeit – wie nennt man uns?»

«Hm... Peelers, Sir.»

«Gelegentlich...» Lestrade wartete auf mehr.

«Äh... Bobbies?»

«Schon besser. Warum, Bandicoot?»

«Nun, weil die Metropolitan Police von Sir Robert Peel gegründet wurde, Sir, damals Innenminister.»

«Ganz recht», nickte Lestrade. «Sie fragten mich vor zwei Tagen, wie ich denn alle Roberts in Britannien schützen wolle. Es gibt nur einen Robert, der in Gefahr ist, Bandicoot – nur einen Bobby – und der bin ich.»

Finale

Melville McNaghten glaubte seinen Augen nicht zu trauen. Dort stand es, auf der Titelseite des *Evening Standard*, den er auf dem Weg zum Yard gekauft hatte. «Grauenhafte Mordserie», hieß es da. «Elf Tote – Kinderverse als Grundlage – Scotland Yard seit Monaten informiert.» Der Leitartikel zog über die Unfähigkeit von Scotland Yard her, und Sir Melvilles Name leuchtete ihm riesengroß in fetten schwarzen Buchstaben entgegen. Lestrades ebenso. Während McNaghten noch das Kleingedruckte las und seinen Posten mit jeder Sekunde wackliger werden fühlte, hörte er in der Straßenbahn zufällig die Unterhaltung zweier Frauen mit an. Normalerweise benutzte er keine öffentlichen Verkehrsmittel, doch er war früher als geplant aus den Weihnachtsferien zurückgekehrt und hatte seinen Wagen in The Tors zurückgelassen, damit seine Familie und ihre Gäste es bequemer hatten. Eine Frau sagte zu der anderen: «Wirklich, meine Liebe, diese Polizisten! Ich weiß wirklich nicht, was aus der Welt noch werden soll! Und Scotland Yard, schreibt die Zeitung, hat alles seit Monaten gewußt. Ist das nicht kriminell?»
«In der Tat, Madame», mischte McNaghten sich ein. «Kriminell ist das richtige Wort.»
Die Damen drängten sich eng aneinander, die eine drückte ihr Kind an ihren Busen.
«Ich glaube nicht, daß wir mit Ihnen gesprochen haben, Sir.» Die andere Frau war spitzbübisch.
«Verzeihung, Madame, ich bin in der Regel nicht so unhöflich, aber, sehen Sie, ich bin Polizist. Sir Melville McNaghten, Leiter der Obersten Kriminalpolizeibehörde.» Er legte mit ungewöhnlicher Feindseligkeit den Finger an seinen Hut. «Und wer sind Sie?»
Die Damen zögerten. «Ich bin Miss August und das ist Mrs. Miller», kam die frostige Antwort. «Sagen Sie nur nicht, daß Sie uns festnehmen wollen.»
«Nein, Madame. Ich meine bloß, daß man wissen sollte, mit wem

man spricht. Zu Ihrer Information: eines dieser Opfer war ein Polizist. Und ich habe die besten Köpfe zu meiner Verfügung, die rund um die Uhr unermüdlich im Einsatz sind, diesen Mörder zu fassen.»
Die Damen brannten vor Eifer. «Huch!» Jetzt war Mrs. Miller mit der Spöttelei an der Reihe. «Mögen Sie soviel Erfolg haben, wie Sie wollen, aber meine kleine Agatha könnte Verbrechen schneller aufklären als Sie.»
McNaghten faltete energisch seine Zeitung zusammen und stand auf. Die Damen atmeten schwer. Mrs. Miller verbarg das Gesicht der kleinen Agatha in ihrem Schal, doch sie wurden weniger Zeuge einer Niederlage als eines taktischen Rückzuges. McNaghten mußte ohnehin aussteigen.
In seinem Büro angekommen, zwirbelte der Leiter der Obersten Kriminalpolizeibehörde seinen Schnurrbart und strich seine Krawatte glatt.
«Tee», schnauzte er Dew an, «und Lestrade. Nicht notwendigerweise in dieser Reihenfolge.»
«Der Inspector ist leider nicht im Hause, Sir.»
«Nicht da?» McNaghten durchmaß das Zimmer. «Sein Dienst endet aber erst in...» – er warf einen Blick auf seine Taschenuhr –«...in zwei Stunden. Wohin ist er gegangen?»
«Ich weiß es nicht, Sir.» Hinter seinem Rücken drückte Dew dem Inspector die Daumen.
McNaghten schäumte vor Wut. Dann rief er in der Redaktion des *Evening Standard* an. Die Verbindung war grauenhaft, immer wieder durch Knacken und Rauschen unterbrochen, untermalt vom unaufhörlichen Klappern der Druckpressen, und das heftige Umrühren in seiner Teetasse machte sie auch nicht besser. Vom Chefredakteur brachte er in Erfahrung, daß der Reporter, der den Artikel geschrieben hatte, ein gewisser T. A. «Knüller» Liesinsdad sei.
«Ausländer, wie?» knurrte McNaghten.
«Waliser», lautete die Antwort.
«Hab ich mir gedacht», fügte McNaghten hinzu.
Liesinsdad, zumindest seine Stimme, ließ sich am anderen Ende hören. Ja, die Geschichte war ihm persönlich telefonisch übermittelt worden, von einem Mann. Ja. Ja. Mit einer verschleierten Stimme. Könnte aber auch an der Verbindung gelegen haben. Ist ziemlich

laut hier, verstehen Sie. McNaghten gab ihm recht. Ja, es war wahr. Liesinsdad hatte keinen Grund, an der Geschichte zu zweifeln. Ob McNaghten einen Kommentar abgeben wolle? Nein. Wie habe ein Mann Scotland Yard so lange an der Nase herumführen können. War es möglich, daß es sich um Jack the Ripper handelte? McNaghten hatte die Nase voll. «Bleiben Sie, wo Sie sind», bellte er. «Ich schicke Constables vorbei. Falls Sie Agrippas Stimme gehört haben, möchte ich persönlich mit Ihnen sprechen.»
Als er den Hörer einhängte, kam ihm eine Idee. Warum ging er nicht selbst? Es konnte nur noch Minuten dauern, bis jemand dem Commissioner erzählte, daß die Presse die ganze Geschichte kannte. Morgen würde sie in der *Times* stehen und der Innenminister würde sie lesen. Dann der Premierminister, dann die Königin. Köpfe würden rollen, und der seine würde als erster im Rinnstein landen. Wenn er aber schnell genug handelte und dem Reporter eine winzige, aber entscheidende Spur entlocken konnte? Wenn er diese Spur verfolgte. Heute noch... dann konnte er sich vielleicht noch retten. Zum Teufel mit den Constables. Er würde selber hingehen.

Ungeachtet dessen, was er Bandicoot gesagt hatte, ging Lestrade nicht allein. In der Tasche seines Donegal trug er das Apachenmesser mit Schlagring, das er immer, wenn Gefahr drohte, bei sich hatte. Im übrigen drängten sich Hunderte von Menschen an diesem frostkalten Januarabend durch Argyle Street. Die Sterne blickten herab auf Geplapper und Gelächter, die fröhlichen, erwartungsvollen Gesichter der Kinder und den Geruch gerösteter Kastanien.
«Wieviel?» fragte Lestrade den Kartenverkäufer.
«Bezahlen Sie, Chef, und setzen Sie sich, wohin Sie wollen. Und jetzt gehen Sie weiter, es wollen noch viele rein.»
Lestrade bezahlte und suchte sich einen Platz. Die Manege war von Schwefel und Elektrizität erhellt. Über allem lag der Geruch von Schminke und Elefanten in der Luft. In der Mitte war ein künstlicher See mit einem echten Baum und künstlichem Gebüsch ringsum am Ufer. Keine Geringere als die Kapelle der Gardegrenadiere war angeheuert worden, und sie gab alle Schlager der Saison zum besten. Die glitzernde Pracht und das blendende Licht ließen ihn vorübergehend vergessen, warum er hier war. Die Clowns

schlugen Purzelbäume, bespritzten sich gegenseitig mit Wasser und warfen eimerweise Konfetti in die Menge. Elefanten tanzten und vollführten Pirouetten. Junge Männer und Frauen in flitterbesetzten Kostümen schwangen sich mit ihren Trapezen durch die Luft. Alles wurde vom Beifall und den Schreckensrufen der Menge übertönt – wenn der Fuß auf dem Hochseil sekundenlang ausglitt, wenn der Löwe fauchte und nicht zurückweichen wollte, wenn die Zwerge und Riesen, die armlosen Männer und schweinsgesichtigen Frauen sich zu grotesken Pyramiden gruppierten. Das Ganze hatte sogar einen Anflug von Music Hall, wenn das Publikum den Text eines populären Liedes aus vollen Hälsen mitgrölte, doch es war eine plötzliche Erinnerung, die Musik vielleicht, die Lestrade wieder zum *Struwwelpeter* zurückführte. Inzwischen kannte er das ganze Buch auswendig, das ganze gemeine Machwerk. Und die letzte Strophe, die noch ausgeführt werden mußte, dessen war er sicher, war auf ihn gemünzt –

Seht! den Schirm erfaßt der Wind,
und der Robert fliegt geschwind
durch die Luft so hoch, so weit.
Niemand hört ihn, wenn er schreit.
An die Wolken stößt er schon,
und der Hut fliegt auch davon.

«Sir.»

Lestrade drehte sich abrupt nach links, wobei er sich den Hals weh tat. Es war Bandicoot, der sich über ihn beugte.

«Hinsetzen», schrie ein Mann hinter ihm. Eine Dame schlug mit einem Schirm nach Bandicoot. Er kauerte verlegen neben Lestrades Knie.

«Was, zum Teufel, tun Sie hier?» zischte er ihn an. «Ich dachte, ich hätte mich deutlich genug ausgedrückt.»

«Verzeihen Sie, Sir, ich konnte nicht fernbleiben. Wenn es eine Chance gibt, Agrippa zu schnappen, wollte ich dabeisein.»

«Das ist mein Bier, Bandicoot.» Lestrade wollte den jungen Mann nicht hier haben. Zwar wagte er nicht, es sich einzugestehen, aber er hatte das sonderbare Gefühl, diesen Abend nicht zu überleben. Der Brief in seiner Tasche fiel ihm ein. Der Brief, der soviel war wie ein

Testament. Er hatte vorgehabt, ihn am Eingang einzuwerfen, aber er hatte es vergessen.

«Wenn Sie schon mal da sind, können Sie das an sich nehmen.»

«Was ist das, Sir?»

«Sogar in Eton, Bandicoot, muß man Ihnen beigebracht haben, wie ein Brief aussieht.»

«Ja, Sir, gewiß. Aber er ist an den Commissioner adressiert.»

«Sehr gut, Bandicoot. Sie werden von Tag zu Tag besser.»

«Wünschen Sie, daß ich ihn persönlich aushändige, Sir?»

«Ja, aber nur im Fall meines Todes.»

«Damit ist alles klar!» Bandicoot stopfte den Umschlag in seine Tasche und ließ sich häuslich auf dem Boden nieder. «Ich bleibe.»

«Bandicoot», Lestrades Stimme hatte sich verändert, «glauben Sie, ich erlaube, daß ein Außenseiter der Gesellschaft wie Sie sich heute abend einmischt? Ich habe zehn Monate damit zugebracht, Agrippa zu jagen, und jetzt bin ich kurz vor dem Ziel, ihn zu schnappen. Das letzte, das ich mir dabei wünsche, sind Ihre großen Füße, die mir in die Quere kommen. Jetzt gehen Sie heim. Das ist ein Befehl. Wenn Sie ihn mißachten, werde ich Sie schneller aus dem Dienst feuern als sie ‹Dry Bobs› sagen können.»

Obwohl er verwundert war, daß Lestrade sich im Eton-Jargon auskannte, hatte Bandicoot die Zurückweisung seines Vorgesetzten ehrlich getroffen. Er war, wie Lestrade wußte, im Grunde seines Herzens ein durch und durch empfindsamer Mensch.

«Sehr wohl, Sir, aber nehmen Sie wenigstens das hier. Er gehörte meinem Vater.»

«Der *Evening Standard*?»

«Nein, Sir, was darin eingewickelt ist. Ich bin kein sonderlich gottesfürchtiger Mann, doch ich hoffe, Er wird heute abend bei Ihnen sein.»

«Bei Ihnen und bei mir, Söhnchen. Fort mit Ihnen.»

«Hinsetzen», schrie wieder der Mann in der Reihe hinter ihnen, doch Bandicoot war in den Schatten verschwunden, bevor derselbe Schirm niedersausen konnte.

Lestrade warf einen Blick auf das Präsent. In der Zeitung schimmerte ein Revolver. Eine wunderbar ziselierte Smith and Wesson mit Perlmuttgriff, Kaliber 44. Im Yard hatte er Abbildungen solcher Waffen gesehen, doch nie einen dieser Revolver in der Hand gehalten. Im Halbdunkel las er auf dem Lauf die eingravierte Widmung: *Für H. B. Mögest du immer den letzten Schuß haben.* Diese Worte machten Lestrade am heutigen Abend ein wenig sentimental. Dann entdeckte Lestrade zum erstenmal die Schlagzeilen. Wie Melville McNaghten konnte er es nicht glauben. Er eilte zur Tür und überflog mit Hilfe der hellen Lichter im Foyer die Geschichte. «Hast du gute Laune, Süßer?» Eine alternde Dirne mit Rouge und üblem Atem tätschelte seinen Arm.

«Nicht jetzt, im Gegenteil», murmelte Lestrade, halb zu sich selbst.

«Vielleicht kann ich dich für was Knackiges interessieren, Süßer. Meine Nichte, gerade frisch vom Land gekommen. Dreizehn isse.»

Lestrade kam zur Besinnung. «Wirklich, Madame?» fuhr er sie an. «Dann schicken Sie sie besser aufs Land zurück oder ich fange an, Mr. Laboucheres Gesetz zu zitieren, betreffend den Mißbrauch jungfräulicher Mädchen für verbotene Zwecke.»

Die Hure gab auf, wedelte mit ihrer Federboa und verschwand gesäßwackelnd in der Nacht. «Mach's dir selber, Süßer, sie ist sowieso keine Jungfrau mehr.»

In Lestrades Kopf drehte es sich. Was er monatelang gefürchtet hatte, war eingetreten. Nun würde es jeder wissen. Panik würde es geben, Hysterie und Hexenjagden. Es würde wieder sein wie beim Ripper-Fall. Er konnte es sich lebhaft vorstellen. Jeder, der die *Struwwelpeter*-Geschichte kannte, würde in Verdacht geraten. Jeder großgewachsene Schneider mit einer Schere in der Hand, jeder Maler mit einem Topf schwarzer Farbe, jeder Raucher mit einer Schachtel Streichhölzer. Er und McNaghten würden natürlich ihre Ämter quittieren müssen. Aber das würde nach der heutigen Nacht wohl keine Rolle mehr spielen, dachte er.

Er hörte, daß das Finale begann. Als Polizisten verkleidete, übermäßig fette Clowns mit knallroten Gesichtern jagten Seelöwen rund um den Teich. Wie unvermeidlich glitt, perfekt abgestimmt, einer nach dem anderen aus und fiel ins Wasser, und die Seelöwen und die Menge applaudierten, wenn sie herauskletterten, nur um wieder zurückzurutschen. Die Kapelle spielte einen Tusch, und aus der Mitte des Sees stieg einc Plattform empor, auf der Meerjungfrauen und Sirenen in glitzernden Gewändern standen, gekrönt von Britannia, die in Helm und Schild prangte. Raketen schossen durch eine Öffnung in der Kuppel gen Himmel. Das Publikum brach in Begeisterungsstürme aus. Dann verstummte die Musik. Nur ein Trommelwirbel dauerte an. Die Menge verstummte. Auf der einen Seite der Manege kletterte ein Mann im glitzernden Trikot in ein riesiges Kanonenrohr. Es war eine neue sensationelle Darbietung für den Zirkus Hengler, die erstmals in London gezeigt wurde. Auf allen Flugblättern hatten die Worte «Menschliche Kanonenkugel» gestanden, und sobald Lestrade sie sah, war ihm alles klar – «Fliegender Robert». Wo immer Agrippa war, er plante, Lestrade in jenes Kanonenrohr zu praktizieren, womit die letzte Geschichte des *Struwwelpeter* in die Wirklichkeit umgesetzt wäre. Der Trommelwirbel verstärkte sich. Die Zündschnur wurde angezündet. Der Zirkusdirektor zählte laut «Eins – Zwei – Drei – Feuer!» und im selben Augenblick zerriß eine Explosion die Stille des Zirkus'. Der große junge Mann, zu einer Kugel zusammengekrümmt, wirbelte heraus und klatschte nur ein paar Zoll von den gefährlich schwankenden Seelöwen entfernt ins Wasser. Es war Totenstille. Sogar die Tiere spürten die Spannung des Augenblicks, und dann lief ein überraschtes Raunen der Erleichterung und Freude durch die Reihen, als der junge Mann sich aus dem Wasser aufrichtete und seinen Platz neben Britannia einnahm. Wie jedem der Zuschauer schlug auch Lestrade das Herz bis zum Hals, doch das seine aus anderen Gründen.

Inmitten von stürmischem Applaus begann die Parade der Tiere, und die Menge drängelte sich müde und fröhlich zu den Ausgängen. Lestrade saß unbeweglich da, die Hände auf den Knien, die verheerende Zeitung im Schoß. Sogar die Manegenarbeiter, die den Tierdung wegfegten und frisches Sägemehl streuten, übersahen ihn. Dann hörte er, wie die Haupttüren sich mit einem Klicken schlossen, und er war in dem verdunkelten Zirkus allein. Der Mond und die Sterne erhellten den Schauplatz, und was zuvor Farbe, Lärm und Leben gewesen war, war jetzt silbrig-schwarz, stumm und tot. Lestrade stand auf. Er verließ seinen Platz am Ende der Reihe und schritt zur verlassenen Manege hinunter. Seine Schritte widerhallten in der ungeheuren Leere des Kuppelbaus. Er

dachte daran, den Revolver zu entsichern, doch möglicherweise hätte er sich in den Fuß geschossen.
Am meisten beunruhigte ihn, daß sein Hals wegen der Schußverletzung so steif war. Er konnte keine schnellen Bewegungen machen und das benachteiligte ihn.
Dann hört er sie, diese leise, flüsternde, kehlige Stimme.
«Hier unten, Inspector, am See.» Das war die Stimme, die Harriet Wemyss eingelullt hatte, die Stimme, die den alten Isaac Prendergast, zumindest vorübergehend, in seiner Abgeschiedenheit umschmeichelt hatte.
«Agrippa?» Lestrade zögerte auf der letzten Stufe. Er konnte nichts sehen. «Ich vermute, die Kanone ist für mich vorgesehen?»
Ein kaltes, hohles Lachen. «Fliegender Robert», sagte die Stimme.
Lestrade hatte die Stimme geortet. Ihre Richtung. Ja, dort in den Schatten. Er war seiner sicher. Ein Strahl Mondlicht fiel auf die Knöpfe eines Clowns-Polizisten, grotesk in Bauchgurt und Riemen gezwängt. Lestrade stand mit gespreizten Beinen da, darauf vorbereitet, zur einen oder anderen Seite wegzutauchen. Er richtete den Revolver auf die Gestalt und spannte den Hahn. Einmal… zweimal. Er sah, wie die Hand sich hob, um den Schnurrbart zu zwirbeln und die nicht vorhandene Krawatte zu richten.
«Kommen Sie heraus, Sir Melville, das Spiel ist aus.»
«Woher wußten Sie, daß ich es war?»
«Ich wußte es nicht. Erst in The Tors. An jenem Morgen, als Sie als Weihnachtsmann ins Zimmer kamen. Sie trugen Schuhe mit erhöhten Absätzen, nicht wahr?»
«Gut beobachtet, Inspector.»
«Alle Zeugen, die Agrippa sahen, erwähnten die Größe des Mannes. Sie sind zu klein. Aber diese Verkleidung gab mir Gewißheit, daß Sie vielleicht zu überzeugenderen Masken in der Lage wären.»
«Und die Stimme?»
Keiner von beiden hatte sich bis jetzt bewegt.
«Kommen Sie ans Licht.» Lestrade bekam schwitzige Hände.
«Und die Stimme? Was ist mit der Stimme?»
«Vortrefflich. Madame Slopesski, der reisende Händler, alles sehr gekonnt.»

«Aber wußten Sie, daß ich meine Stimme aus jeder beliebigen Richtung kommen lassen kann?»
«Was?»
«Wie Sie sehen, bin ich in Wirklichkeit überhaupt nicht hier.»
Die Gestalt in den Schatten hob etwas hoch. Es sah aus wie ein Stab und sie schleuderte ihn auf Lestrade. Instinktiv wich der Inspector aus, riß seinen Kopf beiseite und feuerte gleichzeitig. Er hörte das Krachen von splitterndem Glas, und ein schwerer Gegenstand traf Lestrade am Ohr. Er lag betäubt in den Sägespänen und bevor seine Aufmerksamkeit sich wieder auf den Revolver richten konnte, der ein paar Fuß entfernt lag, hatte jemand anderer ihn aufgehoben.
«Dann sind da natürlich noch meine Augen.» Der Clowns-Polizist beugte sich über ihn. «Hat keiner Ihrer Zeugen sie erwähnt? Sie sind eine meiner Schwächen, Sholto. Sie vertragen es nicht, wenn ich sie bedecke oder mit Tropfen behandle. Ich sehe nicht sonderlich gut. Hast du wirklich diese drei Jahre lang mit einem Mann zusammengearbeitet und weißt nicht, daß seine Augen grau sind? Die meinen hingegen, Sholto, sind blau.»
Die Stimme hatte sich verändert. Sie war weicher, wärmer. Der Clowns-Polizist nahm seinen Helm ab und ließ die Flut langer schwarzer Haare bis auf die Schultern fallen. Lestrade blinzelte ungläubig zu ihr auf.
«Arabella?»
Sie richtete sich auf und entfernte sich von dem am Boden liegenden Inspector.
«Wie ich es vorausgesehen habe, Sholto, bist du, ein schreckliches Kind der Arbeiterklasse, nie dahintergekommen, daß der ursprüngliche Agrippa ein deutscher Magier war, der im sechzehnten Jahrhundert lebte. Ich bilde mir ein, in diesen vier Jahren mehr Zauberkunststücke vollbracht zu haben, als er es je konnte.»
«Warum?» Lestrade hatte mühsam eine kniende Haltung eingenommen.
«Hübscher kleiner Trick, nicht wahr?» Sie deutete auf das zerplitterte Glas. «Es wird alles durch Spiegel bewirkt, weißt du. Indem ich hinter dir stand und meine Stimme scheinbar von vorn kam – ich meine, Papas Stimme –, konnte ich dir ein Schnippchen schlagen, war's nicht so?»
Lestrade versuchte aufzustehen.

«Bleib, wo du bist!» Arabellas Stimme war schroff, ihre Entschlossenheit unmißverständlich. «Bei allen meinen Morden, Sholto, habe ich meinen Opfern nie eine faire Chance gewährt. Ebenso wie Königin Elizabeth habe ich schließlich nur den Körper einer schwachen und empfindlichen Frau.»
Möglicherweise hätte Lestrade diese Bemerkung nicht ganz unwitzig gefunden, hätte er nicht in die Mündung von Bandicoots 44er geblickt.
«Hübsche kleine Waffe», sagte sie nachdenklich, als sie seinem Blick folgte, «du trugst sie nicht mit Vaters Erlaubnis, darauf möchte ich wetten.»
Es war Lestrades einzige Hoffnung, sie am Reden zu halten, um Zeit zu gewinnen. «Du weißt so gut wie ich, daß er keine Ahnung hat, daß ich hier bin. Der Revolver gehört Constable Bandicoot.»
«Ach ja, süßer Junge.» Arabella lächelte. «Ich spielte mit dem Gedanken, ihn zu einem meiner Opfer zu machen, um euch allen zu beweisen, wie gefährdet ihr wart, wie leicht es war, einen Schlag in der Zentrale des Yard zu landen, aber Bandicoot war zu liebenswert. In meiner Planung nahm Forbes seinen Platz ein.»
«Erzähle mir etwas über deine Planung», sagte Lestrade. Er hatte gehofft, jemand habe den Schuß und das Splittern des Glases gehört. Doch es war, als könne Arabella seine Gedanken lesen.
«Du spielst auf Zeit, Sholto, du gerissener alter Gauner. Nun gut, warum nicht? Du willst einen ermüdenden Streifzug durch alle *Struwwelpeter*-Morde machen?»
«Es wäre interessant.» Hinter seinem Rücken kratzte Lestrade so unauffällig wie möglich eine Handvoll Sägespäne zusammen.
«Sehr gut, aber ich denke, zuerst werden wir deine Hände fesseln.»
Lestrade erkannte seine Chance, schleuderte Arabella die Sägespäne ins Gesicht und tauchte unter dem Revolver weg. Er wußte allerdings nicht, daß sie die Eisenstange, die sie vor ein paar Minuten gegen ihn geschleudert hatte, wieder in der anderen Hand hielt. Diese ließ sie krachend auf Lestrades verbundenen Hals niedersausen. Er sackte wie von einer Axt getroffen zusammen und ihm wurde bloß verschwommen bewußt, daß sie ihm die Handgelenke fest auf dem Rücken zusammenband. Sie hievte ihn mit wenig

Mühe in eine sitzende Stellung, seinen Rücken an die Kanone gelehnt.

«Fangen wir an...» Arabella in ihren voluminösen Hosen saß ihm mit gekreuzten Beinen gegenüber. Von irgendwoher brachte sie eine Zigarre zum Vorschein, zündete sie an und ließ Lestrade ein letztes Mal daran ziehen. Sie blies Ringe in die Luft.

«Der Mann in der Schlucht hatte damit nichts zu tun. Hätte in der Lokalzeitung nicht die Beschreibung gestanden, hätte mich der Mord nicht sogleich an den *Struwwelpeter* erinnert. Ich weiß nicht, wer deinen Arbeiter oder Fischer oder was er sonst war, umgebracht hat, aber die ganze bizarre Sache war ein Volltreffer: das lange Haar schien mir das genaue Ebenbild von *Strubbelkopf-Peter* zu sein. Und der Name, der in den Kittel gestickt war – kaum zu fassen.»

«Und die Litze des 13. Husarenregiments?»

Arabella lachte. «Weiß Gott, aber es war die erste von vielen köstlichen falschen Fährten. Papa hielt mich natürlich auf dem laufenden.»

«Gewiß. Darum verfiel ich ja auf den Gedanken, er sei unser Mann.»

«Schäme dich, Sholto Lestrade. Solche Sachen von deinem Vorgesetzten zu denken.» Arabella schnalzte mit der Zunge.

«Erzähl mir etwas über Freddie Hurstmonceux. Wie hast du das angefangen?»

«O ja, das war schwierig. Es ist nützlich, so viele Menschen in so vielen gesellschaftlichen Stellungen zu kennen. Papa hat viele Bekannte. Einer davon ist... nun, sein Name tut nichts zur Sache; immerhin hat er sich der Beihilfe schuldig gemacht. Er ist Master der Pytchley-Jagd und weiß mehr über Hunde als du über Peelers. Nun, um die Sache kurz zu machen, ich wettete mit ihm um hundert Pfund, er könne einen Hund nicht so dressieren, daß er beim Aussprechen eines einzigen Wortes toll würde.»

Bei dem Gedanken, wie zutreffend seine Schlußfolgerungen gewesen waren, mußte Lestrade lächeln. «Das Wort war Egge?»

«Richtig. Die alte Schule des Masters der Pytchley. Wir lachten beide darüber, doch ich hatte bereits mein Opfer – Lord Freddie, ein durch und durch verabscheuungswürdiger schweinischer Mann – und meine Waffe. In der Zwischenzeit suchte ich Freddie auf und wandte alle Kniffe an, um ihn zum Kauf einer neuen Meute zu bewegen – jener mit dem Leithund Tray, der darauf dressiert war, zu töten, wenn man ein bestimmtes Wort aussprach. Die übrigen Hunde würden ihm folgen. Die schwierigste Aufgabe war, die Egge in die richtige Position zu bringen. Das Ganze war natürlich sehr dem Zufall unterworfen: drei Jagden hatten schon den falschen Weg genommen. Selbst ich kann Füchse nicht kontrollieren, Sholto.»

«Du erstaunst mich», sagte Lestrade. «Was war mit Harriet?»

«Ja, das habe ich nicht so gern gemacht. Sie war ein sehr einfältiges Mädchen, jedoch hegte ich eine gewisse Sympathie für Harriet. Es war auch gefährlicher als der Mord an Hurstmonceux. Ich mußte als Mann in der Öffentlichkeit erscheinen. Zum Glück wußte die arme Harriet nicht, was bei einem Mann hinten und vorn war. Ich machte sie mit geheimen Stelldicheins, Blumen usw. weich und brachte ihr natürlich das Rauchen bei.» Arabella blies weitere Ringe himmelwärts.

«Natürlich», sagte Lestrade.

«Es war einfach, ins Haus zu gelangen und Petroleum ins Klosettbecken zu gießen. Oh, tut mir leid, Sholto, ins ‹Örtchen› – ich hatte nicht die Absicht, dein Zartgefühl zu verletzen.»

Lestrade mußte lächeln.

«Es fing an, unangenehm zu werden. Die alberne, kleine Trine sprach von Heirat. Es war alles ziemlich scheußlich. Immerhin hat Ihre Majestät gesagt, daß solche widernatürlichen Handlungen zwischen Frauen nicht stattfinden.»

«Was war mit den Tinten-Buben?» fragte Lestrade.

«Nun ja, der Besuch von Atlanta Washington war seit Monaten angekündigt. Das paßte gut, aber die eigentliche Methode des Mordes war raffiniert. Ich war nicht sicher, ob es klappen würde. Ich brütete stundenlang über Papas Chemiebüchern und in der Bibliothek des Yard. Schließlich sah ich eine Möglichkeit. Ich wählte mein Rassistentrio aus und lud es zu einem intimen Rendezvous in den oberen Räumen in James Street ein. Ich betäubte und fesselte sie, bemalte sie mit schwarzer Farbe...»

«Die du aus Lawrence Alma-Tademas Atelier stahlst?»

«Ja. Ich dachte, an diesem Punkt würde Papa alles verraten, als er dir erzählte, er kenne den Künstler. Ich war die Person, die ihre Verabredung mit dem Maler kurzfristig absagte, damit ich Gelegenheit

hattc, nach St. John's Wood zu gehen und die Farbe zu stehlen. Aber du bist nicht dahintergekommen, lieber Sholto, oder?»
«Wie hast du die Leichen in den Park geschafft?»
«Auf dieselbe Weise, wie ich dich gerade überwältigt habe, Sholto. Eine Verbindung aus List und brutaler Gewalt. Es war riskant, gewiß – aber es gibt eine Menge Kutscher und Fuhrunternehmer, die in den frühen Morgenstunden Bündel transportieren. Niemand stellte Fragen. Einen Wagen zu bekommen, war die einfachste Sache von der Welt.»
«Und der Große Agrippa tauchte zum erstenmal in einem Trauerbrief auf. Sage mir, hast du sie auf Papas Schreibmaschine geschrieben?»
«Im Yard, in der Tat. Die meisten Briefe schrieb ich nur ein paar Yard von deinem Büro entfernt, Sholto.»
«Albert Mauleverer?»
«Das war ein Reinfall. Bei den Morden in der Provinz, besonders in Macclesfield und Warwick, war es das Schwierigste, sich für längere Zeit von der Familie loszueisen. Zum Glück verfügen wir über Dutzende entfernter Tanten, die kaum Kontakt zu uns haben. Angeblich besuchte ich sie. In Hotels bediente ich mich ausnahmslos einer männlichen Verkleidung, damit man mir keine peinlichen Fragen stellte, wie man es bei einer alleinreisenden Dame getan hätte. Selbstverständlich rechnete ich nicht damit, daß du dich in Mrs. Mauleverer verlieben würdest.»
«Habe ich das?»
Arabellas Ton veränderte sich. «Oh, Sholto. Ich liebte dich. Hättest du nur das geringste Interesse gezeigt... nun, keiner dieser Morde wäre passiert.»
«Warum Forbes?»
Arabella hatte ihre Zigarre beinahe zu Ende geraucht, und Lestrade war ängstlich darauf bedacht, in ihrem Redefluß keine Unterbrechung eintreten zu lassen.
«In den *Struwwelpeter*-Versen lautet der Name Konrad. Ich konnte keinen Konrad ausfindig machen. Wie auch immer, Forbes war mir aufs tiefste zuwider. Seine Arroganz war seiner Stellung nicht angemessen. Ich brachte ihn auf dem Polizeiball dazu, sagen wir, sich für mich zu interessieren. Darauf schickte ich ihm diese lächerliche Nachricht, wie ich es auch mit dir machte; das klappt immer.»

«War es eine Hutnadel?»
«Ja. Ihm die Daumen abzusäbeln, war schwieriger, als du dir vorstellen kannst. Habe mir meine Schneiderschere dabei verdorben.»
«Und Augustus?»
«Ach ja, der alte Prendergast. Ich hielt mich bei einer weiteren Tante – die es nicht gab – in Kent auf. Wie bei Konrad erwies es sich auch hier als unmöglich, einen Augustus aufzutreiben, so daß ich auf diesen tyrannischen alten Kauz verfiel. War es nicht verwerflich, ihn so anzuketten, daß er die Nahrung nicht erreichen konnte? Sogar ich hatte Skrupel. Aber schließlich mußte ich die Leiche nicht finden.»
«Warum bist du das Risiko mit Madame Slopesski eingegangen?»
«Ich weiß es nicht. Eitelkeit, schätze ich. Ich überredete Papa, die Idee mit der Séance zu unterstützen. Ich wollte dir gegenübertreten, dir so nah sein, wie wir es jetzt sind, und deine Reaktion beobachten. Ich muß zugeben, daß mich beinahe der Mut verließ, als ich feststellte, daß Frank Podmore anwesend war und ich annehmen mußte, daß er die wirkliche Slopesski kennen würde. Ich glaube, das war wahrscheinlich der unangenehmste Augenblick meines Lebens.»
«Was war mit Zappelphilipp?»
«Ach ja, der unappetitliche Mr. Faye. Ich mochte ihn überhaupt nicht. Ich hatte ihn durch die Queensberrys kennengelernt. Er war körperlich sehr schwach. Ich gab vor, ich sei in diesen Esel verliebt, dann drückte ich ihn mit meinem Walkürenbusen nieder und erstickte ihn mit einem Laken. Bei John Torquil mußte ich mir schon erheblich mehr einfallen lassen, aber du weißt, Sholto, wie sehr ich mit den Herausforderungen wachse. Ich machte ihm auf riskante, aber spaßige Weise schöne Augen, doch als er erklärte, ein weiblicher Flieger sei ein Unding, griff ich wieder zur männlichen Verkleidung. Ich schloß mich den Aeronautikern an und wartete auf meine Chance. Er wollte sich vor Lachen schier ausschütten über die List. Wirklich schade, ich glaube, Maxims Maschine wäre wirklich geflogen, hätte ich nicht daran herumgebastelt.»
«Warum hat dein Vater mich nach The Tors eingeladen?»
«Meine Idee.» Arabella warf den Rest der Zigarre in die Sägespäne.

«Eine Frau ist nur eine Frau, Sholto, aber eine gute Zigarre ist ein Schmauch. Komm.» Sie zog ihn hoch. «Ich war entschlossen, dich zu verführen, bevor … nun, vor heute nacht.»
«Was hatte es mit dem Gewehrschuß auf sich? Ich war der Ansicht, Sir Melville habe ihn mit dem Vorsatz abgefeuert, mich zu töten.»
Arabella kicherte. «Nichts als ein kleiner Unfall, Sholto. Wäre es nicht Ironie des Schicksals gewesen, Sholto, wenn Papa mir meinen ‹Fliegenden Robert› geraubt hätte? Ich bin sicher, du kannst die Stufen mit gefesselten Händen hinaufsteigen.»
«Ich werde da nicht reinklettern, Arabella.»
Sie hob den Revolver und entsicherte ihn. «Sholto, ich habe genügend Sprengstoff hineingepackt, um die Kanone und dich in Stücke zu zerblasen. Dann wärest du wenigstens auf der Stelle tot. Jedoch im Revolver sind noch fünf Kugeln. Bei dieser Methode kann das Sterben sehr lange dauern.»
Lestrade erkannte sofort, daß ihm in dieser Lage kein Ausweg blieb, und kletterte zögernd in die Mündung des Kanonenrohrs. Im Inneren glitt er hinunter, bis seine Knie gegen die Ringwand stießen. Alles, was er über sich sehen konnte, waren die Sterne, die kalt durch das Glasdach blinkten. Die letzte Strophe des Struwwelpeter raste durch sein Hirn –

Schirm und Robert fliegen dort
durch die Wolken immerfort.
Und der Hut fliegt weit voran,
stößt zuletzt am Himmel an.
Wo der Wind sie hingetragen,
ja, das weiß kein Mensch zu sagen.

«Wie kommt es, daß du den Zirkus benutzen darfst?» Lestrades Stimme hallte in seiner Todeskammer. Arabella war mit der Zündschnur beschäftigt.
«Charlie Hengler ist eine gesetzestreue Seele», erwiderte sie. «Und er kennt Papa nicht. Gestern suchte ich ihn auf und erklärte, daß ich, Melville McNaghten, eine geheime Aktion von allergrößter Wichtigkeit durchzuführen hätte. Es gehe um nichts Geringeres als um internationale Spionage. Ich müsse als Clown verkleidet an der Vorstellung teilnehmen und nach deren Ende das Theater für meine

Zwecke zur Verfügung haben. Oh, mach dir keine Sorgen, Sholto, wir werden nicht gestört werden.»
«Eine letzte Frage noch.» Lestrade, der ewige Optimist, hoffte immer noch.
«Welche?» Arabella strich ein Streichholz an.
«Warum? Warum?»
«Hast du von Sigmund Freud gehört, Sholto?»
«Ist das ein Groschenroman?»
«Nein, mein Lieber.» Sie lächelte bissig und blickte zu den sauber gestrichenen Flanken der Kanone hinauf. «Mr. Freud ist Psychologe. Seine Frau Martha und ich waren zusammen auf der Schule. Wir stehen noch heute in Verbindung. Seine Theorie besagt, daß alle kleinen Mädchen an einem bestimmten Punkt gern kleine Jungen wären. Penisneid nennt er das – Oh, da habe ich dich ja schon wieder schockiert.» Sie schnalzte spöttisch mit der Zunge. «Neid auf den kleinen Willi, klingt das besser? Nun, ich schätze, ich bin der klassische Fall. Solange ich denken kann, wollte ich ein Polizist sein, der Polizei angehören, das sein, was Papa ist. Ich konnte es nicht, Sholto. Die Gesellschaft wollte es nicht. Was ich aber tun konnte, war, euch alle mit euren eigenen Waffen zu schlagen. Euch Männer allesamt. Mit euren Zigarren, eurem Hochmut und eurer Scheinheiligkeit. Ich habe zehn Menschen getötet, Sholto, nach der heutigen Nacht werden es elf sein. Und du hattest keine Spur. Ich habe, weiß Gott, viele hinterlassen und du bist nicht weiter gekommen als bis zu meinem Vater. Und du bist ungefähr der Beste von ihnen, Sholto. Oh, da fällt mir ein –» sie legte ihr ruhig brennendes Streichholz an die Zündschnur. Diese blitzte auf und knisterte. Sie trat zurück. – «Die Ripper-Akte, die ich vor einer Ewigkeit für dich stahl...»
«Was ist damit?»
Lestrade konnte das Knistern der Zündschnur deutlich hören. Sein Herz hämmerte.
«Auf der letzten Seite fehlte ein Name, Sholto. Der Name von Arabella McNaghten.»
«Du... du bist Jack the Ripper?»
«Ein früher, eher laienhafter Versuch, mein lieber Junge. War es nicht ein wenig komisch, daß sie Papa am Ende den Fall übertrugen? Egal, von morgen an wird Papas Posten zum Höchstgebot zum Kauf stehen. Deiner desgleichen, aber du wirst es nicht mehr erle-

ben.» Sie zögerte ein paar Sekunden. «Lebe wohl, Sholto. Ich habe dich einmal geliebt.»
Lestrade murmelte noch immer in der hallenden Kammer. Aber Arabella schritt die Treppe zum Ausgang hinauf.
«Miss McNaghten.» Eine Stimme ließ sie herumfahren. In der nächsten Reihe zu ihrer Linken stand eine hochgewachsene, breitschultrige Gestalt. Arabella zog den Revolver und zielte, als ein Schuß krachte. Arabella McNaghten wurde zurückgerissen, in ihre Augen trat ein ungläubiger Ausdruck, ein tiefroter Blutfleck breitete sich auf ihrer Polizeijacke aus. Sie stürzte schwerfällig die Treppe hinunter. Die große Gestalt tauchte aus dem Pulverqualm auf und plagte sich wie rasend mit der Zündschnur ab. Es waren nur ein Zoll oder weniger übrig, als Bandicoot sie herauszog.
«Bandicoot?» Lestrades Stimme klang beinahe wie die eines Wahnsinnigen.
«Sir?»
«Bandicoot, Bandicoot, für wen soll ich dich halten, Bandicoot?»
«Sind Sie in Ordnung, Sir?» Der blonde Lockenkopf tauchte mit ängstlicher Miene in der Mündung des Rohrs auf.
«Ja, Bandicoot. Das liegt bloß daran, daß ich ein schreckliches Kind der Arbeiterklasse bin. Helfen Sie mir hier raus.»
Der Constable gehorchte und band ihm die Hände los.
«Arabella?» fragte Lestrade.
«Ich mußte Miss McNaghten leider töten, Sir.» Bandicoot sah entschieden mitgenommen aus. «Ich sagte Ihnen nicht, daß mein Vater zwei von diesen Dingern hatte.» Er schwang den zweiten goldenziselierten Revolver. Er nahm Haltung an. «Bitte um Verzeihung, Sir, daß ich Ihren Befehl nicht ausgeführt habe, Sir... und zurückgekommen bin.»
Lestrade blickte ihn an. «Heute nacht, Bandicoot, hab ich dem Tod ins Gesicht geschaut. Dank Ihrer Hilfe werde ich das nun noch einmal tun müssen.»
Sie gingen zum Leichnam hinüber, der mit dem Gesicht nach unten in den Sägespänen lag. Lestrade kniete nieder und drehte ihn um. Er blickte in das bleiche Gesicht, das noch immer mit Schminke überzogen war, und betrachtete das Blut an seinen Fingern.
«Sie haben sich geirrt, Bandicoot.» Er schloß der Toten die Augen. «Sie haben sie nicht getötet. Agrippa hat's getan.»

«Sir?»
«Helfen Sie mir.»
Gemeinsam trugen sie Arabella zur Kanone und schoben sie in das Rohr. «Jetzt zurücktreten.» Bandicoot zog sich eilig bis zu den Sitzreihen zurück, während Lestrade die Lunte erneut in Brand setzte. Er hatte gerade noch Zeit, den Rand der Manege zu erreichen, als die Kanone explodierte, das Spiegelglas des Kuppeldaches zerschmetterte, Trümmer nach allen Seiten schleuderte und den Baum umsäbelte.
Lestrade und Bandicoot waren längst fort und wieder in der Nachtluft, als die prasselnden Flammen hinter ihnen Leute herbeilockten, die nach Löschwasser riefen.
«Ich verstehe nicht, Sir», sagte Bandicoot.
Lestrade blieb stehen und sah ihm ins Gesicht. «Das brauchen Sie nicht, Bandicoot. Die Welt und Sir Melville müssen wissen, daß Arabella das letzte Opfer Agrippas war, des langen, rotbeinigen Scherenmannes. Wir haben ihn nie erwischt, Bandicoot. Er lebt weiter, läuft noch immer durch die Straßen von London. Oh, die Leute werden gewisse Zeit in Panik geraten. Man wird verlangen, daß Köpfe rollen.» Sie gingen weiter. «Aber Sie sind sicher und ich vielleicht auch. Mit der Zeit werden die Leute vergessen. Wir werden den nötigen Wirbel machen und unsere Untersuchungen fortsetzen, aber Sie und ich werden wissen, daß alles vorbei ist.»
«Warum, Sir? Warum haben Sie sie in dieses Ding gesteckt?»
«Weil… weil ich zuviel Achtung vor einem Mann habe, ihm zu sagen, daß seine Tochter ein Ungeheuer war. Daß seine Lieblingstochter ein bösartiger Satan ohne Mitleid oder Reue war. Ihr Tod wird ihm ohnehin den Rest geben, Mann. Das wenigste, das wir beide tun können, ist, ihm seine Erinnerungen zu erhalten.»

Lestrade behielt recht. Die Geschichte, die Arabella am Vortag dem *Evening Standard* zugespielt hatte, erschien am nächsten Morgen in der *Times* und in allen anderen Tageszeitungen. Eine Zeitlang waren die Leute außer sich. Sie schrien nach Köpfen, und Sir Melville McNaghten, seit der Nachricht vom Tod seiner Lieblingstochter ein gebrochener Mann, bot den seinen an. Im Sommer zog er sich in sein Landhaus The Tors zurück, wo er noch einige Jahre mit seinen

anderen Kindern und seinen Erinnerungen lebte. Walter Dew wurde endlich Inspector und erlangte unsterblichen Ruhm als der Mann, der Dr. Crippen festnahm – mit der Hilfe der drahtlosen Telegrafie. Harry Bandicoot verließ die Metropolitan Police, heiratete eine reiche Witwe und sie führten eine glückliche Ehe. Constance Maulever verschwand. Niemand sah sie je wieder.
Und Sholto Lestrade? Nun, das ist eine andere Geschichte.

Anmerkungen

Seite 9
«Melville McNaghten» – Ein ehemaliger Kolonialoffizier (1853–1921) mit dem Beinamen «Good old Mac», der die Leitung von Scotland Yard 1889 nach den «Ripper»-Morden übernahm. Er setzte sich für die Einführung der Daktyloskopie ein (siehe Anmerkung zu Seite 33).

«dieser Schwachkopf Charles Warren» – Der hatte sich als General der Kolonialarmee in Südafrika durch besondere Brutalität ausgezeichnet. Er war auch verantwortlich für den sogenannten «Blutsonntag» vom 13. November 1887 (siehe Anmerkung zu Seite 116). Warren stand seit 1886 als Chief Commissioner an der Spitze von Scotland Yard. Im Zusammenhang mit den «Ripper»-Morden mußte er 1888 seinen Abschied nehmen.

«die Vigilanten» – Angehörige einer freiwilligen Bürgerwehr.

Seite 10
«Die Ripper-Akte» – «Jack the Ripper» wurde der geheimnisvolle, nie entdeckte Mörder genannt, der im Spätsommer 1888 in Whitechapel im Londoner East End sechs Frauen ermordete (Martha Turner, Annie Chapman, Mary Kelly, Elizabeth Stride, Catherine Eddows, Mary Anne Nicholls). Einige der Opfer waren viehisch verstümmelt. Die Theorien über den Ripper sind Legion. Auch der Duke of Clarence, der älteste Sohn des Prince of Wales, wurde verdächtigt. Möglicherweise bringt das Jahr 1992 Aufklärung. Dann werden die Akten von Scotland Yard nach hundertjährigem Verschluß geöffnet.

«in den Taschen seines voluminösen Donegals» – Ein weiter Mantel, geschneidert aus Tweed der irischen Grafschaft Donegal.

Seite 12
«ich bin nach wie vor hinter den Huren her…» – Am 28.9.1888 ging bei Scotland Yard dieser Brief ein, der angeblich von Jack the Ripper stammen sollte und der am nächsten Tag in Londoner Zeitungen veröffentlicht wurde. Später stellte sich heraus, daß ein Journalist den Brief geschrieben hatte.

Seite 11
«Die Weiße Gesellschaft», «Die Flüchtlinge» – *The White Company* (1891) und *The Refugees* (1893) sind historische Romane des Sherlock-Holmes-Erfinders Sir Arthur Conan Doyle (1859–1930).

«Das Zeichen der Vier» – In dem zweiten Sherlock-Holmes-Roman *Das Zei-*

chen der Vier (*The Sign of the Four*, 1890) sind Sherlock Holmes und Dr. John H. Watson bereits an der Arbeit. Ihre Zusammenarbeit begann in dem Roman *Eine Studie in Scharlachrot*, 1887. Holmes ist «Beratender Detektiv» und unterstützt bisweilen die Arbeit von Scotland Yard auf privater Basis. Auch die Yard-Detektive Gregson und Lestrade treten auf. Im vorzüglichen und umfassenden *Sherlock Holmes Handbuch* (Zürich: Haffmans Verlag 1988) heißt es über Lestrade: «Ein schneller und zugriffiger Arbeiter, trotz seinem Hang zu konventionellen Methoden unter Ausschluß der Inspiration. Nach Ansicht von Holmes hatte er beim Yard, abgesehen von Gregson, nicht seinesgleichen.»

Seite 15
«Über den sogar das ... *Strand Magazine* die Nase rümpfen würde» – Im Januar 1891 war die erste Nummer des *Strand Magazine* erschienen. Bis auf die beiden ersten Sherlock-Holmes-Romane *Eine Studie in Scharlachrot* und *Das Zeichen der Vier* sind alle weiteren Holmes-Erzählungen und -Romane sowie zahlreiche andere Arbeiten von Doyle im *Strand Magazine* erschienen. Die Verbindung begann – anders als in diesem Roman – bereits im März 1891 und währte bis zum Tode Doyles 1930.

Seite 16
«das gesamte Gebiet um die Schlucht» – engl. Chine. Gemeint ist «Shanklin Chine». Der Badeort Shanklin, an der südöstlichen Küste der Insel Wight gelegen, breitet sich entlang einer fast 50 Meter hoch ansteigenden Steilküste aus. Am Rande des Ortes beginnt eine waldige Schlucht, «The Chine» genannt, die sich etwa 100 Meter tief in das Kalkgestein hineingefressen hat.
Die Strohdachhäuser von Shanklin, mit den geschnitzten Giebelrändern, zogen bereits im frühen 19. Jahrhundert zahlreiche Gäste an, etwa den englischen Dichter John Keats und den amerikanischen Autor Henry W. Longfellow.

«Sie ist über Ostern in Osborne» – Osborne House, zwischen Cowes und Ryde an der nördlichen Küste der Insel Wight, war der Lieblingswohnsitz von Königin Viktoria und Prinzgemahl Albert. Gemeinsam mit einem Londoner Architekten hatte Albert die Pläne für den Umbau von Osborne House entworfen: der Blick auf den Solent erinnerte ihn an die Bucht von Neapel, und so wurde das Haus in einem wilden Durcheinander der Stile nach dem Vorbild einer italienischen Villa erweitert. Hier starb am 22. 1. 1901 Königin Viktoria, auf der «Idylle des Königs», wie Alfred Lord Tennyson die Insel genannt hat (siehe Anmerkung zu Seite 22).

Seite 18
«schickten sie den Coroner rüber» – (von lat. corona, Krone), ein ursprünglich den König vertretender Beamter, der bei Todesfällen mit nicht eindeutig geklärter Ursache Ermittlungen anstellt. Dazu gehört eine Leichenschau.

Seite 19
«Ein bißchen Shepherd's Pie» – Fleischpastete mit Kartoffelteigschale.

Seite 22
«Spilsbury» – Bernard Spilsbury (1877–1947), später bedeutendster britischer Pathologe.

«Für einen Reim würde Tennyson alles tun» – Alfred Lord Tennyson (1809–1892) gilt als *der* Dichter der viktorianischen Ära. 1850 wurde er zum «Poet Laureate» ernannt. 1883 in den erblichen Adelsstand erhoben. In Farringford, seinem georgianischen Haus hoch über der Bucht von Freshwater im Westen der Insel, lebte er seit 1853. Hier empfing «König Alfred» seine zahlreichen Besucher, darunter Prinzgemahl Albert, Edward Lear, Swinburne, Charles Dodgson (Lewis Carroll) und Garibaldi. Doch zugleich wuchs die Zahl der Autogramm- und Souvenirjäger, vor denen Tennyson 1867 die Insel floh. 1868 baute er sein Haus Aldworth in Surrey; seitdem verbrachte er nur noch die Winter in Farringford.

Seite 26
«dieser charakterlose Wahnsinnige Gladstone» – William Ewart Gladstone (1809–1898). War von 1868–1874, 1880–1885, 1886 und 1892–1894 Premier. In der Innenpolitik versuchte er, die irische Frage zu lösen. Doch sein Plan, Irland die Selbstregierung («Home Rule») zu gewähren, scheiterte 1886 und 1893 am Widerstand der Konservativen.

«Arbeitete er nicht... den Feniern in die Hände» – Die «Fenier» waren ein 1858 gegründeter irischer Geheimbund, der die englische Herrschaft in Irland stürzen wollte.

«Und Salisbury konnte sich nicht lange halten» – Der Marquess von Salisbury (1830–1903) bildete 1886 nach einer Wahlniederlage Gladstones eine neue Regierung. Nach den Wahlen von 1892 wurde Salisbury durch ein Mißtrauensvotum gestürzt und Gladstone bildete seine vierte Regierung.

Seite 31
«Captain Baden-Powell» – Der britische General (1857–1941) gründete 1907 die Bewegung der Pfadfinder (Boy Scouts).

Seite 33
«Fingerabdrücke» – Zwar führte Scotland Yard 1895 die Bertillonage (Identifizierung von Personen durch das Messen körperlicher Merkmale) ein, aber erst 1901 das Fingerabdruckverfahren (Daktyloskopie). Zu den Mitgliedern der Kommission, die das Verfahren in den neunziger Jahren prüfte, gehörte auch Melville McNaghten.

Seite 34
«Nach dem Schütteln und Rattern der pferdelosen Daimler Wagonette» – Ein dampfgetriebenes Gefährt, eine Art Zwitter zwischen Kutsche und Automobil.

Seite 35
«Das war auf den Unteren Wiesen» – engl. Lower Meadow, Flurname.

Seite 36
«Ich bin vom C. I. D.» – Abkürzung für «Criminal Investigation Department» (Kriminaluntersuchungsabteilung). 1878 im Zuge der Neuorganisierung der Metropolitan Police gegründet. Man bezeichnet die Metropolitan Police als «Scotland Yard», obwohl es sich dabei lediglich um die frühere Adresse der Metropolitan Police handelt, die in der gleichnamigen Seitenstraße der Whitehall residierte.
Die C. I. D. umfaßte bald 800 Mitarbeiter. Im Yard selbst waren 3 Chefinspectoren, 20 Inspectoren, 29 Sergeanten «first class», 150 Sergeanten «second class» und zahlreiche Detektivanwärter tätig. 1891 zog der Yard von Whitehall Place No. 4 ans Themseufer um.

Seite 39
«Und dann die G. G.'s» – Grenadier Guards, ein Garderegiment.

«durch einen Mann wie Rosebery» – Archibald Philip Primrose Earl von Rosebery (1847–1929). Von März 1894 bis Juni 1895 wurde er Premierminister.

«Peer of the Realm» – Mitglied des Oberhauses.

Seite 40
«die Mrs. Beeton in Schwärmerei versetzt hätte» – Isabella Beeton (1836–1865), die Verfasserin des überaus erfolgreichen und populären Werkes *Household-Management* (1861), das alles enthält über Speisen, was man in welcher Jahreszeit ißt, wie man kocht, wie man sich bei Tisch zu benehmen hat, wie man die Dienstboten kontrolliert, kurz alles, um ein großes Haus zu führen.

Seite 51
«in die Penninen» – Pennine, Bergkette in Derbyshire.

Seite 52
«Swallow» – schlucken, herunterschlucken.

Seite 58
«Watts-Dunton» – Der Rechtsanwalt und später Literaturkritiker Theodore Watts-Dunton (1832–1914) nahm 1879 den alkoholkranken Swinburne in sein Haus auf, wo dieser bis zu seinem Tode lebte.

«Algernon Charles Swinburne, der Poet?» – Swinburne (1837–1909) versetzte die literarische Welt mit seinen kühnen *Poems and Ballads* (1866) in Erstaunen und schockierte seine Zeitgenossen durch gewagte Themen.
«Sie sind möglicherweise von Browning.» – Robert Browning (1812–1889). Seine Gedichte wurden von den Zeitgenossen als eher schwierig empfunden, da sie häufig psychologische Grenzbereiche darstellten.

Seite 59
«Poet's Corner» – «Dichterwinkel» in der Westminster Abbey mit den Gräbern

und Erinnerungstafeln von bzw. an Chaucer, Spenser, Dickens, Tennyson, Hardy, Kipling u. a.

Seite 70
«Hot Toddy» – Vorzügliches Grog-Getränk, in der kalten Jahreszeit zu genießen. Beliebt sind etwa die Mischungen aus heißem Wasser, Arrak, Zucker und geriebener Muskatnuß oder aus heißem Wasser, Myer's Rum, Zucker und einer Prise Zimt.

Seite 71
«Bandicoot?» – Eine Art Beuteldachs, zwischen 30 und 80 cm groß, dessen 22 Arten in Australien, auf Tasmanien, Neu Guinea und einigen benachbarten Inseln lebten. Vermutlich ausgerottet, zuletzt wurden diese Tiere in den zwanziger Jahren beobachtet.

Inspector Lestrade,
1891 gezeichnet
von George Hutchinson,
der Dr. Watsons Beschreibung
wörtlich genommen hat

Seite 72
«beau sabreur» – franz. schneidiger Kavallerieoffizier.

Seite 73
«Er war zum Ehrenmitglied von White's und Crockford's ernannt worden» – Zwei berühmte Klubs, im Klubviertel zwischen Piccadilly Circus und Trafalgar Square gelegen.

Seite 74
«Mannschaftsführer beim Fives» – Eine Art Wandballspiel.

Seite 77
«wer von mir als ‹Trottel› oder ‹Rattengesicht› spricht» – Im ersten Sherlock-Holmes-Roman *Eine Studie in Scharlachrot* (1887) taucht auch Inspector Lestrade zum erstenmal auf. Dr. Watson beschreibt ihn so: «Es gab da einen kleinen blassen Burschen mit Rattengesicht und dunklen Augen, der mir als Mr. Lestrade vorgestellt wurde.»

Seite 78
«Queen's English» – Q.E. oder King's English ist der vorbildliche Sprachgebrauch, früher orientiert an der Aussprache des Königshauses, heute an der des gebildeten Londoners.

Seite 82
«Fellow von Peterhouse» – Eines der ältesten Colleges in Cambridge, aus dem späten 13. Jahrhundert.

Seite 85
«Mr. Burne-Jones» – Sir Edward Burne-Jones (1833–1898), Maler und Graphiker, der als Hauptmeister der Präraffaeliten gilt.

Seite 91
«Mein Vater war Booker T. Washington, ein Sklave.» – Booker T. Washington (1850–1915), einer der Führer der Schwarzen. Gründete 1881 das wichtige «Negerbildungsinstitut» in Tuskegee/Alabama.

Seite 96
«anhörte wie Mr. Keir Hardie» – James Keir Hardie (1856–1915) war ein schottischer Arbeiterführer, der 1892 ins Parlament gewählt wurde.

Seite 97
«Agrippa ist eine Art Zauberer» – Im deutschen *Struwwelpeter* ist es der große Nikolaus, der die Buben in sein großes Tintenfaß taucht.

Seite 110
«Athelney Jones» – Eine Erfindung von Conan Doyle. Dr. Watson beschreibt Jones in dem Roman *Das Zeichen der Vier* (1890) so: «Er war bullig, hatte ein rotes Gesicht, das auf hohen Blutdruck hindeutete, und hinter seinen wulstigen, aufgedunsenen Tränensäcken blinzelten mit wachem Blick zwei kleine, funkelnde Äuglein hervor.»

Seite 111
«Er überhörte Gregsons verächtliches Schnauben» – Tobias Gregson ist nach Holmes' Ansicht der intelligenteste Mann von Scotland Yard. In *Eine Studie in Scharlachrot* (1887) charakterisiert ihn Sherlock Holmes so: «Er und Lestrade sind die Einäugigen unter den Blinden.» Nach der Beschreibung von Dr. Watson war Gregson «Ein großer, weißgesichtiger, flachshaariger Mann mit einem Notizbuch in der Hand.»

Seite 116
«der am Blutigen Sonntag dabei war» – Am 13. November 1887 zogen große Arbeiterdemonstrationen zum Trafalgar Square. Zweitausend Polizisten von Scotland Yard und die königliche berittene Leibgarde griffen die Demonstranten an. Es gab 65 Schwerverletzte und einen Toten.

Seite 117
«sieht eher nach Nell Gwynn aus» – Eigentlich Eleanor Gwynn (1650–1687), Schauspielerin. Sie war die Geliebte von König Charles II.

Seite 123
«Das war ‹Bertie›, der Prince of Wales.» – Albert Edward Prince of Wales (1841–1910). Kam 1901 als König Edward VII. auf den Thron. Als Prinz war er in mancherlei Affären und Skandale verwickelt.

«Hinter ihm… stand sein Sohn, Prince Albert Viktor» – Albert Viktor Duke of Clarence (1864–1892). Aktenkundig sind die Befürchtungen der Staatsanwaltschaft, der Herzog könnte in Mitleidenschaft gezogen werden durch den Prozeß gegen den Besitzer und die Kunden eines Männerbordells in der Cleveland Street No. 19 in London, einem beliebten Treffpunkt von Adligen und Offizieren. Doch der Name des Herzogs gelangte nie in die Öffentlichkeit.
Auch mit den Ripper-Morden wurde er in Verbindung gebracht. 1970 behauptete der Arzt Thomas Stowell, Albert Viktor als den Ripper identifiziert zu haben. Der Prinz, der sich als Schürzenjäger mit Syphilis infiziert hatte, starb geistig umnachtet im Irrenhaus.

«Ich konnte in der Offiziersmesse ja nicht als Guy Fawkes erscheinen» – Unter Führung von Guy Fawkes (1570–1606) zettelte eine Gruppe von Katholiken am 5. November 1605 den sogenannten «Gunpowder Plot» an, um das Parlamentsgebäude und König James I. in die Luft zu sprengen. Fawkes wurde verraten und hingerichtet. Noch heute wird am 5. November der Guy-Fawkes-Tag in England mit Feuerwerk und Freudenfeuern begangen.

Der Ort des Geschehens:
Hotel Metropole, Northumberland Avenue

Seite 137
«Lady Cardigan» – Ihr Gatte war James Thomas, VII. Earl of Cardigan (1797–1868), berühmt geworden durch die ‹Attacke der Leichten Brigade› am 25. Oktober 1854 bei Balaklava auf der Krim, die Tennyson zu einem in England sehr populären Gedicht anregte. (Mit der Schilderung dieser Schlacht beginnt der zweite Lestrade-Roman *Lestrade und der Tasmanische Wolf.*)
Cardigan, ein duellfreudiger Mensch und Kommandant der 11. Husaren, stattete seine Truppe mit Mitteln aus seinem Privatvermögen aus und machte sie zur elegantesten der Armee; er führte ein, was später Cardigan-Jacke genannt werden sollte.

Seite 138
«Nicht in Abteilung H.» – Der Londoner Polizeidistrikt bestand aus 23 Divisionen. Eine davon, die Abteilung H, war für das East End zuständig, eine der am dichtesten bevölkertsten Gegenden mit hoher Kriminalitätsrate.

Seite 141
«Seine Leiche wurde heute morgen in einer Gasse unweit The Minories gefunden.» – The Minories, Hauptstraße, die vom Tower Hill zum Aldgate führt, auf der Grenze zwischen der City of London und dem East End.

Seite 151
«General William Booth» – William Booth (1829–1912) war zuerst Methodistenprediger. 1861 gründete er in den östlichen Stadtteilen von London die «Christliche Mission», aus der 1878 die «Heilsarmee» hervorging.

Seite 158
«Ein großgewachsener eleganter Laskar» – malaiischer Seemann in europäischen Diensten.

«Der Squire streckte eine Hand aus.» – Ein Angehöriger des niederen Adels, hier ein Gutsbesitzer.

Seite 160
«weil dieser Mann ein Fabier war» – Die Fabian Society wurde 1884 gegründet, u. a. von Sidney (1859–1947) und Beatrice (1858–1943) Webb, den Mitbegründern der London School of Economics; sowie von Herbert George Wells (1866–1946) und George Bernard Shaw (1856–1950).
Benannt wurde die Fabian Society nach dem römischen Konsul Quintus Fabius Maximus (um 280–203 v. Chr.), dessen erfolgreiche Taktik des Abwartens als Vorbild für ihre Ziele – etwa die Vergesellschaftung der Wirtschaft – diente. Ihr Ziel war die Veränderung des Manchester-Kapitalismus durch Evolution, nicht durch revolutionäre Aktion. Zu den Mitgliedern der Fabian Society zählten zahlreiche Autoren, Künstler, Politiker und Intellektuelle; sie war maßgeblich an der Gründung der Labour Party 1906 beteiligt.

Seite 163
«Madame Slopesskis Sezialität war das Ektoplasma» – Die Substanz, die aus dem Körper des Mediums austritt und die «Materialisation» bewirken soll.

Seite 164
«Ein Jat» – Volk, bzw. Stamm des Punjab.

«er muß über zwanzig Stone gewogen haben» – 1 Stone (= 14 lb) sind 6,35 kg. Demnach muß der siebzigjährige Isaac Prendergast mehr als 125 kg gewogen haben.

Seite 174
«Sie meinten vielleicht *Micah Clarke* oder *White Company*?» – Historische Romane von Conan Doyle, erschienen in den Jahren 1889 und 1890.

«ob es diesen Dr. Watson... wohl in Wirklichkeit gibt» – Conan Doyle entleiht sich den Nachnamen von seinem Freund Dr. James Watson bildet aus Southsea. Das Vorbild für die Figur des Dr. John H. Watson bildet ein anderer Gefährte aus Southsea, ein Major Alfred Herbert Wood. Er wird später für viele Jahre Conan Doyles Sekretär und «Watson».
John H. Watson, M. D. wurde um 1855 im Süden Englands geboren, wie Michael und Mollie Hardwick im exquisiten *Sherlock Holmes Handbuch* (Zürich: Haffmans Verlag 1988) berichten. Nach einer Studien- und Bildungsreise durch «drei Kontinente» und der Erlangung des Doktortitels wird er Armeearzt, nimmt am Zweiten Afghanistan-Krieg (1878–1881) teil, wo er bei der Schlacht von Maiwand schwer verwundet wird, und kehrt nach England zurück. Hier lernt er 1881 Sherlock Holmes kennen, beide teilen hinfort «ein paar hübsche Zimmer» in Baker Street 221 B, London West One.
Watson wird zweimal heiraten und die gemeinsame Wohnung verlassen. Den letzten bekannt gewordenen Fall bestehen die beiden Gentlemen 1914. Oder, wie Michael und Mollie Hardwick meinen: «Da sie unsterblich sind, besteht eigentlich keine Notwendigkeit, allzu hartnäckig nach ihren Grabinschriften zu suchen.»

«für ihn dasselbe zu tun wie Boswell für Johnson» – 1791 erschien die berühmt gewordene Biographie *The Life of Samuel Johnson* des schottischen Journalisten und Rechtsanwaltes James Boswell (1740–1795). Samuel Johnson (1709–1784) war die führende geistige Persönlichkeit seiner Zeit im Vereinigten Königreich; mit dem *Dictionary of the English Language* (1755) schuf er das bisher umfassendste Wörterbuch der englischen Sprache.

Seite 176
«der Levitationist» – Medium, das frei im Raum schweben kann.

Seite 178
«Sherlock Holmes ist tot» – Sherlock Holmes stirbt am Nachmittag des 4. Mai 1891 im Kampf mit dem Verbrecher Professor Moriarty an den Reichenbachfällen in der Schweiz. Das glaubt zumindest Dr. Watson, und so berichtet er es in der Erzählung *Das letzte Problem* (in dem Band *Die Memoiren des Sherlock Holmes*, 1894). Doch Sherlock Holmes überlebt, und in der Erzählung *Das leere Haus* (in *Die Rückkehr des Sherlock Holmes*, 1905) taucht er wieder auf.

Bleibt noch die Frage, wie Sherlock Holmes gemeinsam mit Dr. Watson den Polizeiball im Metropol (siehe Seite 128) besuchen kann – am 15. September 1891!
In diesem Fall scheint sich Meirion J. Trow an einen Rat von Conan Doyle gehalten zu haben, den dieser in seiner Autobiographie *Memories and Adventures* von 1924 gegeben hat. Conan Doyle wehrt sich dort gegen Vorwürfe, eine seiner Sherlock-Holmes-Geschichten ohne exakte Detailkenntnisse geschrieben zu haben: «Aber was Details betrifft, bin ich nie ängstlich, und manchmal muß man einfach gebieterisch sein.»

Seite 179
«Sein letzter Bogen» – engl. *His Last Bow* ist zugleich der Titel des letzten gemeinsamen Abenteuers von Sherlock Holmes und John Watson (unter dem Titel *Seine Abschiedsvorstellung* in dem gleichnamigen Band, 1917).

Seite 186
«Ich glaube, er heißt Labouchere» – Henry DuPre Labouchere (1831–1912), englischer Politiker.

Seite 187
«bei der Cleveland-Affäre» – siehe die zweite Anmerkung zu S. 123.

«Darf ich Lord Alfred Douglas vorstellen?» – Lord Alfred Douglas (1870–1945), Sohn des VIII. Marquess of Queensberry. Er lernt Oscar Wilde (1854–1900) im Januar 1891 kennen. 1895 verklagt Wilde den Marquess, weil der ihn als «Sodomiten» bezeichnet hat. Der Marquess wird freigesprochen, und in einem zweiten Prozeß werden Wilde und Douglas wegen ihrer homosexuellen Beziehung zu einer zweijährigen Zuchthausstrafe mit schwerer Arbeit verurteilt.

Seite 188
«Im Albemarle» – Ein gemischter Club, dem Wilde und seine Frau angehörten.

Oscar Wilde und Lord Alfred Douglas, gezeichnet von Max Beerbohm.

Seite 189
«Spricht nicht gerade für die Queensberry-Regeln» – Diese Regeln für einen fairen Boxkampf wurden 1867 auf Veranlassung von John Sholto Douglas, VIII. Marquess of Queensberry und Vater von Alfred Douglas, festgelegt.

Seite 194
«Hiram Maxim» – Hiram Stevens Maxim (1840–1916). Amerikanischer Ingenieur, der 1883 das erste einsatzfähige Maschinengewehr erfand.

Seite 208
«Peelers... Bobbies» – Auf Initiative des Innenministers Robert Peel (1788–1850) wurde 1829 vom Parlament das Gesetz zur Gründung der «Metropolitan Police of London» beschlossen.

Seite 210
«meine kleine Agatha» – In späteren Jahren wird die geborene Agatha Miller (1890–1947) das unter dem Namen Agatha Christie tun.

Seite 213
«als sie ‹Dry Bobs› sagen können» – Eton-Ausdruck für jemanden, der in den «trockenen» Sportarten wie Fechten oder Boxen exzelliert.

Seite 217
«daß der ursprüngliche Agrippa ein deutscher Magier war» – Agrippa von Nettesheim (1486–1553), Arzt und mystischer Denker (siehe auch Anmerkung zu S. 97).

Seite 219
«Die alte Schule des Masters der Pytchley» – Das englische Wort für Egge – «Harrow» – ist zugleich Name einer bekannten Public School, wie in England die Privatschulen heißen.

Seite 222
«einen Augustus aufzutreiben» – In der deutschen Ausgabe ist es der Suppen-Kaspar.

Seite 223
«Eine Frau ist nur eine Frau... aber eine gute Zigarre ist ein Schmauch» – engl. «A woman is only a woman, but a good cigar is a smoke». Eine Zeile aus dem Gedicht *Die Verlobten* von Rudyard Kipling (1865–1936). Erstveröffentlichung in der Zeitung *Pioneer*, Allahabad, 21. 11. 1888. Wer sich nun fragt, ob Arabella McNaghten die Verse kennen konnte – das Gedicht ist in der 4. Auflage der *Departmental Ditties* von 1890 enthalten, die zugleich die erste englische Buchausgabe von Kipling war.
(Das ganze Gedicht ist enthalten in *Ausgewählte Gedichte*, zweisprachig, übersetzt von Gisbert Haefs, Zürich: Haffmans Verlag 1990.)

Seite 227
«der Dr. Crippen festnahm» – Berühmter Kriminalfall von 1910. Nach dem Mord an seiner Frau befand sich Dr. Crippen auf einem Schiff, um nach Amerika zu fliehen. Zu seiner Festnahme wurde zum erstenmal in der Kriminalgeschichte der drahtlose Funkverkehr vom Festland mit einem Schiff auf hoher See eingesetzt.
Mehr darüber im vierten Band der Lestrade-Romane, *Lestrade und der Leviathan*, der voraussichtlich im Frühjahr 1991 erscheinen wird.

Der *Struwwelpeter* von M. J. Trow

Dr. Doyle, M. J. Trow und der *Struwwelpeter*

Nachwort von Thomas Schreiber

März 1886. Bush Villa in der Elm Grove liegt im Zentrum des Badeortes Southsea, unweit des englischen Marinehafens Portsmouth. Seit vier Jahren wohnt hier ein junger Arzt. Die Einrichtung wird nicht mehr so spärlich sein wie zu Beginn, als lediglich das Behandlungszimmer möbliert war und zwei große Messingtafeln am Eingang auf die Praxis hinwiesen.

Die ersten Jahre teilt der Arzt das Haus mit seinem jüngeren Bruder, der die gemeinsamen Spaziergänge an der See, den bohemienhaften Lebensstil, den Tisch im 1. Stock mit den Chemikalien für die medizinischen und fotografischen Arbeiten wahrscheinlich anregend findet.

Mittlerweile sind wohl die acht Räume des Hauses eingerichtet, denn der junge Arzt hat vor wenigen Monaten geheiratet, die Schwester eines Patienten. Eines der wenigen Patienten, denn sonderlich erfolgreich ist die Praxis nicht. Neben der Routine, den Patientenbesuchen, den Untersuchungen des Coroners und der ehrenamtlichen Arbeit in einem Augen- und Ohren-Hospital bleibt viel Zeit für Besuche in Klubs, etwa der Portsmouth Literary and Scientific Society, und für das Schreiben.

Geschrieben hat er für Fachzeitschriften, so für das *British Journal of Photography* über das Fotografieren von Kormoranen oder für das *British Medical Journal* über die Wirkung, welche die Droge Gelseminum auf ihn hatte. Trotz eines ungedruckten Romans und einiger Kurzgeschichten, die teilweise in renommierten Magazinen erschienen sind, versteht der Sechsundzwanzigjährige sich wohl noch nicht als Schriftsteller. Geschrieben wird in den leeren Stunden des Tages, wenn er auf Patienten wartet, geschrieben wird, um ein bißchen Geld zu verdienen. Der Schreibtisch steht im Sprechzim-

mer; so kann er im Satz aufhören, wenn ein Patient kommt, und nach der Behandlung weiterschreiben.
Im März 1886 beginnt der Arzt Arthur Conan Doyle einen neuen Roman, denn ein Buch, so hat der Kurzgeschichten-Autor erkannt, würde ihm bei den Magazin-Redakteuren einen besseren Stand verschaffen. Ende April ist das Manuskript fertig, der ursprüngliche Titel *A Tangled Skein* wird verworfen, das Buch heißt jetzt *A Study in Scarlet*.
Es erzählt eine kleine Detektivgeschichte. Conan Doyle hatte einige solcher Erzählungen gelesen und war erschrocken über die Art, wie dort Lösungen gefunden wurden. Angeregt wurde er auch durch die Auguste-Dupin-Geschichten Edgar Allan Poes, dessen Werk nach seiner eigenen Einschätzung – neben den *Essays* von Thomas Macaulay – den größten Einfluß in seiner Jugend auf ihn hatte. «Es war Poe, der als erster die Möglichkeit zeigte, aus einer Detektivgeschichte ein Werk der Literatur zu machen», sagt Doyle später.*
Am 7. Mai wird *A Study in Scarlet* zum ersten Mal abgelehnt, erst der vierte Verlag bietet dem Autor ein Honorar von £25,- für alle Rechte. Der hatte mehr erwartet, akzeptiert aber die Summe. Ward, Lock & Co. veröffentlicht den Roman, gemeinsam mit zwei kleinen Schauspielen anderer Autoren, 12 Monate später in *Beetons's Christmas Annual*. Conan Doyle wird zeit seines Lebens für seinen ersten Sherlock-Holmes-Roman keinen Pfennig mehr erhalten.
Das *Annual* wird freundlich besprochen und ist nach 14 Tagen ausverkauft. Im Juli 1888 erscheint der Roman als separate Publikation, geschmückt mit den recht naiven Illustrationen von Doyles Vater.
Die Lokalzeitung *The Portsmouth Crescent* stellt am 28. September 1888 fest, daß der Roman Conan Doyle «weltweites Ansehen» eingebracht habe, und Andrew Lang preist das Buch im Januar 1891 in *Longman's Magazine* als «besonders gut erzählt und reich an Überraschungen».
1889 erscheint *Micah Clarke*, ein historischer Roman. Gelesen wird das Buch von Oscar Wilde, dem es gefallen hat. Das habe Wilde ihm bei ihrem einzigen Zusammentreffen gesagt, berichtet Conan Doyle später. Dieses Zusammentreffen findet vermutlich am 30. August

* «Conan Doyle as he appears here», New York Times, 3. Oktober 1894

1889 im Langham Hotel in London statt. Zu dem Dinner eingeladen hat Joseph M. Stoddart, der Herausgeber der angesehenen Zeitschrift *Lippincott's Magazine*. Das Dinner verläuft angenehm, und mit den beiden eingeladenen, jüngeren Autoren werden Verträge geschlossen – Oscar Wilde schreibt *The Picture of Dorian Gray* und Arthur Conan Doyle, seinen zweiten Sherlock-Holmes-Roman *The Sign of the Four*.

Einen Monat später ist das Manuskript fertig, im folgenden Jahr erscheint der Roman erst in *Lippincott's Magazine* und dann als Buch.

Noch ist Conan Doyle Arzt und Schriftsteller, und die beruflichen Erfolge als Mediziner sind unbefriedigend. Er reist nach Berlin, um Robert Kochs Tuberkulosebehandlung zu studieren, und er fährt nach Wien, um neue Techniken der Augenchirurgie kennenzulernen. Im Laufe des Jahres 1891 siedelt er nach London über, wo er sich im noblen Ärzteviertel als Augenspezialist niederläßt. Doch auch in London gibt es lange Wartezeiten, bis ein Patient kommt.

Conan Doyle schreibt, und zwar für eine neue Zeitschrift, das *Strand Magazine*, dessen erste Nummer im Januar 1891 erschienen war.

Zum Helden seiner Erzählungen macht er einen Charakter, den er bereits in zwei Romanen eingeführt hat – Sherlock Holmes*. Von Juli 1891 bis Dezember 1893 erscheinen 24 Geschichten mit den Abenteuern des großen Detektivs, aufgezeichnet von seinem treuen Freund Dr. John H. Watson. Der Name des Autors wird berühmt, seine Honorare verdoppeln sich in kurzer Zeit und das *Strand Magazine* ist überaus erfolgreich.

*

Frühsommer 1982. Auf der Isle of Wight, im Pfarrhaus des Dorfes Havenstreet, sitzt ein junger Mann. Von hier sind es sechs Kilometer

* Über die Vorbilder für Sherlock Holmes und Dr. Watson, und wie die beiden zu ihrem Namen gekommen sind, berichtet sehr ausführlich Richard Lancelyn Green in der Einleitung zu seiner Sammlung *Sir Arthur Conan Doyle – The Uncollected Sherlock Holmes*. Harmondsworth: Penguin Books 1983.

über den Solent nach Southsea, dem Ort, wo Conan Doyle seine Figur Sherlock Holmes erfunden hat.

Der junge Mann arbeitet als Lehrer auf der Insel. Er möchte seiner Frau ein Buch schreiben, das sie amüsiert und unterhält. Denn seine Frau verschlingt Bücher, und immer ist die Frage «Was soll ich jetzt lesen?»

«Was schreiben?» – das mag der Autor überlegen. Er hat Geschichte studiert, seine Lieblingszeit ist das frühe 19. Jahrhundert. Im englischen Fernsehen werden sehr oft Holmes-Verfilmungen gezeigt, besonders die mit Basil Rathbone in der Hauptrolle.

Dies wird zur Anregung, nur sucht Meirion James Trow sich einen anderen Helden. «Sherlock Holmes ist ein so unangenehmer Charakter, er tut niemals das Falsche, er ist heiliger als ein Eid, so eine Art Übermensch, und das ärgerte mich. So habe ich den Spieß umgekehrt und Holmes zum Amateurdetektiv gemacht, der zwar sein Bestes tut, aber das ist nicht genug»*. Conan Doyle sah seinen Helden anders, «Sherlock ist unmenschlich, ohne Herz, aber mit wunderbarem logischem Intellekt»**.

Trow setzt dem Inspector Lestrade von Scotland Yard entgegen: ein mitunter ungeschickter Held, der schon mal über eine Katze stolpert; nicht ganz ohne Herz; er ist, wie Arabella McNaghten feststellt, «ein schreckliches Kind der Arbeiterklasse».

Von allen Scotland-Yard-Inspectoren taucht Sholto Lestrade am häufigsten in den Holmes-Fällen auf – dreizehnmal kreuzt er den Weg von Sherlock Holmes und Dr. Watson. In den Erzählungen Conan Doyles beschreibt der berühmte Detektiv Inspector Lestrade als «schnell und energisch, aber konventionell – entsetzlich konventionell»***. Und wenn es auch nichts Ungewöhnliches war, daß Mr. Lestrade von Scotland Yard auf einen Abend in der Baker Street vorbeikam****, so zeichnen die Beschreibungen

* Aus einem Gespräch mit M. J. Trow am 5. August 1989, Havenstreet, Isle of Wight

** Raymond Blathwayt: «A Talk with Dr. Conan Doyle», Bookman, Mai 1892

*** *Eine Studie in Scharlachrot*, 1887

**** *Die sechs Napoleons*, 1904

Watsons doch das Bild einer unangenehmen Erscheinung: «ein hagerer, frettchenartiger Mann, der verstohlen und argwöhnisch dreinblickte»*.

Das ist ein Eindruck, den die Leser Trows unmöglich teilen können. Nachdem Trow seinen Helden gefunden hat, studiert er die Zeit der Handlung. Er liest Biographien, etwa über Tennyson und Edward Prince of Wales. Als besonders hilfreich zeigen sich dabei die entsprechenden Jahrgänge des *Punch*, die viele Informationen über Mode und Sozialgeschichte liefern, nach denen man in historischen Werken vergebens sucht.

Und da heute noch Briefe bei der Londoner Post eingehen, die an «Sherlock Holmes, 221 B Baker Street» adressiert sind, beschließt der Autor, historische Figuren ebenso wie Gestalten der Phantasie als immerfort mitlebend zu betrachten.

Geschrieben wird das Buch in der freien Zeit. Das fertige Manuskript wandert durch einige Verlage. Das renommierte Londoner Haus Macmillan druckt es 1985 unter dem Titel *The Adventures of Inspector Lestrade*. Fünf weitere Romane sind seitdem erschienen, einige davon auch in den USA und in Japan.

«Pastiches» über Holmes nennt der Autor seine Romane. Kriminalschriftsteller («crime-writer») ist Trow nicht ausschließlich – er hat die Geschichte des Craig/Bentley-Falles von 1952 geschrieben, eines berühmten Falles der britischen Kriminalgeschichte und Justizmord, und er hat die Biographie eines britischen Offiziers im Krimkrieg verfaßt – eine Figur, die zu Beginn des zweiten Lestrade-Romans auftaucht, in *Lestrade und der Tasmanische Wolf***.

*

Im Dezember 1845 erschien die erste Auflage der «Lustigen Geschichten und drolligen Bilder» vom *Struwwelpeter*. Sein Verfasser ist ein Frankfurter Arzt, der zu den Parlamentariern der Paulskirche gehört und den man auch als Reformer der Psychiatrie erinnern wird: Dr. Heinrich Hoffmann (1809–1894).

Die Kleidung des *Struwwelpeter* hat zu manchen Interpretationen

* *Das Rätsel von Boscombe Valley*, 1891

** erscheint im Mai 1990

Anlaß gegeben – der rote gegürtete Kittel mit Kragen könnte der biedermeierlichen Kindermode entlehnt, Vorbild mag aber auch die altdeutsche Tracht der Burschenschafter gewesen sein. Die enganliegenden Steghosen findet man auf den Darstellungen des Burschenschafters Karl Ludwig Sand bei der Ermordung Kotzebues 1819.

Das Buch soll zur Erziehung der Kinder dienen; ob Hoffmann bewußt mit der Kleidung des *Struwwelpeter* politische Zeichen verbindet, ist nicht nachgewiesen. Doch gewiß hat Hoffmann die erste Parodie* des *Struwwelpeter* geschrieben, 1848, drei Jahre nach der Erstveröffentlichung. «Peter Struwwel, genannt Struwwelpeter, Professor der Wühlerei und Demagog» wird die Figur genannt, die die Linken der gescheiterten 48er Revolution lächerlich machen soll.

Im gleichen Jahr 1848 erscheint die erste englische Übersetzung, es folgen schnell weitere. Und England ist das Land, in dem es die meisten Parodien gibt.

Zwei der erfolgreichsten zeichnet F. Carruthers Gould, einer der bekanntesten englischen Karikaturisten. Der *Political Struwwelpeter* (1899) ist eine Satire auf die politische Situation Großbritanniens um die Jahrhundertwende. Die Figur des *Struwwelpeter* wird durch einen vernachlässigten Löwen ersetzt, dessen Mähne wild und dessen Krallen unbeschnitten sind, d. h. niemand stutzt dem imperialistischen Löwen die Krallen. Die Parodie ist so erfolgreich, daß im darauffolgenden Jahr eine zweite folgte: *The Struwwelpeter Alphabet.* Auf dem Titelblatt der ungezogene Enkel von Königin Viktoria, Kaiser Wilhelm II., mit einem Zinnkrug voller Bier in der Hand, auf der Pickelhaube einen übergroßen Reichsadler.

An einer englischen Privatschule wird das Kinderbuch zu einer Schuletikette umgeschrieben. Der Schüler A. de C. Williams zeigt in seinem *Marlborough Struwwelpeter* 1908, welche Folgen es hat, sich nicht korrekt zu kleiden und zu benehmen.

* Mehr über Parodien und Bearbeitungen in den beiden Ausstellungskatalogen *Von Peter Struwwel bis Kriegsstruwwelpeter. Struwwelpeter-Parodien von 1848 bis zum Ersten Weltkrieg* und *Von Struwwelhitler bis Punkerpeter. Struwwelpeter-Parodien vom Ersten Weltkrieg bis heute*, Frankfurt/Main: Heinrich-Hoffmann-Museum 1985 und 1989

Wilhelm II. und Hitler werden während der Kriege in anderen Parodien dargestellt, besonders der *Struwwelhitler* findet Verbreitung. Die Geschichten von *Shockheaded Peter* sind in England fast so bekannt wie im Ursprungsland. In keiner Sprache gibt es soviel Übertragungen – mindestens 16. Wenn Inspector Lestrade die Reime in den anonymen Briefen nicht erkennt, dann nur, weil ihm als «schrecklichem Kind der Arbeiterklasse» wohl niemand dieses Kinderbuch vorgelesen oder geschenkt hat.

Obwohl Meirion Trow nie am Daumen gelutscht hat, fürchtet er sich in seiner Kindheit vor dem Schneider. «Die Vorstellung, da kommt einer und schneidet den Daumen ab, war so bedrohlich – das Gefühl der Faszination und die Furcht vor den Figuren, ohne sich von ihnen lösen zu können.»

5
4
3
LANCASH
Liverpool
Bangor
Crewe
53
0 5 10 15 20 25 30 35 40 45
MILES.
N
WALES
SHROPSHIR
52
HEREFORDSHIRE
Haverfordwest
RIVER SEVERN
Bristol
ATLANTIC
The Tors
51
EXMOOR
SOMERSET
OCEAN
DEVONSHIRE
DORS
Exeter
LANDS
END
CORNWALL
DART-
MOOR
Plymouth
St. Ives
ENGLIS
Falmouth
MOUNTS
BAY
BAY
50
5
4
3

York
Leeds
YORKSHIRE
Humber
GERMAN
OCEAN
Wildboarclough
acclesfield
Nottingham
Derby
The Wash
BROADS
Norwich
NORFOLK
EAST ANGLIA
Leicester
Birmingham
Guy's Cliffe
Warwick
NORTHAMPTON
CAMBRIDGE-SHIRE
SUFFOLK
BEDFORD-SHIRE
Cambridge
BUCKINGHAMSHIRE
Harwich
OXFORDSHIRE
Oxford
HERTFORDSHIRE
ESSEX
BERKSHIRE
MIDDLESEX
Highgate
Eton
Windsor
London
THAMES RIVER
Croydon
Bisley
Aldershot
Canterbury
KENT
Dover
SURREY
Hurstmonceux
Tunbridge Wells
HAMPSHIRE
THE WEALD
Winchester
Dymchurch
SUSSEX
Southampton
SOUTH DOWNS
Lewes
Brighton
NEW FOREST
Portsmouth
Southsea
SOLENT
ISLE OF WIGHT
Ryde
Farringford
Shanklin
FRANCE
ENGLAND
HANNEL
JULIAN WOLFF 1940
Dieppe

Thomas Schreiber, 1959 geboren in Bielefeld, freie journalistische Tätigkeit, arbeitet als Redakteur von «ARD aktuell» beim Norddeutschen Rundfunk in Hamburg.
Mitherausgeber der Bände «Über Arno Schmidt I» 1984, «Über Arno Schmidt II» 1987.

Hans J. Schütz, 1936 geboren. Nach dem Studium Buchhändler und Verlagslektor. Seit 1976 Schriftsteller, Publizist und Übersetzer. Publikationen zur deutschen Literatur des 18. Jahrhunderts und des Vormärz. Übersetzte u. a. Bücher von H. P. Lovecraft, J. R. R. Tolkien, Mark Twain und zahlreiche Texte der Brontë Schwestern. In der Reihe rororo thriller: Jo Bannister «Selbstmord wider Willen» (Nr. 2894).

Alle Zitate aus Sherlock-Holmes-Geschichten sind der neunbändigen Edition sämtlicher Sherlock-Holmes-Romane und -Erzählungen Sir Arthur Conan Doyles im Haffmans Verlag Zürich entnommen. Die Redaktion dankt den Mitarbeitern des Haffmans Verlages für die bereitwillige Unterstützung.

Bildnachweis

Der Vorsatz ist mit einem Muster von William Morris (*Weidenzweig*, 1887) bedruckt.

Die Vignette von Inspector Lestrade zeichnete M. J. Trow.

Seite 232, *A Study in Scarlet*, London: Ward, Lock & Bowden 1891.

Seite 235, Charles Viney, *Sherlock Holmes in London*, London: Phoebe Phillips Editions 1989

Seite 238, Stuart Mason, *Bibliography of Oscar Wilde*, London: T. Werner Laurie 1914

Seite 242, *Struwwelpeter*, London & Glasgow: Blackie & Son o. J.

Seite 250/251, Die Landkarte basiert auf einer Vorlage aus dem Archiv des Haffmans Verlages Zürich.